Über die Autorin:
Lauren Westwood schreibt romantische und atmosphärische Frauenliteratur und hat zuvor bereits als Autorin von Kinderromanen Preise gewonnen. Ursprünglich aus Kalifornien, lebt sie nun mit ihrem Ehemann und ihren drei Kindern in einem kleinen alten Haus von 1602 in England.

LAUREN WESTWOOD

Das Lied der Küste

Schottland-Roman

Aus dem Englischen
von Petra Lingsminat

Die englische Originalausgabe erschien 2019
unter dem Titel »My Mother's Silence« bei Bookouture, London.

**Besuchen Sie uns im Internet:
www.knaur.de**

Aus Verantwortung für die Umwelt hat sich die Verlagsgruppe
Droemer Knaur zu einer nachhaltigen Buchproduktion verpflichtet.
Der bewusste Umgang mit unseren Ressourcen, der Schutz unseres
Klimas und der Natur gehören zu unseren obersten Unternehmenszielen.
Gemeinsam mit unseren Partnern und Lieferanten setzen wir uns
für eine klimaneutrale Buchproduktion ein, die den Erwerb von
Klimazertifikaten zur Kompensation des CO_2-Ausstoßes einschließt.
Weitere Informationen finden Sie unter: www.klimaneutralerverlag.de

Deutsche Erstausgabe August 2022
Knaur Taschenbuch
Copyright © Lauren Westwood, 2019
Copyright © der deutschsprachigen Ausgabe Knaur Verlag, 2022
Published by agreement with Johnson & Alcock Ltd.
Ein Imprint der Verlagsgruppe
Droemer Knaur GmbH & Co. KG, München
Alle Rechte vorbehalten. Das Werk darf – auch teilweise –
nur mit Genehmigung des Verlags wiedergegeben werden.
Redaktion: Maria Sophie Hochsieder-Belschner
Covergestaltung: Alexandra Dohse / grafikkiosk.de
Coverabbildung: Collage von Alexandra Dohse unter Verwendung
von Motiven von Alexandra Dohse und Shutterstock.com
Illustrationen im Innenteil von Voluschka / Shutterstock.com
Satz: Adobe InDesign im Verlag
Druck und Bindung: GGP Media GmbH, Pößneck
ISBN 978-3-426-52681-1

2 4 5 3 1

Die Selkie

Kalt zaust ihr der Wind durch das Haar,
Lächelnd lockt sie dich in ihre Höhle.
Lass dein Zuhause und deine Heimat zurück,
lass zurück das Ufer mit dem perlgrauen Sand.
Vergiss deine Liebe und all deine Versprechen,
und folge ihrer Stimme ins Wassergrab.

Text und Musik von Skye Turner, 17 Jahre alt

PROLOG

Meine Schwester steht draußen auf den Felsen. Sie hat den Kopf in den Nacken gelegt, die Arme ausgestreckt. Über den Himmel zuckt der Lichtstrahl des Leuchtturms. Der Wind peitscht ihr Haar auf, das vor dem dunklen Horizont wie ein goldener Heiligenschein wirkt. Die See hinter ihr ist ein schäumender Kessel, und die Wellen donnern mit grausamer Regelmäßigkeit ans Ufer. Das Wasser steigt, wölbt sich über meiner Schwester, die Luft ist gesättigt von Gischt. In ihren Augen leuchtet ein merkwürdiges Feuer.

Ich fange an zu zittern, das Blut in meinen Adern pocht vor Angst und aufgestautem Zorn. An diesem Punkt war ich schon oft, zu oft. Bin an den Rand des Abgrunds getreten, habe die Hand ausgestreckt. Habe mir angehört, wie sie mich auslacht, aber am Ende habe ich ihre Erleichterung gespürt und die Wärme ihrer Hand in meiner.

»Na los«, rufe ich. »Ich bringe dich nach Hause.«

Sie lacht tatsächlich, doch gleichzeitig läuft ihr eine Träne über die Wange. In dem Moment wäre ich beinahe zu ihr gegangen. Beinahe lasse ich mich in ihren unerbittlichen Bannkreis zurückziehen. Ich mache einen Schritt vorwärts, über die Absperrung. Sie macht einen Schritt rückwärts zum Abgrund.

»Nein«, sagt sie.

Das alles gehört zum Spiel. Meine Loyalität, meine Würde werden bis zum Äußersten strapaziert. Das ist der Moment, in dem ich die Führung übernehmen muss, sie beschützen, uns beide vom Abgrund zurückreißen muss.

Eine mächtige Welle rollt heran, donnert gegen die Felsen. Eisiges Wasser regnet auf mich herab, sticht meine Kopfhaut wie mit Nadeln.

Hier hört es auf.

1. KAPITEL

Der Nebel verdichtet sich. Wabert herab von den kahlen Hügeln, kriecht aus den Tälern. Das Licht schwindet rasch, und mit ihm meine Entschlossenheit. Das hier ist ein Fehler. Ich sollte nicht hier sein.

Ich wickle mir den verzierten Lederriemen meiner Handtasche eng um die Hand, schnüre das Blut ab. Aber ich kann die Flut der Erinnerungen nicht eindämmen, mit jeder Meile, die der Bus westwärts fährt, werden sie mehr.

Manche davon sind wunderschön und glänzend: Erinnerungen an meine Kindheit, vor allem jetzt um diese Jahreszeit. Der Butterduft des Shortbreads im Backofen, die Hunde, die auf einem Teppich vor dem Kamin schlafen. Gäste, die zum Dinner kommen, Dylan-Songs auf der Gitarre, Brettspiele und Gelächter. Schnee, der in dichten weißen Flocken auf den Strand fällt.

Jede dieser Erinnerungen packe ich aus und betrachte sie prüfend, wie ein Kind an Weihnachten. Dad, wie er die Lichterkette um den Baum windet, mein kleiner Bruder Bill, wie er hochgehalten wird, um den Stern oben zu befestigen. Mum, die ein Feuer im Kamin anzündet, um die Kälte abzuwehren, die ständig durch all die Ritzen nach innen zu dringen sucht. Die wohlige Wärme der Gemeinschaft. Vor langer Zeit.

Der Bus biegt nach Norden ab, und ich kann kurz das Meer sehen. Grauviolett, beinahe lila, am Horizont eine Spur orangefarbener Dunst, als die Sonne verschwindet. Ich sehe mein Spiegelbild im Fenster, das immer deutlicher hervortritt, je dunkler es draußen wird. Einen Augenblick lang ist es, als sähe ich ein anderes Gesicht, Ginnys Gesicht, das mir aus der Dunkelheit entgegenstarrt. Mich herausfordert, jene anderen Erinnerungen auszupacken – die in dem Päckchen ohne Schleife, von dem der Geschenkanhänger abgefallen ist. Nimm das Seidenpapier fort, sieh hinein ...

»Eilean Shiel«, ruft der Busfahrer.

Ich mache meine Hand frei und ziehe mir den Schal vom Hals. Das Atmen fällt mir schwer. Ich hätte dem Busfahrer schon vor vielen Meilen zurufen sollen, anzuhalten und mich aussteigen zu lassen – überall, bloß nicht hier. Jetzt jedoch ist es zu spät. Eine Frau mittleren Alters auf der anderen Seite des Mittelgangs schaut mich an und runzelt die Stirn.

»Alles in Ordnung, Liebes?«

»Ja«, sage ich heiser, auch wenn auf der Hand liegt, dass es nicht stimmt. Seit meiner Flucht vor fünfzehn Jahren bin ich wohl im Großen und Ganzen »in Ordnung« gewesen. Ich habe gute Zeiten erlebt, die nichts mit diesem Ort hier zu tun haben. Ich habe die Sonne über der Mojave-Wüste im Westen der USA aufgehen sehen, bin mit offenem Verdeck über den Sunset Strip in Hollywood gefahren. Ich habe in Las Vegas gelebt und in Nashville und in vielen Orten dazwischen. Ich habe gute Erinnerungen gesammelt, die ich auspacken und wiederaufleben lassen kann, wenn ich sie besonders brauche: in einer schlaflosen Nacht in einem heruntergekommenen Motel, auf einer endlosen Fahrt über eine lange, einsame Highwaystrecke. Dad hat immer gesagt, dass man ohne die schlechten Zeiten gar nicht wüsste, wie gut man es hat. Dad hatte immer eine Menge Sprüche auf Lager, doch das meiste davon habe ich auf die harte Tour gelernt. Aber am Ende kann ich zurückblicken und sagen, dass ich mein Bestes gegeben habe. Mich nach Kräften bemüht habe, ein Leben für mich und auch für Ginny zu führen.

Der Bus hält am Wartehäuschen gegenüber dem Gemeindesaal. Die Türen gehen auf, und die Frau auf der anderen Seite steht auf, holt ihre Tasche aus der Gepäckablage. Ich sitze da, bewege mich nicht, starre hinaus auf das dunkle, unendliche Meer. Die Frau geht nach vorn und bleibt stehen, sieht sich nach mir um. Ich befürchte, dass sie mich noch einmal anspricht. Ich zwinge mich aufzustehen und auch nach vorn zu gehen.

Ich steige aus dem Bus auf den Gehsteig. Das orangefarbene Licht der Natriumdampflampen kann die Dunkelheit nicht einmal ansatzweise vertreiben. Die Dunkelheit hatte ich ganz vergessen, dabei ist sie um diese Jahreszeit drückend und endlos. Der größte Schock jedoch ist die Kälte. Ich wickle mir den Schal wieder um den Hals und beiße die Zähne zusammen, damit sie nicht so klappern. Der Wind fährt mir unter die Kleider, der dünne Mantel kann die Kälte nicht abhalten.

Der Busfahrer öffnet den Kofferraum, um das Gepäck auszuladen. Ich blicke über die geschwungene Bucht zu der dunklen Halbinsel, die dem Dorf gegenüberliegt. Durch den Nieselregen kann ich gerade noch die stecknadelkopfgroßen Lichter ausmachen. Das Cottage, in dem ich aufgewachsen bin. In ein paar Minuten werden diese Lichter meine Wirklichkeit sein, sobald ich ein Taxi bekomme. All die leuchtenden Erinnerungen, so viele es auch sein mögen, können nicht aufwiegen, was da draußen vor mir liegt. Ich werde Mum wiedersehen. Ich werde *heim*kehren.

Während der Busfahrer das Gepäck auslädt, kommen mir die fünfzehn Jahre vor wie ein Tag, als wäre es gestern gewesen. Ich war gerade zwanzig geworden und in die andere Richtung unterwegs: von Eilean Shiel nach Fort William, von Fort William nach Glasgow und schließlich in einen Flieger nach Amerika. Für mich ist es wie gestern. Aber wie wird es Mum empfinden?

Natürlich sind wir in Verbindung geblieben. Eine hastige Postkarte, hin und wieder ein steifes Telefongespräch an Geburtstagen und zu Weihnachten. Mein Bruder Bill betätigt sich als Bote zwischen den Gräben, bringt uns regelmäßig per E-Mail auf den neuesten Stand. Für diese Anstrengungen bin ich ihm dankbar, und es tut mir leid, dass er diese Aufgabe hat. Als er sich Ende November bei mir gemeldet hat, um zu berichten, dass Mum gestürzt sei und sich den Knöchel gebrochen habe, habe ich mir Sorgen gemacht. Ich habe Blumen geschickt, Pralinen und eine nette Karte. Als er mich dann noch einmal angeschrieben hat, um mir zu erzählen, wo es passiert ist, habe ich geweint. Und als ich mich dann in einer einsamen Novembernacht nach einer neuen Stadt gesehnt habe, nach einem neuen Liebhaber – nach etwas anderem, irgendetwas –, um wieder einmal zu fliehen, rief Bill mich an. Mum, sagte er, hätte nach mir gefragt. »Sie möchte wissen, wann du heimkommst.« Er wusste nicht, dass dies die einzigen Worte waren, die mich dazu bringen konnten, hierher zurückzukehren, die Worte, auf die ich all die Jahre gewartet hatte. Ich habe meine Sachen gepackt und einen Flug gebucht ...

Die Frau aus dem Bus beobachtet mich immer noch. Ich hole mein Handy heraus und tue so, als hätte ich eine wichtige SMS zu verschicken. Kein Signal. Hier gibt es nichts vorzuschützen.

»Was haben Sie da bloß reingepackt, Mädchen?«, fragt der Busfahrer und krümmt sich unter der Last meines Rollkoffers. »Goldnuggets?« Sein Akzent klingt mir in den Ohren. Der volltönende Singsang der westlichen Highlands. Im Lauf der Jahre sind mir immer wieder Leute begegnet, die meinen Akzent »süß« fanden, »sexy«, »melodisch« oder »merkwürdig«. Für mich jedoch klingt er nach Heimat.

»Ich dachte, dass ich mit ziemlich leichtem Gepäck reise«, sage ich.

Er stellt meinen Koffer auf den Gehsteig. »Zu meiner Zeit haben wir nicht mehr gebraucht als eine Zahnbürste und eine Unterhose zum Wechseln.«

Das entlockt mir ein Lachen, das mich innerlich wärmt. Ein bisschen.

Der Busfahrer schließt den Laderaum, und ich rolle meinen Koffer an die Seite. Er ist so schwer, weil ich im letzten Augenblick noch ein paar Bücher hineingeworfen habe, aber dafür, dass ich nicht weiß, wie lang ich bleibe, ist er ziemlich klein. Vor meiner Abreise habe ich mein Haus in Las Vegas gekündigt. Beim Packen habe ich festgestellt, dass ich kaum warme Kleider besitze. Ein paar Baumwollpullis, Stiefel, ein paar Schals und eine Strickmütze mit Pailletten und einer Webpelzbommel. Ich habe so viel in den Koffer gestopft, wie ich konnte, meine Gitarre bei einem Freund gelassen und den Rest an die Wohlfahrt gespendet. Ich bin es gewohnt, als Nomadin zu leben, als Vagabundin. Meine Wurzeln sind vertrocknet und abgestorben.

Der Fahrer steigt wieder in den Bus, und die Türen schließen sich mit hydraulischem Zischen. Stotternd erwacht der Motor zum Leben. Noch ist vielleicht Zeit. Die Buslinie endet hier, aber wenn ich ihm zwanzig Pfund gäbe, würde er mich bestimmt wieder einsteigen lassen. Und mich in einem anderen Dorf absetzen, einer anderen Bucht, mich vielleicht sogar zurück nach Fort William mitnehmen.

Zu spät. Der Bus fährt an. Die Frau hält sich immer noch in der Nähe auf. Ich richte mich ein wenig auf, als wüsste ich, was zum Teufel ich als Nächstes tun werde. Während ich doch keine Ahnung habe. Es gibt keine Taxis. Früher hat immer ein Dorftaxi an der Endhaltestelle gewartet, da bin ich mir sicher.

»Brauchst du vielleicht eine Mitfahrgelegenheit, Liebes?«, fragt die Frau. »Meine bessere Hälfte ist gleich da. Er holt mich ab.« Sie lächelt, und im Glühen der Laternen kommt sie mir irgendwie bekannt vor. Ich will nichts Bekanntes.

»Nein, danke«, sage ich. »Ich werde auch abgeholt.« Die Lüge geht mir leicht über die Lippen.

»Na schön«, sagt sie. Scheinwerfer kommen auf uns zu, blenden mich einen Moment. »Das hier ist er. Bist du sicher ...«

»Ja. Ich komme zurecht. Schönen Abend noch.« Ich nutze die routinierte amerikanische »Schönen Tag noch«-Antwort auf alles.

Als der Wagen hält, legt die Frau den Kopf schief. »Schön, dass du endlich nach Hause gekommen bist. Deine Mum freut sich bestimmt, dich zu sehen.«

Ich starre sie an, als sie in den Wagen einsteigt. Wenn ich nur wüsste, ob das wirklich stimmt. Ihre Worte rühren an der Stelle, an der meine Schuldgefühle lauern, jederzeit bereit loszuschlagen. Sie weiß nichts – kann nichts wissen. Über die Worte, die nie zurückgenommen werden können, die Wunden, welche die Zeit zwar verdecken, aber niemals heilen kann.

Der Wagen fährt weg, und ich bleibe im Wind und der Dunkelheit zurück. Ich fühle mich vollkommen allein.

2. KAPITEL

Das Nieseln schwillt zu einem beständigen Regen an, worauf ich die Lichter auf der Halbinsel nicht mehr erkennen kann. Ich atme durch und wappne mich. Ist schon in Ordnung, dass es keine Taxis gibt. Es ist Spätnachmittag, nicht mitten in der Nacht. Ich habe seit sechs Stunden nichts mehr gegessen, das letzte Mal am Flughafen in Glasgow. Ich werde ins Dorf gehen, mir einen Kaffee kaufen, mich aufwärmen und ein Taxi rufen. Das dauert höchstens eine halbe Stunde. Und es wäre gar nicht schlecht, erst mal die Lage zu peilen, bevor ich zum Cottage fahre. Im Kopf habe ich das Wiedersehen mit Mum oft durchgespielt, aber es kann nicht schaden, es noch einmal zu tun. Was hat eine halbe Stunde schon zu bedeuten, nach fünfzehn Jahren?

Ich gehe schnell, nach vorn gebeugt, während mir der Wind den Regen ins Gesicht bläst. Das Dorf besteht nur aus ein paar Straßen, die alle zum Hafen und zur Uferpromenade führen.

Ich schlage den Weg zu Annies Teestube ein. Ich kann mich an keine Zeit erinnern, in der es sie nicht gegeben hätte, und im Sommer vor meinem Aufbruch habe ich dort ausgeholfen, habe Tee und Kuchen serviert und die Tische abgeräumt. Die Teestube gehört einer Frau namens Annie MacClellan, die jeder im Dorf nur Tante Annie nannte, vermutlich weil sie alles über jeden wusste und mit jedem auf bestem Fuße stand – vorausgesetzt, man hielt sie sich gewogen. Annie bereitete aus wilden Himbeeren, süßer Sahne, Haferflocken und Whisky ein Cranachan zu, das einem auf der Zunge zerging, und im Winter war ihr gedämpfter Clootie-Dumpling, schwer und gehaltvoll von all den

Trockenfrüchten und Gewürzen, der kulinarische Höhepunkt von Silvester. Cranachan, Clootie, Früchtebrot ... all die erinnerten Geschmäcke und Düfte ... Meine Sinne sind in Alarmbereitschaft.

Der Koffer rattert hinter mir über das bucklige Pflaster. Ich gehe an ein paar weiß getünchten Cottages mit Giebeldach vorbei und dann, näher am Wasser, an einer kleinen Reihe von Läden. Die meisten haben zu, doch der Spar hat geöffnet, ebenso der Kramladen, in dem Angelzubehör, Souvenirs und sogenannte Antiquitäten verkauft werden. Vor dem Laden knarrt ein Schild im Wind, auf dem optimistisch Eiscreme angepriesen wird.

Der Hafen liegt verlassen. Ich gehe an der Bootsrampe vorbei, die übersät ist mit Fischreusen und Netzen. Die Mole ragt hinaus in die Düsternis, am Ufer sind ein paar windgepeitschte Boote festgemacht. Von der salzhaltigen Luft und den Windböen tränen mir die Augen. Ich biege auf die Promenade ab und suche die Häuserreihe nach Annies Teestube ab. Wo ist sie? Sie kann doch nicht ... weg sein.

Ich komme an die Stelle, wo sie sich einmal befunden haben muss. In der Teestube ist es dunkel, und im Fenster ist ein Schild. Geschlossen. Ich mache die Augen zu, bis das irrationale Gefühl der Verzweiflung abebbt. Umdenken, neu anfangen. Ich bin gut darin, neu anzufangen. Weniger darin, es durchzuhalten. Ich brauche sowieso keinen Kaffee oder Kuchen.

Ich gehe weiter. Ein Stück weiter am Ufer entlang sehe ich ein Leuchtschild: das Fisherman's Arms.

Fish & Chips – auch eine Idee. Die richtigen, in Zeitungspapier gewickelt, so gründlich gesalzen und mit Essig begossen, dass die Aromen an der Zunge kleben bleiben und man noch Stunden später Durst hat. Im Sommer hat uns Dad samstagabends immer auf eine Portion dorthin mitgenommen. Dann haben wir uns am Ufer eine Bank gesucht, und die Möwen sind im Sturzflug herabgeschossen und haben sich um die heruntergefallenen Pommes gezankt. Bill hat sie immer gescheucht und dabei die Pommes auf der Bank stehen lassen, auf die sich dann wieder andere Vögel gestürzt haben. Der Teig war knusprig gebacken und der Fisch so saftig, dass er von selbst zerfiel. Wie habe ich diese Fish & Chips nur vergessen können?

Ich laufe auf das Leuchtschild zu. Der Pub ist sauber getüncht, und das Erkerfenster ist mit einer Lichterkette geschmückt. Sobald ich die Tür öffne, stürzen vertraute Gerüche auf mich ein: nach frittiertem Essen, Bier und Holzfeuer. Die Wärme zieht mich hinein. Vor wohligem Behagen überläuft mich ein Zittern.

Der Pub ist nicht voll. An ein paar Tischen sitzen Paare oder Familien und essen Fish & Chips, an einem Spielautomaten an der Tür steht ein alter Mann. Der Raum wird von Windlichtern und Wandlampen aus alten Fischerkugeln erhellt. Weiter hinten in der Ecke sehe ich eine geschnitzte Galionsfigur, eine Frau mit fließendem Haar, das mit Rosengirlanden geschmückt ist. Ich erinnere mich noch an die merkwürdig empfindliche Reaktion, die ich hatte, als mir mit etwa zwölf zum ersten Mal die nackten Brüste aufgefallen sind. Selbst jetzt kommt mir die geschnitzte Frau grell und gewagt vor.

Ich gehe zum Tresen. Die meisten Barhocker sind besetzt. Der Barkeeper steht mit dem Rücken zu mir und misst einen Whisky ab. Doch noch bevor er sich umdreht, habe ich ihn erkannt. Ich hatte keine Ahnung, dass er hier arbeitet, sonst wäre ich nicht hergekommen. Ich hätte mir vor meiner Ankunft ein Taxi bestellen oder, besser noch, in Glasgow ein Auto mieten sollen. Jetzt ist es zu spät. Er dreht sich um und entdeckt mich. *Byron.*

Er starrt mich an. Lange Sekunden vergehen. Ich weiß nicht, was schlimmer wäre: dass er mich erkennt oder dass er mich nicht erkennt. So sehr habe ich mich doch sicher nicht verändert ...

Ein Lächeln breitet sich über sein Gesicht. Er geht auf mich zu. Sein blondes Haar ist länger als damals, sein Gesicht gebräunter, als wäre er irgendwo in der Sonne gewesen. Er ist immer noch groß, und obwohl er einen grauwollenen Fischerpullover trägt, wirkt er sehr durchtrainiert. Seine Züge sind markant und attraktiv, die Konturen sind im Lauf der Jahre kantiger geworden. Byron ...

Früher einmal hätte ich für Byron einfach alles gemacht.

»Skye! Skye Turner – du bist es doch, oder?«

»Ertappt«, sage ich und bereue es sofort.

Byron schließt mich in seine kräftigen Arme. Er riecht nach Bier und Mann, und das ist so vertraut, dass mir die Knie weich werden.

»Dann lass dich mal ansehen.« Er schiebt mich auf Armeslänge von sich weg. »Gut siehst du aus. Wie lang ist es her? Zehn Jahre?«

»Fünfzehn«, sage ich heiser.

»Fünfzehn! Hast du gehört, Lachie?«

Ein rotblonder Mann mit zotteligem Bart auf einem der Barhocker dreht sich um. Ihn kenne ich ebenfalls. Lachlan McCray.

»Jep«, sagt Lachlan. Er lächelt nicht, macht nicht einmal eine freundliche Miene.

»Und du bist jetzt ein Promi!« Byrons Stimme ist so laut, dass die Leute anfangen, sich zu uns umzudrehen. Er hält mich immer noch an den Schultern.

»Nein.« Verlegen tue ich einen Schritt zurück. »Nein, bin ich nicht.«

»Ach, komm schon«, neckt Byron mich, »sei nicht so bescheiden. Klein Bill hält uns auf dem Laufenden. Wir haben dich alle auf YouTube gesehen.«

Das wird ja immer schlimmer. Als ich weggegangen bin, wussten alle, dass ich große Träume hatte. Dass ich meine Songs singen wollte, zu meinen Bedingungen, und die Welt mit poetischen Texten und bewegenden Melodien erobern wollte. Stattdessen habe ich den Großteil der Zeit aufgetakelt in Jeans und Strass verbracht und in billigen Shows und schäbigen Nachtclubs Countryklassiker gesungen. Es war wohl zu viel erwartet, dass sie das nicht wussten.

»Toll.« Es gelingt mir, mich nicht zu winden.

»Unsere Lokalmatadorin hat es geschafft«, sagt Byron. »Himmel, fünfzehn Jahre. Ich kann nicht glauben, dass es schon so lang her ist, seit ...«

Ich wappne mich. Doch er unterbricht sich. Lachlan begegnet meinem Blick. Ein kurzer Moment der Erkenntnis: Dieses Gespräch kann sich nur in Bahnen weiterentwickeln, die man lieber nicht betritt, bis Gras darüber gewachsen ist.

»... seit ich *weggegangen* bin«, beende ich den Satz für ihn.

»Hey, bleibst du über Hogmanay?«, wechselt Byron geschickt das Thema. »Wir könnten dich brauchen. Du erinnerst dich doch an das Feuerfestival, oder?«

Als ob ich das je vergessen könnte. Das Feuerfestival ist ein regionales Event, das an Silvester in fünf Dörfern gefeiert wird. Am Strand wird ein großes Feuer entzündet, an der Promenade sind Imbissstände aufgebaut und auf dem Sportplatz Fahrgeschäfte, und im Hafen findet eine Parade lichtergeschmückter Boote statt. Die Boote werden für den Winter vom Pfarrer gesegnet, und eine vom Glück begünstigte Jugendliche wird zur Königin der Flotte gekrönt. Als wir achtzehn wurden, war das Ginny. Ich erinnere mich, wie schön sie aussah vorn am Bug des ersten Bootes, wie ihr langes Haar im Wind flatterte. Für mich wäre das nichts gewesen, aber ich war wohl trotzdem ein wenig eifersüchtig, dass es nicht mich getroffen hatte. Später an diesem Abend nahm Byron am Feuer meine Hand. Er küsste mich und sagte, für ihn sei ich die Königin des Universums. Und auch wenn ich wusste, dass es nicht von Dauer sein konnte, war es in diesem Augenblick genug. Ich frage mich, ob er sich überhaupt an diesen Abend erinnert.

»Ich mache bei der Organisation der Stände und des Programms mit«, sagt er. »Wir haben schon eine Ceilidh-Band am Start. Es wäre toll, wenn du mit ihnen auftreten könntest. Nur ein, zwei Songs. Unsere Lokalmatadorin!«

Ich bezweifle, dass er sich erinnert, und wünsche mir, dass er mit diesem Groupie-Akt aufhört. Byron hatte schon immer die Gabe, zum richtigen Zeitpunkt genau das zu sagen, was man hören will. Ich kann nicht zulassen, dass er mich gleich so entwaffnet und auf die bedürftige Halbwüchsige zurückwirft. Die, die sich Lob und Anerkennung wünschte und sich nicht nur im Abglanz ihrer Zwillingsschwester sonnen wollte. Die stolz darauf war, dass er sie allen anderen vorzog.

»Ich nehme mir gerade eine Auszeit.« Ich lächle lässig. »Um die Batterien wieder aufzuladen.« Jetzt bin ich es, die gekünstelt klingt, als wäre das hier eine Art Erholungstrip, bevor ich die nächste große Sache in Angriff nehme. Aber was soll ich machen? Einräumen, dass ich mein Engagement in Las Vegas vor ein paar Monaten verloren habe? Sieht so der Small Talk unter alten Freunden – Jugendlieben – aus, die sich seit Jahren nicht mehr gesehen haben?

»Na gut, da wir schon mal beim Aufladen von Batterien sind – was kann ich dir zu trinken bringen?« Er tritt einen Schritt zurück und mustert mich. »Mal sehen, was hast du immer getrunken …? Ach ja: Whisky Cola.«

Mir steigt die Galle hoch, obwohl ich weiß, dass er nur gastfreundlich sein will. Ab und an trinke ich ganz gern etwas – vielleicht öfter, als ich sollte. Aber seit ich von hier weggegangen bin, habe ich keinen Tropfen Whisky mehr angerührt.

»Bitte nur ein Bier. Ein kleines.«

Byron runzelt die Stirn, als hätte er damit gerechnet, dass ich zu einem nachmittäglichen Besäufnis hierbleibe, statt zu meiner Mum zu gehen. Aber vielleicht hat er mich auch in Verdacht, dass ich nur hergekommen bin, um das Unvermeidliche hinauszuzögern. Und vielleicht hätte er damit sogar recht.

»Eigentlich bin ich hier, weil ich ein Taxi brauche«, sage ich. »An der Bushaltestelle hat keins gestanden.«

Er tritt hinter den Tresen, nimmt ein kleines Bierglas und schenkt starkes, bernsteinfarbenes Bier ein. Ich hole meine Karte heraus, um zu bezahlen, doch er winkt ab.

»Lachie kann dich hinfahren«, sagt Byron. »Jederzeit.«

Ich schaue zu Lachlan hinüber. Er unterhält sich gerade mit einem alten Mann mit Sherlock-Holmes-Mütze, der auf dem Barhocker neben ihm sitzt. Er unterbricht das Gespräch nicht.

»Ich will ihm keine Umstände machen«, sage ich. »Kann ich nicht irgendwen anrufen?«

»Lachie ist unser Taxifahrer«, sagt eine Frau am Ende des Tresens. »Ganz offiziell.«

Ich schaue zu ihr hin und dann zur Sicherheit noch einmal. Sie ist um die sechzig, mit faltigem, stark geschminktem Gesicht und gefärbtem orangefarbenem Haar, das ihr zottelig um das Gesicht hängt. Sie trägt eine ausladende Halskette mit Holzperlen und an allen Fingern klobige Ringe. Sie würde gut in eine Trucker-Bar in Tennessee oder Arizona passen, irgendeine traurige Spelunke, wo ein Mann auf der Durchreise für zehn Dollar praktisch alles bekommen kann. Ich fühle mich schuldig wegen dieses Gedankens, denn ich erkenne sie auch.

»Tante Annie?«, sage ich. Byron reicht mir mein kleines Bier.

Die Frau lacht rasselnd. »Heutzutage eher eine Großmutter.« Sie wedelt mit einer beringten Hand in meine Richtung. In der oberen Zahnreihe klafft eine riesige Lücke. »Du warst viele Jahre weg, Liebes.«

»Ich weiß!« In meinem Augenwinkel bildet sich eine winzige Träne. Irgendwie macht Annie MacClellans Anblick meine Rückkehr real, mehr noch, als es Byrons Anblick vermocht hat.

Sie legt den Kopf schief und sieht mich an. »Du hattest es immer so eilig, von hier fortzukommen. Warum bist du jetzt wieder da?«

In ihrer Stimme liegt eine Schärfe, die mich nervös macht. Es stimmt, als ich bei ihr gearbeitet habe, habe ich mich ständig darüber ausgelassen, was für ein Leben ich führen würde, wenn ich den Nebelschleiern von Eilean Shiel erst einmal entkommen wäre. Wie Ginny und ich große Stars werden würden, an einem besseren Ort. Aber das ist so lang her ...

Ich schenke ihr ein warmes Grinsen, um die Stimmung aufzulockern. »Ich hab deinen Clootie und dein Früchtebrot vermisst, Tante Annie. Sie haben von weit her nach mir gerufen.«

Sie lacht noch einmal, doch die kajalumrandeten Augen wirken wachsam. Ich halte das kleine Glas Bier unter die Nase und atme den herzhaften Hefeduft ein. Eigentlich will ich es gar nicht, aber ich trinke es trotzdem. Ich hätte mich zurückhalten und nicht in den Pub gehen sollen. Mich eher schrittweise an die Sache herantasten sollen. Byron, Annie, Lachlan – alle sind hier, alle sind anders. Wie Mum nach fünfzehn Jahren wohl sein wird?

Ich würge den letzten Rest Bier hinunter und stelle das leere Glas auf den Tresen. »Ich muss bloß noch aufs Klo«, sage ich. »Und dann, Lachlan, tut mir wirklich leid, aber könntest du mich zum Cottage fahren?«

Lachlan dreht sich um und mustert mich auf eine Art, die mir ein wenig unangenehm ist. Für uns war er immer das »Beinahe«-Kind gewesen. Beinahe hätte er Fußball in der Regionalliga gespielt, beinahe hätte er Abitur gemacht, beinahe hätte er studiert. Er war nie so cool wie Byron oder so reich wie James, er war nie so witzig oder gescheit wie wir anderen – oder so eitel und eingebildet. Und dennoch war Lachlan immer irgendwo im Hintergrund dabei. Hat beobachtet. Geurteilt. Ich freue mich nicht darauf, von ihm gefahren zu werden.

»Klar«, sagt er.

»Danke.« Ich gehe zur anderen Seite des Tresens, wo eine Tür zu den Klos und dem Pooltisch im ersten Stock führt. Der Korridor wird nicht beheizt, und nach der warmen Kneipe trifft mich die Kälte ziemlich unvermutet. Auf dem Klo starre ich mein Spiegelbild lange an. Als ich von hier weggegangen bin, war ich gerade einmal zwanzig. Jetzt bin ich fünfunddreißig. Mein Gesicht ist schmaler geworden, mein dunkles Haar länger. Meine Augen sind das Schönste an mir: grün mit nussbraunen Sprenkeln. Aber in diesem Licht wirken sie beinahe blau. Mehr wie Ginnys.

Größtenteils haben Ginny und ich uns nicht sehr ähnlich gesehen. Sie war blond und hellhäutig und umwerfend schön. Die meisten Leute waren überrascht, wenn sie erfuhren, dass wir Schwestern, ja sogar Zwillinge waren. Weniger erstaunt waren sie darüber, dass ich die ältere war, wenn auch nur um ein paar Minuten. Dad hat immer gesagt, dass ich eine »alte Seele« hätte. Ginny dagegen war ein kleines Mädchen, das nicht erwachsen werden wollte. Ein freier Geist, widerspenstig und nicht zu bändigen.

Ich spritze mir Wasser ins Gesicht und lege Lipgloss auf. Es wird Zeit, ich kann es nicht länger hinauszögern. Ich muss zu Mum fahren. Ihr gegenübertreten. Herausfinden, ob es wirklich möglich ist, nach all den Jahren heimzukehren.

Als ich wieder in die lärmende Kneipe komme, bilde ich mir ein, es träte für einen winzigen Augenblick Stille ein. Ich höre eine Stimme. Tante Annie redet mit dem Mann neben ihr: »… tote Schwester.«

Ich muss hier raus. Panik keimt in mir auf, genau wie vorhin im Bus. Panik mit einem Schuss Resignation. Hier werde ich immer dieses Mädchen sein, selbst wenn ich einmal so alt wie Annie MacClellan bin. Manchen Dingen kann man einfach nicht entkommen. Ich sollte es wissen. Ich bin seit fünfzehn Jahren auf der Flucht. Und nun bin ich wieder genau da, wo ich angefangen habe.

3. KAPITEL

Vor dem Pub weht ein unerbittlicher Wind, er treibt mir den Regen ins Gesicht. Die Boote, die vor Anker liegen, knarren und ächzen, die Wellen donnern gegen das befestigte Ufer. Schon beim ersten Schritt ins Freie ist mein Mantel von Regen und Gischt durchweicht. Das Gute an diesem Wetter ist, dass es gar nicht infrage kommt, mit Lachlan ein gemütliches Gespräch anzufangen. Wir beide ziehen den Kopf ein und laufen, so schnell wir können.

Lachlans Wagen, ein Nissan Qashqai, steht in der Nähe der Bushaltestelle. Er öffnet die Zentralverriegelung, und ich hieve meinen Koffer hinten rein. Im Nissan ist es eiskalt, aber wenigstens trocken. Sobald ich die Tür schließe, wird mir merkwürdig schwindelig. Ich hasse es, als Beifahrerin in einem Auto zu sitzen, ich habe dann das panische Gefühl, die Kontrolle zu verlieren. Wenigstens ist es nur eine kurze Strecke.

Als Lachlan den Wagen startet, plärrt die Stereoanlage los. Ich erkenne die CD: *Capernaum* von den Tannahill Weavers, einer schottischen Folkband. Unerwartet überkommt mich Nostalgie. Als wir Teenager waren, kannte Ginny sämtliche Texte auswendig, während ich die Akkorde auf der Gitarre nachspielen konnte.

Lachlan stellt die Musik abrupt ab. »Und, für wie lang bist du hier?«, sagt er. Er schaltet die Scheibenwischer auf die höchste Stufe, aber vor uns ist trotzdem eine Wasserwand.

»Ich weiß es noch nicht.«

Er nickt. Wir fahren vom Parkplatz auf die Hauptstraße, die in Richtung Norden dicht an der Küste verläuft. Ich brauche nicht auf die in Englisch und Gälisch gehaltenen Wegweiser zu schauen, ich kenne den Weg im Schlaf.

»Ist lang her, seit sie gegangen ist«, sagt er.

Ich brauche einen Augenblick, bis mir klar wird, dass er »sie« statt »du« gesagt hat.

»Gegangen?«, wiederhole ich. »Du meinst Ginny? Ginny ist tot.« Die Worte klingen im Wagen nach, übertönen das Rauschen des Regens. Ich umklammere den Türgriff und wünsche mir, ich könnte aussteigen und zu Fuß gehen.

»Ja. Das hab ich gemeint.« Er seufzt. »Vor ein paar Tagen habe ich im Radio den Song gehört, den ihr beiden immer gesungen habt, *The Bonny Swans*, weißt du noch? Mann, das ist ziemlich düsteres Zeug.« Er lacht verlegen auf. »Das mit der Harfe?«

Ich lache auch, denn andernfalls müsste ich ausflippen. *The Bonny Swans* basiert auf einer traditionellen Ballade namens *The Cruel Sister*. In dem Lied ertränkt die »grausame« dunkelhaarige Schwester ihre jüngere Schwester, weil sie deren Liebsten, einen Prinzen, für sich will. Ein Müller fertigt aus dem Brustbein des toten Mädchens eine Harfe und bespannt sie mit ihrem goldblonden Haar. Er bringt die Harfe zum Schloss und legt sie dem König und der dunklen Schwester vor, die jetzt die Königin ist. Die Harfe beginnt von selbst zu spielen und singt, dass die Königin ihre Schwester ermordet habe.

Die Version, die wir immer gesungen haben, stammte von Loreena McKennitt, der kanadischen Folksängerin. Wie sie hatte auch Ginny eine reine, klare Stimme – eine besondere Stimme, die für Großes ausersehen war. Wir haben die Ballade gesungen und miteinander gelacht, es war immer albern und lustig. Wir liebten makabre Lieder. Damals, als wir noch keinerlei Erfahrungen mit dem Tod hatten sammeln müssen.

»Es ist ein sehr altes Lied«, sage ich. »Die waren oft ziemlich düster.«

»Jep«, sagt Lachlan. »Vielleicht bin ich sentimental, aber ich mag die alten Lieder. Ich wünschte, wir hätten hier eine Folkmusikszene. Ich sage Byron immer, dass er mal eine Session im Arms veranstalten soll. Aber auf dem Ohr ist er taub. Kein Interesse.«

»Das ist schade«, sage ich. In Wirklichkeit bin ich erleichtert, dass es hier am Ort keine Musikabende gibt. Als Dad noch gelebt hat, sind wir beinahe jede Woche auf einem gewesen, in einem Pub oder einem Gemeindesaal in der Nähe. Die Musiker reisten von weit her an, um Musik zu machen, Gälisch zu sprechen und sich zu amüsieren. Die Leute wechselten sich ab bei der Führung und dem Ausrufen der Stücke. Noten gab es keine, wenn man den Song nicht kannte, improvisierte man. Je nachdem, wer gerade da war, klangen dieselben Melodien von einer Woche zur anderen völlig unterschiedlich. Wenn der Abend fortgeschritten und reichlich Bier geflossen war, kamen die Songs an die Reihe. Ich sehe Dad noch vor mir, wie er mit seiner Reibeisenstimme *Ae Fond Kiss* oder *Ye Banks and Braes* gesungen hat, während ihm die Tränen über das Gesicht liefen, und all die anderen harten, wackeren Männer stimmten ein. Über diesen Nächten lag ein Zauber. Es waren die besten meines Lebens, glaube ich.

Dank Lachlan setzt sich *The Bonny Swans* in meinem Kopf fest und spielt dort nun in Endlosschleife. Ich sitze schweigend da, während wir die Fahrt fortsetzen. Die Straße schlängelt sich an den kleinen, mit Häusern gesprenkelten Buchten entlang und verengt sich dann zu einer Spur, als es Richtung Halbinsel geht. Vor den Scheinwerfern rauscht der Regen wie aus Eimern herab, es ist, als wären wir unterwegs zum Ende der Welt.

»Ich habe über diesen Abend viel nachgedacht«, sagt Lachlan. »Ich glaube, er hat mich verändert. Das alles war so schrecklich. So ... unerwartet.«

Ich gebe keine Antwort. Vermutlich muss ich das alles als Teil meiner Strafe akzeptieren. Dafür, dass ich weggeblieben bin und ... dass ich zurückgekommen bin. Gewissermaßen ist es eine Erleichterung, dass er es offen anspricht. Dass er, im Gegensatz zu Byron, nicht so tut, als wären wir einfach alte Freunde, die nach Jahren ein freudiges Wiedersehen feiern.

»Also, wahrscheinlich willst du nicht darüber reden«, fügt er hinzu, »aber manchmal frage ich mich, was *wirklich* passiert ist, weißt du, was ich meine?«

»Nein«, erwidere ich ausdruckslos, »weiß ich nicht. Wir wissen doch alle, was passiert ist.«

Alle außer mir, aber das sage ich nicht. Ich habe überhaupt keine Erinnerungen an diesen Abend.

»Hast ja recht ...« Er zögert einen Augenblick. »Es ist nur, dass im Dorf geredet wurde, vor einiger Zeit ...«

»Bitte, Lachlan«, sage ich. »Können wir uns über etwas anderes unterhalten?«

»Klar, tut mir leid.« Blinzelnd schaut er auf die dunkle Straße vor uns.

»Nein, schon gut.« Ich schlucke heftig. »Es ist nur – ich bin hergekommen, um Mum zu sehen. Nicht um wieder hervorzukramen, was damals passiert ist. Ich vermisse Ginny jeden Tag, jede Sekunde. Sie war meine Zwillingsschwester. Und ich weiß nicht – vielleicht klingt es herzlos –, aber ich habe versucht, das alles hinter mir zu lassen. Verstehst du?«

»Jep, schon klar.« Er wirft mir ein Lächeln zu, das fast sehnsüchtig ist. Byron hat mich immer damit aufgezogen, dass Lachlan in mich verknallt wäre. Damals habe ich das nicht geglaubt, und jetzt ist es total unerheblich. »Jedenfalls ist es schön, dich zu sehen.«

»Danke«, sage ich. Ich bringe es einfach nicht über mich, das Kompliment zu erwidern.

»Bestimmt freut sich deine Mum, dass du wieder da bist«, fügt er hinzu. »In letzter Zeit haben wir sie nicht oft zu sehen bekommen. Seit ihrem Sturz nicht.«

Dass er Mums Sturz erwähnt, bringt mich etwas aus dem Takt, auch wenn es mich nicht überraschen sollte – an einem Ort wie diesem gibt es einfach keine Geheimnisse. Vermutlich weiß er mehr als ich über Mums generellen »Zustand«. Bill hat in seinen E-Mails zwar immer darauf angespielt, sich aber nie näher dazu geäußert.

»Nun ja, also, ich hoffe, dass ich ihr helfen kann, solange ich hier bin.«

»Jep. Sie hat wohl viel zu tun mit den Ferienwohnungen«, sagt er, das Thema wechselnd. »Das war eine gute Entscheidung.«

Ich habe mitbekommen, dass Mum die beiden Wirtschaftsgebäude auf dem Grundstück vor einigen Jahren hat renovieren lassen. Anscheinend hat sie eine Hypothek auf das Cottage aufgenommen (schon das war eine Riesensache: Meine Eltern haben Dinge wie Banken und Schulden immer verachtet) und einen ortsansässigen Bauunternehmer beauftragt, die beiden Häuser bis auf die Außenwände zu entkernen. Die Baugenehmigung und die nötigen Lizenzen hat sie ganz allein besorgt. Damals dachte ich, wenn sie all das geschafft hat, muss es ihr wohl gut gehen. Ich wollte es glauben ...

»Sie war den ganzen Sommer über ausgebucht«, fügt er hinzu. »Die eine ist sogar jetzt noch vermietet.«

»Wirklich?« Mir gelingt ein leises Lachen. »Wer kommt denn jetzt im Dezember hierher?«

»Irgendein Künstler aus dem Süden.« Er rümpft herablassend die Nase. »Oft habe ich ihn noch nicht gesehen.«

»Vermutlich festgefroren.«

»Genau.«

Lachlan biegt auf eine Schotterstraße, die über ein schmales Stück Land führt. Dahinter erheben sich die dunklen Hügel der

Halbinsel. Eigentlich war die Halbinsel, auf der Mums Cottage steht, einmal eine Insel, doch im 19. Jahrhundert füllte ein Kleinbauer den schmalen Meeresarm zwischen Insel und Festland mit Felsen und Bruchsteinen, um den Weg anzulegen. Auf der anderen Seite kommen wir durch ein kleines Wäldchen aus moosbewachsenen Eichen und Rhododendren. Dahinter führt der Weg in eine geschützte Senke, wo die Häuser liegen. Wir erreichen das Gatter. Ich mache mich bereit, dem Regen zu trotzen und auszusteigen, um es zu öffnen, wie ich es tausendmal getan habe. Doch Lachlan springt als Erster aus dem Wagen.

Er öffnet das Gatter, kommt pitschnass in den Wagen zurück und fährt durch. Ich bleibe sitzen, als er ein zweites Mal aussteigt und das Gatter schließt. Es bringt ja nichts, wenn wir beide nass werden. Ein paar Minuten später halten wir im Hof von Croft-Cottage. Von innen dringt ein gelblicher Lichtschein nach draußen. Am Küchenfenster steht eine Gestalt. Mein Magen krampft sich zusammen. *Mum.*

4. KAPITEL

Lachlan parkt vor dem Cottage und lädt meinen Koffer auf dem nassen Kies ab. Ich sitze im Wagen und starre hinaus auf den Regen, der über die Windschutzscheibe läuft. Jetzt, wo ich den weiten Weg hinter mich gebracht habe, scheint es mir unmöglich, die letzten paar Meter zu gehen, die mich zurück an den Ort führen werden, an dem ich aufgewachsen bin, und mit der Person vereinen, die für mich der wichtigste lebende Mensch ist. Meine eigene Mutter, die ich wie all meine Kindheitserinnerungen bequemerweise vom Nebel der Vergangenheit habe verschlucken lassen ... weil sie das so wollte.

Die Worte, ausgesprochen vor so langer Zeit, bohren sich wieder in mein Bewusstsein.

Ich weiß, dass es nicht richtig ist, aber ich gebe ihr die Schuld ...

Meine Hand schließt sich wie eine Kralle um den Türgriff. Lachlan runzelt die Stirn, als er zum Wagen zurückkehrt. »Alles in Ordnung?«, fragt er.

»Alles prima.« Ich lockere den Griff, ringe mir ein Lächeln ab. »Ich drück mich nur vor dem Regen. Wie viel bekommst du von mir?«

»Das geht aufs Haus.« Ich spüre, dass er sich von meiner betont lässigen Haltung nicht täuschen lässt. In Wirklichkeit habe ich panische Angst. Bestimmt hat er es bemerkt. »Gib mir im Pub ein Bier aus, wenn du dich eingewöhnt hast.«

»Das mache ich«, sage ich. »Vielen Dank fürs Herfahren.«

»Na klar.«

»Und jetzt ... lauf ich mal besser los.«

Ich steige aus dem Nissan, packe meinen Koffer und eile unters Vordach. Erleichtert stelle ich fest, dass er nicht abwartet, bis ich drinnen bin. Die gelben Lichtkegel der Scheinwerfer gleiten über mich, als der Wagen zurückstößt und auf dem knirschenden Kies davonfährt.

Das Cottage hat sich verändert. Die Tür ist in einem hübschen Kornblumenblau gestrichen, auf der Eingangsstufe stehen ein Paar Gummistiefel mit Blumenmuster und ein Korb mit Muscheln und Kieseln vom Strand. Früher waren rings um den Eingang immer schlammige Stiefel, alte Schlittschuhe, Fossilien und Fahrräder verstreut. Selbst das Wasser, das sich aus dem Rinnstein ergießt, wirkt inzwischen ordentlich. So ist Mum wohl geworden, nachdem sie all die Jahre allein gelebt hat. Wieder schwellen die Schuldgefühle an, und ich schließe die Augen, bis sie nachlassen. Ich kann nicht rückgängig machen, was ich getan habe, und ich habe keine Ahnung, wie sie mich aufnehmen wird. Werde ich ein Urteil in ihrem Blick sehen, Vorwürfe? Wird sie mich ansehen und sofort an Ginny denken? Oder wird sie mich gar nicht erkennen?

Es wird Zeit, sich der Antwort auf diese Fragen zu stellen. Ich konzentriere mich auf die eine unverrückbare Tatsache, klammere mich daran wie eine kleine Pflanze an die Kante eines Abgrunds.

Sie ist meine Mum, und ich liebe sie.

Ich klopfe an die Tür. Regentropfen schlagen den Takt, während ich warte. Von innen ist kein Laut zu hören. Auch das ist anders als in meiner Kindheit, wo wir immer mindestens einen Hund hatten, manchmal sogar drei, die gebellt haben, wenn jemand an der Tür war.

Die Stille macht mich nervös. Mum war in der Küche, da hat sie den Wagen doch sicher gesehen. Mit jeder Sekunde, die verstreicht, schlägt mein Herz schneller. Bills E-Mails waren meist

Variationen von: »Ich weiß, dass Du viel zu tun hast, aber es wäre toll, wenn Du Mum anrufen könntest«, oder: »Nur zur Erinnerung: Nächste Woche hat Mum Geburtstag.« In den letzten Jahren waren die Nachrichten jedoch vorsichtiger formuliert. »Mum hat oft Schwierigkeiten, sich an Dinge zu erinnern.« – »Manchmal ist Mum desorientiert.« Und in den letzten Monaten dann pointierter: »Wir müssen miteinander reden. Allein schaffe ich das nicht.« Ich wusste nie, wie ich auf diese Botschaften reagieren sollte. Zu wissen, dass mein Bruder vermutlich nur das Schlechteste von mir dachte, mich für herzlos und gleichgültig hielt, tat weh. Und vielleicht hätte ich ihm sagen sollen, warum ich mich all die Jahre ferngehalten habe. Vielleicht ist es dafür noch nicht zu spät …

Ich klopfe noch einmal, lauter diesmal. Ich beginne zu zittern, und das nicht nur vor Kälte.

Und dann höre ich es endlich: ein Geräusch von innen. Langsame Schritte, die sich der Tür nähern. Nach jedem Schritt ein dumpfer Schlag. Die Kette rasselt. Dann geht die Tür auf.

»Mum«, sage ich. Meine Stimme ist heiser.

Sie ist kleiner und dünner, als ich sie in Erinnerung habe, ihr Pagenkopf ist vollkommen weiß. Aber der warme Duft nach Lavendel und Apfel hat sich nicht verändert. Ihr Gesicht ist faltig geworden, doch die braungrünen Augen sind dieselben geblieben.

»Skye …?« Sie hebt die Hand fast bis an mein Gesicht, und ich sehe, dass sie zittert. Und dann verliere ich endgültig die Fassung. Ich öffne die Arme und erdrücke sie beinahe. Meine Tränen fallen auf ihr Haar, und sie zittert, während ich sie festhalte. Doch gleichzeitig lächle ich, und irgendwo in mir versucht die Sonne die bisher so undurchdringlich wirkenden Wolken zu durchbrechen.

Sie erholt sich als Erste, entzieht sich meinem Griff und hält mich auf Armeslänge von sich ab. »Du bist es wirklich«, sagt sie mit einem Beben in der Stimme.

Was immer ich in diesem Moment auch sagen wollte – was immer ich mir zurechtgelegt habe –, es bleibt auf der Strecke. In diesem Moment ist kein Platz für all die Entschuldigungen, die ausgesprochen werden müssen, zumindest von meiner Seite. Es ist, als hätte sich eine Blase gebildet um uns, zwei Menschen, deren Existenz untrennbar miteinander verbunden ist. In diesem Augenblick bin ich froh, am Leben zu sein.

»Ja«, sage ich. »Es tut so gut, dich zu sehen.«

»Du bist pitschnass.« Sie begibt sich in die Rolle der Fürsorgenden. »Ich setze Wasser auf.«

Sie macht sich auf in Richtung Küche, und mir wird klar, warum sie so lang gebraucht hat, um an die Tür zu kommen. Sie stützt sich auf einen Stock. Am linken Fuß trägt sie einen dunklen Nylonstrumpf, aber keinen Schuh. Ihr Gang ist langsam und steif, ihr Rücken ist gebeugt. Ich bin ein wenig schockiert. Mum war immer so robust. Die Stütze unserer Familie, so stark, dass es beinahe beängstigend war. Doch nun wirkt sie ... alt.

Ich ziehe meinen nassen Mantel aus und hänge ihn an einen Haken neben der Tür. Meine Stiefel stelle ich neben die säuberlich aufgereihten Schuhe darunter. Auch das Cottage wirkt kleiner, die Decke niedriger, als ich in Erinnerung habe. So sauber und aufgeräumt ist es jedenfalls nie gewesen. Als ich neunzehn und Bill sechzehn war, lagen unsere Sachen überall herum. Bill war begeisterter Rennradler und wollte einmal an der Tour de France teilnehmen – ein Ziel, das er aus den Augen verlor, sobald er den Führerschein machte. Ich weiß noch gut, wie das riesige Rad in diesem Zimmer stand, dazu sein Shintyschläger, Schlittschuhe und die Rugbysachen. Daneben die Musikausrüstung: Gitarren und Ständer, Verstärker, Koffer – ein Wunder, dass in dem Raum überhaupt noch Platz für Möbel und Menschen war.

Das alles ist jetzt verschwunden. An der Wand gegenüber steht ein Sofa, vor dem Kamin zwei Sessel. Kann sein, dass es das alte

Sofa, die alten Sessel sind, aber wenn, dann sind sie neu bezogen worden mit blauem Cord, darauf als Akzente Kissen mit blauweißem Blumenmuster. Die Nostalgikerin in mir hat auf einen Weihnachtsbaum gehofft; in unserer Kindheit hat Mum sich für Weihnachten immer vollkommen verausgabt. Jetzt jedoch könnte es jede Jahreszeit sein.

In gewisser Weise bin ich erleichtert, dass sich so viel verändert hat. Vielleicht hat Mum das Bedürfnis verspürt, die Erinnerungen und die Trauer jener Zeit herauszulösen und auszulöschen, genau wie ich. Sie konnte es sich nur nicht erlauben, dazu um die halbe Welt zu fliehen. Sie musste sich mit einem neuen Sofabezug und neuen Kissen zufriedengeben.

Mein Blick fällt auf die Fotos auf dem Kaminsims. Wie lange ich auch bleibe, es wird viele Dinge geben, denen ich mich stellen muss. Dazu gehören auch die Fotos.

Ich sehe mir jedes an, versuche gelassen zu bleiben. Wenn wir eine normale Familie wären, wäre ich vielleicht ein wenig pikiert, dass auf den meisten Bill, seine Frau Fiona und ihre drei Kinder zu sehen sind. Ein Hochzeitsbild ist dabei, ein Foto der fünf, wie sie an einem Strand einen riesengroßen Fisch in die Höhe halten; Bill mit einem Baby auf dem Arm, zwei Kleinkinder und ein kleines Mädchen beim Grimassenschneiden in einer Badewanne, dasselbe kleine Mädchen an einem Klavier. Als ich die Reihe von Fotos abgehe und zu den letzten drei komme, schnürt es mir die Kehle zu. Da ist ein Foto von Ginny und mir auf einer Bühne, wie wir ins Mikrofon singen, und unsere Schulfotos vom Abschlussjahr.

Ich starre auf Ginnys Foto. Vielleicht ist es der Umstand, dass auf Schulbildern keiner je gut aussieht, aber sie wirkt irgendwie *weniger* als das Mädchen in meiner Erinnerung. Weniger schön, weniger talentiert. Als hätte die Kamera ihr Wesen nicht einfangen können: ihre wunderbare Art, das Strahlen in ihren Augen.

Plötzlich überrollt mich eine Welle der Trauer. Die echte Ginny – meine Ginny – ist nicht mehr.

»Ich habe Shortbread und Ingwerkekse. Was möchtest du lieber?«

Mum ist zurück ins Zimmer gekommen. Sie stützt sich auf ihren Stock und beobachtet mich dabei, wie ich die Fotos betrachte. Die Falte zwischen ihren Brauen vertieft sich ein wenig. Kekse sind jedoch ein Thema, mit dem ich fertigwerde. »Shortbread«, sage ich. »Ich kann es aber auch holen.«

Sie wischt mein Hilfsangebot beiseite. Ich folge ihr in die Küche. Während der letzten Jahre habe ich mir hin und wieder schottisches Shortbread im Supermarkt gekauft, manchmal haben es mir Leute auch zu Weihnachten geschenkt, weil sie dachten, dass ich mich über einen solchen kulinarischen »Gruß aus der Heimat« freuen würde. Aber die gekauften Mürbteigkekse haben nie so gut geschmeckt wie Mums Shortbread, das so üppig und zartschmelzend buttrig war.

Mum lehnt ihren Stock an die Spüle und gießt kochendes Wasser in die Teekanne. Es ist dieselbe Teekanne, an die ich mich aus meiner Kindheit erinnere, rosa Rosen an einem goldenen Spalier. Sie wirkt fehl am Platz, aus der Zeit gefallen. Alles andere hat sich so verändert. Die Wände, einst gelb, sind in einem neutralen Cremeton gestrichen. Die Arbeitsplatten sind neu, und der große Holztisch, der beinahe den ganzen Raum eingenommen hat, ist durch einen kleineren Tisch aus hellerem Holz ersetzt worden. Die Vorderseite des Kühlschranks, einst voller Bescheinigungen, Merkzettel und Benachrichtigungen der Schule, ist nun leer bis auf ein rot gestreiftes Küchentuch an einem Magnethaken. In der Nähe des Hinterausgangs steht ein Recyclingeimer. Obenauf liegt ein Karton mit Schottenkaro: Walkers Shortbread. Kam Mums Shortbread schon immer aus der Packung? Habe ich mir nur eingebildet, dass sie es selbst gebacken hat?

Verlegen trete ich von einem Fuß auf den anderen. »Toll, wie du das Haus renoviert hast«, versuche ich es mit Small Talk. Mum stellt die Teekanne auf ein Tablett, daneben zwei Tassen und den Teller mit Keksen. Ich strecke die Arme aus, um das Tablett zu nehmen, doch Mum versperrt mir den Weg. Das Geschirr klirrt und klappert, als sie ohne Stock zögerlich einen Schritt auf den Tisch zu macht. Ich halte den Atem an, bereit, sie aufzufangen ...

Sie stellt das Tablett ohne Zwischenfall auf dem Tisch ab.

»Setz dich doch bitte«, sagt sie.

Ich setze mich. Scharrend zieht sie sich einen Stuhl heran und lässt sich darauf sinken. Unter der blauen Baumwollbluse kann ich die scharfen Konturen ihres Schlüsselbeins ausmachen.

»Das Haus hatte es dringend nötig.« Mum teilt die Tassen aus, weiß mit Goldrand, nicht die blauen Steingutbecher, die wir früher hatten, und gießt uns Tee ein. »Annie aus dem Dorf hat mir geholfen. Sie ist jetzt wieder verheiratet, mit einem Schreiner. Greg heißt er.«

»Ich habe sie im Pub gesehen, als ich mir ein Taxi geholt habe.« Ich nehme einen Schluck Tee: eine Mischung aus Hagebutte und Earl Grey. »Sie wirkt, ähm ... anders.«

»Nun, das trifft wohl auf uns alle zu.« Mum nippt an ihrem Tee und verzieht das Gesicht, als hätte sie sich die Kehle verbrüht.

»Ja.« Ich weiß nicht recht, wie ich auf diese unwiderlegbare Tatsache reagieren soll. Älter, trauriger und vermutlich nicht viel klüger. Zumindest in meinem Fall. »Byron habe ich auch gesehen, hinterm Tresen. Und Lachlan ist der Taxifahrer. Aber das weißt du ja sicher alles.«

Sie starrt in ihre Teetasse, als wüsste sie nicht, was sie sagen soll. Genau wie ich.

»Ja«, sagt sie. »Und in dem einen Cottage ist ein Mann abgestiegen. Im kleineren, dem Skybird.«

Skybird ... Warum hat Mum diesen Namen gewählt? *Skybird* war einer der letzten Songs, die Ginny und ich zusammen geschrieben haben. Es war unsere achtzehnjährige Version der Legende von Tristan und Isolde. Isolde steht am Ufer und wartet darauf, dass ihr Liebster zurückkehrt. Am Horizont sieht sie ein Boot mit schwarzen Segeln, was bedeutet, dass Tristan tot ist. Während Isolde sich ins Meer stürzt und ertrinkt, steigt eine Schar Krähen von den Masten auf und gibt den Blick auf weiße Segel frei. Tristan sieht Isolde im Wasser treiben, die Vögel kreisen um ihre Leiche.

Unsere Songs damals waren fast alle lachhaft schlecht. Aber auf *Skybird* waren wir stolz. Ich kann noch hören, wie meine Schwester den Refrain singt, mit ihrer hohen, reinen Stimme: »Flieg, Vogel, flieg in den Himmel, bring meinen Liebsten zurück zu mir.« Wenn Ginny eine Note hielt, erinnerte das Vibrato an einen tanzenden Kreisel, an eine vollkommene Schneeflocke, die sorglos vom Himmel herabwirbelt.

Mich fröstelt, und ich nehme noch einen Schluck Tee. Mum scheint auch gefangen in einer Erinnerung. Verstohlen schiebe ich meinen Teller mit Keksen zu ihr hinüber, und sie isst, ohne sich dessen bewusst zu sein. »Wie schön, wenn wir wieder Musik im Haus haben, jetzt, wo Skye zurück ist«, sagt sie. »Darauf freue ich mich schon. Du kannst dann singen ...«

Meine Hand mit der Teetasse verharrt auf halbem Weg zum Mund.

»Ich habe deine schöne Stimme so vermisst, Ginny.«

Eine Bemerkung aus Bills letzter E-Mail kommt mir in den Sinn. »Meistens geht es ihr gut. Manchmal ist sie aber völlig desorientiert.«

Meine Hand zittert, und ich setze die Tasse ab. Ich wünschte, ich hätte zurückgemailt und gefragt, was ich tun muss. Versuche ich es mit liebevoller Strenge und erkläre ihr ruhig, dass sie Ginnys schöne Stimme nie mehr hören wird, weil Ginny nämlich tot ist? Oder wechsle ich das Thema in der Hoffnung, dass sie von selbst in die Realität zurückfindet?

Ich probiere es mit Letzterem.

»Wann kommt eigentlich Bill? Ich freue mich wirklich darauf, die Kinder wiederzusehen. Das letzte Mal ist schon eine Weile her.« Ich schwafle weiter: »Vor eineinhalb Jahren habe ich sie gesehen, habe ich dir das schon erzählt? Sie waren in Disney World in Florida. Ich hatte einen Auftritt in Charlotte – das ist in North Carolina – und bin an einem Wochenende runtergefahren und habe mich mit ihnen getroffen.«

Ich beobachte sie. Die Fantasiewelt, in der sie eben noch verharrt hat, scheint zerschlagen. Ihre Miene wird ausdruckslos, und sie wirkt verwirrt. Sie öffnet den Mund und schließt ihn wieder, ohne etwas zu sagen.

»Ich habe unterwegs ein paar Geschenke besorgt«, fahre ich fort. »Nur ein paar Kleinigkeiten. Und was meinst du, könnten wir einen Baum aufstellen? Also, ich will dir keine zusätzliche Arbeit machen – oder mir ...«, ich lache verlegen, »... aber es wäre doch schön für die Kinder. Ist der Weihnachtsschmuck noch oben auf dem Dachboden? Ich könnte ihn runterholen ...«

Mum seufzt. Ich spüre, dass sie jetzt wieder voll da ist und die Wirklichkeit nicht so hübsch ist wie ihre Dämmerwelt. »Dein Dad hat sich jedes Mal den Kopf an diesem Balken angestoßen, wenn er die Kisten runtergeholt hat«, sagt sie. »Erinnerst du dich?«

»Ja«, sage ich und spüre erneut den schmerzlichen Verlust. Dad war ein sanfter, bescheidener Mann, der für jede Lage ein freundliches Wort und einen tröstlichen Spruch auf Lager hatte. In seinem kleinen roten Lieferwagen fuhr er beinahe jeden Tag an die hundert Meilen, um die Post in den Dörfern und Gehöften an der Küste zuzustellen. Er hat nie einen Tag gefehlt, egal, welches Wetter war. Die Musik war Dads Leidenschaft. Er spielte Gitarre und Flöte, und wir verbrachten ein paar Sommer in quälender Geräuschkulisse, als er vergeblich versuchte, sich das Dudelsackspielen anzueignen. Er liebte die mitreißenden Lieder der Jakobiten, in denen Bonnie Prince Charlie gepriesen wurde, und er schmetterte sie in seiner schrecklichen Singstimme, während wir anderen mit den Füßen den Takt dazu schlugen und lachten. Wie Dad habe auch ich mich für Instrumente entschieden. Mit zwölf konnte ich Gitarre, Mandoline, Geige, Bodhrán und Keyboard spielen. Ginny spielte Gitarre und brachte sich selbst das Spiel auf einer keltischen Harfe bei, die jemand im Dorf hatte loswerden wollen. Größtenteils jedoch war Ginny die Sängerin, der Star. Zusammen waren wir ein großartiges Team.

Und dann, als ich sechzehn war, starb Dad. Eines Morgens half er auf seiner Zustellrunde einem Bauern, bei strömendem Regen ein Kalb in Steißlage auf die Welt zu bringen. An jenem Abend bekam er eine Erkältung, die sich zu einer Lungenentzündung auswuchs. Er versuchte Witze darüber zu machen: »Fühlt sich an, als säße ein Elefant auf meiner Brust«, und: »Hab mir einen Bazillus eingefangen, aber das wird schon wieder.« Wir glaubten ihm: Dad log nie, und in diesen Zeiten starb doch niemand an Lungenentzündung. Der Arzt kam, Dad wurde ins Krankenhaus gebracht. Ich glaube, das Schlimmste für ihn war, dass er dort starb anstatt zu Hause. Allerdings hatte er das Glück, von den späteren Ereignissen verschont zu bleiben.

Mum nahm Dads Tod mit einer Fassung hin, die auf ihrer schottischen Unerschütterlichkeit gründete. Ich sehe sie noch vor mir, wie sie während der Trauerfeier neben seinem Sarg stand, die Lippen zu einer dünnen, geraden Linie zusammengepresst. Vielleicht war es Dads Tod, der die langsame Abwärtsspirale unserer Familie in Gang setzte. Ich weiß es nicht. Als Dad starb, habe ich den Menschen verloren, den ich auf der Welt am meisten liebte. Aber als Ginny dann drei Jahre später starb, war mir, als wäre die Hälfte meiner Seele für immer ausgelöscht.

Und Mum ... Dads Tod traf sie härter, als sie uns zeigen wollte. Sie wurde strenger, schärfer – zumindest äußerlich. Nachts jedoch glaubte ich manchmal zu hören, wie sie mit ihm sprach, als wäre er bei ihr im Zimmer. Manchmal habe ich sie auch weinen hören.

Als Ginny starb, weinte sie nicht. Vielleicht tat sie es ja später. Ich blieb nicht lang genug bei ihr, um es herauszufinden.

Ich lächle Mum wehmütig an. »Ich erinnere mich. Das war die einzige Gelegenheit, bei der er geflucht hat.«

»Ja, dein Dad mochte es nicht, wenn geflucht wurde.« Mum gießt mir den letzten Rest Tee ein. »Er hat immer gesagt, dass wir zu klug dafür sind, dass wir uns besser ausdrücken können und derartige Worte nicht in den Mund zu nehmen bräuchten.«

»Ja«, sage ich liebevoll. Das war typisch Dad.

»Wie auch immer ...« Mum zuckt mit den Achseln. »Die Kisten sind noch da oben, falls du sie runterholen möchtest. Nachdem ich die meisten Jahre allein war, habe ich mich damit natürlich nicht abgegeben.«

Ich analysiere die Art und Weise, wie sie das sagt, um zu sehen, ob es als Seitenhieb gedacht ist oder ob sie mir ein schlechtes Gewissen machen möchte. Soweit ich jedoch feststellen kann, konstatiert sie einfach nur eine Tatsache.

»Kann ich verstehen«, sage ich neutral. »Gibt es sonst noch etwas, was ich tun könnte? Ich würde dir gern ein wenig helfen, solange ich hier bin.«

Mum wirft mir von der Seite ein Stirnrunzeln zu, fast als wäre ich eine Fremde. Wird es so weitergehen? Werde ich mir wegen jedes Blicks, wegen jeder Wolke, die über ihr Gesicht zieht, Gedanken machen? Mich sorgen, dass sie mich nicht erkennt, dass sie mich eigentlich gar nicht bei sich haben will?

»Ich meine, dann kannst du dein Bein schonen«, fahre ich fort. »Ich kann für dich einkaufen gehen oder dir beim Aufräumen und Putzen helfen. Ich muss allerdings zugeben, dass ich immer noch eine lausige Köchin bin.« Ich grinse sie verlegen an. »Das solltest du also vielleicht lieber nicht an mich delegieren.«

Ich stelle das Geschirr auf dem Tablett zusammen. Ich gebe mir so große Mühe. Zu große. Mum reagiert nicht. Es bringt mich um, dass sie so gleichgültig wirkt. Ihr geht jede Lebendigkeit ab, jede Wärme, jeder Witz – ich habe sie ganz anders in Erinnerung. Mum war immer die klügste Person, die ich kannte. Bis zu Dads Tod hat sie Mathematik hier an der örtlichen Schule unterrichtet. Ich war nie sehr gut in der Schule, aber verglichen mit Ginny war ich ein wahres Genie. Nein, in unserer Familie war Mum die Aufgeweckte, die Intelligente. Aber die Jahre, der Kummer und die Tragödien scheinen ihren scharfen Verstand abgestumpft, ihr Feuer gelöscht zu haben.

Ich stehe auf, um das Tablett zur Spüle zu tragen. Mum schiebt ihren Stuhl ebenfalls zurück, als wolle sie mir zuvorkommen.

»Schon gut«, sage ich mit unsicherem Lächeln. »Ich kann den Abwasch machen.« Aus dem Augenwinkel nehme ich wahr, dass sie sich auf die Füße stemmt, sich dabei am Tisch und am Stuhl festhält. Der Stuhl wackelt gefährlich. In meiner Brust verknotet sich alles vor Anspannung. Ihr Stock lehnt immer noch an dem Küchenschrank, neben dem ich stehe. Ich greife danach und halte ihn ihr hin.

»Hier, Mum«, sage ich. »Brauchst du den?«

Wieder ignoriert sie mich und humpelt hinüber zum Spülbecken, verzieht dabei ein wenig das Gesicht. Sie lehnt sich an den Rand und lässt das Wasser laufen, wartet darauf, dass es heiß wird.

»Du bist nach deiner langen Reise bestimmt müde«, sagt Mum, ohne mich anzusehen. »Ruh dich doch ein wenig aus. Ich wärme uns zum Abendessen einen Eintopf auf.«

»Ich kann das …«, setze ich an. Ihre Schultern verspannen sich. Ich unterbreche mich, lehne den Stock wieder an den Küchenschrank. »Das klingt gut, danke.« Ich unterdrücke ein Seufzen. Mir ist klar, dass ich diesen merkwürdigen kleinen Machtkampf nur beenden kann, indem ich nachgebe.

Zum ersten Mal seit meiner Ankunft huscht ein vages Lächeln über ihr Gesicht. Mum drückt Spülmittel ins Becken. Mir fällt auf, dass ihr gesunder Knöchel ein wenig zittert vor Anstrengung, weil ihr ganzes Gewicht darauf ruht. Ich wende den Blick ab. Ich kann das nicht mit ansehen. Ich brauche Platz … Luft …

»Du schläfst in deinem alten Zimmer«, sagt Mum.

Mein altes Zimmer. Ich habe damit gerechnet, und doch bricht mir bei diesen Worten kalter Schweiß aus.

»Ähm, okay«, presse ich hervor. »Vielleicht dusche ich auch kurz. Nach einer Reise fühle ich mich immer so schmuddelig.«

»Ja«, sagt sie, »ist gut.«

»Danke.«

Ich habe es so eilig, aus der Küche zu laufen, dass ich auf dem Weg ins Wohnzimmer über die kleine Welle im Teppich stolpere und mich an der Wand abstützen muss, um nicht zu fallen. Ich hole den Koffer und meine Handtasche, um sie nach oben zu bringen. Mein Blick bleibt noch einmal an den Bildern hängen, an *dem* Bild. Ja, es ist ein schreckliches Schulfoto, und wir haben es immer gehasst, wenn wir diese Fotos machen lassen mussten. Aber von diesem Blickwinkel aus habe ich das Gefühl, dass Ginny mich ansieht … und lacht.

5. KAPITEL

Mum hat nach mir gefragt, sie muss also gewollt haben, dass ich komme. Warum will sie meine Hilfe dann nicht annehmen? Es tut weh, sich wie eine Fremde zu fühlen, vor allem an einem Ort, der einem so vertraut ist. Zu vertraut ...

Ich steige die Treppe hinauf, und mein Koffer wird von Stufe zu Stufe schwerer. Oben gelange ich auf den Flur, der zu den drei Schlafzimmern und dem Bad führt. Der Flur wurde gestrichen, die weißen Wände sind kahl bis auf ein paar Gobelinstickereien und ein Ölgemälde von Glenfinnan, das aussieht, als stammte es aus einem Secondhandladen. Der alte burgunderrote Läufer wurde durch einen in Dunkelbeige ersetzt. Einen Augenblick erlaube ich mir, Hoffnung zu schöpfen. Vielleicht hat Mum auch die Schlafzimmer renoviert, hat jedes in einen sauberen, heimeligen Raum mit weißen Wänden, Mitnahmemöbeln und einem Topf Heidekraut auf dem Fensterbrett verwandelt. Wenn dem so ist, wird sich vielleicht doch alles zum Guten wenden. Vielleicht ...

Ich gehe an Mums Zimmer vorbei, Bills altem Zimmer, dem Bad. Jeder Schritt ist qualvoll, als ich auf das Zimmer am Ende des Flurs zugehe, das ich mir fast zwanzig Jahre lang mit meiner Schwester geteilt habe. Sobald ich das Schild an der Tür sehe, verflüchtigt sich alle Hoffnung. *Bühneneingang*. Meine Hand zittert, als ich den Knauf drehe und das Licht anknipse.

Mum hat überhaupt nichts verändert. Der Raum ist eine Zeitkapsel, ein Wurmloch in ein anderes Jahrzehnt. Es ist nicht nur ein Schrein für meine Schwester, sondern auch für unser damaliges Leben. Ein Denkmal für alles, was verloren ist.

Mir ist übel, als ich eintrete, und ich lasse die Tür offen. Im Zimmer stehen zwei Einzelbetten, zu beiden Seiten des Gaubenfensters. Ich gehe hinüber zu dem Bett, das einmal meines gewesen ist, und werfe meinen Koffer darauf. Über dem Kopfbrett aus Kiefernholz hängt ein Poster von Bob Dylan und Joan Baez, ein Original von dem 1963er-Marsch auf Washington. Dad hat es bei einer Tombola gewonnen. Als Bob Dylan 2016 den Nobelpreis für Literatur bekam, habe ich an das Poster gedacht und daran, mir wieder eines zu besorgen. Aber als ich es jetzt hier sehe, bin ich froh, dass ich das nicht getan habe. An den Wänden ringsum hängen andere Poster und Flyer. Ginnys Oasis-Poster: Mit sechzehn war sie wahnsinnig verknallt in Noel Gallagher. Da sind Flyer von Pub-Konzerten, die viele Jahre zurückliegen, ein Poster vom Hebridean Celtic Festival und ein Bild von Billy Ray Cyrus, das aus einem Magazin herausgetrennt wurde. Ich verspüre den Drang, sie alle herunterzureißen, doch die Erinnerungen scheinen befleckt, ich will sie nicht anfassen.

Ich gehe über den Flechtteppich zu Ginnys Seite. Ihre keltische Harfe steht in der Ecke neben dem Schrank. Ich zupfe an einer roten Saite: Ces. Ich denke an das unangenehme Gespräch, das ich mit Lachlan im Wagen geführt habe, an *The Bonny Swans* und den schaurigen Klang der Harfe, als sie ihre Geschichte erzählt und die grausame Schwester entlarvt. Ich schaudere. Vielleicht kann ich die Harfe für die Dauer meines Aufenthalts auf dem Dachboden verstauen.

Ich gehe wieder zu meinem Bett und öffne den Koffer, packe ein paar Bücher aus und lege sie auf den Nachttisch. Sie wirken fremd und deplatziert. Dann hole ich ein paar Kleider zum Wechseln und meinen Kulturbeutel heraus. Jetzt könnte ich eine Dusche gebrauchen. Oder noch besser, ein heißes Bad.

Als ich wieder auf dem Flur stehe, wird mir vor Erleichterung fast schwindelig. In den Phasen zwischen Auftritten, Wohnungen oder Männern habe ich oft in heruntergekommenen Motels gewohnt. Manche waren so übel – laut, schmutzig, einsam oder alles zusammen –, dass eine Übernachtung dort beinahe schlimmer war, als gar keinen Schlafplatz zu haben. Jetzt jedoch wäre mir jedes davon lieber gewesen als mein altes Zimmer. Wenn ich hier bleiben soll, und sei es nur für kurze Zeit, um Mum zu unterstützen, dann muss ich etwas unternehmen. In einem Schrein kann ich nicht wohnen.

Ich trage meine Sachen ins Bad. Was sagt dieses Zimmer über Mums Geisteszustand aus? Belässt sie es so, weil sie befürchtet, die Erinnerungen könnten sich verflüchtigen? Ich muss daran denken, wie Mum nach Dads Tod mit ihm gesprochen hat, oder an ihren »Versprecher« vorhin über Ginnys Gesang. Glaubt sie im tiefsten Innern tatsächlich, dass Ginny eines Tages wie durch ein Wunder von den Toten zurückkehren und ein Bett für die Nacht brauchen würde?

Nein, das glaube ich nicht. Dazu ist Mum zu stark, zu stoisch. Zu sehr Realistin. Zumindest war sie es damals.

Im Bad wurden das moosgrüne Waschbecken und die Toilette durch weiße Keramik ersetzt, was ein echter Fortschritt ist. Die gusseiserne Wanne auf Klauenfüßen ist noch da. Ich drehe die Wasserhähne auf, warte, bis das Wasser heiß wird, und stecke dann rasch den Stöpsel hinein. Mum hat uns Kinder alle drei gemeinsam in dieser Wanne gebadet, bis wir Mädchen ungefähr neun waren. Selbst danach mussten wir alle dasselbe Wasser benutzen. Das Cottage hat einen Regenwasserspeicher, und auch wenn es hier oft regnet, mussten wir das Wasser rationieren. Vielleicht ist das nicht mehr so, aber ich will kein Risiko eingehen.

Ich ziehe mich aus und steige ins Wasser. Es ist so heiß, dass es mich fast verbrüht. Rasch lasse ich kaltes Wasser dazulaufen und rühre es in den hinteren Teil der Wanne. Ich will nicht zu viel verbrauchen. Ist das heiße Wasser erst einmal weg, ist nichts mehr zu machen.

Als die Temperatur genau richtig ist, lege ich ein Handtuch hinter meinen Kopf und starre auf den Dampf, der sich Richtung Decke kräuselt. Die Lampe ist noch dieselbe: eine Halbkugel, die hellgelbes Licht verströmt, gesprenkelt mit den Schatten toter Motten. So oft habe ich hier gelegen, warm und zufrieden. Das letzte Mal am Abend, bevor ich für immer weggegangen bin, sechs Wochen nach dem Tod meiner Schwester. Meinen Rucksack hatte ich schon gepackt, die Gitarre bereitgestellt. Das Busticket steckte in meiner Tasche, mein Platz beim Casting in Glasgow war gesichert. Und doch quälte mich die Unentschlossenheit. Wie konnte ich Mum verlassen, nach allem, was wir gemeinsam durchgemacht hatten? Wie sollte ich ohne die Unterstützung meiner Schwester den Mut für diese Flucht aufbringen, von der ich so viele Jahre geträumt hatte?

Vor meinem inneren Auge sehe ich mein jüngeres Ich, wie es aus dem Bad steigt, nachdem die Entscheidung gefallen war. Ich wollte meiner Mum sagen, dass ich nicht gehen würde. Dass mein Platz bei meiner Familie war, in Trauer vereint. Dass es vielleicht noch eine andere Gelegenheit für mich gäbe. Irgendwann einmal … vielleicht. Doch tief im Innersten wusste ich, dass sich eine solche Chance wohl nicht noch einmal bieten würde.

Ich ging nach unten. Ich hatte vor, Mum eine Tasse Tee zu machen, mich mit ihr hinzusetzen, zu reden. Sie hatte kaum mit mir gesprochen, seit ich nach meinem Autounfall aus dem Krankenhaus zurückgekehrt war. Sie hatte die nötigen Dinge erledigt: die Beerdigung für Ginny organisiert, gnädig Aufläufe, Pasteten und Beileidsbekundungen entgegengenommen. Selbst sechs Wochen später kamen immer noch Leute vorbei, um zu kondolieren. Leute, die es »nicht fassen konnten« und »über eine so furchtbare Tragödie nicht hinwegkamen«. Der Wasserkocher war in Dauerbetrieb. Aber *wir* hatten nicht miteinander geredet, nicht richtig. Was gab es auch zu sagen?

An der Tür zur Küche blieb ich stehen. Mum telefonierte mit irgendwem. Normalerweise wäre ich einfach reingegangen und hätte mir etwas zu essen oder eine Tasse Tee gemacht und das Geschirr neben der Spüle stehen lassen, damit Mum es abwusch. Aber diesmal hielt mich irgendetwas zurück.

»... sie sehe, erinnert mich das dauernd an ...«

Ich wusste, dass ich zurück nach oben gehen sollte oder direkt in die Küche, um Mum Gelegenheit zu geben, ihr Gespräch in eine andere Richtung zu lenken. Doch ich blieb stocksteif stehen, wie angewurzelt.

»... geht weg, um ihren Traum zu verwirklichen, und das ist auch am besten so.«

Ich klammerte mich an den Türrahmen, in meinem Kopf hämmerte es wie verrückt.

»Ja, ich weiß, dass es nicht richtig ist, aber ich gebe ihr die Schuld ...«

Da rannte ich aus dem Haus. Knallte die Haustür hinter mir zu. Wartete darauf, dass ihr klar wurde, dass ich sie belauscht hatte. Wartete darauf, dass sie mir nach draußen folgte. Alles zurücknahm. Was sie gesagt und was sie ... gefühlt hatte.

Sie tat es nicht.

Das Licht verschwimmt, als sich meine Augen mit Tränen füllen. In gewisser Hinsicht war Mutters eisige Schuldzuweisung genau das, was zu meiner Befreiung nötig war. Ich hatte das Gefühl, dass ich das Richtige tat, als ich mich in den Bus setzte und durch die Nebelschleier von Eilean Shiel davonfuhr. Mum hatte recht, mir die Schuld zu geben. Ich hatte meine Schwester nicht beschützt.

6. KAPITEL

»Skye?«
Ich fahre auf, dass das kalte Wasser nur so spritzt. Das Bad ... ich liege in der Wanne. Eben noch war das Wasser dampfend heiß, jetzt ist es kalt und ölig. Eben noch stand ich vor der Küchentür und belauschte ein schreckliches Gespräch. Eben noch ... vor fünfzehn Jahren.

Immer wieder habe ich mir vernünftige Erklärungen dafür zurechtgelegt. Mum war in Trauer. Sie hat es nicht so gemeint. Oder wenn doch, dann galt das nur für diesen speziellen Augenblick, in dem Kummer und Schmerz erstarrt waren wie eine Fliege in einem Bernsteintropfen. Sie wusste ja nicht, dass ich mitgehört hatte, also war ihr auch nicht klar, wie tief es das, was von meinem Herzen noch übrig war, verwundet hatte. In meinen dunkelsten Stunden – und manchmal auch den glücklichen – dachte ich daran, nach Hause zurückzukehren. Träumte von einem normalen Leben: Lachen, Weinen, Streit und Umarmungen mit denen, die mir von meiner Familie noch geblieben waren. Aber jedes Mal kam ich zu demselben Schluss: Mum war ohne mich besser dran. Meine Anwesenheit würde nur böse Erinnerungen wachrufen. Schließlich hatte sie Bill, einen Menschen, der viel vollständiger war, als ich es je sein würde, sie hatte ihre Freunde, ihre ehrenamtliche Arbeit in der Kirche und den Frauenverband. Nach mir hatte sie nie gefragt oder den Wunsch geäußert, ich möge zurückkommen. Daraus hatte ich geschlossen, dass sie wohl ebenfalls der Ansicht war, dass ich am besten wegbliebe.

Und nun bin ich seit kaum einer Stunde wieder da, und der Eindruck, dass wir beide damit recht gehabt haben könnten, ist wenig tröstlich.

»Hi, Mum«, sage ich so laut, dass sie es durch die Tür hören kann. »Ich bin wohl eingenickt. Der Jetlag kann einen echt umhauen.« Ich habe ein schlechtes Gewissen, dass Mum die ganze Treppe heraufkommen musste, um mich zu holen, wo doch eigentlich ich ihr helfen wollte.

»Das Essen ist fertig«, sagt sie.

»Klar, ich komme gleich runter.«

Ich wische die bösen Erinnerungen beiseite. Tatsache ist schließlich, dass sie nach ihrem Sturz dann *doch* nach mir gefragt hat. Das ist etwas Gutes. Etwas, an das man sich klammern kann. Vor uns liegt das erste Weihnachten, das wir als Familie begehen, seit ich weggegangen bin. Mum, Bill, seine Frau Fiona und die drei Kinder, und ich. Als ich zu der langen Reise von Amerika nach Eilean Shiel aufgebrochen bin, habe ich sogar zu hoffen gewagt, dass wir vielleicht ein paar wunderbare neue Erinnerungen schaffen könnten, wenn wir alle wieder zusammen sind. Vielleicht ist das ein bisschen naiv von mir, aber ich bin trotzdem fest entschlossen, es zu versuchen.

Ich steige aus der Wanne, trockne mich ab und ziehe frische Kleider an. Als ich aus dem Bad komme, ist Mum schon fort. Ich kann sie noch hören, wie sie langsam die Treppe hinuntersteigt. *Stock, Fuß, Fuß, Stock.* Ihr Sturz ist jetzt fast drei Wochen her, und offensichtlich hat sie sich wohl dagegen entschieden, ihr Schlafzimmer nach unten zu verlegen und auf dem Sofa zu übernachten, wie ich es getan hätte. Laut Bills E-Mails kommt eine Schwester aus der örtlichen Hausarztpraxis regelmäßig vorbei und kümmert sich um sie, dazu ihre beste Freundin Lorna und ein paar Freundinnen aus der Kirche und vom Frauenverband. Lässt sie sich von denen helfen? Erlaubt sie ihnen, Tee zu kochen, das Tablett zu tragen und abzuwaschen?

Ich schlüpfe in ein Paar Plüschschlappen und tappe nach unten. Vor der Küchentür halte ich kurz inne, dort, wo ich vor all den Jahren gestanden habe. Ich wappne mich; ich werde dafür sorgen, dass das hier funktioniert. Ich will hier sein, daheim, nach all den Jahren. Ich will Mum wieder nahekommen, ich will nicht, dass wir uns fremd sind. Mehr als alles wünsche ich mir, dass unser Verhältnis einfach »normal« ist.

Was immer das heißen mag.

Ich trete in die Küche, sehe, dass Mum den Tisch bereits gedeckt hat. Das Essen hat sie auf blau-weißem Steingutgeschirr angerichtet. »Riecht köstlich«, sage ich und behalte das Lächeln bei, selbst während ich ihr bei der quälenden Prozedur des Hinsetzens zusehe.

»Du hast Eintopf schon immer gemocht, das weiß ich noch«, sagt sie.

Das zu hören stimmt mich froh. Sie hat sich die Mühe gemacht – in ihrem Zustand sogar große Mühe –, mir mein Lieblingsessen zu kochen. Vielleicht muss ich nur aufhören, alles zu überinterpretieren, und mich von ihr wie einen Gast behandeln lassen, wenn es das ist, was sie will. Zu dem Eintopf gibt es Steckrüben- und Kartoffelpüree – und Pastinaken. Seit ich von hier weggegangen bin, habe ich keine Pastinaken mehr gegessen. Ich weiß nicht einmal, ob es die in Amerika überhaupt gibt. Vielleicht heißen sie dort anders, genau wie die Aubergine, die anderswo auch Eierfrucht genannt wird. Ich erwähne das Mum gegenüber, mehr um etwas zu sagen als in der Erwartung, dass die unterschiedlichen Namen einzelner Gemüsesorten für sie von Interesse sein könnten.

»Dein Dad hat Pastinaken geliebt«, ist alles, was sie erwidert. Damit ist dieses Thema auch beendet.

Mum sagt nicht viel, als wir uns bedienen. Ich bin nervös und schwatze unentwegt weiter. Wie soll das Wetter werden? Kann man den Weg zum Strand noch benutzen? Ach, und übrigens,

Byron hat mich gebeten, beim Festival zu spielen. (Nervöses Lachen.) *Von wegen!*

Mum antwortet mit monotoner Geduld. Immer wenn ich eine Pause mache, um Luft zu holen, tritt schweres, drückendes Schweigen ein. Ich wünschte, ich wüsste, wie ich die Spannung auflösen kann, aber das ist schwer, da ich weder über die Zeit reden will, als ich weggegangen bin, noch über meine fünfzehn Jahre im Exil, noch ... überhaupt irgendetwas. Vielleicht geht es ihr genauso. Wenn ja, wird das entweder ein sehr langer Besuch – oder ein sehr kurzer.

Nur bei zwei Themen wird Mum munter: die Cottages und Bills bevorstehender Besuch. Sie erzählt von der Renovierung der alten Wirtschaftsgebäude. In »The Stables«, das dem Haupthaus am nächsten liegt, können acht Leute untergebracht werden, im kleineren – »Skybird« – vier, bei Verwendung des Schlafsofas auch bis zu sechs.

»Was ist mit dem Typen, der gerade dort wohnt?«, frage ich in der Hoffnung, das Gespräch aufrechtzuerhalten. »Wie lang will er bleiben?«

»Über Weihnachten«, sagt Mum. »Soweit ich weiß, hat er eine ekelhafte Scheidung hinter sich. So etwas kann um diese Jahreszeit ganz schön hart sein.«

»Sicher.«

»Er hält sich abseits.« Sie runzelt die Stirn. »Bei seiner Ankunft wollte er nicht mal auf eine Tasse Tee hereinkommen.«

»Klingt verdächtig.«

Sie zuckt mit den Achseln. »Finde ich nicht. Ich habe ihn ein paarmal mit seinem Hund am Strand gesehen. Ich glaube, dass er einfach nur ... trauert.« Ihre Augen werden glasig. »Das tut jeder auf seine eigene Weise, in seinem eigenen Tempo.«

»Wohl wahr.« Wieder einmal fühlt es sich an, als setzte sich der Elefant im Zimmer auf unsere Brust. Ich stürze mich auf das andere »unverfängliche« Gesprächsthema.

»Wie ist es, werden Bill und seine Familie, ähm … alle oben schlafen?«

»O nein. Dort ist nicht genug Platz.« Mum lädt mir das letzte Gemüse auf den Teller. Ich verkneife mir eine Grimasse. Pastinaken gehören zu den Dingen, die in meiner Erinnerung besser schmecken als im echten Leben. »Sie kommen im großen Ferienhaus unter. Da haben sie es sehr viel bequemer.«

Ich wünschte, ich hätte eine achtköpfige Familie, damit ich im Stables-Cottage einziehen könnte. Ich bin versucht zu fragen, ob ich in Bills altem Zimmer übernachten kann, aber es ist besser, das im Augenblick nicht anzusprechen. Ich werde noch jede Menge Zeit haben, unangenehme Themen anzuschneiden, falls und wenn sich eine Gelegenheit dazu ergibt. Im Moment will ich einfach nur das Abendessen durchstehen.

Mum schiebt ihren Stuhl zurück. Ich lasse die Pastinaken liegen, denn ich kann unmöglich danebensitzen und zusehen, wie sie abräumt und die Teller spült. Die Fronten sind abgesteckt, und ich werde sie überschreiten. Mum macht Anstalten, sich zu erheben, aber ich bin schneller.

»Lass mich.« Ich nehme ihr den Teller praktisch aus der Hand und gehe damit zur Spüle.

Mum seufzt. »Sei nicht albern. Ich kann das später machen.«

Ich frohlocke kurz über meinen Sieg, während sie sich wieder auf ihren Stuhl sinken lässt.

»Nachtisch gibt es keinen«, sagt sie. »Ich esse nicht viel Süßes. Ich hoffe, Kekse sind dir recht. Die Ingwerkekse sind selbst gebacken.«

Warum hat sie das nicht schon früher gesagt?

»Toll, Mum. Deine Ingwerkekse sind die besten.«

»Nun ja, Ginny hat das immer gefunden. Ich dachte immer, dass dir das Shortbread lieber ist.«

Der Name meiner Schwester zischt wie eine Leuchtkugel über die feindlichen Linien. Er trifft mich unvorbereitet. Tadelt Mum mich, weil mir gekaufte Kekse besser schmecken als ihre selbst gebackenen? Ist dies ein weiterer Punkt, in dem ich ihr eine schlechtere Tochter bin als Ginny?

»Mir schmecken beide«, sage ich. Ich fülle den Wasserkocher und schalte ihn ein. Dann lasse ich Wasser ins Becken laufen und gebe Spülmittel dazu, um mich ans Geschirrspülen zu machen. »Aber ich esse auch kaum Süßigkeiten.« Ich werfe ihr einen kurzen Blick über die Schulter zu. Sie betrachtet mich stirnrunzelnd.

»Ja«, sagt sie. »Du kommst mir wirklich ziemlich dünn vor. Das liegt wohl an deinem rauschenden Lebensstil oder so.«

Ich weiß wirklich nicht, was ich darauf sagen soll. Ich nehme eines der benutzten Messer und kratze damit etwas fester als nötig in den schwarzen Resten auf dem Topfboden herum. Ich muss aufhören, hinter allem einen kleinen Seitenhieb zu vermuten. Wahrscheinlich kämpft sie ebenso wie ich damit, was sie sagen soll, wie sie nach all der Zeit mit mir reden soll. Wie sie den Berg unausgesprochener Themen angehen soll, der mit jeder Minute Small Talk anwächst wie wild wucherndes Unkraut.

»Mein Leben ist recht hektisch«, sage ich, »deswegen esse ich oft unterwegs.« Der Wasserkocher schaltet sich aus. Ich trockne mir die Hände ab und gieße Wasser in die Teekanne. Es ist eine Erleichterung, den Tee zuzubereiten und abzuwaschen, mich nützlich zu machen. Und damit zu beweisen, dass ich hierher gehöre. »Aber solange ich hier bin, will ich es etwas ruhiger angehen lassen. Und dir helfen.« Ich atme tief durch. Das hier fühlt sich an wie einer dieser Jetzt-oder-nie-Momente. »Ich meine … ähm …, wird dein Bein wieder gesund? Hast du Schmerzen?«

»Ach was, es ist alles bestens«, sagt Mum. »Es war nur eine Haarfraktur und eine Bänderzerrung. Dein Bruder hätte nicht so ein Aufhebens darum machen sollen.«

Frag sie, schreit eine Stimme in meinem Kopf. Warum war sie dort? Was hat sie dort gemacht? Warum ist sie auf die tückischen

Felsen unterhalb des Leuchtturms von Shiel Point geklettert? Den Ort, an dem meine Schwester gestorben ist? Ich muss es wissen, und gleichzeitig will ich es nicht wissen. Was, wenn sie ...? Was, wenn die Person, die sie im eiskalten Regen zusammengesunken am Boden gefunden hat, nicht dort vorbeigekommen wäre?

»Ähm, ich bin wirklich froh, dass es dir gut geht«, sage ich. Meine kleinen Siege geraten ins Wanken, haben eben den Todesstoß bekommen. Ich kann es nicht. Ich bin zu feige. Ich habe nicht das Recht, ihr überhaupt irgendwelche Fragen zu stellen. Nicht jetzt, wo ich mir eher vorkomme wie eine Fremde als wie ein willkommener Gast. »Hoffentlich lässt du dir von mir ein wenig helfen, während ich da bin«, wiederhole ich unbeholfen.

Mum schürzt die Lippen. »Und wie lang genau willst du bleiben?«, sagt sie.

Ich trage die Teekanne zum Tisch. Meine Hände zittern, als ich sie hinstelle und dann Milch und Zucker hole und den Teller mit Ingwerkeksen. »Ich weiß nicht, Mum«, sage ich. »Ich stehe momentan an einer Art ... Scheideweg.« Ich führe das nicht weiter aus. Sie fragt nicht nach. Mein Leben in Amerika ist gespickt mit Dingen, von denen Mum lieber nichts erfahren sollte. Die Vorstellung, dass sie womöglich die Videos auf YouTube gesehen hat, die manche Leute von meinen schäbigen Konzerten ins Netz stellen, haben mir buchstäblich Albträume bereitet. Aber das ist nur die Spitze des Eisbergs. Da sind die zerbrochenen Beziehungen, die Drogenprobleme, das häufige »Fehlen eines festen Wohnsitzes«, die meinen Lebensstil ausmachen. Meine Neigung, vor den Problemen davonzulaufen, statt mich ihnen zu stellen. Und hier wären wir, ein Paradebeispiel ...

»Ich habe definitiv vor, über die Feiertage zu bleiben – falls das okay ist«, sage ich. »Aber wenn du mich danach nicht mehr brauchst, kann ich ... andere Arrangements treffen.«

Ich warte auf ihre Antwort – es bringt mich um, dass sie dafür so lange braucht. Lästigerweise spüre ich, dass ich den Tränen nahe bin.

»Du weißt, dass du so lang bleiben kannst, wie du willst«, sagt sie.

Vor Erleichterung hätte ich sie am liebsten umarmt. Ich gieße Tee ein, füge Mums Tasse einen Schluck Milch hinzu, meiner Tasse zwei Zuckerstückchen. Wie Mum ihren Tee trinkt, ist mir so vertraut wie mein eigenes Spiegelbild. Das schenkt mir einen Funken Hoffnung.

»Danke«, sage ich und nehme einen großen Schluck Tee. Als ich mich in der Küche umsehe, fallen mir Dinge auf, die mir vertraut sind. Die Kochbücher auf einem Regalbrett im Geschirrschrank, eine Vase mit Muscheln und Meerglas, eine gerahmte Gobelinstickerei mit Disteln und Vergissmeinnicht, die eine von Mums Freundinnen bei Dads Tod für sie angefertigt hat. Kleine Dinge, die aus einem Haus ein Heim machen.

Ich trage meine Tasse zum Spülbecken und wasche fertig ab. Ich merke, wie Mum sich von ihrem Stuhl hochstemmt. Diesmal jedoch scheint sie sich damit abzufinden, den Stock zu Hilfe zu nehmen. Während ich das letzte Geschirrteil abtrockne, kommt sie herüber und nimmt einen Lappen von einem Stapel neben dem Spülbecken. Sie geht zum Tisch zurück und wischt ihn ab. Ich versuche nicht, sie davon abzuhalten. Vielleicht muss sie, um Hilfe annehmen zu können, erst beweisen, dass sie sie nicht braucht. Verständlich.

»Gut«, sage ich und hänge das Geschirrtuch zum Trocknen an den Kühlschrank. »Alles erledigt.«

»Brauchst du noch etwas?«, fragt Mum. »Heiße Milch? Eine Wärmflasche?«

»Nein, danke. Ich glaube, ich gehe jetzt ins Bett, wenn es dir recht ist? Ich will noch ein bisschen lesen und dann hoffentlich gleich einschlafen.«

»Natürlich«, sagt sie. »Wie du willst. Hast du genügend Handtücher?«

»Ja, Mum, ich habe genügend Handtücher.«

»Okay, gut ...« Sie legt den Lappen hin und wischt sich die Hand an ihrem Wollrock ab. »Ich werde in meinem Zimmer vermutlich noch ein wenig fernsehen. Das stört dich doch nicht?«

»Nein, alles gut.« Ich versuche beruhigend zu lächeln. Das hier wird schon wieder peinlich, wie bei einer Partie Snooker, bei der jemand die roten Billardbälle am falschen Ende des Tisches platziert hat.

»Danke für das Abendessen. Es war köstlich.«

Ich lächle sie an und hoffe, wenigstens eine Spur Wärme zurückzubekommen. Doch in ihre Augen ist wieder der umwölkte, benommene Blick von vorhin getreten. Es ist ganz klar mir überlassen, eine Brücke zu schlagen. Ich tue einen Schritt, nehme sie bei den Armen und küsse sie leicht auf die Wange. »Gute Nacht«, sage ich.

»Gute Nacht ... ähm ... Skye«, sagt sie.

Diese Pause ... fast als hätte sie in Gedanken umgeschaltet, um den richtigen Namen zu finden. Nun, es ist ihr gelungen. Diesmal.

7. KAPITEL

Ich bin erschöpft. Jede Zelle in mir schreit nach Schlaf. Und doch kann ich nicht abschalten, als ich zusammengerollt in dem schmalen Bett liege, kann Ginnys »Präsenz« in dem leeren Bett auf der anderen Seite nicht vertreiben.

Ginny, meine Zwillingsschwester. Das Mädchen mit dem goldenen Haar und der silbernen Stimme. Wir wurden zusammen geboren, sind zusammen aufgewachsen, haben die meisten wachen Stunden miteinander verbracht. Und doch hätten wir aus verschiedenen Welten kommen können.

Wenn Ginny einen Raum betrat, merkten die Leute auf. Ihre Schönheit, ihr Lächeln, ihre Stimme und, wenn sie sang, all die Gefühle, die über ihr Gesicht huschten wie Wolken über den Vollmond. Immer im Wandel, immer faszinierend.

Und sie war meine Schwester.

Als Ginny und ich Teenager waren, schliefen wir manchmal kaum, weil wir so lang aufblieben und über unsere Träume sprachen, aus denen im Lauf der Zeit Pläne wurden. Wir wollten berühmt werden, als Duo. Meine Lieder, ihre Stimme. Wir würden die Welt sehen, nach New York gehen, wir würden unsere liebsten Boy-Band-Mitglieder kennenlernen, wir wären Promis. Ich würde das alles verwirklichen. Sobald wir Eilean Shiel hinter uns gelassen hätten, stünde uns alles offen – wir würden fliegen.

Zu ihrem achtzehnten Geburtstag schenkte ich Ginny ein Armband und dazu passende Ohrringe, die ich für sie aus Silberdraht, Muscheln, blauem und grünem Meerglas und einem

Herzanhänger gearbeitet hatte. Ich weiß noch, wie sie lächelte und sagte, dass das die schönsten Dinge wären, die sie je besessen hätte. Dass sie sie mitnehmen und tragen würde, wenn wir zusammen in Amerika waren. Ich war so stolz, dass sie ihr gefielen. So stolz, dass sie meine Schwester war ...

Sie trug das Armband und die Ohrringe in der Nacht, in der sie starb. Draußen auf den Felsen unterhalb des Leuchtturms an Shiel Point. Es gab zwei Augenzeugen, die sie da draußen gesehen hatten: Sie wirbelte herum, sang, wirkte glücklich. Und dann war sie einfach ... weg. Von einer Welle ins Meer gerissen. Ihre Leiche wurde nie gefunden.

Der Regen trommelt aufs Dach, und draußen vor dem Fenster klappert ein loser Laden, beinahe als klopfte jemand an, der Einlass begehrt. Ich vergrabe den Kopf unter der Decke, bete darum, einschlafen zu können. Ich wünschte, ich hätte nicht sämtliche Schlaftabletten im Klo hinuntergespült, bevor ich Las Vegas verließ. Ich wünschte, ich hätte meine Schwester an dem Abend nach Hause gebracht, wie Mum mir aufgetragen hatte. Und ich wünschte, wir hätten uns nicht gestritten, hier in diesem Zimmer, bevor sie zu der Party draußen am Leuchtturm aufgebrochen war. Das war das letzte Mal, dass ich sie lebend gesehen habe.

Ich knipse die Nachttischlampe an und starre auf den Lichtkreis an der Decke. Im Hintergrund kann ich das Dröhnen von Mums Fernseher hören und das Ticken des Weckers, der immer noch in meinem Koffer steckt. Wie grausam vom Leben, dass es uns nie vorwarnt, wenn die Sekunden auf etwas zuticken, was uns für immer verändern wird.

An jenem Abend saß ich auf meinem Bett und sah ihr dabei zu, wie sie sich für die Party herrichtete: Sie kämmte ihr Haar, zog ihren Aran-Pullover an, legte sich den gepunkteten Schal um. Ich war so glücklich. In nur sechs Wochen würden wir endlich aufbrechen, würden endlich das wunderbare Leben beginnen, das ich für uns geplant hatte. Das Leben, für das ich so hart gearbeitet hatte. Zwei Jahre lang hatte ich Demobänder an Agenten und Plattenlabels geschickt. Ich hatte mich an das niederschmetternde Schweigen gewöhnt und war schon dabei, die Hoffnung aufzugeben. Doch etwas, was Dad gern gesagt hat, hielt mich aufrecht: »Man scheitert nur dann garantiert, wenn man es gar nicht erst versucht.«

Der Brief kam Ende September. Er stammte von einem von Dads Musikerfreunden, der in Glasgow wohnte und mit uns über die Jahre in Kontakt geblieben war. Ich hatte ihm eines unserer Bänder geschickt, falls er zufällig jemanden wusste, der uns helfen könnte. Er hatte einen Flyer beigelegt, auf dem für offene Castings geworben wurde, den er irgendwo aufgegabelt hatte. Eine Band aus Glasgow suchte für eine bevorstehende Amerikatournee eine Sängerin und Ersatzmusiker. Als ich den Flyer sah, überkam mich eine Welle der Hoffnung, die stärker war als alles, was ich bisher empfunden hatte. Ich kreischte und sprang auf und ab. Ich hob meine Schwester hoch und schwenkte sie durch die Luft, als wöge sie überhaupt nichts. Da war sie – die Gelegenheit, auf die wir unser Leben lang gewartet hatten. Und auch Ginny war glücklich gewesen. In ihren Augen hatte ein bleiches Feuer geleuchtet, und sie hatte gelacht und war herumgewirbelt.

Das Casting fand Anfang Januar statt. Am Abend der Party waren es bis dahin nur noch sechs Wochen. Unsere Bustickets waren an diesem Tag per Post eingetroffen. Ich hatte sie Ginny gezeigt und den Umschlag geküsst, so aufgeregt war ich. Die Tickets lagen auf meinem Bett, während Ginny sich für die Party zurechtmachte. Ich erzählte ihr gerade von dem Hostel, das ich für uns beide gefunden hatte, ich wollte dort anrufen und Übernachtungen für uns buchen. Ginny legte das Armband an, das ich für sie gemacht hatte, und die dazu passenden Ohrringe. Und dann drehte sie sich zu mir um. »Ich gehe nicht zu dem Casting, Skye«, sagte sie. »Aber du solltest hingehen. Du wirst das super machen.«

Mein erster Impuls war, ihr ins Gesicht zu lachen, als wäre das alles ein Riesenscherz. Hätte ich das getan, hätten sich die Dinge vielleicht ganz anders entwickelt. Doch wenn ich das Gespräch im Kopf zurückspule, spüre ich selbst jetzt noch, nach all den Jahren, dasselbe eisige Knäuel des Zorns, das sich in meinem Magen zusammenballte.

»Nein«, sagte ich. »Das ist nicht dein Ernst. Das kann doch nicht dein Ernst sein.«

Ihr Lächeln erlosch. »Doch, es ist mein Ernst«, sagte sie. »Ich gehe nicht mit. Ich will hierbleiben.«

»Hierbleiben!« Die bloße Vorstellung erfüllte mich mit Entsetzen. Da draußen gab es eine Welt zu entdecken. Wir brauchten nur den ersten Schritt zu tun. Gemeinsam.

»Ja, Skye. Tut mir leid, dass ich dich so hängen lasse.«

»Nein ... das ... das kannst du doch ...«

Sie kam zu meinem Bett herüber und nahm die Busfahrkarte, die ich für sie gekauft hatte. Die gläsernen Ohrringe blitzten im Licht der Lampe auf, doch ihre Augen blieben dunkel und kalt. Sie sah die Fahrkarte und dann mich an.

Und dann zerriss sie sie.

Die Fetzen legte sie auf meinem Bett zu einem kleinen Häufchen zusammen. Ich starrte Ginny an, starrte auf die zerfetzten Überreste meines Traums.

»Tut mir leid«, sagte sie und ging aus dem Zimmer.

Ich war außer mir vor Zorn und Fassungslosigkeit. Mit dem Gesicht zur Wand rollte ich mich auf dem Bett zusammen. Dort blieb ich liegen, bis ich hörte, wie Byrons Jeep draußen anhielt, um uns zum Shiel Point mitzunehmen. Ich hörte Stimmen unten, die Haustür klappte zu, der Wagen fuhr weg.

Meine Schwester war gegangen.
Und dann war sie tot.
Ich rolle mich herum, weg von dem leeren Bett. Mein Kissen ist tränenfeucht. Der Fensterladen fängt wieder an, im Wind zu klappern.
»Warum?«, flüstere ich in die Dunkelheit.
Ich ziehe mir das Kissen über den Kopf, um die Stille zu übertönen, die die einzige Antwort ist.

8. KAPITEL

Als ich aufwache, ist der Raum in perlweißes Morgenlicht getaucht. Ich brauche einen Augenblick, bis mir klar wird, wo ich bin und dass ich nicht in irgendeiner Zeitschleife feststecke. All die alten Sachen in diesem Zimmer kommen mir seltsam und fremd vor. Mein Blick fällt auf Ginnys leeres Bett, und Traurigkeit überkommt mich. Doch der Kummer ist vertraut, abgemildert von vielen Jahren, nicht die klaffende Wunde des Verlusts, die ich gestern Abend spürte. Ich stehe auf und trete ans Fenster. Es hat aufgehört zu regnen, und der Wind hat die Wolken vertrieben. Vor mir liegt ein vollkommener eisblauer Winterhimmel. Ich öffne das Fenster einen Spaltbreit und atme tief durch. Die Luft, die meine Lungen füllt, ist kalt und belebend und frisch wie nirgendwo sonst. Ich rieche Moos und Erde und Seeluft. An einem Morgen wie diesem ist es unmöglich, nicht wenigstens einen Funken Optimismus zu verspüren.

Ich wende mich vom Fenster ab. Mein Koffer steht in der Nähe des Betts auf dem Boden. Ich krame darin herum und ziehe einen schwarzen Rollkragenpulli und Jeans heraus. Im Zimmer stehen eine Kommode und zwei identische Schränke aus Kiefernholz. Wenn sie leer sind, könnte ich meine Sachen einräumen. Aber was, wenn nicht? Im Moment will ich nicht noch mehr Erinnerungen begegnen, und so mache ich den Reißverschluss des Koffers wieder zu und lege ihn aufs Bett. Sein Anblick, das Bewusstsein, dass ich jederzeit wieder verschwinden kann, wenn ich will, verleiht mir die nötige Extraportion Entschlossenheit, mich dem Tag zu stellen.

Schon auf dem Weg nach unten rieche ich frischen Kaffee. Mum ist nicht in der Küche, aber in der Kaffeemaschine entdecke ich eine große Kanne Filterkaffee. Als ich aufgewachsen bin, haben Mum und Dad immer Instantkaffee getrunken. Noch eine spürbare Verbesserung. Ich gieße Kaffee in einen der alten Becher aus den Tiefen des Küchenschranks, umfasse ihn mit beiden Händen, um mich zu wärmen, und trete ans Fenster. Vor mir breiten sich Land, Himmel und Meer aus. Die Wiese hinter dem Haus erstreckt sich ungefähr dreißig Meter bis zu einem Holzzaun, an der Seite stehen Apfelbäume. Jenseits des Zauns am Strand ragen riesige Felsblöcke aus dem Wasser. Das Meer ist von einem milchigen Blaugrau, und das schwache Sonnenlicht glitzert auf den Wellen wie Diamantsplitter. Auf der anderen Seite der Bucht liegt das Dorf immer noch im Nebel. Ein Fischkutter nimmt vom Hafen aus langsam Kurs aufs offene Meer, die Möwen kreisen um das Deck.

Der Anblick ist so vertraut, und trotzdem fühlt es sich an, als sähe ich das alles zum ersten Mal. Als lernte ich die Abgeschiedenheit dieses Orts zu schätzen, Stunden entfernt von der nächsten Großstadt. Hier sind wir der See und dem Wind ausgeliefert. Alles, was wir von uns zurücklassen, ist oberflächlich und vergänglich, wie Spuren im Sand. Fünfzehn Jahre sind kaum mehr als ein Wimpernschlag, dem Land ist es gleichgültig, dass ich einst gegangen bin, und es interessiert sich auch nicht dafür, dass ich wieder zurück bin. Mein Leben ist unbedeutend, meine kleinen Dramen und Kämpfe sind angesichts der unermesslichen Weiten von Himmel und See winzig und belanglos.

Irgendwie ist das auch tröstlich.

Ich setze mich an den Tisch. Die Tür zum Schuppen, der sich an die Küche anschließt, steht offen, und ich höre, wie dort Wasser läuft. Dad hat den Schuppen einerseits für seine Werkzeuge gebaut und andererseits für die Zeiten, als er mit seinem Dudelsack nach draußen verbannt worden war. Nach seinem Tod hat Mum ihn zu einem Gewächshaus umgewandelt und dort Tomaten, Ackerbohnen und Erdbeeren für die Freilandpflanzung im Frühjahr vorgezogen. Vermutlich ist sie gerade am Gießen. Ich beschließe, sie nicht zu stören.

Während ich meinen Kaffee trinke, denke ich über Mum nach, wie ich es noch nie getan habe. Wie eine Erwachsene, nicht wie ein verzogener Teenager. Damals haben Ginny und ich uns vor allem darauf verlassen, dass sie Essen kochte und die Wäsche wusch. Obwohl sie uns in unserer Musikbegeisterung stillschweigend unterstützte, ermunterte sie uns auch, die Schule nicht zu vernachlässigen, sodass wir, falls uns der Durchbruch nicht gelänge, immer noch die Universität besuchen könnten. Auf sie gehört haben wir beide nicht.

Jetzt jedoch frage ich mich, was sie selbst für Hoffnungen und Träume gehegt haben mochte. Familie, Kinder, ein ruhiges, wahrhaftiges Leben, oder etwas anderes? Träumte sie je davon zu entkommen, oder war sie, ehe es zur Tragödie kam, mit ihrem Leben zufrieden? Ich habe sie das nie gefragt. Hätte ich gefragt, wenn sich alles anders entwickelt hätte und wir eine richtige Mutter-Tochter-Beziehung hätten aufbauen können? Hätte ich sie als Freundin kennengelernt? Ist es dafür jetzt zu spät?

Ich höre ein Geräusch aus dem Schuppen, langsame, mühsame Schritte, die sich in meine Richtung bewegen.

Sofort wird mir bang. Das gestrige Abendessen war so unbehaglich, ständig habe ich darauf gewartet, dass Ginnys Name fallen oder ihr Andenken heraufbeschworen werden würde. Und dann dieser schreckliche Moment, als Mum mich mit Ginny verwechselt und mit ihr geredet hat, als stünde sie im Zimmer ...

Ich muss sehr viel mehr über Mums Geisteszustand erfahren, bevor ich abschätzen kann, wie unsere zukünftige Beziehung aussehen könnte. Oder ob in den Schatten so viele schlimme Erinnerungen lauern, dass zwischen uns überhaupt keine Beziehung möglich ist. Aber ich muss darauf vertrauen, dass sie mich hier haben will. Sie hat nach mir gefragt ... Für mich ist das von entscheidender Bedeutung.

Die Schritte halten inne, entfernen sich wieder. Sie fängt an zu summen. Das Gefühl der Erleichterung, das sich bei mir einstellt, weil meine Mutter für den Moment beschäftigt ist und wir uns nicht wie gestern Abend um das Tablett balgen müssen, ist mir zuwider. Ich trinke meinen Kaffee aus (wasche die Tasse ab, ehe ich sie zurückstelle), esse eine Banane und gehe dann nach oben, um den Weihnachtsschmuck vom Dachboden zu holen. Vielleicht mache ich mir selbst etwas vor, wenn ich glaube, wir könnten wie eine ganz normale Familie ganz normal Weihnachten feiern. Allerdings muntert es Mum ja möglicherweise auf, von daher könnte ich es immerhin mal probieren.

Auf den Dachboden gelangt man durch eine Luke am Ende des Flurs. Ich entdecke die lange Stange, mit der man sie öffnet, im Wäschetrockenschrank, und dann senkt sich die Luke knarrend und mit einer Staubwolke herab. Ich ziehe die Treppe heraus und steige hinauf.

Da ich von dem niedrigen Balken weiß, lege ich die Hand auf den Kopf, um mich nicht anzuhauen. Ich zwänge mich durch die Luke und taste nach dem Lichtschalter. Dabei stoße ich mir den Kopf an einem anderen Balken, der hinter dem ersten verborgen liegt. Ich fluche laut und fühle mich Dad sehr nahe.

Die Leuchtstoffröhre summt und flackert, als erwachte sie aus langem Schlaf. Ich gehe auf ein Knie und richte mich dann auf, sorgsam darauf bedacht, mir nicht noch einmal den Kopf anzuhauen oder Spinnweben in die Haare zu fegen. Der Dachboden steht voller Kisten, säuberlich von Mum beschriftet. Die Kisten mit dem Weihnachtsschmuck befinden sich in der Nähe der Luke: Offenbar hat sie sie während der letzten fünfzehn Jahre irgendwann einmal heruntergeholt, vermutlich anlässlich eines anderen Weihnachtsbesuches von Bill und seiner Familie.

Während ich hier herumstöbere, komme ich mir wie ein Eindringling vor. Alles scheint eine Vergangenheit heraufzubeschwören, die nicht mehr die meine ist. Es finden sich Kisten, die mit »Schulhefte: Skye & Ginny« und »Sporttrophäen: Bill« gekennzeichnet sind, daneben ein Durcheinander an alten Verstärkern, Kabeln und kaputten Mikrofonständern. Eine Kiste, die laut Etikett Noten enthält, daneben eine Kiste ohne Deckel mit Büchern. Obenauf liegt eine Ausgabe von *Keltische Mythen und Legenden*, die ich in meiner Jugend wohl dutzendmal gelesen habe. Meine frühen Songs gingen oft auf diese Geschichten zurück. Lieder, die von Riesen, Feen und Selkies handelten, den eleganten, seehundartigen Fabelwesen aus dem Meer, die ihr Fell abwerfen und menschliche Gestalt annehmen und mit ihren Stimmen Fischer in den Tod locken können.

Ich werfe das Buch in die Nähe der Luke. Vielleicht lese ich ein paar dieser Geschichten noch einmal, um zu sehen, ob sie mir wie früher zur Inspiration dienen können. In den letzten paar Jahren habe ich kaum noch Lieder geschrieben. Schon bevor ich von hier weggegangen war, hatte ich mich von meinem keltischen Erbe abgewandt und mich stattdessen an eingängigen Countrysongs zu den üblichen Themen versucht: Mein Mann hat mich verlassen, mein Hund ist abgehauen, mein Pick-up ist hinüber, aber meine Stiefel sind noch so gut wie neu. Es war nicht schwierig, ich hatte hin und wieder sogar Erfolg damit. Aber von *mir* haben sie nie wirklich gehandelt.

Ich will schon wieder nach unten klettern, als mir etwas ins Auge fällt. Dads Gitarrenkoffer, der hinter den Verstärkern unter die Dachschräge geschoben wurde. Der Koffer ist beklebt mit den Stickern verschiedener Folkfestivals, der Griff ist mit schwarzem Isolierband umwickelt. Der Griff war eines Nachts abgebrochen, als wir inmitten eines Gewitters vom Wagen in den Pub rannten. Er hatte immer gesagt, dass er ihn reparieren lassen wollte, hat es aber nie getan.

Ich bücke mich, um den Koffer herauszuziehen. Einst waren meine Hände zu klein für Dads Gitarre, aber jetzt kann ich darauf spielen. Meine eigene Gitarre habe ich nicht hier, wenn ich also ein paar Songs schreiben will, muss ich Dads benutzen. Beim Herausziehen verrutscht eine weitere Kiste. »Alte Tagebücher« steht darauf.

Ich starre die Kiste an. Die Einzige von uns, die Tagebuch geführt hat, war Ginny. Sie bekam jedes Weihnachten ein neues und schrieb beinahe täglich etwas hinein. Ich habe ihre Tagebücher nie gelesen, aber wir waren uns ja auch so nahe, dass ich das Gefühl hatte, ich wüsste ohnehin, was sie zu Papier brachte. Jetzt, wo sie nicht mehr ist, schrecke ich ein wenig davor zurück. Ob Mum sie gelesen hat? Hat sie das Leben ihrer Tochter in allen Einzelheiten nachgelesen, um die Erinnerung an sie wachzuhalten? Wenigstens sind die Tagebücher hier oben und stehen nicht unten auf einem Regalbrett. Vielleicht hat sie sie auch nicht gelesen.

Ich lasse die Tagebücher zurück und schaffe den Weihnachtsschmuck und das Buch nach unten. Dann steige ich noch einmal hinauf, um Dads Gitarre zu holen. Als ich sie durch die Luke schiebe, gibt etwas nach. Der festgeklebte Griff bricht endgültig ab. Der Koffer kracht auf den Boden und zerdrückt zwei Weihnachtskisten. Ein dissonantes Scheppern der Gitarrensaiten … und dann ist alles still.

In diesem Augenblick birst etwas in mir. All die negativen Gefühle, der Kummer, die Reue, die ich unterdrückt habe, brechen sich plötzlich Bahn. So lang habe ich versucht, eine tapfere Miene aufzusetzen und nach vorn zu blicken. Versucht, über den Tod meiner Schwester hinwegzukommen und mir ein Leben ohne sie aufzubauen. Ich habe getan, was Mum wollte, und habe mich ferngehalten – so lange, dass es mir wie eine Ewigkeit erschien. Bis ich zurückgekehrt bin. Jetzt jedoch wird mir klar, dass ich nie entkommen bin. Den Erinnerungen nicht, und ganz bestimmt nicht der Reue.

Ich steige die Treppe hinab und kauere mich auf den Boden. Ich denke an meinen Koffer, der verschlossen auf meinem Bett liegt. Eine Stimme in meinem Kopf kreischt, dass ich einfach gehen sollte. Wieder abhauen, weiter weglaufen ...

Aber ich wüsste nicht, wohin ich gehen sollte.

9. KAPITEL

Ich sitze da und starre an die Wand, streiche dabei über den gebrochenen Griff. In all den Jahren, die ich weg war, hat sich ein Teil von mir immer danach gesehnt, nach Hause zurückzugehen. Eine verlorene Tochter, die bei ihrer Heimkehr Frieden und Vergebung findet. Als Mum nach mir gefragt hat, dachte ich, dass das vielleicht endlich möglich wäre. Aber noch immer scheint alles zerbrochen. Hier finden sich weder Frieden noch Vergebung.

Unten in der Küche klappert Geschirr im Becken. Mum, die auf ihrem schlechten Bein herumwerkelt und ihren täglichen Aufgaben nachgeht. Wie sie es all die Jahre über getan hat, obwohl sie ein Kind verloren und ihre überlebende Tochter sechs Wochen später das Haus verlassen hatte. Ich wische eine einzelne Träne weg. Mum hat nie viel geweint und ich auch nicht. Allmählich wird mir klar, dass ich mehr von meiner Mum an mir habe, als ich mir eingestanden habe. Ein stählerner Kern, durch den Verlust gehärtet. Das kommt wohl davon, wenn man eine »alte Seele« besitzt.

Ginny hat oft geweint. Ständig hat sie große Gefühle zur Schau getragen, für jeden sichtbar. Wenn sie traurig war, äußerte sich ihr Kummer in lautem, tränenreichem Wehklagen. Wenn sie zornig war, ging sie nach draußen und schrie in den Wind. Und wenn sie glücklich war, wirbelte sie laut singend durch den Garten. Ginny ging ein »Ich liebe dich« oft und leicht über die Lippen. All die Emotionen, all die Wechselbäder konnten liebenswert sein, waren aber auch anstrengend. Ginny war ein anstrengender Mensch.

Ich öffne den Gitarrenkoffer, atme den Duft polierten Holzes ein. Ich streiche über die Stahlsaiten, die kleinen Pünktchen der

Perlmutteinlegearbeit, das kunstvolle Muster aus keltischen Symbolen um das Schallloch. Die Gitarre ist ein wunderschönes Instrument, handgearbeitet auf der Insel Harris. Dad hatte sie auf einem Festival gekauft. Wir saßen im Zelt des Gitarrenbauers, während er jedes Instrument ausprobierte, um das richtige für sich zu finden. Ginny hatte angefangen, sich zu langweilen, und war mit Mum weggegangen. Dad hatte über die Saiten gestrichen, und ich hatte dazu gesungen, und dann hatten wir getauscht. Der Gitarrenbauer hatte eingestimmt, und die Leute waren stehen geblieben, fast als hätten wir auch zum Programm gehört. Und ich war so glücklich und stolz gewesen, dass ich wie Dad musikalisch war. Ich war Teil einer Tradition, die etwas bedeutete, die größer war als mein eigenes Leben. Wenn ich jetzt zurückdenke, war das wohl der Grund, warum Dad die Gitarre kaufte, auch wenn sie eine Menge Geld kostete. Die Gitarre hatte uns Freude bereitet.

Ich starre weiter auf die Gitarre, auch als ich auf der Treppe Schritte höre, langsam, ungleichmäßig. Mum. Ich sollte aufstehen, ihr die Mühe ersparen, die Treppe hinaufzusteigen. Doch ich rege mich nicht. Ich zupfe an der tiefen E-Saite. Sie schnarrt und erschlafft. Die Gitarre ist hoffnungslos verstimmt.

»Skye, was machst du …?« Mum taucht oben an der Treppe auf. »Oh.«

»Tut mir leid, Mum.« Ich sehe nicht sie an, sondern starre auf mein verschwommenes Spiegelbild in dem polierten Gitarrenkorpus. »So leid.«

»Was denn?« Mum klingt ein wenig verärgert.

Ich weiß es nicht. Mein Bedauern hat keinen speziellen Anlass, es ist eher ein tiefes, existenzielles Gefühl.

Doch ich spüre, dass es etwas ist, was zwischen uns zur Sprache kommen muss. *Tut mir leid, dass ich Ginny an jenem Abend nicht beschützt habe. Tut mir leid, dass du mir ihren Tod zum Vorwurf machst. Tut mir leid, dass ich so viele Jahre weggeblieben bin und mich alldem nicht gestellt habe. Tut mir leid, dass ich es immer noch nicht kann.*

»Ich habe die Gitarre aus Versehen auf die Kisten mit dem Weihnachtsschmuck fallen lassen«, sage ich. Ich lege den Gitarrenkoffer beiseite und stehe auf. »Der Griff ist jetzt endgültig abgebrochen.«

Ein geisterhaftes Lächeln huscht über Mums Gesicht. »Die Gitarre war so teuer. Eigentlich müsste sie mehr aushalten.«

»Ja«, sage ich. »Aber der Koffer kommt wahrscheinlich aus China.«

»Wahrscheinlich.« Sie zuckt mit den Achseln. »Hast du schon gefrühstückt?«

»Ich habe einen Kaffee getrunken.«

»Ich könnte dir ein Ei machen.«

»Nein, Mum, das ist wirklich nicht nötig.«

Sie steht da und starrt mich an, die Stirn in tiefe Falten gelegt. Ich habe einen Fehler gemacht. Ich hätte mir von ihr ein Ei kochen, mich von ihr umsorgen lassen sollen – alles, was nötig ist, damit sie mich wieder so ansieht wie früher, als ich wusste, dass sie mich liebte und stolz auf mich war. Sie schüttelt leise den Kopf und wendet sich um, qualvoll langsam und unter schmerzhaftem Zusammenzucken. Ich hasse es, sie so zu sehen. Sie macht ein paar Schritte Richtung Treppe, bleibt dann stehen und runzelt die Stirn. Sie hat das Buch mit den keltischen Mythen und Legenden auf dem Boden liegen sehen.

»Das hat Ginny gehört«, sagt sie, fast als spräche sie mit sich selbst.

Ich beschließe, sie nicht darauf hinzuweisen, dass das Buch uns beiden gehörte und ich die Einzige war, die es je gelesen hat.

»Wir haben Songs geschrieben, die sich um die Geschichten in diesem Buch gedreht haben«, sage ich vorsichtig. »Erinnerst du dich?«

»Natürlich«, sagt sie. »*Die Selkie* – war das eines?«

Der Text materialisiert sich wie von selbst, nimmt in meinem Kopf Gestalt an und verlangt, ausgesprochen zu werden. »Sie ruft dich von den Felsen, die Maid mit dem Seidenhaar. Lass dein Haus, lass dein Land, lass dein Leben und folg ihr zum Meeresgrund in deinem schwankenden Boot. Ertränk dich in tiefster Liebe, dein Leben, o Mensch, ist verwirkt.«

Meine Kehle ist wie zugeschnürt, als ich verstumme. Mums Miene ist starr, der Stock ruckelt ein wenig, und sie hält ihn so fest umklammert, dass ihre Knöchel weiß werden. »Ja, das war es«, sagt sie leise. »Ich erinnere mich jetzt wieder.«

»Du bist hinaus zum Leuchtturm«, sage ich. »An den Ort, an dem sie gestorben ist. Dort bist du gestürzt. Bill hat es mir erzählt.« Ich nehme allen Mut zusammen, um die nächste Frage zu stellen. »Warum hast du das gemacht? Warum hast du dir das angetan?«

Mum starrt auf ihre Hand, die auf dem Stock liegt und allmählich ruhiger wird. Ich halte den Atem an, denke, dass ich keine Antwort bekommen werde. Dann seufzt sie. »Lorna und Annie wollten im Dorf eine Gedenkfeier abhalten. Weil es nun fünfzehn Jahre her ist. Eine spezielle Messe und eine Lesung am Grab.«

Ich nicke. Ich erinnere mich, dass Bill ein paar Wochen vor Mums Sturz so etwas erwähnt hatte. Damals hielt ich es für eine schöne Idee.

»Aber als es dann so weit war, konnte ich mich einfach nicht dazu ... durchringen.« Zorn liegt in ihrer Stimme. »Es kam mir wie ein Witz vor, mich an dieses Grab zu stellen. Wie ein kranker Witz. Ich meine, sie liegt dort doch gar nicht, oder? Sie ist immer noch ...«, sie gestikuliert mit der Hand, »... da draußen.«

Ich stehe ganz still, sorge mich, dass Mum allmählich den Verstand verliert und sich irgendwie eingeredet hat, dass Ginny noch lebt. Die Bemerkung über das Singen gestern Abend, das unberührte Zimmer ... Was gibt es sonst noch, wovon ich nichts weiß?

Sie runzelt die Stirn, als hätte sie erraten, was ich gerade denke. »Ich meine damit nicht, dass sie noch lebt.« Ihre Augen verdunkeln sich voll Schmerz. »Ich weiß, dass es nicht so ist.«

Ich nicke und wünschte, ich wüsste, was ich darauf sagen soll. Das leere Grab ist mir auch nachgegangen, über all die Jahre und all die Meilen hinweg. Ginny wurde damals offiziell für verschollen erklärt, weil man keine Leiche finden konnte, nur ihren Pulli draußen bei den Felsen unterhalb des Leuchtturms, und ihren Schal, der in der Nähe des alten Bootsanlegers an den Strand gespült worden war. Sie suchten per Hubschrauber und per Boot, und der freundliche, wenn auch nicht sonderlich einfühlsame Kapitän der Seenotrettung meinte, unsere Chancen, die Leiche zu finden, stünden fünfzig zu fünfzig, es hinge von der Strömung ab, die recht »kompliziert« sei. Möglicherweise würden wir »Glück« haben, und die Leiche würde in der Nähe einer Ortschaft an den Strand gespült. Andererseits könnte sie auch irgendwo an der Küste in einer abgelegenen Bucht oder an einer Schäre anlanden, dann würden wir sie nie finden. Oder sie war von der Strömung auf den Meeresboden gezogen worden. Wie sich herausstellte, hatten wir kein Glück.

Vielleicht hat Mum recht – und das Grab im Dorf ist ein Witz. Selbst wenn ihre Leiche gefunden worden wäre, hätte Ginny niemals in einem dunklen Loch begraben sein wollen. Damals jedoch war es uns richtig vorgekommen, damit wir einen Schlusspunkt setzen konnten: für Mum, für Bill, für mich, für das ganze Dorf, das so schockiert und aufgewühlt war von der Tragödie. Mum traf die Entscheidung fast im selben Moment, als die Seenotrettung die Suche einstellte. Anscheinend gehörte es zu ihrer Bewältigungsstrategie, und ich war damals ohnehin viel zu benommen und betäubt, um es infrage zu stellen. Es gab einen Gedenkgottesdienst auf dem Friedhof, und neben Dads Grab wurde ein kleiner Grabstein errichtet, schwarzer, blau flimmernd gefleckter Granit.

Ich habe Glück: Im Gegensatz zu Mum musste ich das Grab die letzten fünfzehn Jahre nicht allwöchentlich sehen in dem Bewusstsein, dass Ginny dort nicht liegt. Ein wenig Ruhe fanden wir nur, als Bill dafür sorgte, dass Ginny offiziell für tot erklärt wurde, nachdem sie sieben Jahre als verschollen gegolten hatte.

»Ich verstehe dich, Mum«, sage ich. Ich beschließe, dass mein Urteil zu ihren Gunsten ausfällt ... erst einmal. Dass sie zu den Felsen hinausgegangen ist, um dort Ginnys Andenken zu suchen und nicht Ginny selbst ... oder ihr, falls dies misslänge, in den Tod zu folgen.

»Ja, na gut ...« Mum richtet sich ein wenig auf. Vielleicht liegt es daran, dass wir endlich einen ersten Versuch gestartet haben – wenn auch einen winzig kleinen –, die Mauer des Schweigens zu durchbrechen. »Gib mir Bescheid, wenn du dir das mit dem Ei anders überlegst.«

Mum geht die Treppe hinunter. Ich warte, bis sie außer Sichtweite ist und ich die Küchentür zuklappen höre. Ich trage die Kisten mit dem Weihnachtsschmuck ins Wohnzimmer und gehe noch einmal nach oben, um die Gitarre in mein Zimmer zu bringen. Wieder muss ich an den Abend denken, an dem Ginny zu der Party aufbrach. Ich war voller Wut in meinem Zimmer zurückgeblieben. Ich hatte nicht geglaubt, dass Ginny wirklich meinte, was sie gesagt hatte, aber bei ihr konnte man nie sicher sein. Ich holte mein Notizbuch heraus und ging die Berechnungen durch, die ich zu den Kosten unserer Reise angestellt hatte, aber die Zahlen verschwammen mir vor den Augen. Da wusste ich, warum ich so zornig auf sie war. Es war, weil ich ein Feigling war; ich würde niemals den Mut aufbringen, ohne Ginny aufzubrechen. Der Flyer, den Dads Freund uns geschickt hatte, lag zusammengefaltet zwischen den Seiten. Ich riss den Flyer entzwei, knüllte ihn zusammen, warf ihn weg.

Einige Zeit später kam Mum mit einem Korb Wäsche ins Zimmer. Sobald sie mich sah, wurde sie blass. »Skye?«, sagte sie. »Was machst du denn hier? Ich dachte, du wolltest zur Party?«

»Ich habe es mir anders überlegt.« Ich verschränkte die Arme.

»Aber ... du wolltest doch gehen. Ich dachte ...«

»Ich habe es satt, den Babysitter zu spielen«, erklärte ich scharf. »Höchste Zeit, dass Ginny lernt, selbst auf sich aufzupassen, findest du nicht?«

Mum setzte sich auf Ginnys Bett und betrachtete stirnrunzelnd die am Boden verstreuten Kleider. »Du weißt doch, wie sie ist. Sie braucht dich.« Mum wirkte seltsam aufgelöst. »Ich hätte ein besseres Gefühl, wenn du bei ihr wärst. Bestimmt trinken die Jungs ...«

»Jetzt soll ich also ihr Taxidienst sein? Ist das alles, wozu ich gut bin?«

»Sei doch nicht albern«, fuhr Mum mich an. »Also schön. Wenn du sie später nicht abholen willst, dann fahre ich eben. Ich will nur, dass sie heil nach Hause kommt.«

Ich schüttelte den Kopf; mein Kampfgeist war erloschen. »Du fährst doch nicht gern im Dunkeln. Ich hol sie schon.«

»Danke.« Mum wirkte etwas überwältigt. Ich hatte keine Ahnung, warum sie diesmal ein solches Theater machte. Wir waren schon oft auf Partys gewesen. Ja, meist beging Ginny irgendeine Dummheit, sich zum Beispiel oben auf ein fahrendes Auto zu setzen oder von einem Dach zu hüpfen. So war Ginny eben.

»Schon gut«, sagte ich und zuckte mit den Schultern. Ich würde Ginny abholen, heimfahren, in Sicherheit bringen, wie so oft schon. Doch als Mum das Zimmer verließ und ich mich zum Gehen bereit machte, schwor ich mir etwas.

Das hier würde das letzte Mal sein.

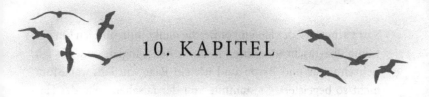

10. KAPITEL

Von weit weg, aus einer anderen Zeit, ist ein Klopfen an der Haustür zu hören. Ich kämpfe mich ins Hier und Jetzt zurück. Ich befinde mich in meinem alten Zimmer, doch ich bin ein anderer Mensch. Damals fuhr ich zum Leuchtturm, um Ginny nach Hause zu bringen, aber es kam nicht dazu. Ich weiß weder, warum, noch, wie es zuging – auf dem Rückweg geriet ich in einen Unfall und erlitt eine Kopfverletzung, die mir die Erinnerung nahm. Andere, die dort gewesen waren, füllten die Erinnerungslücken. Als ich auf der Party angekommen war, hatte ich zu meiner Verärgerung feststellen müssen, dass Ginny nicht bei den anderen war. Man sagte mir, sie sei mit James unterwegs, ihrem Freund. Ich trank etwas. Entschied, dass jemand anders sie nach Hause bringen könnte. Und dann verließ ich die Party. Ginny starb. Mum gibt mir die Schuld, und ich werde mich deswegen ebenfalls immer schuldig fühlen.

Ich stehe auf; ich muss raus aus diesem Zimmer. Ich trete auf den Flur, gerade als Mum unten die Tür öffnet. »Komm doch herein«, höre ich sie sagen. Einen Augenblick später ruft sie mich: »Skye, Byron ist hier.«

Byron. Ich sollte froh sein, ihn zu sehen, froh, mich von meinen Gedanken ablenken zu lassen. Aber ich bin so aufgewühlt, dass ich am liebsten niemanden sehen möchte. Andererseits hat er sich die Mühe gemacht, hier herauszufahren, also sollte ich mir auch ein wenig Mühe geben.

Ich gehe nach unten. Mum bietet ihm eine Tasse Tee an, die er ablehnt. Er macht ihr ein Kompliment, wie gut sie nach ihrem

Sturz schon wieder laufen könne. Sie dankt ihm, und ich bin ein wenig überrascht über ihren freundlichen Umgangston. Als ich siebzehn war und Byron und ich ein Paar wurden, war Mum nicht so begeistert. Er stammte von der falschen Seite des Hafens, dem Arbeiterviertel, aus einer Fischerfamilie. Für Ginnys Freund James hingegen hatte Mum jede Menge übrig, er war höflich und zuvorkommend. Auch hier konnte ich immer nur verlieren, während Ginny in Mums Augen nichts verkehrt machen konnte.

Aber all das liegt lang zurück. Sie und Byron zeigen sich nun vollkommen liebenswürdig, als ich das Wohnzimmer betrete. Byron steht am Eingang. Er ist so groß, dass er leicht die Hand ausstrecken und die Decke berühren könnte. Auf dem blonden Haar trägt er eine schwarze Strickmütze, und sein Kinn ist stoppelig. Er ist ein attraktiver Mann.

»Hallo.« Er kommt zu mir herüber und küsst mich auf die Wange. »Ich dachte, ich schau mal, wie du dich eingewöhnst.«

»Danke.« Ich finde mich damit ab, mich zu verstellen. »Alles in Ordnung. Prima.«

»Großartig.« Er wendet sich Mum zu. »Und Bill kommt auch mit seiner Familie?«

»Ja.« Mum schenkt ihm ein seltenes Lächeln, das sie Jahre jünger aussehen lässt. »Das wird ziemlich chaotisch. Deswegen haben wir beschlossen, den Weihnachtsschmuck rauszusuchen, bevor sie ankommen.« Sie deutet auf die Kisten. »Skye möchte einen Baum besorgen.«

»Gute Idee.« Er lächelt mir zu.

»Nun ja, die letzten paar Jahre hatte ich ja keinen«, sage ich. Ich freue mich darüber, dass Mum mich in meinem Vorhaben unterstützt, das Haus zu schmücken. »Ich dachte, es wäre eine nette Idee, vor allem für Bills Kinder. Allerdings ...« Ich zögere, denke über die Probleme der Beschaffung nach. »Ich weiß nicht recht, wo wir so spät noch einen auftreiben sollen. Und ich muss mir den Wagen ausleihen ...«

Den Wagen. Einen Augenblick fühlt es sich an, als wäre sämtliche Luft aus dem Raum gesaugt worden. Warum habe ich den Wagen erwähnt, und dann auch noch vor Byron? Er war derjenige, der mich nach meinem Unfall in jener Nacht fand. Er rief den Notdienst, und ich wurde ins Krankenhaus gebracht. Der Wagen hatte einen Totalschaden. Ich fuhr erst wieder, als ich nach Amerika kam. Seit damals jedoch bin ich ziemlich viel gefahren. Ich bin sogar eine sehr gute Fahrerin.

»Natürlich«, stößt Mum hervor. »Bietet sich an. Mit meinem Knöchel kann ich ja noch nicht fahren.« Ich habe den starken Eindruck, dass sie alles durch eine fünfzehn Jahre alte Brille betrachtet, genau wie ich.

»Fahr doch mit mir.« Damit kommt Byron uns beiden zu Hilfe. »Ich könnte auch einen Baum brauchen. Mein Sohn kommt über Weihnachten zu Besuch.«

»Dein Sohn?«, frage ich.

»Ja«, sagt Byron. »Sein Name ist Kyle. Er ist sieben.«

»Sieben.« Ich lasse mir das durch den Kopf gehen. Byron, der in meinen Augen ewig zwanzig sein wird, hat einen siebenjährigen Sohn. Mum beobachtet mich und meine Reaktion. Ich versuche es mit: »Wow, das ist ... ähm ... toll.«

»Ja.«

»Dann bist du also verheiratet?«

»Nein«, sagt er. »Cath, seine Mum, ist Krankenschwester in Glasgow. Wir sind getrennt. Meistens lebt er bei ihr.«

»Oh.« Ich weiß nicht, was ich sagen soll. Ich blicke zu Mum hinüber. Sie sitzt zurückgelehnt auf dem Sofa und hat ihr Bein hochgelegt. Sie blickt auf einen winzigen Fleck auf dem Polster, fast als achtete sie überhaupt nicht auf die Unterhaltung. Ich bin jedoch sicher, dass sie aufmerksam zuhört.

Er zuckt mit den Achseln. »Ideal ist es nicht, aber so liegen die Dinge nun mal. Also, sollen wir losziehen und den Baum besorgen?«

»Klingt nach einer guten Idee«, sagt Mum und blickt zu mir hoch. »Ich kann dir etwas Geld mitgeben, falls du was brauchst.«

»Ich komm zurecht«, sage ich. Ich ziehe den Mantel an, prüfe, ob ich Handy und Kreditkarten einstecken habe. Auch wenn ich nicht reich und berühmt nach Hause zurückgekommen bin – für einen Weihnachtsbaum reicht mein Geld noch.

»Prima«, sagt Byron.

Beim Aufbruch umarmt Byron Mum sanft an der Tür. Ich lächle und küsse sie zum Abschied auf die Wange. Über die Erleichterung in ihrer Miene, dass ich ausgehe, will ich nicht nachdenken, ebenso wenig wie über meine eigene Erleichterung, als sich hinter mir die Tür schließt.

Falls Byron auffällt, dass etwas nicht stimmt, lässt er es sich nicht anmerken. Sobald wir draußen sind, wendet er sich an mich. »Bei MacDougall könnte es noch Bäume geben. Wir können dort hinfahren, einen Kaffee trinken.«

»Okay, klar.«

Wir gehen über den Hof bis zu der Stelle, wo Byron seinen Wagen geparkt hat, einen dunkelgrünen Land Rover. An dem Abend von Ginnys Tod hatte Byron sie mit dem Auto zur Party abgeholt. Er hatte den zerbeulten Jeep ohne Stoßdämpfer seines Onkels gefahren. Wenn Ginny und ich nicht gestritten hätten, wenn ich bei ihnen mitgefahren wäre, statt später allein nachzukommen, hätten sich die Dinge dann anders entwickelt? Ich steige in den Wagen und schlage die Tür kräftig zu.

Byron pfeift eine kleine Melodie, als er auf der Fahrerseite einsteigt und den Motor anlässt. In gewisser Hinsicht bin ich dankbar, dass er so entspannt ist und nicht so wirkt, als ob ihn mein Anblick sofort an *sie* denken lässt. »Schicker Landy«, sage ich ebenso lässig wie er. »Ist bestimmt praktisch.«

»Ja«, sagt er. »Er tut, was er soll. Vor knapp zwei Wochen hab ich damit einen Wagen voll Touristen aus dem Graben gezogen.« Er zwinkert, während er in drei Zügen wendet. Dann greift er in einer Geste, an die ich mich von früher erinnere, hinter mich und drückt die Türverriegelung nach unten. »Nur zu deiner Sicherheit«, sagt er. »Der Gurt ist kaputt.«

»Oh ...« Das ist die Ausrede, die ich brauche, um auszusteigen. Um sofort aufzuhören mit diesem »Alte Freunde«-Unsinn. Mein Onkel Ramsay hatte sich sämtliche Zähne ausgeschlagen, als er als Junge aus dem Wagen geschleudert wurde, und Mum und Dad bläuten uns diese Geschichte ein, damit wir lernten, wie wichtig es ist, den Sicherheitsgurt zu benutzen. Als mich der Rettungsdienst in jener Nacht fand, hatte ich ihn anscheinend nicht angelegt.

»Fahr vorsichtig«, sage ich mit einem Schaudern.

»Immer«, versichert Byron mir.

Als wir uns dem Gatter nähern, fährt Byron langsamer. Ein anderer Wagen kommt auf uns zu und erreicht das Tor vor uns. Schon wieder Glück gehabt. Das ist das zweite Mal, dass ich das Gatter nicht öffnen muss. Als Kinder haben wir das immer gehasst, und als wir älter wurden, haben wir den Tordienst gegen andere Arbeiten getauscht. »Du machst diese Woche das Gatter auf, und ich staubsauge« und so weiter. Vielleicht könnte ich für Mum einen automatischen Türöffner besorgen, während ich hier bin. Das würde sie doch wohl kaum als Einmischung in ihre Unabhängigkeit ansehen.

Der andere Wagen ist ein schlammbespritzter silberner Vauxhall-Kombi. Ein Mann steigt aus, hebt die Hand und winkt, um anzuzeigen, dass er das erledigt. Er ist so groß wie Byron, aber nicht so breitschultrig, mit glatt rasiertem Gesicht und dunklem Haar. Er trägt einen roten Anorak, eine blaue Mütze und eine schlammbespritzte Regenhose. Er wirkt ein paar Jahre älter als wir, um die vierzig. Ich erkenne ihn nicht, nehme aber an, dass es sich um Mums Feriengast – Mieter? – handeln muss, den Künstler, der derzeit im Skybird wohnt.

»Komischer Typ«, sagt Byron. Er winkt dem Mann kurz zu, und dann fahren wir durch.

»Inwiefern?«

»Er bleibt immer für sich. Hab ihn noch kein einziges Mal im Pub gesehen. So ein richtiger Miesepeter. Na ja, ist eben ein Künstler«, er spricht es »Küüünstler« aus, »der hält sich wohl für was Besseres.«

»Vielleicht ist er auch hier, weil er Ruhe und Stille sucht«, sage ich. »Oder er trinkt einfach nicht.«

Byron schnaubt, als bewiese das eine wie das andere Charakterschwäche. »Vielleicht.«

Mir fällt auf, dass Byron im Lauf der Zeit Komplexe entwickelt hat, früher hatte er die jedenfalls nicht. Er wusste immer ganz genau, wo er hingehörte – ein großer Fisch in einem kleinen Teich. In der Schule stand er im Mittelpunkt der coolen Clique aus den Arbeiterfamilien, zu der bis auf James und seine Kumpels eigentlich alle gehörten. Wenn jemand eine Party veranstalten wollte, wandte man sich an ihn. Wenn man irgendeinem Rüpel auf dem Schulhof zeigen wollte, wo es langging, hatte er keine Angst, die Fäuste einzusetzen. Er ist entfernt mit Annie MacClellan verwandt, daher hatte er im Dorf was zu sagen. Die Fraser-Zwillinge Jimmy und Mackie, die gesehen hatten, wie Ginny von der Welle davongetragen wurde, sind seine Cousins.

Seit meinem fünfzehnten Lebensjahr stand ich auf Byron. Als er mich mit siebzehn ins mobile Kino einlud und wir den ganzen Film hinten herumknutschten, fühlte ich mich, als wäre ich gestorben und im Himmel gelandet. Ich fing an, kitschige Liebeslieder zu schreiben, eins nach dem anderen. Ginny hat mich ausgelacht. Sie fand, dass Byron nach Bier und Fisch roch, und fragte sich, ob er jemals badete. Ihre Reaktion beleidigte mich ein wenig, brachte mich aber nicht von ihm ab. Kurz darauf wurden James und Ginny ein Paar, und dann fing *sie* an, kitschige Liebeslieder zu singen. Ich sagte, James sei zu prüde, ein Muttersöhnchen, und wollte wissen, ob sie befürchtete, beim Knutschen sein Haar durcheinanderzubringen oder sein Hemd zu zerknittern. Sie war ebenfalls ein wenig beleidigt, aber auf leichtherzige Art. Es war schön, *wir* zu sein, die Turner-Mädchen, die beide die heißesten Jungs im Dorf abbekommen hatten.

Der Feldweg ist holperig, und ohne Sicherheitsgurt hüpfe ich unangenehm auf und ab. Als wir die Hauptstraße erreichen, hält Byron abrupt an, und ich werde nach vorn geschleudert. Meine Hände sind feucht, mein Puls geht unnatürlich schnell. Er biegt in die Hauptstraße ein, die ebener ist, aber voller scharfer Kurven. Ich umklammere den Türgriff, hasse dieses Gefühl von Panik. Als die Straße gerade wird, scheint Byron meine Unruhe zu bemerken.

»Tut mir leid«, sagt er. »Zu schnell?«

»Ein bisschen«, sage ich. »Und außerdem möchte ich gern in Ruhe aus dem Fenster sehen.«

»Ja, klar.« Er wird sofort langsamer. Wir erreichen den tiefsten Punkt der Strecke und fahren an der felsigen Küste entlang. Langsam kommt das Dorf in Sicht. Im Licht der schräg stehenden Sonne heben sich die Häuser beinahe wie gezeichnet von den dunklen Hügeln ab. Byron hält an einem Parkplatz, wo es einen Streifen weißen Sand gibt und ein paar flache Felsen, die sich zum Sitzen anbieten. »Sollen wir kurz anhalten?«, fragt er.

»Okay.«

Das Unbehagen, in Byrons Nähe zu sein, wird verdrängt von dem Verlangen, die Schönheit zu genießen, an die sich meine Seele erinnert, die meine Augen aber zum ersten Mal richtig wahrnehmen. Ich entriegele die Tür und steige aus. Bis zum Boden scheint es ziemlich weit.

Als er aussteigt, holt Byron etwas hinter dem Sitz hervor. Eine rot-grün karierte Decke. Er breitet sie über einen der Felsen. Ich starre auf das ordentliche geometrische Muster, das mir so vertraut ist.

Auf dieser Decke habe ich meine Jungfräulichkeit verloren.

Ich lasse mich im Schneidersitz nieder, fest entschlossen, nicht daran zu denken oder mich zu fragen, ob er daran denkt. Vielleicht ist es ja nicht einmal dieselbe Decke.

Die Luft schimmert über dem Horizont, während die Sonne den letzten Nebel vertreibt. Blassblau und milchig liegt das Meer vor mir, und am Horizont kann ich im Dunst die Inseln im äußersten Westen ausmachen. In mittlerer Entfernung dampft gerade eine Fähre der CalMac-Reederei aufs Meer hinaus. Die Seeluft ist frisch, und ich ziehe meine Jacke fest um mich.

»Schön, was?« Byron setzt sich zu mir auf den Felsen, nahe, aber nicht zu nahe. »Sonst halte ich hier nie, um mir das anzusehen.«

»Ich früher auch nie«, sage ich und zucke mit den Achseln. »Es ist nur, weil ich so lang weg war.«

Er nickt. »Verstehe schon. Ich war auch ein paar Jahre weg. In Glasgow. Man könnte wohl sagen, dass du mich dazu inspiriert hast, von hier abzuhauen. So hast du es doch immer genannt, oder?«

»Kann sein.«

Ich sehe zu, wie eine Möwe auf einem Felsen in der Nähe landet und uns verschlagenen Auges betrachtet. Jetzt ist mir klar, dass mein ständiges Gerede vom »Abhauen« nicht nur lächerlich war, sondern auch herzlos. Es konnte keine Rede davon sein, dass ich ein schreckliches Leben geführt hätte – im Gegenteil. Ich hatte liebevolle Eltern, Geschwister, die ich vergötterte, und mit Byron einen Freund, der mich gut behandelte. Mich sogar liebte. Warum hat mir das nicht gereicht?

Ich seufze, und die Möwe hüpft weg und landet in einem Gezeitentümpel. In dem Jahr, als ich neunzehn wurde, sahen wir uns nicht oft. Er war ständig mit dem Boot unterwegs, und ich schickte Demotapes in die Welt hinaus. Jedes Mal, wenn wir dann wieder zusammenkamen und er nach Fisch und Schweiß und Mann roch, zog ich mich ein Stückchen weiter von ihm zurück.

Dafür wuchs sein Interesse an mir. Als ich ihm von dem Casting erzählte, sagte er, dass er sich für mich freue. Und dann bat er mich zu bleiben. Er sagte, dass er mich liebe und dass er sich wünsche, ich würde ihn in meine Pläne einschließen.

Ich war überrascht und verblüfft. Wenn ich ehrlich bin, so war Byron ein Grund, warum ich damals keine rechte Lust auf die Party am Leuchtturm hatte. Ich hatte versucht, etwas auf Abstand zu gehen, und ich wusste, dass wir am Ende vermutlich Whisky trinken und auf dieser karierten Decke miteinander schlafen würden ...

»Es ist so lang her«, füge ich hinzu, als würde das irgendeinen Unterschied machen.

»Ja«, sagt er, »allerdings. Und war das Leben gut zu dir, seit du weg bist?«

»Läuft alles ganz gut.«

»Du bist nicht verheiratet? Keine Kinder?«

»Nein«, sage ich. »Hat sich nicht ergeben. Ich bin ein zu unruhiger Geist. Dauernd unterwegs, auf Tour mit irgendwelchen Bands. Ein derartiger Lebensstil eignet sich nicht fürs Familienleben.«

»Klingt aufregend«, sagt er.

»Hin und wieder schon«, erwidere ich. »Mal mehr, mal weniger.«

Er spielt mit den Fransen an der Kante der Decke. Es ist doch dieselbe Decke, und er erinnert sich. Da bin ich mir sicher.

»Ich wusste immer, dass du das Zeug zum Erfolg hast«, sagt er. »Mehr noch als Ginny. Du hattest ebenso viel Talent wie sie, nur dass du im Gegensatz zu ihr geschuftet hast wie ein Tier.«

»Danke«, sage ich, »aber wir wissen doch beide, dass das nicht stimmt. Ginny war etwas Besonderes.«

»Nun ja ... sie war ganz schön anstrengend. Daran erinnere ich mich.«

Verblüfft starre ich ihn an. Selbst als sie noch lebte, verloren die Leute kaum je ein schlechtes Wort über Ginny. Sie war fröhlich und charismatisch, der strahlende Mittelpunkt jeder Feier, zu jedem nett. »Wie meinst du das?«, frage ich.

»Nun ja, es musste sich immer alles um sie drehen, oder? Immer ging es nur um sie.«

»Ich ... weiß nicht.«

»Weißt du noch, wie sie mal auf Archie Kirks Auto gestanden hat? Mit ausgetreckten Armen? Und aus voller Kehle gesungen hat? Er hatte damals mindestens fünfzig Sachen drauf.« Byron schüttelt den Kopf und lacht. »Du hattest recht, sie deswegen herunterzuputzen.«

»Ja, ich erinnere mich.« Ich merke, wie sich in meiner Magengrube ein vertrauter Krater auftut. Spüre die Angst von damals. Den Zorn. Natürlich kann ich mich an diesen Vorfall erinnern. Und an andere. Wie Ginny von Dougie Lyles Dach »flog« und sich dabei das Handgelenk brach. Wie sie Rosie Morrison über den Rand der Mole scheuchte. Sie hat Grenzen ausgetestet und immer wieder übertreten – meist waren es meine. Und ich war es dann, die zu Hause Ärger bekam wegen ihrer Mätzchen. Ich war die Ältere, und wir alle wussten, wie Ginny war. Ein einziges Mal nur war ich nicht für sie da: das eine Mal, wo es wirklich darauf angekommen wäre. Mir fällt ein Traum ein, den ich hatte, beinahe eine Vision. Meine Schwester steht draußen auf den Felsen unterhalb des Leuchtturms, hinter ihr donnern die Wellen heran. Sie hat die Arme ausgestreckt, der Wind peitscht ihr Haar auf ...

»Ginny war ein freier Geist.« Ich greife auf den Euphemismus zurück, den ich – wie alle anderen – immer dann benutzte, wenn Ginny etwas Dämliches oder Gefährliches tat.

»Das war sie«, sagt er. »Und für jemanden wie sie gibt es wohl üblere Arten abzutreten. Ich weiß noch, was Jimmy und Mackie sagten, als sie Ginny da draußen gesehen haben. Trotz der donnernden Wellen konnten sie sie singen hören. Sie war glücklich, in ihrem Element.« Er lächelt wehmütig.

»Ich finde nicht, dass das ein schöner Tod war«, sage ich. »Es muss eiskalt gewesen sein, und bestimmt hatte sie schreckliche Angst. Sie muss von den Wellen herumgeworfen worden sein, und dann ist sie ertrunken. Das zumindest hat der Mann von der Seenotrettung gesagt.« Ich atme tief durch. »Und ein paar Tage oder Wochen später hätten die entstehenden Gase dafür gesorgt, dass die Leiche an die Oberfläche steigt. Vermutlich ist sie in irgendeiner Bucht an Land gespült worden und dort verwest.« Ich kratze mit den Fingernägeln an der Oberfläche des harten, unnachgiebigen Felsens.

»Na ja, so betrachtet ...« Byron verzieht das Gesicht.

Wir verstummen. Genau das war der Grund, weswegen ich Angst hatte, hierher zurückzukehren – nun ja, jedenfalls einer der Gründe. Alles hier erinnert mich an meine Schwester, und meine Anwesenheit erinnert die anderen ebenfalls. Dieses Gespräch zu führen ist sinnlos. Und doch, wenn es jemanden gibt, dem ich es erzählen kann, jemanden, der meine Partei ergreifen würde, dann ist das gewiss Byron.

»Mum gibt mir die Schuld«, sage ich. »Wusstest du das? Sie gibt mir die Schuld an Ginnys Tod.«

»Hey, nein ...« Er streckt die Hand aus, will meine nehmen. Ich entziehe sie ihm. Meine Nägel sind inzwischen ganz scharf.

»Doch.«

Ich blicke starr geradeaus zum Horizont und erzähle ihm, was ich vor meiner Abreise mit angehört hatte. Vom Zorn in der Stimme meiner Mutter. Der Tatsache, dass sie mich nie wieder würde ansehen können, ohne dabei an meine tote Schwester zu denken. Die Tochter, die ihr die liebere war. Byron schweigt eine ganze Weile. Ich kann den Konflikt in ihm beinahe spüren, während er in Gedanken die möglichen Antworten durchspielt. Aber eine »richtige Antwort« gibt es nicht.

»Weiß sie, dass du das gehört hast?«, fragt er leise.

»Nein, das ... glaube ich nicht.«

Er verlagert seinen Körper ein Stück, sodass er mir direkt ins Gesicht blicken kann. »Sie hat getrauert, Skye. Damals vor fünfzehn Jahren war das schrecklich für sie, unerträglich.« Er schüttelt den Kopf. »Natürlich kann ich nicht für sie sprechen. Aber ich habe Greg – Annies bessere Hälfte – ein wenig bei den Arbeiten an den Cottages geholfen. Da sind wir recht oft ins Gespräch gekommen. Wenn ich dich erwähnt habe, hat ihr Gesicht geleuchtet. Und wenn ich dann gefragt habe, was du so treibst, ist das Feuer in ihren Augen wieder erstorben. Mir kam es damals so vor, als würde sie dieses Nichtwissen sehr schmerzen. Und um ehrlich zu sein ...«, er zieht die Brauen zusammen, »... war ich wütend. Wütend auf dich, weil du ihr das antust. Ich meine, sie hatte Ginny verloren. Du warst die einzige Tochter, die sie noch hatte.«

Ich schlucke eine Träne hinunter, würde viel lieber den vertrauten Mantel des Zorns über die Trauer breiten. Aber wenn überhaupt irgendjemand das Recht hat, so mit mir zu sprechen, dann ist es wohl Byron. Als er vierzehn war, hat er seinen Vater verloren. Der Verlust des Vaters war eins der Dinge, die wir gemeinsam hatten, es hat uns überhaupt erst zusammengebracht. Allerdings starb mein Vater an einer Krankheit, während Byrons Vater Selbstmord beging. Eines Winters, als der Fang besonders schlecht ausgefallen war, erhängte er sich am Mast seines Bootes. Byrons Dad war ein Trunkenbold und sonst noch einiges. Nach allem, was man so hörte, war die Familie ohne ihn besser dran, und trotzdem ... über so etwas hinwegzukommen ist ziemlich hart.

»Auch wenn ich die einzige Tochter bin, die sie noch hat«, sage ich, »lässt sie sich von mir kaum eine Tasse Tee kochen. Bisher komme ich mir vor wie eine völlig Fremde.«

»Nein«, sagt er. »Das stimmt einfach nicht. Mir wird allmählich klar, dass du dich nicht sehr verändert hast.« Sein Blick wird weich, und einen Augenblick bin ich zurückversetzt. Zurückversetzt in die Zeit, in der die karierte Decke sehr oft im Einsatz war. Ich wende den Blick ab.

»Lass ihr einfach ein bisschen Zeit«, sagt er mit leisem Seufzen in der Stimme. »Es sei denn, du willst bald wieder abreisen?«

»Ich weiß nicht, wie lang ich bleibe«, sage ich.

»Na schön. Ich sag mal so, je länger du bleibst, desto mehr wirst du wieder dazugehören. Wenn du möchtest. Dann wirst du einfach nur du sein.«

»Ich werde nie immer nur ich sein«, sage ich. »Ich werde immer der Zwilling sein, der nicht gestorben ist.«

Ich bedaure die Worte, sobald sie mir entschlüpft sind. Jetzt klinge ich, als hätte ich Komplexe. Vielleicht habe ich ja welche. Ginny stand so gern im Mittelpunkt. Und das gelingt ihr auch jetzt noch – fünfzehn Jahre später.

»Na komm schon. Das ist nicht wahr.« Er streicht über meine Finger. Diesmal nehme ich die Hand nicht weg.

»Sollen wir gehen?«, frage ich. »Ich will alles über Kyle erfahren.«

11. KAPITEL

Byron legt die Decke zusammen, und dann steigen wir wieder in den Land Rover. Auf der Fahrt zu MacDougalls Hofladen im Landesinneren starre ich aus dem Fenster auf das düstere, schroffe Moorland und die Hügel und Täler, ganz in Grau, Gold und weichen Brauntönen gehalten, die schimmernden Wasserfälle und rasch dahineilenden Bäche und hin und wieder den betörenden Anblick eines fernen schneebedeckten Gipfels.

Byron lässt sich nicht zweimal bitten und erzählt voll Begeisterung von seinem Sohn. Er berichtet von Kyles Fußballleidenschaft, seinem Eishockeyverein, seinem Lehrer und dem Park in der Nähe der Wohnung von Byrons Ex. Er wirkt dabei lebhaft und angeregt, doch was er erzählt, ist eigentlich ziemlich herzzerreißend.

»Wie oft siehst du ihn denn?«, erkundige ich mich.

Sein markantes Gesicht legt sich in Falten. »Ungefähr zweimal im Monat. Ich fahre übers Wochenende hin und wohne bei meinen Cousins. Jimmy und Mackie leben inzwischen beide dort. Kyle kommt in den Ferien her und hin und wieder mal übers Wochenende.«

»Das ist …« Ich will »gut« sagen, doch in Wahrheit ist es schrecklich.

»Hm.«

»Also, ich meine, was ist denn passiert? Du hast gesagt, ihr hättet euch getrennt?«

»Das Problem war, dass ich Glasgow gehasst habe.« Er lacht ein wenig. »Die vielen Autos und die Leute, der ganze Lärm. Es war okay, als ich Cath kennengelernt habe, aber ich wusste immer, dass ich am Ende hierher zurückkehren würde. Daraus habe ich nie ein Geheimnis gemacht.« Er zuckt mit den Achseln. »Dann ist sie schwanger geworden, mein Großvater starb, und Mum erbte den Pub. Cath und ich zogen hierher. Aber im Grunde ihres Herzens ist sie ein Stadtkind.« Er seufzt. »Hier draußen war es ihr zu klein, zu isoliert, zu regnerisch, zu ... überhaupt alles. Es war ein Fall von richtiger Person zum richtigen Zeitpunkt, aber am falschen Ort.«

»Verstehe.«

Und irgendwie verstehe ich es auch. Wenn die Leute sich eine Karte von Schottland ansehen, sehen sie Glasgow, und sie sehen die Highlands im Westen, und es sieht so aus, als wäre die Entfernung gar nicht mal so groß. Aber die, die an einem von beiden Orten leben, wissen, dass dazwischen Welten liegen. Wie so viele junge Leute wollten Ginny und ich weggehen, sobald wir konnten. Aber dieses Land hat etwas an sich, was einem ins Blut geht. Selbst als ich dachte, ich würde vielleicht nie zurückkehren, habe ich die Anziehungskraft dieses Ortes gespürt. Wo ich auch war auf der Welt, wenn ich aufmerksam genug lauschte, konnte ich das Flüstern der Heimat hören.

»Und momentan«, fährt Byron fort, »ist alles in der Schwebe. Ich will nur, dass er ein schönes Weihnachten hat. Das ist alles, worauf ich mich im Augenblick konzentriere.« Er blickt zu mir herüber und hebt eine Augenbraue. »Darauf und auf das Festival. Bist du sicher, dass du dich nicht überreden lässt?«

»Ganz sicher«, sage ich rasch. »Im Moment steht Mum für mich an erster Stelle. Sie ist ... nicht ganz gesund.«

»Es war ein schwerer Sturz«, sagt Byron. Offenbar weiß er mehr als ich. »Kitty Reid und ihr Mann haben sie gefunden. War reiner Zufall, dass die an diesem Tag dort draußen waren. Die beiden sagten, deine Mum hätte nach Ginny gerufen. Dass sie heimkommen soll.«

Mir wird ein wenig übel. Wenn Byron es weiß, dann wissen es die anderen auch. »Mum hat im Augenblick ein bisschen Probleme mit der Realität.«

»Ja«, sagt Byron. »Das ist bestimmt hart für dich.«

»Ist es.« Dass jemand – er – meine Gefühle würdigt, lässt die Tränen wieder an die Oberfläche steigen. Ich bin dankbar, dass er bereit scheint, es dabei zu belassen. Wir erreichen eine Kreuzung am Ufer eines lang gestreckten Sees im Landesinneren. Hier und da sind kleine Häuschen und Bauernhöfe zu sehen. Ein Schild weist in ein Tal: *MacDougall's Farm Shop*. Knapp einen Kilometer später biegen wir in einen Kiesweg. Auf den ersten Blick sieht der kleine, von Scheunen und Koppeln umgebene Hofladen noch genauso aus wie in meiner Erinnerung. Als ich jedoch genauer hinschaue, sehe ich, dass die größte der alten Scheunen restauriert worden ist, außerdem scheint ein größeres Bauprojekt geplant. Auf einem handgemalten Schild steht: »Demnächst hier: Indoor-Abenteuerwelt«.

»Abenteuerwelt?«, sage ich. »Das klingt ja ziemlich hochtrabend.«

Er lacht. »Dämlich, was? Nach dem Tod des alten MacDougall hat die Familie verkauft. James hat große Pläne für den Hof.«

»James?«, frage ich. »James Campbell-Ross?«

»Genau der.«

Noch ein Name aus der Vergangenheit, der unvermutet auftaucht. James war ein netter Kerl. Freundlich und zuvorkommend, ein Knabe, wie man ihn seiner Mutter nur zu gern vorstellte. Wenn man daran denkt, wie Mum auf Byron reagiert hatte, war Ginny wohl schon ein bisschen stolz auf sich gewesen, als sie ihn nach Hause brachte.

»Woher hat er das Geld für all die Sachen hier?«

»Er hat ein paar Jahre als Banker gearbeitet«, sagt Byron. »In London.«

»In London?« Im Moment kommt mir London genauso fern und exotisch vor wie früher.

»Jep. Hat dort einen Batzen Geld verdient«, sagt Byron und parkt neben einem Bus. »Er lässt auch die alte Jagdhütte weiter hinten im Tal renovieren. Macht einen auf Gutsbesitzer.« Wieder kann ich die Komplexe spüren.

»Schön für ihn.« Ich steige aus und blicke zur Anschlagtafel. »Regionale Produkte aus biologischem Anbau«. Anscheinend gibt es auch eine kleine Eisenbahn für Kinder, in denen sie zu den Tieren fahren können: Schafe, Rehe und Hochlandrinder, daneben exotischere Exemplare wie Alpakas und Emus. Es ist zwar nicht direkt Disneyland, aber mit Bills Kindern könnte ich durchaus mal einen Ausflug hierher machen.

Wir gehen zum Hofladen. Auf der Rückseite werden unter einer Markise noch ein paar Weihnachtsbäume angeboten, und ich suche eine dicke, buschige Kiefer aus, die Mum gefallen wird. Ich schaue auf das Preisschild. »Du lieber Himmel!«, sage ich.

»Ja, ich weiß«, schnaubt Byron. »James wusste schon immer, wie man Geld macht.«

Byron sucht sich einen kleineren, weniger teuren Baum aus, und ein Angestellter schiebt unsere Bäume durch einen großen Metallring, aus dem sie auf der anderen Seite fertig verschnürt in einem Netz herauskommen. Eine weitere großartige Neuerung, die es früher nicht gab. Wir bezahlen unsere Bäume, und dann kaufe ich uns beiden an einem Servierwagen neben der Kasse einen Kakao mit Schlagsahne und Zimt.

Er hält seinen Becher hoch. »Aufs Heimkommen«, sagt er.

Ich stoße mit meinem Pappbecher an. »Auf alte Freunde.«

Er schenkt mir ein freundliches Lächeln, sieht aber ein wenig traurig aus, als das Bähnchen mit ein paar Kindern und ihren Eltern vorbeigerumpelt kommt, die unterwegs zu den Tieren sind. Die Situation mit seinem Sohn klingt unlösbar, es sei denn, er wäre bereit, in die Stadt zurückzukehren.

»Brauchst du hier noch etwas?«, frage ich, nachdem wir beide unsere Becher weggeworfen haben.

»Nein«, sagt er. »Aber jetzt fahre ich besser zurück. Ich bin im Pub mit der Nachmittagsschicht dran.«

»Okay, gehen wir.«

Er hievt sich meinen Baum auf die eine Schulter und seinen eigenen auf die andere. Dann läuft er vor mir her, und ich frage mich, ob ich jetzt wohl von seiner männlichen Zurschaustellung von Kraft und Muskeln beeindruckt sein soll. Ich verspüre einen Hauch von Bedauern darüber, dass das Feuer, das zwischen uns einmal gebrannt hat, völlig erloschen ist. Mir ist klar, dass ich ihn damals nicht mit dem Respekt behandelte, den er verdient hatte: Für mich kam er immer erst nach meinen Träumen, meinen Plänen und meiner Schwester. Aber ich bin froh um die Erkenntnis, dass wir auch dann keine gemeinsame Zukunft gehabt hätten, wenn ich geblieben wäre. Es beruhigt mein schlechtes Gewissen.

Aber nur ein bisschen.

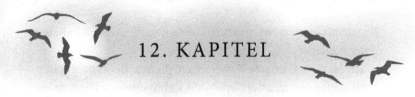

12. KAPITEL

Am Himmel ballen sich Wolken zusammen, als wir von MacDougalls Hof aufbrechen. Richtung Westen zur See schimmert noch ein wenig Licht. Dad war immer gern auf die Sonne zu gefahren. »Geht immer in Richtung des Lichts«, hatte er uns geraten. Er hatte das wörtlich gemeint, aber es taugt auch als Lebensmaxime.

Obwohl die Landschaft unglaublich schön ist, überkommt mich Traurigkeit, als die ersten Regentropfen auf die Windschutzscheibe fallen. Byron scheint ebenfalls gedankenversunken, und so fahren wir schweigend zurück.

Ich starre aus dem Fenster und denke, dass ich in Amerika hätte bleiben können, mit seinem weiten Himmel und der verlässlichen Sonne. Größtenteils habe ich dort ein gutes Leben geführt. Den Platz in der Band in Glasgow hatte ich damals nicht bekommen, aber ich jobbte ein paar Monate dort und kaufte mir dann ein One-Way-Ticket nach Nashville. Als ich dort ankam, ein zwanzigjähriges junges Mädchen mit frischem Gesicht, hatte ich Glück. Mein Akzent ließ mich exotisch wirken, mit meinen Fähigkeiten als Musikerin erwies ich mich als nützlich, und ich hatte einen Hintern, der sich gut in einer Levi's machte. Ich lernte Leute kennen, die ihrerseits Leute kannten, es boten sich Gelegenheiten, und ich ergriff sie.

In den Jahren, die ich in Amerika verbrachte, hatte ich viele Liebesaffären, die meisten davon kurzlebig und unbedeutend, denn ich war immer in Bewegung. Mein Lebensstil bot sich geradezu an für flüchtige Abenteuer mit Musikerkollegen und Fans.

Seit dem Tag, an dem ich von zu Hause wegging, bin ich in Bewegung geblieben.

Ich hatte zwei längere Beziehungen, die von Bedeutung waren, wenn auch nur wegen der Narben, die sie hinterließen. Die erste war mit Justin, einem Typen aus Nashville. Wir verbrachten zusammen zwei Jahre in L.A. Unsere Beziehung endete, als ich ihn mit einer Freundin im Bett erwischte. Da war ich weg. Ich bin in meinen Wagen gestiegen und die ganze Nacht bis nach Las Vegas durchgefahren. Dann habe ich mich eine Woche mit einer Flasche in einem Motel vergraben. Schließlich habe ich mich zusammengerissen und mir einen Auftritt in einem der Hotels am Strip besorgt.

Ich hasste Las Vegas vom ersten Tag an. Die besoffenen Junggesellenabschiede, die Touristen, der Glitter, die Nichtsnutze, die die Spielautomaten mit ihrem Arbeitslosengeld fütterten. Die Einkaufszentren, die Hitze. Das Einzige, was mir gefiel, war die Wüste. Man konnte an einen einsamen Ort fahren und sich dort die Seele aus dem Leib schreien. Darin wurde ich ziemlich gut.

Ein paar Songs schrieb ich auch, Songs, in denen es um Liebeskummer und Einsamkeit ging, um die Sehnsucht nach einem Zuhause und um Heimatlosigkeit. Songs wie diese wollte das Publikum in Las Vegas zwar nicht hören, aber ich schrieb sie trotzdem, im beigefarbenen Wohnzimmer meines beigefarbenen Hauses in einer Anlage, die von einer hohen beigefarbenen Mauer umgeben war.

Dann kam meine zweite Beziehung. John war älter, ein Arzt. Man könnte mir nachsehen, glaube ich, dass ich auf ihn hereingefallen bin. Eine Weile war das Leben schön: Skifahren in Aspen, Wochenendtrips zum Grand Canyon. Aber das alles zerbrach, als herauskam, dass er Rezepte fälschte und Drogen nahm. Ich verfiel in Depressionen, verließ das Haus nicht mehr und ging auch nicht mehr ans Telefon. Ich verpasste ein paar Auftritte, woraufhin mein Management mich fallen ließ. Ich war an einem Scheideweg angelangt, und alle Richtungen führten ins Verderben. Und in dem Moment kamen die E-Mails mit der Nachricht von Mums Sturz. Ich erfuhr, dass Mum nach mir gefragt hatte. »*Wann kommt Skye nach Hause?*«

Die Worte, auf die ich so gewartet hatte.

Ich blicke zu Byron hinüber, und sofort wird meine Zeit in Amerika ein Fantasiegebilde, ein Schatten am Rande meiner Erinnerungen. Doch anstelle eines Neuanfangs habe ich das Gefühl, dass die Uhr rückwärtsläuft, zurückgedreht wird, bis sich die ferne Vergangenheit überlebensgroß vor mir auftürmt.

Ich denke daran, wie Byron am Tag meiner Abreise aussah. Er stand neben Mum, und als der Bus anhielt, legte er den Arm um sie. Diese Geste gab mir damals die Kraft, in den Bus zu steigen, auch ohne meine Schwester. Dafür habe ich ihn ein bisschen geliebt.

Aber nun frage ich mich, warum ich niemanden lieben konnte, seit ich von zu Hause weggegangen bin, oder wenig darauf gab, ob ich von einem anderen geliebt wurde. Kommt das daher, dass ich Ginny verloren habe? Oder Dad? Waren es Schuldgefühle, weil ich lieber »abhaute«, als bei Byron zu bleiben? Enttäuschung darüber, dass meine Karriere im wirklichen Leben meinen Träumen nie gerecht wurde? Liegt es daran, dass Mum mich für Ginnys Tod verantwortlich macht und ich sie zusammen mit meiner Schwester verloren habe? Ist das der Grund, warum ich jede Chance vertan habe, die ich bekam?

Darauf habe ich keine Antworten, aber ich muss danach suchen, wenn ich je etwas aus meinem Leben machen will. Ich habe den Verdacht, dass sie großteils hier in Eilean Shiel zu finden sind.

Als wir am Gatter vor Mums Grundstück ankommen, springe ich aus dem Wagen, um es zu öffnen. Ich werde nass, aber ich empfinde den Regen nach dem langen Sitzen als erfrischend.

»Danke«, sagt Byron, als ich wieder einsteige. »Deine Mum sollte sich wirklich einen automatischen Türöffner besorgen.«

»Das stimmt«, sage ich. »Weißt du, wo ich vor Weihnachten noch einen herbekommen könnte?«

»Versuch es bei Amazon. Die beliefern einen sogar hier draußen.«

Ich lache. Ich bin nicht überrascht. Wir fahren in den Hof, wo neben Mums Volkswagen ein grünes Auto steht. Die Fenster des Cottages sind warme Rechtecke aus gelbem Licht. Meine Melancholie verfliegt. *Zu Hause ...*

Byron lädt den Baum aus und bietet mir an, ihn ins Haus zu tragen. »Schon gut«, sage ich. »Ich komme schon klar. Ich bin dir wirklich dankbar, dass du mich mitgenommen hast ... und danke für das Gespräch.«

»Ja, es hat gutgetan, mal wieder zu plaudern«, sagt Byron. »Vielleicht können wir das ja wiederholen. Bei einem Essen zum Beispiel.«

Ich bin ein wenig verblüfft. Will er sich nach allem, was passiert ist, wirklich mit mir verabreden? »Ähm ... vielleicht«, sage ich neutral.

»Denk drüber nach«, sagt er. »Darüber und über das Festival. Vergiss nicht, es geht darum, neue Erinnerungen zu schaffen.«

Ich denke an Mum und das Unbehagen zwischen uns. Ihr Realitätsverlust gestern Abend. Das Zimmer, das sie all die Jahre unberührt gelassen hat. »Wenn es doch nur so einfach wäre«, sage ich.

Er sieht mich mit einem Blick an, den ich nicht recht deuten kann. »Es kann ganz einfach sein, Skye. Denk daran.«

Er küsst mich auf die Wange und steigt wieder in seinen Landy. Ich habe das unangenehme Gefühl, dass wir vielleicht von verschiedenen Dingen reden.

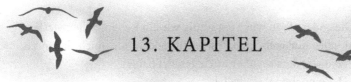 

13. KAPITEL

Ich schleppe den Baum ins Haus. Die Küchentür ist zu, aber ich kann Mums gedämpfte Stimme hören. Zweifellos redet sie mit der Person, die im grünen Wagen gekommen ist.

Das Déjà-vu-Erlebnis ist so stark, dass mir schwindelig wird. Wie ein Kind, das die Hand nach einer heißen Herdplatte ausstreckt, kann ich nicht widerstehen, mich der Tür zu nähern.

»… finde ich es jetzt falsch, dass ich es ihr nie erzählt habe. Glaubst du, dass es etwas bewirkt hätte?« Mum hat die Stimme ein wenig erhoben.

»Komm schon, Mary, das hilft jetzt doch nicht.«

»Ich weiß.« Ein Seufzen.

Ich habe keine Ahnung, wovon Mum spricht – es könnte sich um jeden x-beliebigen Dorfklatsch handeln. Es könnte aber auch um mich gehen. Ich weiß nur, dass ich fünfzehn Jahre meines Lebens und meine Familie verloren habe, als ich Mum das letzte Mal durch die Tür belauscht hatte. Das passiert mir nicht noch einmal. Ohne anzuklopfen, drehe ich den Türknopf und reiße die Tür auf.

»Hi, Mum.« Ich lächle und betrachte sie und ihre Besucherin. Es ist die ältere Frau aus dem Bus. Ich hatte recht, sie kam mir bekannt vor. Ich habe keine Ahnung, wie sie heißt, aber sie trägt einen weißen Kittel und hat einen kleinen Verbandskasten dabei. Vermutlich die Arzthelferin aus der hiesigen Praxis.

»Skye«, sagt Mum und runzelt die Stirn. »Ich hab dich gar nicht reinkommen hören.«

»Tut mir leid. Wir sind gerade erst zurückgekommen.«

Die andere Frau wirkt ein wenig wie ein Reh im Scheinwerferlicht, aber nur ganz kurz. Es reicht jedoch, um mich davon zu überzeugen, dass sie über mich geredet haben.

»Hallo noch mal«, sage ich.

»Skye, erinnerst du dich an Alice Thomson?«, sagt Mum.

»Natürlich«, lüge ich. Ich schüttele ihr die Hand. »Schön, Sie zu sehen.«

»Ja«, sagt die Frau. »Ich bin froh, dass du nach Hause gekommen bist. Wir haben gerade darüber geredet, wie gut es ist, dass du hier bist, um ein wenig zu helfen, nicht wahr, Mary?«

Mum nickt. Ich spüre, dass sie Alice am liebsten eine kräftige Ohrfeige verpasst hätte. Worüber sie auch geredet haben, als ich hereinkam, das war es nicht.

»Nun ja, ich möchte gern helfen.« Ich unterstreiche diese Absicht, indem ich zum Herd hinübergehe und den Wasserkocher anschalte.

»Gut. Deine Mum möchte sich offenbar wieder betätigen, und das ist ein gutes Zeichen«, sagt Alice. »Aber im Moment sollte sie ihr Bein noch so viel wie möglich schonen.«

»Das ist doch lächerlich«, erklärt Mum. »Mir geht es gut.«

Alice tätschelt ihr die Hand, als sie sich erhebt und ihre Sachen zusammensammelt. »Aber, aber, Mary, davon will ich nichts hören.«

Ich muss zugeben, dass mich dieser Tadel und auch das Bewusstsein, dass Mum mich tatsächlich hier braucht, ob es ihr nun gefällt oder nicht, mit leiser Befriedigung erfüllt.

Das Wasser kocht, und ich hole eine Tasse aus dem Schrank. Auf der Arbeitsplatte steht ein Teller mit Sandwiches, die in Frischhaltefolie gewickelt sind. Mum macht ein Gesicht, als hätte sie in eine Zitrone gebissen, als ich ihr den Tee mache und vor sie hinstelle.

»Die Mühe hättest du dir sparen können«, sagt sie. »Ich gehe aus. Zu einer Wohltätigkeitsveranstaltung des Frauenverbands. Lorna kommt mich jeden Augenblick abholen.«

»Achte nur darauf, dass man dir einen richtig bequemen Stuhl gibt«, sagt Alice. Sie zwinkert mir zu. »Ich finde allein hinaus.«

Alice geht aus der Küche und verlässt das Haus. Draußen höre ich den Kies knirschen, als ein anderer Wagen in den Hof einfährt. Ich will nicht paranoid sein, und ich will auch nicht, dass Mum alles stehen und liegen lässt, nur weil ich hier bin, aber es verletzt mich doch ein wenig, dass sie ihren Tag anscheinend so geplant hat, dass sie so wenig Zeit wie möglich mit mir verbringen muss. Irgendwie hatte ich erwartet, dass wir vielleicht den Baum aufstellen und zusammen schmücken würden. Fürs Erste wird er wohl in seinem Netz bleiben müssen.

Mum bleibt, wo sie ist, und trinkt einen Schluck Tee. Ich nehme mir einen Lappen und fange an, den Tisch abzuwischen. Sie spricht nicht mit mir. Das Schweigen ist entmutigend.

»Du warst wahrscheinlich schon bei MacDougall«, sage ich, weil mir nichts anderes einfällt. »Seit ich das letzte Mal dort war, hat sich einiges verändert. Vielleicht könnten wir mal mit den Kindern hinfahren und die Tiere anschauen.«

»Ich war noch nicht dort.« Mum schürzt die Lippen.

»Wirklich nicht?«, sage ich überrascht. »Der Laden ist ganz hübsch. Byron sagt, dass er jetzt James gehört.«

»Ja«, sagt Mum schroff, »das stimmt.«

Ich beobachte sie. Warum ist sie so schlecht auf James zu sprechen? Vielleicht waren die Leute im Ort gegen die Baugenehmigung zur Erweiterung des Hofladens – das war ziemlich sicher der Fall. Vielleicht hat Mum sich dem angeschlossen. Vielleicht hält sie die Pläne für zu kitschig oder zu hochtrabend. Ich könnte es auf sich beruhen lassen, aber ich kann förmlich spüren, wie der Berg an unausgesprochenen Problemen zwischen uns wächst. Das will ich nicht.

»Du hast James doch immer gemocht«, setze ich nach. »Hast du nicht ...?«

»Er hätte sie beschützen sollen«, platzt Mum heraus. »Er war ihr Freund.«

Ich schaudere ein wenig. Fast hoffe ich, dass Lorna endlich reinkommt. Aber durch das Küchenfenster kann ich sehen, dass sie draußen im Hof steht und mit Alice plaudert.

»Vielleicht«, sage ich vorsichtig. »Aber an dem Abend waren jede Menge Leute dort.« Ich füge nicht hinzu: *Ebenso wie ich.* »Leider hat keiner sie dort draußen gesehen, ehe es zu spät war.«

»Angeblich.«

Ich lege den Lappen hin und starre sie an. »Was willst du damit sagen?«

Sie schüttelt den Kopf. »Nichts. Ich hätte es nicht erwähnen sollen. Aber du hast recht, niemand hat etwas gesehen. Das steht fest. Ihr hättet alle erst gar nicht dort sein sollen. Ihr hättet alle ... sie hätte ... besser aufpassen sollen.«

Sofort fange ich an, ihre Worte auf eine verborgene Bedeutung abzuklopfen. Ich weiß, dass sie mir die Schuld gibt, aber sie ist wohl der Ansicht, dass auch andere Verantwortung tragen. Vor allem James.

»Ja, Mum«, lenke ich ein. »Da hast du recht.« Ich wende mich ab. Durch das Fenster sehe ich, dass Lorna nun auf die Tür zugeht.

»Lass es sein«, sagt Mum. Ihre Gefühle sind nun wieder unter Verschluss, ihre Miene ist unerschütterlich. »Ich glaube nicht, dass es hilfreich ist, das alles wieder hervorzuzerren. Ich will nicht nachdenken über das ... was passiert ist.« Sie hält kurz inne. »Es wäre mir lieb, wenn du das respektieren würdest.«

Ich seufze. »Okay. Schön«, sage ich. »Verstanden.«

Und ich verstehe es wirklich – irgendwie. Fünfzehn Jahre lang habe ich ebenfalls versucht, nicht darüber nachzudenken, was in jener Nacht passiert ist, obwohl ich erkennen musste, dass der Versuch müßig ist. Aber nun, da ich hier bin, umgeben von Dingen, die mich an meine Schwester erinnern, bin ich mir nicht mehr so sicher, ob es richtig ist. Wie können Mum und ich überhaupt eine Beziehung haben, wenn zwischen uns so viel Unausgesprochenes steht? An irgendeinem Punkt werden wir reinen Tisch machen und uns den Dingen stellen müssen, statt immer nur das Thema zu wechseln. Ich muss wenigstens mit ihr darüber sprechen, dass ich das alte Zimmer ausräumen will. Aber vielleicht ist keine von uns beiden schon dazu bereit.

»Hallo?«, ruft Lorna von der Haustür.

Ich verspüre einen weiteren kleinen Stich, als Mum den Tee stehen lässt, den ich für sie gemacht habe, und sich auf die Füße stemmt. Sie humpelt zur Arbeitsplatte, um die Sandwiches zu holen, doch ich nehme sie, bevor sie dazu kommt, sie einhändig davonzutragen. »Ich nehme sie schon«, sage ich. Bevor sie Einwände erheben kann, gehe ich voran.

Mum folgt mir hinkend mit dem Stock. Ich begrüße Lorna, Mums älteste Freundin, die ich schon mein Leben lang kenne. Wir umarmen uns, und während Mum in ihren Mantel schlüpft und sich den Schal umlegt, plaudere ich mit ihr über meine Reise und darüber, was ihre beiden Söhne und vier Enkel so treiben.

Kurz bevor sie aufbrechen, wendet sich Mum noch einmal an mich. »Im Kühlschrank sind auch ein paar Sandwiches für dich.«

Ich lächle dankbar. Das Verhältnis zwischen Mum und mir ist, gelinde gesagt, angespannt, aber der Umstand, dass sie für mich Sandwiches bereitet hat, bedeutet auch etwas. Dass unter all der Schuld und den vielen unausgesprochenen Dingen auch Liebe zu finden ist. Etwas, woran man sich klammern kann.

»Danke, Mum«, sage ich. »Viel Spaß.«

Als die beiden das Haus verlassen haben, stehe ich im Wohnzimmer und starre auf den verschnürten Weihnachtsbaum. Er sieht traurig aus, wie eine Raupe, die schon zu lang in ihrem Kokon steckt. Ich entdecke den Christbaumständer in einer der Kisten, stelle den Baum hinein und drehe die Schrauben zu, die den Baum halten. Dann gehe ich in die Küche, um eine Schere zu holen. Als ich das Netz durchschneide, kommt es mir so vor, als würde ich eine Party schmeißen, zu der niemand erschienen ist. Unter den wachsamen Augen auf den Schulfotos von Ginny und meinem jüngeren Selbst schüttele ich die dichten, dunkelgrünen Zweige auf. Kieferndust erfüllt den Raum.

Ich gehe zurück in die Küche und hole die Sandwiches aus dem Kühlschrank. Ich esse eins mit Eiern und Kresse und ein halbes mit Schinken. Die Zutaten stammen aus dem Laden, aber die Sandwiches schmecken trotzdem besser, als wenn ich sie mir selbst gemacht hätte. Die Stille raubt mir jedoch die Nerven; ich glaube nicht, dass ich das Haus jemals so ruhig erlebt habe. Ich sehe auf die Uhr: Es ist beinahe drei Uhr nachmittags, es bleibt also noch ungefähr eine Stunde hell. Ich gehe zur Tür und ziehe meinen Mantel an. Der Regen hat aufgehört, und ein Spaziergang wird mir guttun. Und ich weiß genau, wohin ich gehen werde.

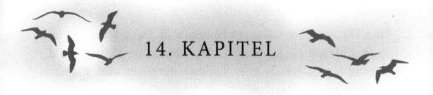

14. KAPITEL

Den Weg zum Strand würde ich auch im Schlaf finden. Ich gehe aus dem Haus und nehme den neuen Kiesweg, der hinunter zu den Cottages führt. Die renovierten Gebäude haben einst zu dem alten Gehöft gehört, das schon seit Generationen an diesem Ort steht. Als ich klein war, war das ganze Gelände wild und heruntergekommen, die alten ummauerten Pferdekoppeln waren überwuchert von Farnkraut, Besen- und Stechginster und von Steinen übersät. Dahinter erheben sich Hügel, die das Rückgrat der Halbinsel bilden und ihr die Form eines riesigen, gestrandeten Wals geben.

Ich gehe an einem Windschutzwäldchen vorbei und am Stables-Cottage, in dem Bill und seine Familie wohnen werden. Ein Stück weiter, auf einer geschützten Lichtung, liegt das Skybird. Hinter dem Haus erstreckt sich eine Wiese bis hinunter zum Wasser, und davor ist eine Kiesfläche, auf der der silberne Wagen geparkt ist. Im Cottage brennt Licht. Ein Hund bellt und wird von einer männlichen Stimme zum Schweigen gebracht. Rasch gehe ich weiter.

Zum Pass hinauf steigt der steinige Pfad steil an. Der Aufstieg dauert ungefähr eine Viertelstunde, und am Ende bin ich ziemlich außer Atem. Der Wind hat aufgefrischt, und die Hügelspitzen sind in Nebel gehüllt. Rings um einen kleinen Tümpel wird der Weg wieder eben und führt dann über einen morastigen Abhang mit Adlerfarn und abgestorbenem Heidekraut abwärts. Auf der anderen Seite der Halbinsel liegt eine weitere Bucht. In der Ferne schmiegt sich ein langer weißer Sandstrand ans Ufer, in den Dünen stehen vereinzelt Wohnmobile. Der Horizont ist wolkenverhangen bis auf einen Lichtschimmer im Westen, wo die Sonne in weniger als einer Stunde untergehen wird. *Immer in Richtung des Lichts gehen.*

Als ich den steilen Hang hinunterschlittere, wird das Geräusch der brechenden Wellen lauter. Der Pfad endet in einer kleinen Bucht, die auf einer Seite von einer Klippe geschützt ist und auf der anderen von riesigen grauen Felsbrocken. Der Strand besteht hauptsächlich aus Geröll und Kies, die kurz vor dem Wasser in einen schmalen weißen Sandstreifen aus Millionen winziger, schimmernder Muschelschalen übergehen. Die Wellen sind schaumgekrönt, und wenn sie sich vom Ufer zurückziehen, hinterlassen sie ein zartes Spitzenmuster. Ein Saum aus braunem Seetang kennzeichnet die Flutlinie. Der Wind weht kräftig und peitscht mir die Haare in den Mund und die Augen.

Ich liebe diesen Ort. Auch wenn ich jahrelang nicht mehr hier war, ist mir alles so vertraut, als hätte ich die Bucht regelmäßig in meinen Träumen besucht. Ich gehe zu den Felsbrocken, die in den Sand eingebettet sind und herausragen wie die Spitzen eines Eisbergs. Jede Schnecke und jede Seepocke, jede winzige Pflanze, die sich an die Felsen klammert, jeder Meeresvogel, der über mir kreist, kommt mir vertraut vor.

Ich lausche auf das saugende Geräusch der Wellen, wenn sie über den Kies zurücklaufen. Die Felsen sind dunkel und glänzend, glatt poliert von den unerbittlichen Gezeiten. Aus schierer Gewohnheit halte ich Ausschau nach einem hübschen Kiesel oder einem Stück Meerglas.

Der silberne Flecken am Horizont ist jetzt größer als noch vor ein paar Minuten. Es ist wie der Spruch, den man hier auf Geschirrtüchern, Tassen und T-Shirts gedruckt findet: *Wenn dir das Wetter in Schottland nicht gefällt, warte fünf Minuten, dann be-*

kommst du ein anderes. Das Licht ist wie ein verheißungsvoller Ausblick in eine andere Welt weit im Westen.

Ich wende mich nun zur Klippe und den kleinen Höhlen, in denen wir früher nach Piratenschätzen und Jakobitengold gesucht haben. Ich setze mich auf einen kleinen, flachen Felsen am Fuß der Klippe. Hier gibt es buchstäblich Hunderte von diesen Buchten, manche liegen an der Touristenroute, andere sind vom Ufer aus beinahe unzugänglich. Und jede davon könnte die letzte Ruhestätte meiner Schwester sein. Mich schaudert, und ich ziehe die Knie an die Brust, als könnten hinter den Felsen, die ringsum verstreut liegen, ihre Knochen verborgen liegen.

Wenn Ginny und ich hierherkamen, kletterte sie immer zu dem Felsen, der am weitesten draußen lag und am nassesten und glitschigsten war. Ich weiß noch, wie heftig mein Herz dann hämmerte, und ich wurde ärgerlich, sagte ihr, sie solle sich vorsehen und dass ich sie nicht aus dem Wasser ziehen würde, wenn sie hineinfiele. Worauf sie immer nur lachte, sich mit überschlagenen Beinen auf den Felsen setzte und von der Gischt besprühen ließ.

Jetzt ist ein dünnes Heulen zu hören, als der Wind einmal wieder die Richtung wechselt. Plötzlich überkommt mich ein schmerzliches Gefühl des Verlusts, und ich fange an zu zittern. Wie ein Seefahrer, der sich vom Sirenengesang ins Verderben locken lässt, folgte meine Schwester der Stimme in ihrem Kopf, die sie hinaus zu den Felsen führte und mir für immer nahm. Was ging ihr durch den Kopf, als sie in jener Nacht draußen am Leuchtturm stand, unter sich die tosende See? Was hat sie gefühlt, als ihr eine Welle die Beine wegriss und sie in die kalte Tiefe glitt?

Das Licht am Horizont verblasst, und über den Strand ziehen allmählich dünne Nebelschwaden. Die Luft um mich scheint milchig zu werden, beinahe undurchlässig. Und in diesem Moment sehe ich sie, ein Schatten, heraufbeschworen von meiner Erinnerung. Ginny, wie sie den Strand entlangläuft, mit ausgestreckten Armen und wehendem Haar. Eine Schar Möwen am Wasserrand fliegt auf. Damals dachte ich, sie würde gar nicht mehr aufhören zu rennen, selbst als sie das Ende des Strandes erreicht hatte. Ich dachte, dass sie womöglich aufsteigen und davonfliegen würde.

Ich schmecke Salz auf der Zunge: eine Träne, die mir über die Wange in den Mund gelaufen ist. Hier draußen verstehe ich, warum Mum zu den Klippen gefahren ist. Irgendwo in diesem tiefen, sich ständig wandelnden Wasser findet sich ein Teil meiner Schwester: die Atome ihres Körpers, die Lebenskraft, die Ginny ausgemacht hat. Wenn ich es versuche, kann ich die Hand ausstrecken und sie beinahe zu fassen kriegen ... ihre Freiheit, ihre Fröhlichkeit ...

Ich streife meine äußere Kleiderschicht ab und lege sie neben dem Felsen auf einen Haufen. Schmerzlich bohren sich die Steine in meine Fußsohlen, als ich zum Wasser laufe, in nichts als meiner Unterwäsche und einem langärmeligen Shirt. Das kalte Wasser peitscht an meine Haut, und Millionen Nervenenden brüllen auf vor Schock. Ich laufe, bis ich bis zur Taille im Wasser stehe, und tauche hinein.

In meinen Ohren braust es. Unter der Oberfläche ist das Geräusch sanft, beinahe wie in einem Schoß. Ich öffne die Augen: Grünes Wasser sprudelt über meinem Kopf, als über mir eine Welle bricht. Seetang und Algen streifen mein Gesicht. Die Kälte ist schockierend, und meine Lungen sind zum Bersten voll. Ich schwimme so lang unter Wasser, wie ich kann, und dann stoße ich an die Oberfläche, um Luft zu holen. In dem Augenblick schlägt jedoch eine Welle über mir zusammen, und ich atme halb Luft, halb Wasser ein. Gleichzeitig erfasst mich die Strömung und zieht mich vom Ufer weg. Ich werde von einem Hustenanfall geschüttelt und schlucke noch mehr Wasser. Flüchtig geht mir durch den Kopf: Das ist doch lächerlich. Ich war schon so oft hier draußen schwimmen. Ich brauche nur ans Ufer zu gelangen, dann ist alles in Ordnung.

Ich komme wieder an die Oberfläche, versuche zu atmen, schlucke Wasser. Mein Körper schaltet in den Panikmodus. Ich schlage wild um mich, aber schon rollt die nächste Welle heran, und ich gehe unter. Meine Lungen füllen sich mit Wasser.

Und dann ist da irgendetwas unter mir, glatt und dunkel. Ich keuche und rudere mit den Armen, doch die Kälte ist überwältigend. Ich suche ihre Stimme, ihr Gesicht, den Todeskuss, der mir bevorsteht. Ich höre auf, mich zu wehren, und lasse mich von ihr hinaus aufs Meer ziehen …

15. KAPITEL

Scharfkantige Steine zerreißen die Haut an meinen Knien. Ich werde von starken Armen hochgehoben. Mir ist kalt, so kalt, doch die Arme sind warm. Mich überkommt eine dunkle Trägheit, als mein Körper dem Sauerstoffmangel erliegt. Und dann Schmerz, als mir etwas auf den Rücken hämmert.

Salzwasser rinnt mir aus dem Mund, aber es ist, als hätte ich ein eisernes Band um die Brust. Ich kann nicht atmen … Ein weiterer Schlag auf den Rücken, und diesmal ergießt sich ein Schwall Wasser aus meinem Mund, ich würge und huste. Aber dann gehe ich wieder unter, und alles versinkt um mich …

Neuer Schmerz reißt mich zurück. Unter mir ist spitzer Kies, meine Nase wird fest zusammengedrückt, und dann liegen warme Lippen auf meinen. Atem in meinen Mund … geliebte Luft. Ich kehre in meinen Körper zurück. Aber mir ist so kalt, und die Last auf meiner Brust wiegt so schwer. Die Welt ist spitz und schmerzvoll, und ich kann sie nicht länger singen hören …

»Atme, verdammt noch mal!«

Die Stimme … es ist gar nicht ihre. Die Stimme eines Mannes, tief und zornig. Ich muss hier weg. Ich huste und keuche … und tue einen Atemzug. Und dann noch einen und noch einen. Allmählich hellt sich der dunkle Nebel vor meinen Augen auf. Die Welt rückt in mein Blickfeld. Ein weißer Himmel. Nebelschwaden, die vor der dunklen Klippe wabern. Und die Kälte. Ich zittere am ganzen Körper und versuche, mich zusammenzurollen. Aber es schmerzt zu sehr. Etwas Raues, Nasses berührt meine Stirn. Ich keuche und versuche mich dem zu entziehen.

»Hör auf, Kafka. Geh ihre Kleider suchen.«

Ich versuche die Hand zu heben. Nichts passiert.

Ein scharfes Bellen.

»Okay, okay«, sagt die Stimme. »Braver Hund.«

Der Kies knirscht. Er geht fort. Gut. Es geht mir gut. Ich werde mich jetzt einfach aufsetzen, mich anziehen ...

Ich kann mich nicht bewegen, kann nur zittern. Warum kann ich mich nicht bewegen?

»Wir müssen Ihnen den Mantel anziehen. Ich werde Sie jetzt hochheben. Sind Sie bereit ...?«

Bevor ich mir darüber klar werden kann, was passiert, hat er mich auf etwas Weiches gehoben. Meinen Mantel. Warum regt sich mein Gehirn nur so langsam und mein Körper überhaupt nicht?

»Gut«, sagt er. »Das ist schon besser.«

Die Stimme ... Ich muss bei der Stimme bleiben.

»Und jetzt haben wir zwei Optionen. Option A ist, dass ich Sie hier bei Kafka lasse und Hilfe hole. Aber das könnte eine Weile dauern.«

Mich hierlassen ... nein ...

Ich öffne den Mund, aber alles, was herauskommt, ist ein Prusten.

»Oder ich trage Sie nach oben.«

Nein ... er kann mich doch unmöglich tragen ...

»Und da Sie nicht in der Lage sind, mir zu antworten, werden wir uns wohl für Option B entscheiden müssen. Sie stehen unter Schock. Ich will Sie nicht allein hier zurücklassen.«

»Ich ...«

»Sie können mir später danken.«

Im nächsten Augenblick werde ich wieder hochgehoben. Ich zittere immer noch, doch seine Arme sind stark und seine Brust ist warm. Unter dem doppelten Gewicht sinkt er tief in den Kies ein. Ich versuche ihn anzusehen, doch meine Sicht ist verschwommen. Dunkles Haar, eine blaue Mütze. Ich bin mir ziemlich sicher, dass es der Mann aus dem Skybird ist. Noch während ich das denke, gleite ich wieder in die Tiefe ...

»Bleiben Sie wach. Sie sind schwerer, wenn Sie bewusstlos sind.«

Konzentrier dich. Ich versuche mir den Umriss seines Gesichts einzuprägen. Die Silhouette seines Kinns, den dunklen Bartschatten. Seine Nase, seine Wangenknochen. Tief liegende blaugraue Augen. Beinahe wäre mir ein Lachen entfahren, das alles ist so grotesk. Ich muss doch nicht gerettet werden ...

Ich dämmere wieder weg. Er keucht mittlerweile. Wir haben den steilen Weg nach oben erreicht. Ich muss bei ihm bleiben. Ich darf jetzt nicht lockerlassen.

Konzentrier dich. Er sagt etwas. Er versucht sich von der Anstrengung des Aufstiegs und der Last abzulenken. Folge seiner Stimme.

»... so unglaublich dumm. Ich meine, wenn Sie sich umbringen wollten, dann hätten sie es beinahe geschafft. Ich bin gerannt, so schnell ich konnte, aber ich hätte Sie nicht mehr rechtzeitig erreicht. Wenn Kafka nicht gewesen wäre, dann wäre es Ihnen gelungen ...«

Gelungen? Moment, nein. Mir wird klar, dass Kafka im Wasser war und dass er mich nicht nach unten ziehen wollte, sondern mich anstupste, damit ich den Kopf über Wasser bekam. Und dieser Mann glaubt, dass ich versucht habe, mich zu ertränken, dass ich absichtlich ins Wasser gegangen bin, um mich ... umzubringen. Aber das stimmt nicht. Genau wie Ginny, die sich draußen auf die Felsen stellte ... war ich einfach dumm. Ich bin mitten im Winter ins Meer gegangen. Dumm, aber das ist auch alles.

»Ich meine, natürlich hätte ich telefonisch Hilfe geholt, aber es gibt hier keinen Empfang, und so hatte ich nicht mal mein Handy dabei. Ich hätte mir beinahe den Knöchel gebrochen, als ich diesen verdammten Pfad runtergerast bin.«

Mittlerweile muss er sich sehr anstrengen, und seine Stirn ist schweißbedeckt. Er sollte eine Pause machen. Ich sollte selber gehen. Ich glaube, dass ich gehen kann. Ich winde mich ein wenig in seinen Armen. »Gehen ...«, stottere ich.

»Nein. Sie können nicht gehen.« Er hält einen Moment inne und lehnt sich an einen der Felsen, die sich in die Klippenfront schmiegen. Ich spüre seinen Atem auf mir, als er spricht, und wie sich seine Brust hebt und senkt.

»Wir sind ohnehin fast da.«

Und dann geht es weiter, und jetzt redet er nicht mehr. Ich versuche, im Einklang mit ihm zu atmen. Der Pfad fällt steil ab. Er rutscht aus, und einen Augenblick geraten wir gefährlich ins Schwanken. Und dann zeichnen sich vor dem weißen Himmel die verschwommenen Umrisse von Bäumen ab. Die Cottages. Ich schließe die Augen ... ich kann nicht anders.

»Bleiben Sie wach.«

Ich versuche es, aber ich kann nicht. »Danke ...« Das Wort nimmt auf meinen Lippen Gestalt an, doch das Licht erlischt, bevor ich es aussprechen kann.

16. KAPITEL

Als ich erwache, ist es warm. Warm und dunkel. Mühsam schöpfe ich Atem. Meine Augen gewöhnen sich an die Dunkelheit. Schwarze und weiße Linien. Balken an einer Decke. Flackernde Schatten. Alles tut mir weh.

»Wo bin ich?«, krächze ich.

»Schschsch, versuchen Sie nicht zu sprechen. Die Sanitäter sind unterwegs. Vielleicht müssen Sie ins Krankenhaus.«

Wieder diese Stimme. Dem Akzent nach kommt er aus dem Süden. Ich weiß nicht mal, wer er ist. Ich sehe ihn, mehr oder weniger deutlich, drüben am Kamin. Er bückt sich und hebt ein Holzscheit auf, wirft es in das Feuer, das auf dem Rost lodert. Er ist groß und hager. Sein Haar ist dunkel und ein wenig zerzaust, und er hat das gebräunte, wettergegerbte Gesicht eines Menschen, der viel draußen ist. Er sieht gut aus, doch er hat eine leicht arrogante Ausstrahlung, die mich abschreckt. Ich sollte aufstehen. Ich will nicht ins Krankenhaus. Ich werde mich bei ihm bedanken und dann machen, dass ich hier rauskomme.

Ich versuche mich aufzusetzen, doch mein Körper gehorcht mir einfach nicht. Meine Arme liegen ausgestreckt unter der Decke. Ich hebe die Hände. Die Haut ist weich, von der See gereinigt. Meine Haut ...

O Gott.

»Ähm, entschuldigen Sie«, sage ich. »Wo sind meine Kleider?«

Ich bin nackt. Verdammt, ich bin nackt. Dieser Mann hat mich aus dem eiskalten Wasser gezogen, hier raufgetragen, und dann ...

»Ihre Kleider sind im Trockner. Sie waren völlig durchnässt. Es blieb mir gar nichts anderes übrig.«

Ja, es kommt alles zurück. Mr. Option A und Option B und anscheinend auch Option C. Rette die Jungfrau in Nöten und zieh sie dann aus.

»Ich habe ein T-Shirt hier, das Sie anziehen können. Es gehört mir, fürchte ich.«

»Ja, das fürchte ich auch.« Auch wenn ich beinahe ums Leben gekommen bin – mein Sarkasmus ist noch intakt.

Er besitzt die Frechheit zu lachen. Dann geht er weg, in die Küche, glaube ich. Ich starre ins Feuer; das Holz knackt, zischend verzehren die Flammen den Sauerstoff, und der Rauch zieht durch den Schornstein hinaus. Es entfaltet eine hypnotische Wirkung, vor allem, da ich immer noch Schwierigkeiten habe, den Blick zu fokussieren.

Etwas bewegt sich vor dem Feuer. Ein dunkler Schatten, der den Kopf hebt und mich mit glänzenden Augen wie aus Glas ansieht. »Kafka?«, flüstere ich. Der Hund wedelt mit dem Schwanz. Kafka ist ein ziemlich großer Hund. Vielleicht irgendeine Mischung aus Husky und Labrador. »Danke, mein Lieber.«

Der Hund kam ins Wasser, um mir zu helfen, und das sagt sowohl etwas über den Hund aus als auch über seinen Besitzer. Und da mir im Moment wirklich nichts anderes übrig bleibt, muss ich mich wohl fügen.

Ein Wasserkocher schaltet sich aus. Ich habe schrecklichen Durst. Ich habe so viel Salzwasser geschluckt, dass meine Zellen kurz vor dem Platzen stehen müssen. Mein Retter kehrt mit einer Tasse Tee und einem Glas Wasser zurück. Wieder versuche ich, mich aufzusetzen.

»Nein«, sagt er. »Was von beidem wollen Sie? Tee oder Wasser?«

»Wasser«, krächze ich.

Ich erdulde die Demütigung, dass er sich neben mich kniet, das Glas an meinen Mund führt und es festhält, während ich trinke. Ich versuche es mit beiden Händen zu packen, wobei meine Finger seine Hand streifen, und ich zucke zurück, als hätte ich einen elektrischen Schlag abbekommen. In seinen blaugrauen Augen liegt ein Funken Belustigung, was mich zutiefst verärgert. Beim Trinken werden die Schmerzen in meiner Brust immer stärker, und für einen schrecklichen Augenblick befürchte ich, dass ich das ganze Wasser wieder herausspucken werde. Ich packe die Decke und ziehe sie mir bis ans Kinn, bis das Gefühl vergeht.

»Das ... das Schlucken tut weh«, sage ich.

Er runzelt die Stirn; jede Belustigung ist verflogen. »Sie haben da draußen ja wirklich eine Nummer abgezogen«, sagt er. »Ihre Lungen und Ihre Brust werden Ihnen das nicht danken. Da Sie nicht mehr geatmet haben, musste ich es mit Herz-Lungen-Wiederbelebung versuchen. Ihr Brustkorb wird noch eine Weile schmerzen.«

Himmel. Seine Lippen. Ich will nicht hinschauen, aber natürlich wandert mein Blick automatisch dorthin. Spröde vom Wind, aber weich. Eine Mund-zu-Mund-Beatmung. Der Kuss des Lebens. Ich wende den Blick ab, starre an die Decke. Ich muss so bald wie möglich weg von hier. Wann Mum wohl heimkommt ...

Anscheinend habe ich es laut ausgesprochen. Er stellt das Glas auf den Tisch. »Ist Mrs. Turner vom Croft-Cottage Ihre Mutter?«

»Ja«, bringe ich hervor.

»Nachdem ich den Rettungsdienst gerufen habe, bin ich rübergegangen und habe geklopft. Sie war nicht zu Hause. Ich habe eine Nachricht auf dem AB hinterlassen, aber ich glaube, es ist ein Festnetzanschluss, kein Handy.«

»Sie ist zu irgendeiner Veranstaltung ihres Frauenverbands gegangen«, sage ich. »Ich weiß nicht genau, wann sie zurückkommt.«

Ironisch hebt er eine Augenbraue. »Dann werden Sie wohl hierbleiben müssen.«

Mit dem leeren Wasserglas in der Hand steht er auf und bewegt sich wieder aus dem Blickfeld. Allmählich erwachen meine Sinne wieder zum Leben. Der schreckliche salzige Geschmack in meinem Mund. Der Geruch, nicht nur nach Holzfeuer, sondern noch etwas ... Farbe? Terpentin? Ich sehe mich um, entdecke aber keine Gemälde. Bevor ich mir länger den Kopf zerbrechen kann, steht der Hund auf, geht zur Tür und bellt kurz.

»Sitz, Kafka«, sagt der Mann. »Das müssen die Sanitäter sein.«

Mühsam versuche ich mich aufzusetzen, bekomme aber nur einen Hustenanfall. Das ist nicht gut. Es geht einfach nicht, dass ich Mum noch mehr Sorgen bereite. Ich sehe ihr Gesicht förmlich vor mir, wenn sie die Nachricht bekommt: »Ihre Tochter wäre beinahe ertrunken. Mittlerweile geht es ihr wieder gut, sie kann selbstständig atmen, aber wir mussten sie ins Krankenhaus einweisen.« Das ist wirklich das Letzte, was sie gebrauchen kann – was wir gebrauchen können –, solange unsere Beziehung so fragil ist.

Es klopft an die Tür.

»DCI Nicholas Hamilton?«, fragt eine weibliche Stimme.

»Kommen Sie rein.« Mein Retter öffnet die Tür. »Mister reicht völlig aus. Oder einfach Nick.«

»Also gut, Mr. Hamilton.«

»Sie ist hier drüben ...«

Nicholas Hamilton. Nick. Endlich habe ich einen Namen. Aber ein Detective Chief Inspector?

Eine Frau mittleren Alters in der grünen Uniform der Rettungssanitäter kommt um das Sofa zu mir herum, gefolgt von einem viel jüngeren, schlaksigen Mann, der aussieht, als käme er frisch aus der Ausbildung. Es erleichtert mich ein wenig, dass ich keinen von beiden kenne.

»Hi.« Ich ringe mir ein Lächeln ab. »Ich bin wohl die Patientin.«

Die Stirnfalte der Frau vertieft sich. »Ich bin Maureen, und das ist Dougie.« Sie deutet auf den Mann. »Können Sie mir sagen, was passiert ist?« Die Frage ist an Nick gerichtet.

»Sie war über eine Minute unter Wasser«, sagt er. »Der Hund war schneller bei ihr, als ich sie erreichen konnte, und hat ihr Gesicht aus dem Wasser gestupst.«

»Toller Hund.« Maureen tätschelt Kafka den Kopf. Der Hund leckt ihr die Hand und wedelt mit dem Schwanz. Kafka scheint ein netter Hund zu sein, aber das war's wohl mit der Hygiene.

»Ich habe sie in die stabile Seitenlage gebracht. Sie hat nicht geatmet, daher habe ich sofort mit der Herz-Lungen-Wiederbelebung begonnen.«

Maureen schüttelt den Kopf und schnalzt mit der Zunge. »Also wirklich, Mädchen, was haben Sie sich dabei bloß gedacht?«

»Dass ich Lust hatte, schwimmen zu gehen«, sage ich. Es ärgert mich, dass sie reden, als wäre ich gar nicht da.

»Im Dezember?«

»Meine Großmutter war eine preisgekrönte Freiwasserschwimmerin. Sie ist tagtäglich im Meer geschwommen, bis zu ihrem Tod. Sie wurde neunundachtzig.«

»Aye, schwimmen Sie denn auch tagtäglich im Meer?«, fordert Maureen mich heraus.

»Nein.« Ich hebe eine Hand und lasse sie wieder fallen. Sie hat mich erwischt. Ich habe Grandma Turner nie das Wasser reichen können.

»Dougie, könntest du ihren Blutdruck messen?«

»Ich will nicht ins Krankenhaus«, sage ich, damit das schon mal amtlich ist.

»Wir werden sehen.«

Dougie beugt sich herab und legt mir die Blutdruckmanschette um den Arm. Ich werde von einem Hustenanfall geschüttelt, in meinen Lungen rasselt Flüssigkeit.

Maureen kommt mit einer Sauerstoffflasche herüber und legt mir eine Maske an. »Atmen Sie«, sagt sie.

Ich atme, huste, atme noch etwas mehr. Die Manschette schließt sich fester um meinen Arm. Das tut weh. Ich versuche mich zu entziehen.

»Schsch«, sagt Maureen. »Einfach nur atmen.«

Meine Haut ist klamm vor Panik. Ich muss diesen verdammten Sauerstoff einatmen, sonst bringen sie mich womöglich ins Krankenhaus. Rasch tue ich ein paar flache Atemzüge, während der Druck an meinem Arm wieder abnimmt.

»Neunzig zu dreißig«, sagt Dougie.

Ich nehme die Maske kurz ab. »Ich hatte schon immer niedrigen Blutdruck«, sage ich.

»Leg eine Infusion«, sagt Maureen.

Ach, um Himmels willen. Es ist mir peinlich, Nick Hamiltons wertvolle Zeit und den Platz auf seinem Sofa so in Anspruch zu nehmen. Doch bevor ich weitere Einwände erheben kann, springt Kafka vom Teppich vor dem Kaminfeuer auf und bellt aufgeregt. Jemand klopft laut und aufgeregt an die Tür, und dann ertönt die Klingel.

»Mr. Hamilton!«

Es ist Mum. Ich kann die Panik in ihrer Stimme hören, als Nick die Tür öffnet. »Was ist passiert?«, fragt sie.

»Hier drüben, Mum«, sage ich und nehme die Atemmaske ab. »Es geht mir gut. Entschuldige bitte das ganze Theater.«

»Weiteratmen«, ermahnt mich Maureen. Einen Augenblick später werde ich ins Handgelenk gestochen. Ich hasse Nadeln. Deswegen habe ich nie Drogen genommen, für die man Nadeln braucht, aber ich kenne eine Menge Leute, die sich davon nicht haben abschrecken lassen.

»Halten Sie still«, sagt Dougie. Er klebt ein Pflaster über die Nadel in meinem Handrücken und holt einen Ständer herbei, an dem ein Beutel mit klarer Flüssigkeit hängt, der aussieht wie eine erschlaffte Qualle.

»Das wird den Blutdruck gleich erhöhen«, sagt er.

Mum kommt herbeigehumpelt. Die Hand, mit der sie den Stock umklammert, zittert. Ich versuche ein wenig beiseitezurücken, damit sie sich auf das Sofa setzen kann, doch Maureen hilft ihr zu einem der Ohrensessel am Kamin. Ihre Augen sind rot gerändert und haben denselben schrecklichen gequälten Ausdruck, an den ich mich von Dads Tod erinnere. Wie konnte ich ihr das nur antun? Es ist wirklich unverzeihlich. Sie redet mit »Nicholas«, und er wiederholt die ganze Geschichte noch einmal. Diesmal jedoch fügt er einen wichtigen Punkt hinzu. »Sie sagt, sie wollte nur schwimmen gehen.« Dafür bin ich ihm dankbar.

Mum öffnet den Mund, doch sie bringt keinen Ton heraus. Sie versucht es noch einmal, ihre Brust hebt und senkt sich vor Anstrengung. Sie ergreift seine Hand. »Wenn Sie nicht gewesen wären ... dann ...«

Es stimmt, und ich fühle mich deswegen noch mieser. Nick Hamilton muss fast unten gewesen sein, vielleicht sogar schon am Strand, als ich ins Wasser bin. Ein paar Minuten früher, und ich wäre vielleicht gar nicht erst ins Wasser gegangen, ein paar Minuten später, und ich wäre nicht mehr rausgekommen. Mein ganzes Leben, all meine Erinnerungen, alles ... wären fortgeschwemmt worden. Ich zittere und fange wieder an zu husten. Manchmal hängt das Leben an einem sehr dünnen Faden.

Mum bekommt eine Tasse Tee. Es dauert eine Weile, bis die Infusion durchgelaufen ist, danach wird noch einmal mein Blutdruck gemessen, und dann verkündet Maureen ihr Urteil. Ich muss nicht ins Krankenhaus. Ich setze die Sauerstoffmaske ab, und Maureen hilft mir in meine Kleider, die noch ganz warm vom Trockner sind. Mit Dougies Unterstützung stehe ich auf. Es ist eine Erleichterung, dass ich Nick nicht länger zur Last fallen werde. Ich will ihm erklären – und Mum und den Sanitätern –, dass mir das alles gar nicht ähnlich sieht. Dass das etwas ist, was Ginny gemacht hätte, nicht die vernünftige, praktische Skye. Ich stütze mich auf Dougie. Ich bin einfach zu erschöpft …

Als ich das Cottage verlasse, drehe ich mich zu Nick um. »Danke«, sage ich. »Tut mir leid, dass ich Ihnen solchen Ärger gemacht habe.«

Er wirkt überrascht, und dann sehe ich etwas in seinen blaugrauen Augen aufblitzen. Ich denke an die Mund-zu-Mund-Beatmung und den Umstand, dass er mir die nassen Kleider ausgezogen und mich unter die Decke gesteckt hat. Vielleicht war es für ihn ja gar nicht so schlimm. Vermutlich sollte ich das gruselig finden – und das tue ich auch –, doch andererseits …

»Kein Problem«, sagt er. »Passen Sie auf sich auf.«

Er steht an der Tür, und ich spüre seinen Blick noch, als Dougie und Maureen mir den Pfad entlang helfen, während Mum hinterherhumpelt.

17. KAPITEL

Sie setzen mich auf dem Sofa im Wohnzimmer ab, statt mich in mein Zimmer hinaufzutragen. Ich bin froh, dass ich zu Hause bin und nicht im Krankenhaus. Nach einer Tasse Tee werde ich wieder vollkommen die Alte sein, und außerdem bin ich hier, um mich um Mum zu kümmern und nicht umgekehrt.

Maureen klärt Mum auf, auf welche Symptome sie achten muss, und dann wenden sie und Dougie sich zum Gehen. Mum ruft Dougie in die Küche, um ihm ein paar übrig gebliebene Sandwiches mitzugeben. Maureen kommt herüber, kniet sich neben das Sofa und nimmt meine Hand.

»Mädchen«, sagt sie, »diesmal haben Sie großes Glück gehabt.«

Eigentlich, liegt mir auf der Zunge zu sagen, hatte ich ziemliches *Pech*. Ich wollte schwimmen gehen, und wenn die Kälte und diese Welle nicht gewesen wären ... Ich höre Mums gedämpfte Stimme aus der Küche und halte den Mund.

»Was Sie Ihrer Mum zugemutet haben ist einfach ... nun ja, schrecklich. Vor allem jetzt. Sie sind es ihr schuldig – und sich selbst auch –, sich Hilfe zu holen, wenn es Ihnen nicht gut geht.«

»Moment mal«, sage ich, als mir klar wird, worauf sie hinauswill. »Nein, Sie verstehen das völlig falsch.«

»Es gibt eine Menge Hilfsangebote«, fügt Maureen hinzu, ohne mich zu beachten. »Das ist nur eine Phase. Sie geht vorüber.«

»Aber ich wollte doch nur schwimmen gehen.« Meine Stimme schwillt ein wenig an.

Sie schüttelt den Kopf. »Bitte lassen Sie Ihre Mum nicht noch mehr leiden, als Sie es schon getan haben.«

»Was soll das denn jetzt heißen?«

Maureen lächelt nur und macht sich am Kissen zu schaffen, um mich zu stützen. Ich versuche nach vorn zu rutschen und bekomme erneut einen Hustenanfall; meine Brust fühlt sich an, als würde sie von einer sehr großen Faust zerquetscht.

»Ich wollte mich nicht ertränken, wenn Sie das meinen, Maureen«, sage ich. Mir ist halb bewusst, dass Mum und Dougie in der Küche das Gespräch unterbrechen. »Und ich bin auch nicht zurückgekommen, um Mum oder sonst irgendwen ›leiden‹ zu lassen. Zu Ihrer Information: Ich liebe diesen Strand. Ich liebe das Meer, und ich liebe es, schwimmen zu gehen, sogar in eiskaltem Wasser. Es ist schiefgegangen, und das tut mir leid.«

Mir tut auch mein Ausbruch leid. Mum kommt herübergehumpelt. »Schsch.« Sie beugt sich unsicher herab und versucht, die Decke um mich herum festzustecken. »Alles in Ordnung. Du bist jetzt in Sicherheit. Alles wird gut, mein kleines Vögelchen.«

Wieder hat sie diesen merkwürdig glasigen Blick. Aber ich bin wieder voll da. Es gab nur einen Menschen, den sie ihr »kleines Vögelchen« genannt hat. Ich bin es nicht.

Der Name kam von Ginnys Abenteuer auf dem Dach. Sie war fünfzehn, und sie und ein paar Freunde hatten sich gesonnt und dabei eine Flasche Whisky kreisen lassen. Irgendwer – ich weiß nicht mehr, wer – forderte sie heraus, vom Dach zu springen. Ich erinnere mich daran, weil Dad mich auf dem Rad losgeschickt hatte, um sie heimzuholen. Ich bin in dem Moment dort angekommen, als sie oben stand, die Zehen direkt an der Kante …

Mein Atem geht noch schwerer. Ich hasse es, Mum in solche Aufregung versetzt zu haben, dass sie den Bezug zur Realität verloren hat. Sie starrt mich einen Augenblick lang an, und dann berühre ich ihre Hand. »Danke, Mum«, sage ich. Meine Stimme scheint sie wieder zur Besinnung zu bringen. Gott sei Dank.

»Wir gehen jetzt«, sagt Maureen zu Mum. Anscheinend ist ihr nichts aufgefallen. »Sie wissen ja, Lorna kommt noch mal vorbei, um Ihnen Gesellschaft zu leisten, und wir sind am anderen Ende des Telefons, wenn Sie uns brauchen.«

»Ja, gut.« Mum besteht darauf, Maureen zur Tür zu bringen, wo Dougie schon wartet. Sie reden noch kurz über Bill und seine Familie. Als sie endlich weg sind, kommt Mum zu mir herüber. Ich rücke zur Seite, damit sie sich auf der Sofakante niederlassen kann. »Mir war das ... nicht klar.« Ihre Stimme schwankt. »Ich wusste nicht, dass es dir so schlecht geht.«

»Mum, hör zu ...« Ich fasse nach ihrer Hand. Ihre Haut fühlt sich an wie Papier, die Knöchel sind hart und knotig. »Ich bin diejenige, der es leidtut – es war dumm von mir, ins Wasser zu gehen. Aber ich habe es getan, weil es sich gut angefühlt hat, draußen am Strand zu sein. Ich habe das Meer – und diesen Ort – so vermisst.« Als ich die Worte ausspreche, erkenne ich erst, wie wahr sie sind. »Mehr hat nicht dahintergesteckt.«

Sie wendet sich ab und blickt zu den Fotos hoch. Doch sie lässt ihre Hand in meiner. Ich frage mich, wie oft ich diese Unterhaltung wohl noch würde führen müssen. Zweifellos wird sie es Bill und Fiona erzählen, und dann werden mich alle wie ein rohes Ei behandeln. Das will ich nicht. Ich will die vernünftige, verlässliche, vertrauenswürdige Skye sein. Die nicht so schöne, nicht so talentierte Schwester, aber die, an die man sich in einem Notfall wenden würde. Wie kann ich Mum davon überzeugen, dass ich diese Person bin?

»Na ja ...« Mum nimmt ihre Hand weg und fährt mit dem Finger die Holzmaserung auf ihrem Stock nach. »Es ist einfach schrecklich, weißt du? So eine Nachricht zu bekommen. Ich habe sofort mit dem Schlimmsten gerechnet.«

»Es tut mir leid, Mum«, sage ich.

»Ich meine, so was zu tun ...« Sie wendet sich mir zu. Ihr Blick ist dunkel vor Zorn. »Ich verstehe es einfach nicht.«

Ich starre sie an, suche nach der Bedeutung ihrer Worte. »Das, was passiert ist, war ein Unfall. Ich habe es nicht mit Absicht getan, falls es das ist, worauf du hinauswillst.«

»Woher soll ich das wissen? Du warst so lang weg. Fünfzehn Jahre. Ich kenne dich nicht. Vielleicht habe ich dich überhaupt nie gekannt – oder deine Schwester.«

»Ich bin weggegangen, weil du es so wolltest.« Ich senke die Stimme. »Weil du mir die Schuld gibst. Du hast gesagt, ich soll Ginny nach Hause holen, und ich habe es nicht getan. Deswegen bin ich bis jetzt nicht zurückgekommen. Weil ich weiß, dass du jedes Mal, wenn du mich ansiehst, an Ginny denkst und an alles, was passiert ist.«

Mum beißt die Zähne zusammen, und einen Moment glaube ich, dass sie mir eine Ohrfeige geben wird. Ich wünschte, sie würde es tun.

»Das stimmt einfach nicht.« Sie betont jedes Wort. »Und ich weiß nicht, wie du auf so etwas kommst.«

»Weil ich es dich habe sagen hören. Am Tag vor meiner Abreise. Ich weiß nicht, mit wem du gesprochen hast, aber ich kann mich an jedes Wort erinnern, das du gesagt hast.«

Sie öffnet den Mund, schließt ihn wieder. Ich habe ihr einen Schlag versetzt, das kann ich sehen. Vielleicht ist es sogar der Todesstoß für unsere Beziehung. Was nicht in meiner Absicht lag.

»Ich weiß nicht, wovon du sprichst.«

Sie schickt sich an aufzustehen. Das kann ich nicht zulassen. Ich kann nicht zulassen, dass sie jetzt weggeht und sich eine Tasse Tee macht, das Thema wechselt und sich unwissend stellt. Das *muss* jetzt einfach auf den Tisch.

»Schau mal, wir sind beide erwachsen«, sage ich. »Können wir nicht darüber reden?«

»Darüber reden?« Sie wirkt ehrlich überrascht. »Was gibt es da zu reden? Willst du, dass ich mich bei dir entschuldige? Dass ich nicht für dich da war, dass ich mit deinem Schmerz, zusätzlich zu meinem eigenen, nicht auch noch umgehen konnte? Dass ich dich weggestoßen habe?«

»Das wäre ein Anfang.«

Sie schüttelt den Kopf. »Du musstest dich nicht um die Beerdigung kümmern und um diese ganze schreckliche Sache mit dem Grab. Du musstest nicht mit den Leuten reden, ihre Besuche ertragen. Eine tapfere Miene aufsetzen. Ich hatte den Eindruck, als wärst du gar nicht mehr richtig da, als wärst du schon fort, um dein eigenes Leben zu leben. Und ich habe mich für dich gefreut. Ich habe mich gefreut, dass du nicht jeden einzelnen Tag mit der Erinnerung an sie leben musstest.«

»Aber ich lebe doch damit. Verstehst du denn nicht? Sie war meine Zwillingsschwester.«

»Sie war meine Tochter!« Mums Zorn bricht sich Bahn. »Genau wie du. Ich habe euch beide verloren. Zwei Kinder, innerhalb weniger Wochen. Du weißt nicht, wie sich das anfühlt, Skye, glaub mir. Bis du ein eigenes Kind hast – und keine Sorge, ich habe aufgegeben, mir darauf Hoffnungen zu machen –, wirst du es nie verstehen.«

Meine Kehle ist wund, das Atmen schmerzt. Eine leise Stimme in meinem Kopf sagt: »Ja, das ist gut, immer heraus damit, mach reinen Tisch.« Doch meine Gefühle sind ein einziger schwindelerregender Strudel. Einerseits bin ich unendlich zornig auf Mum, dass sie ihren Schmerz mit meinem vergleicht, als handelte es sich um eine Art Wettbewerb. Andererseits überkommen mich bei ihren Worten ganz neue Schuldgefühle. Mum hat Ginny durch einen schrecklichen Unfall verloren. Ich jedoch habe mich *bewusst* ferngehalten. Wenn ich sie damals konfrontiert hätte, ihr gesagt hätte, wie sehr sie mich, zusätzlich zu all dem anderen Schmerz, verletzt hatte, stünden die Dinge jetzt vielleicht ganz anders.

»Vielleicht werde ich es tatsächlich nie verstehen«, sage ich mit heiserer Stimme. »Aber das spielt auch keine Rolle. Ginny kommt nicht zurück. Ich aber bin jetzt hier. Du hast nach mir gefragt ...«

Sie sieht mich scharf an, und mir fährt ein kalter, schneidender Schmerz durch die Brust. Bill. Mein wunderbarer Bruder. Der Bote zwischen den Gräben ...

Nein. Er hätte doch nicht gelogen. Bestimmt nicht! Und doch, Mums Reaktion sagt mir die Wahrheit. Sie hat nicht nach mir gefragt. Sie braucht mich hier nicht, und sie will mich auch nicht.

»Tut mir leid«, platze ich heraus. »Bill hat gesagt ... ich dachte ...« Ich bringe die Worte kaum über die Lippen. »Ich gehe wieder. Sobald ich es arrangieren kann. Ich denke, das ist für uns beide besser ... das ist mir jetzt klar.« Ein Schluchzer schnürt mir die Kehle zu. Ich fange wieder an zu husten, in meiner Lunge brodelt Wasser.

Mum stemmt sich auf die Füße. Der Streit hat sie anscheinend gekräftigt, denn sie steht aufrecht, stützt sich dabei kaum auf ihren Stock. Sie geht zu den Bildern auf dem Kaminsims.

»Ihr beide wart immer so verschieden«, sagt Mum, ihre Stimme ist sanfter geworden. Sie nimmt mein Schulfoto und sieht es an. »Es schien immer so, als wärst du Jahre älter als sie, nicht nur ein paar Minuten.« Sie seufzt. »Sie hat so sehr zu dir aufgesehen.«

»Ich glaube nicht, dass das stimmt.«

Sie stellt das Foto wieder hin und nimmt eines von Bill, Fiona und den Kindern in die Hand. »Ich glaube, das Problem zwischen dir und mir damals rührte daher, dass wir uns so ähnlich sind«, sagt sie. »Ich habe mich in dir gesehen. Viel mehr als in Ginny. Aus dem Grund habe ich dir wohl weniger Aufmerksamkeit geschenkt, dich weniger gelobt. Ich habe immer geglaubt, ich wüsste, was du denkst und wie du auf Sachen reagieren würdest. Bei Ginny wusste ich das nie, deswegen habe ich mir immer Sorgen gemacht. Sie war wie ein Kind, das von den Feen vertauscht worden war. Sie hatte immer etwas an sich, was uns anderen verschlossen blieb.«

»Du glaubst, ich bin wie du?« Von all den Dingen, die sie gesagt hat, greife ich mir intuitiv das heraus. Ich hatte immer das Gefühl, Dad näherzustehen als Mum, aber vielleicht ist das ja die Erklärung. Mum schien immer so stark, so rational, so distanziert. Vielleicht waren wir wie zwei gleich gepolte Magnete. Aber wenn das stimmt, welche Zukunft haben wir dann?

»Oh, du bist viel besser, als ich es je war«, sagt Mum. »Ich bin nicht begabt und kreativ wie du. Und dieses Fernweh hatte ich auch nie. Wir unterscheiden uns in vielerlei Hinsicht. Aber ich wusste immer, dass ich mich auf dich verlassen kann.« Sie dreht sich wieder zu mir um. »Ich weiß, dass du nicht absichtlich ins Wasser gegangen bist, um zu ertrinken, Skye. Maureen hat unrecht. Ich muss einfach darauf vertrauen, dass dasselbe Unglück nicht zweimal zuschlägt.«

Sie wendet sich wieder ab, und ich höre ein ersticktes Schluchzen.

»Mum?«, sage ich erschrocken. »Was meinst du damit?«

»Ich ... nein. Lass gut sein.«

»Bitte«, sage ich. »Was es auch ist, erzähl es mir.«

»Nein. Es ist nichts. Bloß Blödsinn.« Sie braucht einen Augenblick, um sich zu fassen. »Tatsache ist, dass sie nicht mehr lebt. Du aber bist jetzt da, also lass uns dieses alberne Gespräch beenden. Und natürlich bleibst du. All die Jahre habe ich mir nichts sehnlicher gewünscht, als dich zu sehen. Dich bei mir zu haben. Tut mir leid, wenn ich dir das nie gesagt habe. Ich habe mein Leben weitergelebt, während du weg warst, genau wie du. So sind wir eben. Aber das heißt nicht, dass ich nicht auf dich gewartet hätte. Darum gebetet ...«

»Mum ...« Das ist alles, was ich hervorbringe. Ich bin so müde. Ich schließe die Augen ...

18. KAPITEL

Ich erwache aus unruhigem Schlaf, in dem meine Träume von Blitzlichtern heimgesucht wurden, von einem Mädchen auf einer Klippe, einer dunklen Gestalt, die mich in die Tiefe zieht. Das Erste, was ich fühle, als ich zu Bewusstsein komme, ist ein dumpfer Schmerz, der mir die Brust zusammendrückt. Kurz mache ich mir Sorgen, dass ich mir eine Lungenentzündung zugezogen haben könnte, genau wie Dad. Dann fällt mir wieder ein, was Nick Hamilton über die Reanimation und die Herzdruckmassage gesagt hat und dass ich das am nächsten Tag natürlich spüren würde. Nick Hamilton: der »Kuss des Lebens«, das Ausziehen der Kleider am Kaminfeuer ... Es beschämt mich, dass sich eine Spur Adrenalin unter meine rechtschaffene Entrüstung gemischt hat.

Als das Zimmer langsam Konturen annimmt, bin ich verwirrt. Es war dunkel, als ich hergebracht wurde, und ich war doch bestimmt nur zwanzig Minuten, höchstens eine halbe Stunde weggetreten. Und doch schimmert durch die Vorhänge vor den Fenstern Tageslicht.

Das Zimmer ist auch verändert. Die Fotos sind vom Kaminsims genommen und durch einen Satz kupferner Windlichter ersetzt worden. Über der Feuerstelle hängt eine Girlande aus Kiefern- und Stechpalmenzweigen. Die Kisten aus dem Dachboden sind säuberlich auf einer Seite aufeinandergestapelt. Wie hat Mum das alles bloß geschafft?

Ich spiele unser Gespräch – unseren Streit, genau genommen – noch einmal in Gedanken durch. Es war wohl wirklich unverzeihlich, dass ich einfach so ins Wasser gegangen bin, wenn man bedenkt, was beinahe passiert wäre – und wenn man bedenkt, was meiner Schwester tatsächlich passiert ist. Vermutlich war es das, was Mum mit ihrer Bemerkung meinte, dass dasselbe Unglück nicht zweimal zuschlägt. Aber auch wenn es schmerzhaft war, alles offen auszusprechen, hat es uns vermutlich gutgetan. Wir haben noch einen langen Weg vor uns, um die Gräben zu überbrücken – aber der Anfang ist gemacht. Meine Liebe zu ihr ist nicht mehr so diffus, nicht mehr so belastet mit unausgesprochenen Problemen.

Aber mein Bruder ... Bill hat mich angelogen. Mum hat gar nicht nach mir gefragt. Diese für mich so wichtigen Worte, die Worte, die mich zurückbrachten, wurden überhaupt nie ausgesprochen. Ich schließe die Augen, bis sich die Woge des Zorns gelegt hat. Bestimmt hatte er nur die besten Absichten. Er weiß nicht, was ich vor all den Jahren belauscht habe oder warum ich weggeblieben bin. Er tat das, was er seinem Empfinden nach tun musste für Mum und für die Familie. Und das Ergebnis ist, dass ich hier bin. Ist das nicht der Zweck, der die Mittel heiligt?

Ich versuche mich aufzurichten, doch die Schmerzen in meinem Brustkorb sind unerträglich. Das ist so dumm ... Ich beiße die Zähne zusammen und tue es einfach. Ich schwinge die Beine über die Sofakante und stehe auf. Mein Atem geht keuchend, als ich mich langsam Richtung Küche begebe, von wo Geschirrklappern zu hören ist.

»Oh!«, sagt Mum, als sie mich sieht. Sie klammert sich an das Spülbecken, um sich zu stützen.

»Tut mir leid, dass ich dich erschreckt habe«, sage ich und lächle.

»Setz dich. Ich stell Wasser hin.«

Mir scheint, den Weg in die Küche zurückgelegt zu haben war Heldentat genug, und so ziehe ich einen Stuhl heraus und setze mich. Ich fühle mich nicht nur deswegen schlecht, weil ich vollkommen nutzlos bin, sondern jetzt auch noch eine zusätzliche Last für Mum darstelle, die sie nicht gebrauchen kann.

»Maureen hat mir ein paar Schmerztabletten für deine Brust gegeben«, sagt sie. »Willst du sie?«

»Nein.« Ich hebe die Hand. »Nur eine Tasse Tee. Bitte.«

»Du solltest sie nehmen, wenn du Schmerzen hast.«

»Nein«, sage ich. »Schmeiß sie weg.«

Sie schüttelt den Kopf. »Dein Dad war da ganz genauso.«

Ich beschließe, dies als Kompliment zu betrachten. Ich will nicht schon wieder streiten, und so wechsle ich das Thema. »Erzähl mir von deinem Feriengast«, sage ich.

Das Wasser kocht, und Mum holt zwei weiße Tassen heraus. »Ach, na ja, viel gibt es da nicht zu erzählen. Wahrscheinlich weißt du genauso viel wie ich.«

»Das möchte ich bezweifeln. Als Maureen kam, nannte sie ihn DCI Hamilton.«

»DCI?« Mum sieht überrascht auf. »Wie Vera?«

»Ich weiß nicht, wer das ist«, sage ich, »aber ich meine wie in Detective Chief Inspector.«

»Sie ist eine Fernsehkommissarin«, sagt sie.

»Ach so. Ich dachte, er wäre Künstler, nicht Detektiv.«

»Doch, er ist Künstler.« Auf einem Tablett bringt sie die Tassen herüber zum Tisch. Diesmal klirren sie nicht. Sie setzt sich mir gegenüber. »Seine Bilder sind ziemlich gut, finde ich. Hat er sie dir gezeigt?«

»Dazu sind wir wirklich nicht gekommen.«

»Natürlich.« Ihr Lächeln ist brüchig.

»Ich sollte noch mal rübergehen«, sage ich. »Um ihm dafür zu danken, dass er mich gerettet hat.«

»Du musst ihm etwas mitbringen«, sagt sie. »Ich fange jetzt an zu backen. Für nachher, wenn die Horden über uns hereinbrechen.«

»Nachher? Ich dachte, sie kommen erst morgen.«

Stirnrunzelnd sieht sie mich an. »Es ist morgen«, sagt sie. »Du hast beinahe achtzehn Stunden geschlafen. Lorna war hier, hat mir geholfen. Ich habe dich ein paarmal geweckt, wie Maureen gesagt hat. Aber du warst immer gleich wieder weg.«

»Gott ... ich hatte ja keine Ahnung.« Ich kann mich nicht erinnern, wann ich das letzte Mal achtzehn Stunden durchgeschlafen hätte, wenn überhaupt je. Ich hatte gehofft, dass ich mich am Tag nach dem Vorfall ein bisschen besser fühlen würde als jetzt.

»Wann kommen sie denn?« Ich nippe an dem Tee, unterdrücke den Hustenreiz.

»Gegen zwei, glaube ich«, sagt Mum. Sie trinkt ihren Tee aus und steht auf, wobei ihre Knochen gefährlich knacken.

Ich bleibe sitzen, um Kräfte zu sammeln; wenn Bill und seine Familie eintreffen, werde ich sie brauchen. Ich will in Höchstform sein, beweisen, dass ich hierher gehöre, selbst wenn er gelogen hat, um mich zurückzuholen. Bill war als Kind ein typischer Junge: wild und energiegeladen, drei Jahre jünger als Ginny und ich. Als Dad starb, trat er sofort an, um die Rolle des Mannes in der Familie zu übernehmen, wofür ich ihn immer bewundern und schätzen werde. Er legte sich ins Zeug, besorgte sich für nachmittags nach der Schule einen Job, machte einen hervorragenden Schulabschluss und später einen Uniabschluss in Rechnungswesen. Seine Frau Fiona hat er im ersten Studienjahr in Glasgow kennengelernt.

Jung zu heiraten war die einzige »Rebellion«, die Bill sich je erlaubte. Eigentlich war es auch keine Rebellion, sondern er übernahm einmal wieder Verantwortung, da Fiona schwanger wurde. Sie stammte aus einer wohlhabenden Glasgower Familie, die von meinem Bruder, der aus dem letzten Hinterland kam, nicht allzu viel hielt. Doch soweit ich weiß, sind die beiden glücklich – wie viele Paare, die zwölf Jahre verheiratet sind, können das von sich behaupten?

Ich war nicht auf der Hochzeit. Ein weiterer Minuspunkt für mich. Ich konnte weder das Geld für den Flug aufbringen noch die nötige Zeit. Bill und Fiona hatten jedes Recht, mir deswegen Vorwürfe zu machen, aber das ist nicht ihre Art. Obwohl uns normalerweise Tausende von Meilen trennen, war Bill für mich ein Fixpunkt, er erinnerte mich immer daran, woher ich kam, wer ich war und dass ich Mum doch hin und wieder anrufen sollte. Manchmal nahm ich ihm das übel, aber meist tat es einfach gut zu wissen, dass er da war.

Ich habe sie ein paarmal in den Staaten getroffen, als sie dort waren, um Fionas Eltern zu besuchen, die mittlerweile in einer Seniorenwohnanlage in Florida wohnen. Jedes Mal war ich ein wenig nervös, dass ich mit den Kindern nicht würde umgehen können oder dass sie mich nicht mehr kennen würden.

Jetzt verblassen diese Ängste neben meinen neuen Sorgen um Mum und die Wirkung, die meine Anwesenheit auf sie hat. Ich erinnere sie an die Vergangenheit, so sehr, dass sie den Bezug zur Wirklichkeit verliert. Und das Letzte, was ich will, ist, Bill und seiner Familie das Weihnachtsfest zu verderben – oder überhaupt irgendwem von uns. Ich werde mich einfach vorsehen müssen.

Ich trinke meinen Tee und wasche die Tasse am Spülbecken aus. Mum holt Zutaten aus dem Küchenschrank: Mehl, Zucker, Gläser mit der Füllung für die Weihnachtspastetchen. Sie geht dabei zwar langsam und ein bisschen unsicher vor, doch ihre Lippen sind entschlossen zusammengepresst.

»Also, wie kann ich dir helfen?«, frage ich. Wenn sie glaubt, dass wir uns ähnlich sind, wird ihr klar sein, dass ich mich mit einem Nein nicht abfinden werde. »Soll ich den übrigen Weihnachtsschmuck holen, oder soll ich nachsehen, ob im Cottage alles bereit ist?« Ich lache. »Wie gesagt ist es wahrscheinlich keine gute Idee, wenn ich beim Kochen mitmache.«

Mum lehnt sich gegen die Arbeitsplatte. »Skye, du wärst beinahe ertrunken. Ich halte es wirklich für das Beste, wenn du dich ausruhst.«

»Nein, Mum.« Ich bleibe entschlossen. »Ich habe lang genug geschlafen. Es geht mir gut ... viel besser. Ich dusche mich jetzt. Und dann möchte ich helfen.«

Sie seufzt. »Hast du nicht gesagt, dass du Geschenke mitgebracht hast? In meinem Zimmer ist Geschenkpapier. Da könntest du dich betätigen.«

»Ist das alles?« Ich fühle mich völlig nutzlos.

»Wirklich, Lorna hat sich um alles gekümmert. Und ich glaube, wir lassen den Schmuck fürs Erste in den Kisten«, sagt sie. »Den Kindern wird es Spaß machen, sie auszuräumen.«

»Das ist wahr.« Als Kind war es immer so aufregend, die Kisten mit dem Baumschmuck auszupacken: Es war, als öffnete man eine Schatzkiste voller Juwelen und funkelnder Dinge. Mum hat recht – es wird schön sein, die Kinder im Haus zu haben. Ich will, dass sie mich mögen. Ich will, dass sie denken: »Das ist meine Tante Skye – die ist cool.«

»Na gut«, sage ich und gebe nach. »Ich gehe die Geschenke verpacken.«

»Gut.« Mum wirkt erleichtert. »Auf meinem Schreibtisch findest du Tesafilm und Schere.«

»Okay.«

Mein Atem rasselt, als ich nach oben gehe. Ich nehme eine Dusche und hole dann die Tüte mit den Geschenken, die ich beim Zwischenstopp am Flughafen von Los Angeles im Duty-free-Shop besorgt habe. Sonnenbrillen und Micky-Maus-Badetücher für meine siebenjährigen Zwillingsneffen Robbie und Jamie, und ein Notizbuch mit dem Hollywood-Schriftzug für meine zwölfjährige Nichte Emily. Daneben habe ich noch ein paar Schnapsgläser, ein paar T-Shirts und einen »I love California«-Ofenhandschuh für Mum.

Jetzt sind mir die Geschenke peinlich. Sie wirken unpassend, als gehörten sie nicht hierher. Ginny hätte gelacht, wenn sie gesehen hätte, was ich gekauft habe. Ich kann sie beinahe hören, als ich in Mums Zimmer gehe, um mit dem Verpacken anzufangen. Ich schiebe den Gedanken an meine Schwester beiseite.

Wie der Großteil des Hauses ist auch das Zimmer meiner Mutter umgestaltet worden. Jetzt befinden sich dort ein verschnörkeltes Metallbett, ein deckenhoher weißer Einbauschrank, ein Flachbildfernseher und am Fenster ein Tisch mit der Nähmaschine und dem Strickkorb. Der Himmel draußen ist grau und verhangen, die schwache Wintersonne versucht sich durchzukämpfen. Das Dorf jenseits des Wassers wirkt öde und verschlafen, die Boote im Hafen liegen still wie Flaschenschiffe.

Ich reihe die Geschenke auf dem Tisch auf, und dabei fällt mein Blick auf das Bücherbord in der Ecke. Ich überfliege die Titel, hoffe, dass sie mir etwas darüber verraten, was für ein Mensch meine Mum ist – oder geworden ist. Es handelt sich größtenteils um gebundene Bücher, die wie ehemalige Bibliotheksexemplare aussehen. Ein paar der Autoren kenne ich, etwa Maeve Binchy oder Joanna Trollope. Aber dann fällt mir ein Band auf, der quer obenauf liegt: *Keine Zeit für den Abschied. Umgang mit dem Suizid eines Angehörigen*. Stirnrunzelnd gehe ich hinüber und nehme es in die Hand. Es ist abgegriffen, innen liegt ein Lesezeichen, auf dem der 23. Psalm abgedruckt ist. Die Worte verschwimmen mir vor den Augen, und ich lege das Buch zurück an seinen Platz. Mum glaubt doch sicherlich nicht ... Nein. Das kann sie nicht ...

»*Ich muss darauf vertrauen, dass dasselbe Unglück nicht zweimal zuschlägt.*«

Ich versuche, mit dem Geschenkeverpacken weiterzukommen: zukleben, Geschenkband kräuseln, Anhänger beschriften. Aber alles, woran ich denken kann, ist dieses Buch. Warum sollte sie es überhaupt besitzen und offenbar auch noch lesen, wenn sie nicht irgendeinen Verdacht hätte? Selbstmord ...? Die bloße Vorstellung erscheint mir absurd. Ginny war so fröhlich, so voller Leben. Sie war die Letzte, die so etwas tun würde. Ginnys Tod war ein Unfall. Ich kann nicht glauben, dass Mum auch nur eine Sekunde etwas anderes annehmen würde. Aber wenn doch ... Ist das der Grund, warum sie so aufgelöst ist?

Ich räume das Geschenkpapier weg und sehe mich im Zimmer nach irgendetwas um, das erklären könnte, was Mum denkt. Aber da ist nichts. Nur das Buch. Ich gehe aus dem Zimmer und nehme die Geschenke mit nach unten. Dort lege ich sie neben die Kisten mit dem Weihnachtsschmuck und begebe mich in die Küche. Nach allem, was gestern passiert ist, kann ich das nicht so stehen lassen.

Mum sitzt am Küchentisch und überzieht ein Backblech voller Shortbread mit geschmolzener Schokolade. »Mum«, sage ich. »Kann ich dich kurz sprechen?«

»Natürlich«, sagt sie, ohne aufzusehen.

»Ich habe oben ein Buch entdeckt. Über Selbstmord. Eines ... Angehörigen. Und da habe ich mich dann doch gefragt, ich meine, du kannst doch sicher nicht glauben ...« Ich kann nicht weitersprechen.

»Ginny«, sagt Mum. Sie presst die Lippen zu der vertrauten dünnen Linie zusammen und verteilt weiter Schokolade. Einen langen Augenblick glaube ich, dass sie mich vollkommen ausblendet.

»Mum, Ginny ist nicht absichtlich ins Wasser gegangen.« Ich versuche, ruhig zu klingen, gemessen. Doch mein Herz rast.

»Woher weißt du das?« Die Schärfe in ihrer Stimme erschreckt mich. »Woher soll ich es wissen? Ich war nicht dabei. Ich weiß nur, dass sie zu den Felsen hinausgegangen ist. Sie hat sich in Gefahr gebracht.«

»Ja, und das war dumm«, sage ich. »Aber mehr nicht. Jimmy und Mackie haben gesagt, dass sie da draußen gesungen hat. Glücklich war. Nur, dass die Flut an diesem Abend besonders hoch war. Eine Monsterwelle ...« Ich erschauere.

»Die ›Monsterwelle‹.« Sie lacht grimmig. »Du warst wohl lang genug weg, um diese Geschichte immer noch zu glauben.«

»Wovon redest du?«, frage ich wie betäubt. »Es gab Zeugen. Jimmy und Mackie Fraser.«

»Ja. Es war alles überaus passend, findest du nicht? Die Fraser-Jungen sehen zufällig mit an, wie sie von einer Welle weggerissen wird, während sonst keiner auch nur irgendetwas mitbekommt.«

»Aber so ist es doch auch passiert.«

»Die Leute *behaupteten,* dass es so passiert ist. Damals.«

»Ja ...« Ich lege den Kopf schief und versuche zu ergründen, was in ihr vorgehen mag.

»Die Leute trinken«, sagt Mum. »Die Leute reden. Und die Leute haben über jene Nacht gelogen.«

»Komm schon, Mum«, sage ich und ziehe die Augenbrauen hoch. »Jetzt bist du einfach nur paranoid.«

»Und du bist begriffsstutzig.« Sie schüttelt den Kopf. »Ach, ich weiß nicht. Glaub, was du willst oder was du glauben musst. Es ist besser so. Ob es nun eine Monsterwelle war oder ob sie sich selbst ins Meer gestürzt hat – was spielt es am Ende für eine Rolle?«

Ich öffne den Mund, aber es kommt nichts heraus. *Es spielt sehr wohl eine Rolle,* möchte ich sagen. *Sogar eine große.*

»Aber Ginny hätte so etwas doch niemals getan. Sie war so voller Leben. So ...« *Sie hat das Busticket zerrissen. Und dann der Streit.* Bestimmt ... bestimmt hatten diese Dinge nichts mit ihrem Tod zu tun.

Schwindel erfasst mich, und mein Kopf fängt an zu hämmern. Ich klammere mich am Tischrand fest, bis es vorüber ist.

»Wie gesagt, ich war nicht dabei.« Mum gibt ein wenig nach. »Daher weiß ich natürlich nicht, was wirklich passiert ist. Nur dass die Geschichte eine Lüge ist. Jimmy und Mackie waren von Glasgow auf Urlaub hier. Haben im Pub herumgeprahlt und sich aufgespielt. Ich habe es nicht aus erster Hand. Aber das Gerücht fing an, die Runde zu machen. Dass niemand etwas gesehen hätte. Gar keiner.« Sie schaudert. »Als sie nach ihr gesucht haben, haben sie ihren Schal und ihren Pulli gefunden. Aber keiner hat sie ertrinken sehen.«

»Nein ... das kann nicht stimmen.« Ich schüttele den Kopf. »Wann ist all das herausgekommen?«

»Vor einem halben Jahr.«

Vor einem halben Jahr. Zu der Zeit begann sich auch der Tonfall von Bills E-Mails zu ändern.

Rastlos gehe ich auf und ab.

»Mum«, sage ich. »Ich kann verstehen, wie verstörend das alles gewesen sein muss. Aber wir kennen sie ...« Ich verbessere mich. »*Kannten* sie. Sie war fröhlich. Ein freier Geist. Ja, hin und wieder hat sie Dummheiten begangen, aber so war sie eben.«

Mum schüttelt den Kopf. »Ich weiß nichts. Nicht mehr.«

»Doch«, fordere ich sie heraus. »Du und Ginny, ihr standet euch nahe.« Ich gehe zu ihr und versuche sie zu umarmen. Sie schiebt mich weg.

»Bitte, Mum«, sage ich. »Du weißt, dass sie niemals Selbstmord begangen hätte. Nicht wahr?«

Das Schweigen dauert ein wenig zu lang. Ein Zittern läuft an meinem Rückgrat entlang. Gibt es etwas, was sie mir verschweigt?

»Ja, du hast recht«, sagt sie, energisch jetzt, als wollte sie das Gespräch abschließen. »Es war ein schrecklicher Unfall. Das ist es, was ich ... glaube.«

»Gut«, sage ich und gebe der Debatte damit keinen weiteren Raum. »Ich bin froh, dass wir einer Meinung sind.«

19. KAPITEL

Ich weiß, dass es falsch ist, aber ich bin wütend auf Mum, dass sie sich den Dorfklatsch überhaupt angehört hat, ganz zu schweigen davon, dass sie sich davon offenbar hat treffen lassen. Es war sicher eine aufwühlende Erfahrung: Lachlan hatte erwähnt, dass es im Dorf »Gerede« gebe, aber ich habe ihn nicht mal ausreden lassen. Schließlich wird ständig über das eine oder das andere geklatscht, und das hier klingt völlig unsinnig. Mum hätte es besser wissen müssen, als dem Quatsch Glauben zu schenken. Vor allem in diesem Fall, in dem eine ordentliche Ermittlung stattgefunden hatte und Leute wie Jimmy und Mackie Aussagen zu Protokoll gegeben hatten.

Ich gehe hinauf in mein Zimmer und versuche ein Buch zu lesen, doch das Gespräch geht mir nicht aus dem Sinn. Ich wünschte, wir hätten es nie geführt. Weiß Mum etwas, was ich nicht weiß? Ich lege das Buch weg. Mir schwirrt der Kopf, und ich kann mich nicht konzentrieren …

Draußen knirscht Kies. Ein Wagen. Der Motor erstirbt, sofort knallen Türen, und aufgeregte Stimmen werden laut. Ich verlasse das Zimmer und gehe nach unten. Mum humpelt bereits zur Tür.

Bill und seine Familie sind da.

Die beiden Jungs fallen wie ein Wirbelwind über das Haus her. Sie werfen Mum beinahe um, als sie sie samt ihrem Stock umarmen, und dann rennen sie in die Küche.

»Jamie! Robbie!«, höre ich Fiona von außen rufen.

Aber es ist zu spät, die beiden sind längst weg. Als Mum sich umdreht, um den Jungs zu folgen, werfe ich ihr einen gespielt entsetzten Blick zu. »Pass lieber auf, dass sie nicht alles aufessen«, sage ich.

Sie lächelt, sieht fast so aus wie in meiner Erinnerung von früher. Mein Zorn verfliegt, ich bin einfach froh, sie so glücklich zu sehen. »Du hast recht«, sagt sie. »Jungs ...«, ruft sie und folgt ihnen mit ihrem schwerfälligen Gang.

Ich gehe nach draußen, wo Bill ein paar Taschen mit Essen auslädt. Fiona hat den Kopf in den Wagen gesteckt, und ich kann sehen, dass sich Emily, meine Nichte, nicht vom Fleck rührt und mit ihren Ohrhörern anscheinend vollkommen in ihrer eigenen Welt versunken ist.

»Bill!«, sage ich und gehe auf meinen Bruder zu.

»Skye!« Er breitet die Arme aus. Ich zucke ein wenig zusammen, als er mir den Brustkorb drückt. »Toll, dass du da bist«, sagt er.

»Ähm ... danke«, sage ich. Ich beschließe, es dabei zu belassen – vorerst.

»Ich will alles wissen«, sagt er, »aber erst einmal muss ich die kleinen Quälgeister einfangen. Wir sehen uns drinnen?«

»Klar. Alles okay da drin?« Ich nicke zu Fiona hinüber, die offenbar eine hitzige Diskussion mit ihrer Tochter führt.

»Oh, ist schon in Ordnung«, sagt er und rollt ein wenig die Augen. »Das ist das Alter. Sie wollte nicht weg von ihren Freunden zu Hause. Oder ihrem schnellen WLAN.«

»Na klar«, sage ich mit einem Lächeln. »Geht mir genauso.«

Fiona gibt den Kampf auf. Die Wagentür wird zugeknallt, und Emily sitzt noch drin. Fiona wendet sich mir zu und lächelt. »Skye«, sagt sie, »entschuldige bitte. Wie schön, dich zu sehen.« Sie kommt auf mich zu und umarmt mich. »Alles in Ordnung mit dir?«, fragt sie. »Du bist ein bisschen blass.«

»Alles gut«, sage ich. »Allerdings hatte ich gestern ein kleines Malheur.«

»Ach?«, sagt Fiona. »Ist alles in Ordnung?«

Ich erzähle ihr in aller Kürze von meinem gestrigen Bad im Meer, lasse dabei aber sowohl die Sanitäter als auch den Umstand aus, dass ich von einem attraktiven, einsiedlerischen Fremden gerettet werden musste. Auch Mums Reaktion erwähne ich nicht. Wenn sie wirklich auch nur den geringsten Verdacht hegt – so unbegründet er auch sein mag –, dass eine ihrer Töchter Selbstmord begangen haben könnte, wäre das, was ich getan habe, unverzeihlich. »Es war ziemlich dumm«, fasse ich noch einmal zusammen.

»Na ja, um die Jahreszeit muss man wohl vorsichtig sein.« Sie geht zum Kofferraum und lädt noch mehr Taschen aus. »All die Meeresströmungen und so. Nicht dass ich mich damit auskennen würde. Ich gehöre eher zum Team Whirlpool. Mir ist sogar ein Swimmingpool zu kalt.«

Ich lache. »Ganz deiner Meinung«, sage ich. »Es ist nur, als Kinder waren wir dauernd dort draußen schwimmen. Die Kälte hat uns nie was ausgemacht.«

»Klar.« Sie grinst. »Aber sag das bloß nicht, wenn die kleinen Racker dich hören können, sonst bringst du sie noch auf Ideen.«

»Na sicher. Kann ich dir mit dem Gepäck helfen?«

»Ich hab schon alles«, sagt sie. »Aber wenn du es mal bei ihr versuchen möchtest, nur zu.« Sie weist mit dem Kopf auf Emily.

Fiona geht ins Haus, wo ich die Jungs herumkrakeelen höre, während Bill versucht, sie zu beruhigen. Sie klingen so glücklich und aufgeregt, und ich komme mir ein wenig wie das fünfte Rad am Wagen vor. In ihrem Alter geht es Emily vielleicht ähnlich. »Hallo, Emily«, sage ich. Ich klopfe an die Fensterscheibe. »Geht's dir gut? Brauchst du etwas? Ich gehe ins Haus.«

Zu sagen, dass ich nicht bleiben will, führt zum gewünschten Ergebnis. Auch wenn ich beinahe dreimal so alt bin wie sie, weiß ich noch, wie sich Pubertätslaunen anfühlen. Dieses Gefühl der Isolierung – dass alle auf der Welt gegen einen sind und dazu auch noch vollkommen verblödet. Aber die trotzige Haltung lohnt sich nur, wenn Publikum in der Nähe ist.

Emily öffnet die Tür. »Hi«, sagt sie.

Ich starre sie an, kann den Blick nicht von ihr wenden. Es ist jetzt gut eineinhalb Jahre her, seit ich Emily zum letzten Mal gesehen habe. Damals war sie zehn und ein ziemlicher Wildfang: mit kurz geschnittenem rotblondem Haar, Sommersprossen und dünnen, staksigen Beinen, die viel zu lang für ihren Körper wirkten. Jetzt jedoch ist sie wie verwandelt. Ihr Haar ist heller und fällt ihr lang auf den Rücken. Ihre Haut ist blass, beinahe durchscheinend, und die Sommersprossen wurden abgelöst von einer Pickelgruppierung um ihren Mund. Ihre Augen aber brennen sich förmlich in mein Hirn. Sie sind von einem blassen, aufsehenerregenden Blau.

Ginnys Augen.

Tatsächlich ist die Ähnlichkeit zwischen den beiden so groß, dass *sie* die Zwillinge sein könnten, wenn nicht so viele Jahre – und der Tod – zwischen ihnen lägen.

Sie runzelt die Stirn, als wäre es komisch, dass ich sie so anstarre. Na ja, ist es wohl auch. »Was hörst du dir da an?« Geschickt wechsle ich das Thema.

»Einen Pop-Sampler.«

»Ach? Wer ist denn alles drauf?«

»Ähm. Jede Menge. Adele, Kate Perry, Taylor Swift. Und ein paar Oldies ... zum Beispiel Oasis.«

Oasis. Einen Augenblick habe ich das Gefühl, in einer merkwürdigen Zeitschleife gefangen zu sein. »Von den ›Oldies‹ kenne ich wahrscheinlich ein paar«, sage ich lachend.

»Also, das hier kennst du bestimmt.« Sie rutscht zur Seite, sodass ich mich setzen kann, nimmt einen Ohrhörer heraus und gibt ihn mir.

Das vertraute Intro ... die Akkordfolge ... das erste Riff. *Warrior Woman*. Natürlich macht es mich stolz, dass es sich auf Emilys Playlist befindet. Ich singe zwar nicht selbst, aber es ist mein Song. Mein einziger Hit gewissermaßen – nicht meinetwegen, sondern wegen Chelsea Black, einem großen Country-Star. Sie hat den Ruhm geerntet, obwohl ich als Songschreiberin für jede Aufführung oder Nutzung Tantiemen bekomme. Ich bin stolz auf den Song und froh, dass Emily ihn kennt.

Wir summen beide ein wenig mit, und dann nehme ich den Ohrhörer heraus. »Danke«, sage ich.

»Klar. Ist ein guter Song.«

»Freut mich, dass du das denkst.« Ich lächle. »Dein Dad hat mir erzählt, dass du Gitarre lernst.«

Sie errötet ein wenig. »Ja. Aber ich bin nicht besonders gut.«

»Jeder muss mal anfangen«, sage ich. »Vielleicht können wir ein bisschen zusammen spielen, während du da bist.«

»Ja. Okay. Das wäre cool.«

»Prima«, sage ich. »Sollen wir reingehen? Mum – deine Großmutter – backt schon den ganzen Morgen. Mince Pies, Ingwerkekse, Shortbread ...«

»Ich esse keine Kohlenhydrate. Davon wird man dick.«

»Oh.« Mein Gott – zwölf Jahre alt. Ich überlege, ob ich ihr einen Vortrag über ausgewogene Ernährung halten soll, die einen mit der nötigen Energie versorgt, beschließe dann aber, es sein zu lassen. Ich werde nicht allzu viele Gelegenheiten haben, sie für mich zu gewinnen.

»Also, ich geh jetzt jedenfalls rein.« Ich steige aus dem Wagen, erleichtert, als sie es auch tut. Doch im selben Moment werde ich von einem Hustenanfall geschüttelt.

»Alles in Ordnung?«

»Ja«, sage ich, als ich mich ein wenig beruhige. »Ich bin die Kälte einfach nicht mehr gewohnt. Wie wäre es mit einer Tasse Tee? Da sind keine Kohlenhydrate drin.«

Unwillkürlich verzieht sie das Gesicht zu einer angewiderten Miene, und wieder habe ich ein beunruhigendes Déjà-vu. »Gibt es auch Kakao?«, fragt sie.

»Keine Ahnung, aber wir können ja nachsehen«, antworte ich.

Gerade als wir reingehen wollen, kommt Bill heraus. »Hier gibt es kohlenhydratfreie Mince Pies.« Er zwinkert Emily zu. »Ich weiß nicht, wie deine Großmutter das anstellt. Aber sie ist einfach genial. Pickepackevoll mit Proteinen.«

Ich lache. Emily verdreht die Augen. »Komm.« Ich strecke den Arm aus, um mich bei ihr einzuhängen. Ginny und ich haben uns auch immer beieinander eingehängt. Einen Augenblick wirkt sie überrascht, doch dann nimmt sie meinen Arm. Ich versuche, nicht darüber nachzudenken, wie natürlich sich das anfühlt.

Wir gehen ins Haus und lösen uns voneinander, um die Schuhe auszuziehen. Aus der Küche ist Gekreische zu hören: Die Fonzahl steigt wahrhaftig an, wenn zwei siebenjährige Jungs zur Stelle sind. Fiona ist in der Küche und redet mit Mum. Ich möchte, dass sie mich mag und dass wir eine normale Familie sind. Ich bin Tante. Ich habe einen Bruder und eine Schwägerin. Und natürlich Mum. Eigentlich kann ich mich sehr glücklich schätzen.

»Schöner Baum«, sagt Emily. »Aber noch recht nackig.«

Ich lache. »Wir dachten, wir warten mit dem Schmücken auf euch. Vielleicht später, wenn ihr Zeit hattet, euch einzurichten.«

»Zeigst du mir dein Zimmer?«

»Wie bitte?«, frage ich verblüfft.

»Du hast es dir mit ihr geteilt, oder? Mit Ginny.«

Der Name scheint aus dem Nichts zu kommen, wie ein lauter Geist, der mich foppt.

»Das stimmt«, sage ich vorsichtig.

»Ich hätte auch gern einen Zwilling«, sagt sie.

»Emily?«, ruft Fiona aus der Küche. »Komm, begrüß deine Nan.«

Emily wirft ihr Handy und die Ohrhörer aufs Sofa und marschiert in die Küche, als ginge es zu einem Duell bei Sonnenaufgang. Ich folge ihr.

Mum sitzt mit den Jungs am Tisch und trinkt Tee. Ihr weicht alle Farbe aus dem Gesicht, als Emily in den Raum kommt. Die Hand, mit der sie die Teetasse hält, beginnt zu beben und zu zittern. Sie öffnet den Mund und schließt ihn wieder. Ich halte den Atem an, spüre den Kalibrierungsprozess, der in ihr vor sich geht.

»Emily«, sagt Mum. Ihre Stimme ist ein wenig heiser. Ich atme aus, erleichtert, dass sie ihre Enkelin erkannt hat. »Komm her, mein Kind.« Sie breitet die Arme aus. Emily geht zu ihr und umarmt sie rasch; ihre Gestalt ist groß und schlank wie eine Weidengerte. Die beiden so zu sehen tut mir in der Seele weh. Ich gehe zu Fiona und helfe ihr dabei, die Essenstaschen auszupacken, die sie mitgebracht hat.

Mum zieht für Emily einen Stuhl heraus und starrt sie weiter an. Fiona schimpft die Jungs, weil sie mich nicht begrüßt haben, und ich gehe zu ihnen und umarme sie beide. Robbie, der Stillere von beiden, entzieht sich mir und blickt reumütig auf den Teller mit Krümeln, der vor ihm steht. Jamie schenkt mir ein albernes Grinsen. Man muss die beiden einfach gernhaben, und ich bin traurig über all die verpasste Zeit, in der ich sie nicht gesehen habe.

»Können wir noch was bekommen?«, fragt Robbie, sein Blick sehnsüchtig wie der eines jungen Hundes.

»Ach, na gut«, sagt Fiona. »Aber jeder nur noch einen Keks.«

»Hast du Kakao?«, frage ich Mum. »Ich glaube, Emily möchte welchen.«

»Natürlich«, sagt Mum. »Ich mache ihn sofort.« Die Jungs melden an, dass sie auch welchen wollen.

»Ich übernehm das schon«, sage ich. Ich lege Mum eine Hand auf die Schulter und drücke sie in ihren Stuhl zurück. Sie betrachtet mich finster, doch ich ignoriere sie, schalte den Wasserkocher an und hole den Kakao aus dem Vorratsschrank. Emily kommt herüber und hilft mir. Ich habe das Gefühl, dass sie die Art, wie Mum sie betrachtet, aus der Fassung bringt. Aber in diesem Fall kann ich es Mum nicht verübeln. Die Ähnlichkeit zwischen Emily und Ginny ist wirklich frappierend.

Als der Kakao fertig ist, gehe ich ins Wohnzimmer. Fiona folgt mir. »So, jetzt sind sie versorgt«, sagt sie. »Fürs Erste.«

»Es war eine lange Fahrt«, sage ich. »Wahrscheinlich hatten sie die Nase voll davon, so lang im Wagen zusammengepfercht zu sitzen.«

»Und jetzt werden sie vom Zucker ganz hyper sein«, sagt Fiona. »Ich muss Bill dazu bringen, mit ihnen an den Strand zu gehen.«

»Gute Idee«, sage ich. »Waren sie eigentlich schon auf MacDougalls Hof? Sie haben Tiere dort und eine kleine Eisenbahn.«

»Wirklich?«, sagt Fiona. »Dann überrascht es mich, dass wir noch nicht dort waren.«

Ich denke an Mums negative Reaktion, als ich James erwähnte. »Bestimmt habt ihr in Glasgow viel aufregendere Sachen«, plappere ich.

»Alles, was sie aus dem Haus bringt, ist gut …« Fiona setzt zu einer Tirade darüber an, wie schwierig es ist, die Jungs beschäftigt zu halten. Ein völlig normales Gespräch zwischen zwei etwa gleichaltrigen Frauen. Ich bin froh, dass sie da ist, und hoffe, dass ich sie besser kennenlernen kann.

Bill kommt zurück ins Haus und sieht nach den anderen in der Küche. Fiona wendet sich wieder mir zu. »Und deine Mum?«, fragt sie leise. »Wie geht es ihr?«

»Ähm, sie will keine Hilfe annehmen«, sage ich, wobei das eigentlich meine geringste Sorge ist. »Zumindest von mir nicht. Aber es scheint ihr ... gut zu gehen. Meistens jedenfalls.«

Fiona legt den Kopf schief. Offenbar durchblickt sie sofort, wo der Schuh drückt. »Es war sicher hart für dich, zurückzukommen und sie nach so langer Zeit wiederzusehen. Aber wir sind jetzt hier. Ich unterstütze dich gern. Gemeinsam schaffen wir das schon ...«

Ich bin so dankbar – dass sie anerkennt, dass es auch für mich schwierig ist, auch wenn sie nicht genau weiß, warum ich weggeblieben bin.

»Danke«, sage ich.

»Ich sollte dich warnen, Skye«, fügt sie hinzu. »Emily geht gerade durch eine schwierige präpubertäre Phase, wie dir bestimmt aufgefallen ist. Ich hoffe, dass sie ... nun ja ... nichts Falsches sagt und irgendwen verletzt oder verärgert. Im Moment scheint sie sehr interessiert daran, mehr über Ginny zu erfahren.«

»Sie hat Ginny schon erwähnt.« In gewisser Weise bin ich froh, dass Fiona den Elefanten im Raum angesprochen hat.

»Ach ja ... ähm ... tut mir leid.«

»Kein Problem. Ich rede gern mit ihr über alles, was sie interessiert.« Vertraulich beuge ich mich vor. »Es ist wirklich merkwürdig, dass sich mein Schlafzimmer in all den Jahren nicht verändert hat.«

Fiona nickt. Offenbar weiß sie, wovon ich rede.

»Im Cottage ist noch ein Bett frei, wenn du bei uns wohnen möchtest.«

»Danke«, sage ich. »Aber ich glaube, es ist am besten, wenn ich erst einmal hierbleibe. Ich will keine Unruhe stiften.«

»Was gibt's?« Bill kommt zurück ins Wohnzimmer.

Fiona wirft ihm einen bedeutsamen Blick zu. »Wir haben gerade über Skyes Zimmer gesprochen«, sagt sie mit leiser Stimme.

»Ach ... das.« Er zieht die Luft durch die Zähne ein.

»Ich habe mir überlegt, ein paar Sachen auszuräumen«, sage ich. »Das übrige Haus zu renovieren hat Mum ja anscheinend sehr gutgetan.«

»Vielleicht ...« Bill klingt nicht überzeugt. Ich verstehe, dass er sich Sorgen um Mums Geisteszustand macht, aber er muss doch auch einsehen, dass man irgendwann einmal einen Punkt machen muss.

»Na ja«, sage ich. »Wir werden sehen.«

Die Jungs kommen mit schokoladenverschmierten Gesichtern aus der Küche gerannt. Mum folgt ihnen auf dem Fuß; sie ist trotz Gehstock erstaunlich schnell. Emily schlurft hinterdrein. Die »Familienzeit« strapaziert sie offenbar jetzt schon.

»Ich dachte, ich könnte mit den Jungs an den Strand«, sagt Bill zu mir. »Willst du mitkommen?«

»Ja«, sage ich, »gute Idee.« Ich bin nicht sicher, ob ich dem Weg schon gewachsen bin, aber ich muss Bill unter vier Augen sprechen. Ausnahmsweise habe ich das Gefühl, dass er derjenige ist, von dem Erklärungen und eine Entschuldigung fällig sind.

»Komm, Emily«, sagt Fiona. »Suchen wir das Puzzle. Wir können es hier unten auslegen.«

»Und später können wir den Baum schmücken«, sagt Mum. Sie wirkt ein wenig verloren, als wüsste sie nicht recht, warum alle schon wieder fortgehen, kaum dass sie angekommen sind. Fiona bemerkt es auch.

»Wir sind gleich wieder da, Mary.«

»Ja ...« Mum lehnt sich gegen das Sofa. Ihre Hand auf dem Gehstock zittert. »Ja, bitte, kommt heim.«

Fiona und Bill wechseln einen Blick. »Hol du doch das Puzzle«, sagt sie zu Emily. »Ich ... bleibe vielleicht lieber hier.«

Ich habe Fiona schon zuvor gemocht. Jetzt möchte ich sie am liebsten umarmen.

»Kommt«, sage ich zu meinen beiden wilden Neffen. »Wir gehen.«

20. KAPITEL

Der Weg ist anstrengender, als ich erwartet hätte. Mir wird die Brust eng, und meine Lungen fühlen sich an, als würden sie immer noch vom Wasser niedergedrückt. Die Jungs laufen voraus. Ich stelle Bill ein paar Fragen zu den Kindern und seiner Arbeit, während ich mir überlege, wie ich gewichtigere Themen anschneiden soll. Als wir am Skybird vorbeikommen, denke ich an den rätselhaften Nick Hamilton, meinen »Retter«. Aber es ist keinerlei Anzeichen von ihm oder Kafka zu sehen, und der Wagen steht nicht da.

Wir machen uns an den steilen Anstieg zum Tümpel. Ich beschließe, dass es am besten ist, direkt auf den Punkt zu kommen. »Du hast mich angelogen, Bill«, sage ich. »Mum hat gar nicht nach mir gefragt. Sie scheint mich nicht mal hier haben zu wollen.«

»Ich habe nicht gelogen ... nicht direkt.« Bill seufzt. »Sie hat nach dir gefragt ... durch die Blume. Ich bin sofort nach ihrem Sturz hergekommen, da war sie noch im Krankenhaus. Sie hat gefragt, wann du heimkommst.« Er atmet tief durch. »Du ... und Ginny.«

»O Gott«, sage ich. Wenn ich es nicht selbst miterlebt hätte, würde ich es nicht glauben. »Wie lang ist sie denn schon so?«

Bill verlangsamt seinen Schritt. Er kickt einen großen Kiesel beiseite.

»Ungefähr ein halbes Jahr. Da hatte sie vermutlich den Schlaganfall.«

»Den ... Schlaganfall?«

»Ich wollte dir das nicht in einer E-Mail oder am Telefon erzählen«, sagt er. »Ich wollte, dass du herkommst.«

»Was für ein Schlaganfall?«, frage ich eisig.

»Anscheinend war er sehr leicht. Die üblichen Symptome wie verwaschene Sprache oder Gesichtslähmung fehlen bei ihr ganz. Aber sie hat Probleme mit der Koordination. Und hin und wieder eben einen gewissen Realitätsverlust.«

»Gott.« Ich schlage die Hände vors Gesicht. Vor einem halben Jahr – ungefähr zu der Zeit hat sie auch die Gerüchte gehört, dass die Geschichte mit der »Monsterwelle« reine Erfindung sei. Es ist einfach zu viel. Ich fühle mich einfach ... schrecklich. Mums wegen, und all der verlorenen Jahre wegen.

»Vielleicht wird es im Lauf der Zeit besser«, sagt Bill. »Das Gehirn hat bemerkenswerte Selbstheilungskräfte. Aber auf lange Sicht könnte es auch wieder schlechter werden. Es ist ›kompliziert‹ – das ist das Wort, das der Arzt verwendet hat.« Er bleibt stehen und dreht sich zu mir um. »Hauptsächlich können wir ihr helfen, ruhig zu bleiben. Den Blutdruck unter Kontrolle halten und vermeiden, sie aufzuregen.«

Ich lache schwach. »Und du dachtest, meine Anwesenheit wäre dabei hilfreich?«

»Na ja, wenigstens kannst du mit anpacken.«

»Toll«, sage ich und denke daran, wie nutzlos ich bisher war.

Er wirft mir einen Seitenblick zu. »Ich meine, findest du nicht, dass du dich den Herausforderungen allmählich mal stellen solltest, wie man so sagt?«

Ich beherrsche meinen Zorn. Bill weiß nicht, warum ich damals gegangen bin oder warum ich nicht zurückgekommen bin. Ich werde es ihm erzählen – irgendwann –, aber jetzt, wo ich gerade erst das mit Mum erfahren habe, ist kein geeigneter Zeitpunkt.

»Vermutlich«, sage ich.

Er nickt, und ich bin froh, dass er es anscheinend dabei belassen will.

Als wir die Bucht erreichen, ist keinerlei Spur des Zwischenfalls vom Vortag zu sehen. Die Sonne linst unter den Wolken hervor und wirft orangefarbenen Schimmer auf das dunkelgraue Wasser. Das Meer liegt heute sehr viel ruhiger da, beinahe still, die Wellen lecken wie verspielte Welpen an den Felsen. Die beiden Jungs laufen voraus, schubsen sich und machen sich bei ihren Versuchen, dem schäumenden Wasser an der Flutlinie davonzulaufen, die Turnschuhe nass. Bill beteiligt sich am Wettlauf. Ich versuche zu begreifen, was er über Mum gesagt hat – tatsächlich erklärt das eine Menge. Aber hier draußen ist die Spannung, die ich erlebe, wenn ich im Haus bin, weit entfernt und kaum spürbar. Als das Rennen vorüber ist und Bill zurückkommt, sage ich zu ihm, dass ich um Mums willen hoffe, dass wir jetzt, wo wir alle zusammen sind, ein paar neue Erinnerungen schaffen. Gute Erinnerungen. Ich meine das positiv, aber es kommt nicht so heraus, wie ich es beabsichtigt habe.

»Es muss schwer sein für dich, wieder hier zu sein«, sagt er. »Alles nach so langer Zeit noch mal aufleben zu lassen.«

»Ja«, gebe ich zu. »Mich erinnert so ziemlich alles an *sie*.«

»Glaube ich gern«, sagt Bill. »Meine Erinnerungen an Ginny sind vermutlich ganz anders als deine. Meine sind hauptsächlich gut. Zum Beispiel wie sie über den Strand gerannt ist und versucht hat davonzufliegen.«

Vielleicht liegt es am Wind, der mir das Haar peitscht, oder nur an der Kälte, aber mir läuft eine Träne über die Wange. »Meine Erinnerungen sind auch größtenteils gut«, sage ich. »Warum sollten sie das denn nicht sein?«

»Ich weiß nicht.« Bill zögert. »Es ist nur, ihr wart Zwillinge, und irgendwie habt ihr ... ich weiß nicht ... um alles konkurriert.

So jedenfalls ist es bei Robbie und Jamie. Manchmal glaube ich, dass sie sich schon im Mutterleib die Köpfe eingeschlagen haben. Jedenfalls überrascht es mich, dass sie heil herausgekommen sind.«

»Glaubst du, dass ich eifersüchtig auf sie war?«, frage ich. »Daran könnte ich mich aber doch erinnern. Ich meine, klar, hin und wieder war ich eifersüchtig, zum Beispiel, als sie die Königin der Flotte wurde, und ich hätte wohl auch gern ihre Stimme gehabt. Aber ich habe sie so sehr geliebt. Sie war meine andere Hälfte. Die bessere Hälfte.«

»Ich habe eigentlich eher gemeint, dass es andersherum war«, sagt Bill nach einer Pause. »Ich glaube, sie war eifersüchtig auf dich.«

»Nein, das glaube ich nicht ...«

Ich runzele die Stirn. Nach dem, was Byron angedeutet und nun auch Bill gesagt hat, wird mir klar, dass nicht jeder so strahlende Erinnerungen an meine Schwester hat wie ich. Liegt es daran, dass sie mir nicht wehtun und mich deshalb nicht an schöne Zeiten erinnern wollen, die niemals wiederkehren können? Oder daran, dass ich das Negative einfach ausgeblendet habe? Vielleicht bin ich diejenige, die in ihrer Vorstellung einen Schrein für sie unterhält, genau wie Mum es mit unserem Zimmer gemacht hat.

Robbie schubst Jamie in die Brandung, und er fällt hin. Bill läuft rasch über den Strand zu ihnen. Jamie fängt an zu weinen, er ist klatschnass. Bill lenkt sie ab, indem er mit ihnen übt, Steine übers Wasser hüpfen zu lassen.

Ich werde Bill vom Klatsch im Pub erzählen müssen und dem Verdacht, der in Mum herangewachsen ist. Vielleicht weiß er ja schon davon, aber in jedem Fall wird es guttun, ihn an meiner Seite zu wissen, damit wir sie gemeinsam beruhigen können. Aber als die Jungs irgendwann müde werden und wir uns auf den

Rückweg machen, kann ich mich nicht dazu durchringen. Mums Worte klingen immer noch in mir nach. *Die Leute haben über jene Nacht gelogen ... Ich weiß nichts. Nicht mehr.* Hässliche Worte, die ich vergessen möchte, aus den Schatten meines Gemüts vertreiben möchte. Worte, die nicht wahr sind.

Einfach nicht wahr sein können.

21. KAPITEL

Als wir zurückkommen, ist es beinahe dunkel. Bill nimmt die Jungs mit in ihr Cottage, und ich kehre in Mums Haus zurück. Alle sind in der Küche: Mum und Fiona sitzen am Tisch und schneiden Gemüse klein, und Emily blättert in einer Zeitschrift, Ohrhörer an Ort und Stelle. Ich esse einen Mince Pie direkt aus dem Ofen und gehe nach oben, um ein Bad zu nehmen. Es ist eine Erleichterung, im warmen Wasser abzutauchen, aber meine Gedanken schweifen schon wieder umher: Mums Buch, ihr Verdacht, ihr Schlaganfall. Ich weiß, Bill hat gesagt, wir dürften sie nicht aufregen – und ich stimme ihm zu –, aber kann die Lösung darin liegen, dass wir uns über Ginny ausschweigen? Vielleicht würde es Mum eher beruhigen, wenn wir über die schönen Erinnerungen redeten. Vielleicht könnte sie dann akzeptieren, dass der Tod ihrer Tochter ein furchtbarer Unfall war, und die Sache hinter sich lassen.

Ich steige aus der Badewanne, trockne mich ab und ziehe mich an. Als ich wieder im Zimmer bin, gehe ich auf und ab, entschlossen, Ginnys »Präsenz« hier zu nutzen, um ein paar schöne Erinnerungen heraufzubeschwören. Ginny, wie sie vor der Zeremonie als »Königin der Flotte« in ihrem Kleid durchs Zimmer tanzte. Wie sie lachend auf dem Boden lag, während ihr zwei bunt gefleckte Katzenbabys das Gesicht ableckten. Wie sie bei einem Benefizkonzert für ein hiesiges Pflegeheim die Harfe spielte und den irischen Folksong *She Moved Through the Fair* sang. Meine strahlende Schwester – ein fröhliches Mädchen, extrovertiert. Ein Mädchen, das sich nie und nimmer umgebracht hätte.

Eine Träne läuft mir über die Wange, verschleiert mir die Sicht. Vielleicht hat Bill doch recht. Vielleicht ist es das Beste, nicht zu sehr bei den Erinnerungen zu verweilen. Vielleicht kann ich von Glück reden, dass ich nie genau erfahren werde, was sich in jener Nacht ereignet hat.

Als ich nach dem Unfall im Krankenhaus erwachte, hatte ich keine Ahnung, wie ich dort hingekommen war. Ich war in meinem Zimmer gewesen ... hatte mit Ginny gestritten. Sie war gegangen. Mum hatte mich gebeten, sie nach Hause zu holen. Und dann war da ... nichts. Ich hatte Angst, ich hatte Schmerzen. Ich fragte nach Mum, man sagte mir, sie habe mich besucht und sei nach Hause gegangen, um dort auf Nachricht zu warten. Von meiner Schwester. Man teilte mir kaum Einzelheiten mit. Nur, dass es draußen beim Leuchtturm einen Vorfall gegeben hatte. Man sagte mir, ich solle mich auf das Schlimmste gefasst machen. In dem Moment spürte ich es. Die seltsame, entsetzliche Leere, das Gefühl, dass in mir ein elektrischer Draht nachglühte, der ausgelöscht worden war. Eine Hälfte von mir ... verloren.

Ich blieb drei Tage unter Beobachtung, im Nebel schmerzstillender Medikamente. In meinen lichten Momenten wäre ich am liebsten aus der Haut gekrabbelt. Die Qual war unerträglich. Genau wie die klaffende Lücke, die dort war, wo die Erinnerungen hätten sein sollen. Die Ärzte sagten, dass ich eine Gehirnerschütterung oder ein Schädel-Hirn-Trauma davongetragen hätte. Eine Hirnverletzung – noch etwas, was ich jetzt mit Mum gemeinsam habe. Und genau wie bei ihr und ihrem Schlaganfall war die Prognose für meine Genesung »kompliziert«. Man sagte mir, dass die Synapsen, mittels derer die Erinnerungen jener Nacht gespeichert waren, vermutlich nicht mehr funktionierten, meine Erinnerungen ausgelöscht seien, genau wie jener Teil meiner selbst, der mit Ginny verbunden war. Es war jedoch auch möglich, dass die Erinnerungen bei der richtigen Stimulierung teilweise oder sogar komplett zurückkehrten. Im Lauf der Jahre blitzten hin und wieder Erinnerungen auf: an Gesichter im Feuerschein, den ekelhaften Geschmack von Whisky Cola. Etwas wird mir ins Gesicht geworfen. Ein blinkendes Licht. Für mich sind diese sogenannten Flashbacks verwirrend, und ich habe keine Ahnung, ob sie real sind oder nicht.

Ich setze mich auf mein Bett, schließe die Augen und lausche einen Moment meinem eigenen Atem. Der mächtigste Flashback aus jener Nacht ist noch nicht mal eine Erinnerung. Ich stelle mir vor, wie ich meine Schwester mit ausgestreckten Armen auf den Felsen stehen sehe, das Haar vom Wind aufgepeitscht. Mit dieser Vision stellt sich eine übermächtige Furcht ein. Weil ich weiß, dass ich hinausgehen und sie retten muss, sie in Sicherheit bringen muss. Sie beschützen, weil es das ist, worum Mum mich gebeten hat.

In Wirklichkeit habe ich Ginny in jener Nacht gar nicht am Leuchtturm gesehen. Die Zeugen sagten alle dasselbe. Ich kam zur Party, und Ginny war nicht da. Den ganzen Abend hatte ein ständiges Kommen und Gehen geherrscht, und bei meinem Eintreffen war sie schon mit James weggegangen. Ich war genervt und wütend, weil sie nicht da war, und trank dann etwas. Ich war müde, mir war kalt, ich wollte nach Hause. Ich dachte, dass James sie schon heimbringen würde. Er war schließlich ihr Freund.

Ich verließ die Party. Nach etwa einer Meile auf der gefährlichen Straße prallte ich gegen einen Felsen. Die Straße bog in die eine Richtung, ich in die andere. Ich wachte auf, und meine Erinnerungen waren weg.

Und Mum ... sie weiß gar nicht aus erster Hand, was passiert ist, weil sie nicht dabei war. Vielleicht ergibt es für sie mehr Sinn, dass Ginny ihr Schicksal selbst wählte, statt Opfer eines schrecklichen Unfalls zu sein. Ich weiß es nicht. Aber ist nicht darüber zu reden wirklich die richtige Lösung ...?

»Tante Skye?« An der Tür ist ein Klopfen zu hören. »Kann ich reinkommen?«

»Klar«, sage ich, froh über die Ablenkung.

Als Emily ins Zimmer kommt, ist es beinahe, als würde ich in die Vergangenheit zurückkatapultiert. In eine Welt, in der meine Schwester noch lebt und wir beide unser Leben und unsere Träume noch vor uns haben. Ich weiß, dass das nicht stimmt, und tatsächlich ist die Ähnlichkeit zwischen Emily und Ginny, wiewohl vorhanden, doch nicht ganz so frappierend, wie ich erst dachte. Emily ist größer und kräftiger, ihr Körperbau entspricht eher dem einer Volleyballspielerin als einer Balletttänzerin. Ihr Kinn ist eckiger, ihre Augen stehen enger zusammen. Sie hat Fionas Nase. Aber vor allem fehlt ihren Augen dieses ätherische Licht.

»Hi«, sage ich. Meine Kehle ist wie ausgetrocknet, und meine Stimme klingt heiser. »Alles okay?«

»Abendessen ist fertig.« Emily sieht sich um, offenbar interessiert an diesem Raum.

Sie geht zu der Ecke, in der die keltische Harfe steht, und streicht darüber. Bei dem Geräusch überläuft es mich kalt.

»Ist das deine?«, fragt sie.

»Nein«, sage ich. »Sie hat meiner Schwester gehört. Irgendwer wollte sie wegwerfen, und Ginny fragte, ob sie sie haben könnte. Sie hat gelernt, ein bisschen darauf zu spielen.«

»Wie war sie denn so?«, fragt Emily. »Ginny.«

Ich antworte nicht gleich. Was ich ihr auch sage, wird nicht die ganze Wahrheit sein, nicht einmal annähernd. Wie erklärt man, wie jemand »so war«? Für mich war Ginny eine lebende, atmende Person aus Licht, Schatten, Erinnerungen und Emotionen. Auch wenn sie tot ist, ist sie doch immer bei mir. Aber ich verspüre eine gewisse Verpflichtung Ginny – und Emily – gegenüber, eine Antwort auf die Frage zu finden.

»Meine Schwester war anders als alle anderen«, sage ich. »Sie war witzig und schön und voller Energie. Sie hatte eine ganz besondere Stimme. Jeder hat sie geliebt – vor allem ich.«

Ich konzentriere mich auf die guten Erinnerungen. »Als wir klein waren, haben wir uns in den kälteren Nächten immer in einem Bett aneinandergekuschelt. Wir haben uns mit einer Taschenlampe, die wir aus Dads Schuppen hereingeschmuggelt hatten, unter den Decken vergraben und dort gelesen oder stundenlang geredet. Über allen möglichen Unsinn.« Ich lache leise. »Was für einen Mann wir einmal heiraten würden, wie viele Kinder wir haben würden. Was wir werden wollten, wenn wir groß wären. Ginny wollte Prinzessin Leia sein, ich die Leadsängerin von Abba. Die blonde, nicht die brünette.«

Ich schlucke schwer und wende mich um. Emily knispelt an ihrem Nagellack herum: lila mit silbernem Glitzer. »Vermisst du sie?«, fragt sie.

Wenn Bill wüsste, dass sie mir solche Fragen stellt, würde er dem vermutlich ein Ende bereiten. Aber Emily ist zwölf. Sie hat noch keine Erfahrung mit dem Tod, und ich hoffe, dass es noch lang, lang hin ist bis zum ersten Mal. Ihre Neugier ist nur natürlich.

»Natürlich vermisse ich sie«, sage ich. »Sie war meine Zwillingsschwester.«

»Ja«, sagt Emily altklug. »Bei einem Zwilling ist das bestimmt viel härter.«

Ich gehe hinüber zu dem kleinen Fenster zwischen den Betten und blicke hinauf in den grauen Himmel über den Bäumen. »Es gibt da ein Buch, das ich einmal gelesen habe, es handelt von einem Kapitän auf einem Walfänger«, sage ich. »Er ist ganz besessen davon, den weißen Wal zu fangen, der ihm ein Bein abgerissen hat.«

»Ich glaube nicht, dass Wale Menschenbeine fressen«, sagt Emily.

»Der hier schon. Und wenn der Kapitän nachts wach lag, konnte er sein Bein spüren. Eine Art Phantomschmerz. So fühlt es sich an, ein Bein zu verlieren.« Ich seufze. »Und eine Schwester.«

Emily runzelt die Stirn. »Als ob sie da wäre, aber nicht da?«, sagt sie.

»Genau«, sage ich. »Es ist, als könnte sie jeden Augenblick ins Zimmer kommen. Und wenn, dann würden wir uns umarmen, miteinander reden, vermutlich streiten und zornig werden. Und uns dann wieder versöhnen. Denn das tun Leute, wenn sie sich lieben.« Ich spüre den vertrauten Schmerz in meinem Innern. »Aber das wird nicht passieren, und das tut weh. Kannst du das verstehen?«

»Ich denke schon«, sagt sie.

Vielleicht kann sie es auf irgendeiner Ebene tatsächlich verstehen. Ein zwölfjähriges Mädchen filtert ihre Gefühle wohl eher nicht durch ein Raster methodischer Gedanken. Von wegen fünf Phasen der Trauer und so. Ich habe die Phasen alle durchlaufen. Aber den Schmerz spüre ich immer noch.

»Wie dem auch sei ...« Ich zwinge mich, sie anzusehen und zu lächeln. »Reden wir über etwas Angenehmeres. Zum Beispiel das Abendessen. Ich bin am Verhungern. Lass uns runtergehen.«

»Ja. Okay.« Sie geht noch einmal zur Harfe und schaut sie sehnsüchtig an.

»Du kannst die Harfe haben, wenn du möchtest«, sage ich. »Ich stimme sie für dich.«

»Wirklich?«

»Frag deine Mum, ob es okay ist, aber ich habe nichts dagegen.«

»Mensch, danke.« Emily streicht über die Saiten. Sie blickt auf Ginnys Bett hinunter, auf das ich meinen Koffer und Dads Gitarrenkoffer gelegt habe.

»Spielst du nach dem Abendessen für uns?«, fragt sie und deutet auf die Gitarre. »Nan will den Baum schmücken. Aber das können die Jungs machen.« Sie blickt zu Boden, wirkt ein wenig schüchtern. »Vielleicht könnten wir zusammen was singen.«

»Klingt gut.« Ich hole Dads Gitarre heraus und fange an, sie zu stimmen. Seit sie zum letzten Mal gespielt wurde, sind fast zwanzig Jahre vergangen, sie ist völlig verstimmt, aber die Wirbel lassen sich leicht drehen, und die Saiten wirken stabil. Ich schlage ein paar Akkorde an, gefolgt von Arpeggios und Riffs. Der Klang ist dunkel und rein, und das Instrument fühlt sich in meinen Händen beinahe warm an. Dad ist tot, doch seine Gitarre ist zu neuem Leben erwacht. Das hätte ihm gefallen.

Am Ende nehme ich tatsächlich die Gitarre mit, als Emily und ich nach unten gehen. Das Abendessen ist eine laute Angelegenheit: Die Jungs lachen und kabbeln sich, Bill redet mit Mum über die Cottages, und Fiona und ich diskutieren über die beste Jahreszeit, um nach L.A. zu reisen. Emily sitzt meist schweigend da, schiebt das Gemüse auf ihrem Teller umher und stochert im Lachs. Ich finde ihr Gehabe ein wenig nervig.

Nach dem Essen begeben wir uns alle ins Wohnzimmer, Mum setzt sich in den Ohrensessel neben dem Kamin, den Gehstock griffbereit neben sich. Bill übernimmt die Aufgabe, die Lichterkette am Baum zu befestigen, genau wie früher Dad. Das entlockt mir ein Lächeln. Die Jungs stürzen sich auf die Kisten mit dem Baumschmuck, und selbst Emily steht vom Sofa auf und fängt an, Baumanhänger und Kugeln auszuwickeln.

»Spielst du für uns?«, fragt sie. Sie packt eine Schneekugel mit der New Yorker Skyline aus, die ich Mum einmal nach einem Auftritt dort geschickt habe. Als sie die Kugel schüttelt, wirbelt Glitzer auf, und die Spitze des Chrysler Buildings fängt an zu leuchten. Sie ist geschmacklos, genau wie die Geschenke, die ich jetzt mitgebracht habe.

»Ja, bitte, Skye«, sagt Fiona. »Wir würden uns alle freuen.«

Robbie nimmt Emily die Schneekugel aus der Hand. Sie fällt auf den Boden, und die Jungs robben auf der Suche danach unters Sofa. Ich seufze. Schneekugeln, Ofenhandschuhe, Sonnenbrillen und Badetücher. Ich habe nur ein echtes Geschenk auf Lager, das ich ihnen machen kann.

»Okay.« Ich nehme Dads Gitarre aus dem Koffer und setze mich aufs Sofa. Emily setzt sich neben mich.

»Wie wäre es mit ein paar Weihnachtsliedern?«, sage ich zu ihr. »Du kannst ja mitsingen.«

Ich stimme ein paar Songs für die Kinder an. *Jingle Bells*, *Frosty the Snowman*, *Winter Wonderland*. Bill ist mit der Lichterkette fertig, und Fiona beaufsichtigt die Jungs dabei, wie sie Kugeln und anderen Schmuck an den Baum hängen.

Emily sieht mir beim Spielen zu, singt aber nicht richtig mit. Ich versuche sie zum Mitmachen zu ermutigen, aber sie schüttelt den Kopf. Ich spiele und singe weiter, schaue hin und wieder zu Mum hinüber. Früher hätte sie an Abenden wie diesen mit eingestimmt in die Weihnachtslieder; ihre Stimme war hoch und ein wenig ausdruckslos, wie ein Kirchensopran. Jetzt jedoch hat sie die Lippen zusammengepresst und starrt an die Wand. Ich kann nicht sagen, ob sie die Musik genießt oder ob die Erinnerungen für sie zu schmerzhaft sind.

»Kannst du *Warrior Woman* spielen?«, fragt Emily, was mich ein wenig überrumpelt. »Das gefällt mir.«

»Ähm ...« Ich blicke zu Mum hinüber, die nicht reagiert, und dann zu Bill. Der nickt.

»Das ist ein guter Song«, sagt er.

»Okay«, sage ich. Es ist nicht der fröhlichste Song der Welt, aber ich vertraue darauf, dass er uns nicht die Stimmung verdirbt. Mum hat ihn vermutlich nie gehört. Ich fange mit den einleitenden Arpeggios an. Eigentlich will ich sogar, dass Mum das Stück hört, weil ich stolz darauf bin. Sie soll wissen, dass ich, trotz aller gegenteiligen Beweise, keine vollkommene Versagerin bin.

Ich singe den ersten Vers. Fiona hält inne, um zuzuhören. Emily formt den Text mit den Lippen. Aus dem Nichts scheint Kälte in den Raum zu strömen. Ich spiele weiter, doch meine Kehle ist trocken geworden. Mums Kopf fährt zu uns herum. Emily hat angefangen zu singen:

I've played the joker,
I've played the ace.
I've seen the love dying on your face.
But I'll rise up from your cold embrace
'cause I'm a Warrior Woman.

Ihr geht Ginnys besondere Stimme ab. Trotzdem, ihr Auftreten und ihre Haltung, die Art, wie ihr blondes Haar unter all den Lichtern schimmert – das alles ist wirklich verblüffend.

Mum öffnet den Mund und schließt ihn wieder. Ihre Augen sind glasig und glänzen zu sehr. Emily hat es nicht bemerkt und singt weiter. Ich versuche Bills Aufmerksamkeit auf mich zu ziehen, doch er hat mit den Jungs zu tun, die sich gerade etwas auf seinem Handy ansehen. Mein Nacken ist verkrampft, meine Finger fühlen sich kribbelig und merkwürdig an. Doch ich spiele den Song zu Ende.

Nach dem letzten Riff setze ich die Gitarre ab und fange an zu klatschen. Fiona fällt mit ein. »Das war toll, Emily«, sage ich. »Der Song passt zu dir. Komm, verbeug dich.«

Emilys Gesicht ist rosa angelaufen. Sie verbeugt sich ironisch, und Bill fängt ebenfalls an zu applaudieren. Strahlend richtet sie sich auf ...

Polternd fällt der Gehstock zu Boden. Der Sessel knarrt. Mum umklammert die Armlehnen und stemmt sich auf die Beine. Bill hört auf zu klatschen, tauscht einen besorgten Blick mit Fiona. Beide tun einen Schritt auf Mum zu, doch die hebt den Stock vom Boden auf und schwingt ihn durch die Luft, um die beiden abzuwehren.

Wieder habe ich das Gefühl, als wäre ich unter Wasser und bekäme keine Luft. Mum humpelt zu Emily hinüber. Keiner sonst bewegt sich vom Fleck.

Mum tritt vor Emily hin und legt ihr die dünne, geäderte Hand an die Wange. Emily zuckt zurück.

»Das war wunderbar, Liebling«, sagt Mum. »Ich habe mir gewünscht, dich wieder singen zu hören. Das letzte Mal liegt so lang zurück.«

Emilys Gesicht erstarrt zu einer Grimasse. Ich habe das Gefühl, als sollte ich – oder jemand anders – eingreifen ...

Mum senkt die Hand und humpelt zur Treppe. Dann dreht sie sich noch einmal um.

»Warum hast du es gemacht, Ginny?« Sie droht Emily mit dem Finger. »Wie konntest du mir das nur antun?«

22. KAPITEL

Es ist schwer vorstellbar, wie wir da wieder rauskommen sollen. Mum steigt die Treppe hinauf. Emily ist wie betäubt, in ihren Augen glänzen Tränen. Fiona geht zu ihr, um sie zu trösten, und nach ein paar Minuten verlassen sie und die Kinder das Haus und kehren ins Cottage zurück. Bill bleibt unten an der Treppe stehen, als wäre er sich unsicher, was er jetzt tun soll. Ich starre den Weihnachtsbaum an, so schön und glitzernd. Im Moment wirkt er wie ein Witz.

»Es tut mir leid«, sage ich, als die anderen weg sind.

»Schon gut«, sagt Bill und verzieht das Gesicht. Oben schließt sich Mums Tür. Die Schritte verklingen.

»Du musst mit Emily reden«, sage ich. »Ihr sagen, dass es nicht ihre Schuld ist. Dass nichts von alledem ihre Schuld ist.«

»Ja«, sagt er, »das werde ich. Aber ich glaube, wir sollten Ginny in Mums Anwesenheit nicht erwähnen, findest du nicht auch?«

Vermutlich hat er recht, aber ich bin immer noch hin- und hergerissen. Ich denke an die Gespräche, die ich mit Mum hatte, wie ich ihren Gefühlen nähergekommen bin. Ich hatte gedacht, dass wir Fortschritte gemacht hätten, dass wir dabei waren, reinen Tisch zu machen. Ich dachte, dass wir, mit Bills Hilfe, entscheiden könnten, dass Ginny sich nicht mit Absicht das Leben genommen hatte, und dass wir Mums Befürchtungen in dieser Hinsicht beschwichtigen könnten.

»Ich weiß nicht …«, sage ich.

»Komm schon, Skye«, sagt Bill. »Du hast doch gesehen, wie Emily reagiert hat – und das war vollkommen verständlich. Gib

Mum Zeit, sich an sie zu gewöhnen. Gib beiden Zeit, sich aneinander zu gewöhnen.«

»Okay.« Ich seufze. »Wenn du meinst, dass das etwas bringt.«

»Das meine ich. Ich sage es Fiona und den anderen. Ab sofort heißt es, bloß keinen Staub aufwirbeln.« Er zieht den Mantel über, um sich ebenfalls auf den Weg machen. »Alles in Ordnung? Du könntest bei uns schlafen, wenn du möchtest.«

»Nein, danke«, sage ich. »Irgendwer sollte hier sein, vor allem jetzt. Ich sehe nach Mum, bevor ich ins Bett gehe.«

»Gut«, sagt er. »Morgen ist ein neuer Tag.« Er winkt mir zu und geht durch die Tür.

Bloß keinen Staub aufwirbeln. Ich streiche über die glatte Holzoberfläche von Dads Gitarre und lege sie in den Koffer. Ich bin traurig, denn bis zu Mums Ausbruch habe ich den Abend genossen. Ich hatte vergessen, wie schön es ist, einfach nur Musik zu machen, ohne Druck und ohne Erwartungen. Die einfache Freude, mit der Familie zu singen. Jetzt jedoch hat es den Anschein, als müsste Dads Gitarre in ihrem Koffer bleiben und die Erinnerungen – die guten wie die schlechten – unter dem Teppich.

Ich räume das Wohnzimmer und die Küche auf und mache eine Tasse Tee für Mum. Als ich sie nach oben bringe, steht ihre Tür einen Spaltbreit offen, und im Zimmer ist es dunkel. Sie schläft – oder tut jedenfalls so. Ich nehme den Tee mit in mein Zimmer und trinke ihn. Stirnrunzelnd blicke ich auf Ginnys leeres Bett. Wieder und wieder höre ich im Geiste Mums Worte, wie eine Platte, die einen Sprung hat. *Warum hast du es getan?*

Als ich mich ins Bett lege, denke ich an meine Vision von Ginny auf den Felsen, an das zerrissene Busticket, das leere Grab ... ich liege lange wach und schlafe dann bei brennendem Licht ein.

Als ich am nächsten Morgen erwache, trommelt Regen aufs Dach, und der Fensterladen klappert wieder im Wind. Positiv wäre zu vermerken, dass mein Atem leichter geht und ich nicht länger den Geschmack von Salzwasser im Mund habe. Negativ nach dem gestrigen Abend ... ungefähr alles andere. Ich stehe auf, ziehe Jeans und einen schwarzen langärmeligen Pulli an. Dann wage ich mich nach unten.

Aus der Küche ist das Geräusch eines hölzernen Löffels zu hören, der in einer Schüssel herumfuhrwerkt. Mein Herz schlägt schneller, als ich hineingehe.

»Mum«, sage ich. »Hi. Geht es dir gut?«

Sie hört auf zu rühren und sieht vom Tisch aus zu mir auf. Einen Augenblick huscht so etwas wie Scham über ihre Miene.

»Ich habe Kaffee gekocht«, sagt sie.

»Danke.« Ich gehe hinüber und gieße mir eine Tasse ein. Wie soll ich mich verhalten? Was um alles in der Welt soll ich sagen?

»Lorna kommt heute Morgen vorbei«, sagt sie. »Um mir beim Backen zu helfen. Es ist ganz schön viel Arbeit, alle mit Mince Pies und Keksen zu versorgen.«

Weihnachtspastetchen und Kekse sind normalerweise ein Thema, mit dem ich umgehen kann – aber nicht an diesem Morgen. Ich weiß, dass ich Bill versprochen habe, sie nicht aufzuregen oder Ginny zu erwähnen, aber im Moment habe ich den Eindruck, dass sie bei klarem Verstand ist. Es scheint eine gute Gelegenheit, herauszufinden, wie weit ihr Realitätsverlust geht, bevor wir das Thema ein für alle Mal abschließen.

»Mum, erinnerst du dich an gestern Abend? Emily hat gesungen. Du hattest einen kleinen ... Gefühlsausbruch.«

»Emily?« Der verwirrte Gesichtsausdruck ist zurück. *Bloß keinen Staub aufwirbeln.*

»Deine Enkelin.«

»Ja. Ja, ein reizendes Mädchen. Aber zu dünn, wenn du mich fragst.«

»Erinnerst du dich, Mum? Du dachtest, es wäre Ginny. Sie ähnelt ihr vielleicht ein bisschen ...«

»Ginny?« Sofort zieht sie sich hinter die kalte, harte Schale zurück. »Nein, sei doch nicht albern. Ginny ist tot.«

»Ja, Mum«, sage ich. »Aber Emily ist gestern Abend ein bisschen ... erschrocken, als das passiert ist.«

»Also ... ich weiß nicht.« Ihre Stirnfalten vertiefen sich. »Willst du dein Shortbread mit Schokoladenguss oder ohne?«

»Ohne, Mum.«

»Ja«, sagt sie. »Ohne. Vielleicht mit ein bisschen Zucker bestäubt.«

Ich überlege, ob ich das Gespräch fortsetzen soll oder nicht. Aber als der Küchenwecker klingelt und anzeigt, dass das erste Blech Mince Pies aus dem Ofen kann, beschließe ich, es dabei zu belassen. Bill und Fiona werden ihren Teil dazu beitragen müssen, um reinen Tisch zu machen, Emily zuliebe. Ich bin jedenfalls froh, dass Mum jetzt bei Tag weiß, dass Ginny tot ist und Emily ihre Enkelin. Das ist immerhin etwas.

Mum sieht zum Ofen und erhebt sich langsam. »Ich hol sie raus«, sage ich. »Das kriege sogar ich hin.« Ich schlage einen bewusst leichten Ton an, um Waffenruhe zu signalisieren.

»Danke«, sagt Mum knapp. »Mein Rücken ist heute ein wenig steif. Muss an dem fürchterlichen Wetter liegen. Später soll es aber noch aufklaren, glaube ich.«

»Das ist im Augenblick kaum vorstellbar«, sage ich.

»Na ja, du kennst ja den Spruch: Wenn dir das Wetter in Schottland nicht gefällt, warte fünf Minuten ...«

»Dann bekommst du ein anderes«, sagen wir im Chor.

Ich lächle Mum an, dankbar für das kleinste Quäntchen Solidarität. Dann hole ich das Blech mit den Mince Pies aus dem Ofen und stelle es auf ein Kuchengitter.

»Hoffentlich klart es wirklich auf«, sage ich. »Die Jungs gehen an die Decke, wenn sie nicht rauskönnen. Apropos ...« Ich atme tief ein. »Meinst du, ich könnte ein paar Mince Pies zum Skybird rüberbringen? Ich möchte mich bei Mr. Hamilton bedanken, dass er mir neulich geholfen hat.«

Mum hört auf zu rühren und sieht zu mir auf. Sie scheint wieder vollkommen bei sich zu sein, und es fühlt sich an, als taxierte sie mich. Ich ignoriere die leise Verärgerung, die ich verspüre.

»Natürlich«, sagt sie. »Nimm, so viel du willst. Es sind auch noch ein paar Ingwerkekse übrig.«

»Ich denke, ein paar Mince Pies reichen aus.«

»Ja«, sagt sie. »Vermutlich hast du recht. Er kann recht empfindlich sein, was Gäste angeht.«

»Dann hat er über Weihnachten keinen Familienbesuch?«

Mum hat ziemlich überzeugend vorgegeben, nichts über ihn zu wissen, aber ich bin mir sicher, dass sie besser informiert ist, als sie zugibt.

»Er hat nichts dergleichen erwähnt.«

»Wie schade.«

»Nun ja«, sagt sie und stäubt etwas Mehl in die Schüssel. »Es ist nicht gerade angenehm, Weihnachten allein zu verbringen, aber man übersteht es. Es ist einfach ein Tag, der irgendwann auch vorübergeht, weißt du?«

»Ich weiß, Mum. So ist es.« Vielleicht war es als verdienter kleiner Seitenhieb gedacht, aber ich beschließe, es als weitere Gemeinsamkeit zwischen uns zu betrachten.

Ich lege ein paar Mince Pies auf einen Teller und decke sie mit Frischhaltefolie ab. Unterdessen taucht draußen Lorna in ihrem Wagen auf. Perfektes Timing.

Mum besteht darauf, aufzustehen und zur Tür zu humpeln. Ich halte sie nicht zurück. Ich habe keine Lust auf einen ausgedehnten Plausch mit Lorna, und so schlüpfe ich in einen geborgten Regenmantel und verlasse das Haus durch die Hintertür. Den Teller fest umklammert, laufe ich den Weg hinunter, wobei ich mich gegen den Wind und den Regen stemmen muss. Als ich am Stables-Cottage vorbeikomme, kann ich trotz des Sturms Stimmen und Gekreische hören. Ich bin froh, etwas zu tun zu haben, um mich von den Aufregungen und den Nachwirkungen des gestrigen Abends abzulenken. Im Moment ist mir jede Ausrede recht, um aus dem Haus zu kommen und einen klaren Kopf zu kriegen.

Als ich das kleinere Cottage erreiche und davor den silbernen Vauxhall stehen sehe, fangen meine Nerven plötzlich an zu flattern. Was einfach dämlich ist. Das hier wird höchstens fünf Minuten dauern.

Von Nahem kann ich erkennen, wie viel Arbeit in der Umwandlung des alten Steingebäudes in ein bewohnbares Cottage steckt. Die Steine und der Ginster wurden entfernt, Bäume und Rhododendron gestutzt und die Mauern wiederaufgebaut und neu verfugt. Das Haus wurde geweißt und die Tür dunkelgrün gestrichen. Zu beiden Seiten des überdachten Eingangs steht ein Tontopf, der mit einem konisch zugeschnittenen Strauch bepflanzt ist. Auf einem Keramikschild neben der Klingel steht in Schreibschrift *Skybird*, dazu eine Strichzeichnung von zwei Möwen und einem Sonnenuntergang.

Das Vordach ist so klein, dass ich unter die Traufe gerate und nass werde. Ich klingle und klopfe gleichzeitig energisch.

Ich warte: lang genug, um es mir noch einmal zu überlegen. Ich könnte die Mince Pies einfach auf der Eingangsstufe abstellen und gehen. Wenn er beschäftigt ist, würde ich ihn nur stören, und das ist nicht meine Absicht. Gerade als ich mich umdrehen will, höre ich von innen Gebell. Kafka. Einen Augenblick später geht die Tür auf.

O Gott, ich habe ihn tatsächlich gestört, aber nicht beim Malen. Er steht vor mir, mit nassem Kopf, und trägt nichts als ein Handtuch um die Hüfte. Einer von uns beiden ist eindeutig im Hintertreffen, und ich habe das Gefühl, dass das ich sein könnte.

»Ja?«, sagt er knapp. Er streicht sich das nasse Haar aus dem Gesicht. Kafka kommt heraus, beschnuppert mich und wedelt mit dem Schwanz. Ich beuge mich herab, um ihn zu tätscheln.

»Ähm, hi«, sage ich, während ich mich wieder aufrichte. »Sorry. Ich ... bin hier, um mich zu bedanken. Dafür, dass Sie mich ... gerettet haben.« Mein Blick ist unverwandt auf sein Gesicht gerichtet. Okay, das ist gelogen. Dass er ziemlich fit ist, liegt auf der Hand, sonst hätte er mich nicht vom Strand hierher tragen können, und man sieht es ihm an. Links unterhalb des Bauchnabels hat er eine Narbe, vielleicht wurde ihm der Blinddarm rausgenommen. Nicht dass ich auf seinen Körper schauen würde. Denn das wäre in dieser Situation wirklich nicht angemessen.

»Ich habe Ihnen ein paar Mince Pies mitgebracht.« Ich halte ihm den Teller hin. »Und, ähm, hier draußen ist es nass. Kann ich reinkommen? Nur einen Moment?«

Er seufzt, sein finsterer Blick hellt sich nicht auf. »Geh zur Seite, Kafka«, sagt er. »Lass sie rein. Ich geh mich anziehen.« Anscheinend spricht er nur mit dem Hund.

Ich trete ein. Ich sehe ihm nicht hinterher, als er zu der schmalen Treppe geht, die zum Schlafzimmer im oberen Stockwerk führt. Natürlich sehe ich ihn, aber ich *taxiere* ihn nicht.

Er bekommt Bestnoten.

Kafka stupst meine Hand an; er wedelt immer noch mit dem Schwanz. Wenigstens einer, der mich willkommen heißt. Der Hund geht zum Teppich vor dem Kamin und legt sich schnaufend nieder. Der Kamin ist schwarz und kalt, kein Feuer brennt darin. Allerdings ist eines auf dem Rost vorbereitet: ganz unten zusammengeknüllte Zeitung, darüber eine Schicht dürre Zweige, obenauf Holzscheite. Offensichtlich kennt Nick Hamilton sich aus damit, Feuer zu machen. Während ich mich im Zimmer umsehe, bleibt mein Blick an der karierten Decke hängen, die über die Sofalehne gebreitet ist. Erst vor zwei Tagen habe ich unter dieser Decke gelegen. Nackt.

Unwillkürlich wandern meine Gedanken zu den Geschehnissen jenes Nachmittags. Er muss mich hingelegt und mir den Mantel abgestreift haben. Und dann hat er mir die nassen Sachen ausgezogen: T-Shirt, BH, den Schlüpfer. Anschließend hat er mich mit einem Handtuch abgetrocknet oder vielleicht nur die Decke über mich gebreitet. Wie auch immer, es gibt kein realistisches Szenario, in dem er mir erst die Decke überlegt, um mein Schamgefühl zu schonen, und mir dann die Kleider auszieht.

Bestimmt ist das alles ganz schnell gegangen. Bestimmt hat er nur daran gedacht, mich so schnell wie möglich aufzuwärmen, um eine Unterkühlung zu verhindern ...

Herr im Himmel.

Ich hätte die Mince Pies auf der Eingangsstufe stehen lassen sollen.

Zu spät. Er kommt nach unten in Jeans und einem marineblauen Kapuzenpulli, der das Sturmblau seiner Augen zur Geltung bringt. Erst in diesem Augenblick bemerke ich, dass sein Gesicht nur zur Hälfte rasiert ist. Damit war er also beschäftigt, als ich an die Tür klopfte. Gleich fühle ich mich ein bisschen besser. Wie albern, ein halb rasiertes Gesicht zu haben.

»Tut mir leid ...«, sage ich noch einmal und unterbreche mich dann. »Tut mir leid« ist eine der sinnlosesten Phrasen, die es gibt. Ich rette mich mit: »Mögen Sie Mince Pies?«

Er lächelt schief. »Ich habe seit zwei Jahren keinen Mince Pie mehr gegessen.«

»Ehrlich?«

»Ehrlich.«

Ich halte ihm den Teller hin, und er nimmt ihn. Meine Hände zittern. So dämlich ...

»Ich habe sie nicht selbst gebacken«, sage ich. »Meine Mum und meine Schwägerin haben sie gemacht. Sie können gut backen und ... solche Sachen. Vermutlich haben Sie schon mitbekommen, dass das andere Cottage inzwischen bewohnt ist. Mein Bruder und seine Familie bleiben bis Neujahr. Sie haben drei Kinder. Hoffentlich stören sie Sie nicht.«

»*Die* haben mich bisher nicht gestört.« Er wirkt irritiert; was er sagen will, ist klar. Ich bin die Einzige, die ihn in seiner Einsamkeit gestört hat.

»Ja nun. Ich wollte Sie nur vorwarnen.«

»Vorwarnen.«

Er dreht sich um und trägt den Teller mit Mince Pies in die Küche. Da ich nicht weiß, was ich sonst tun soll, folge ich ihm. Diese bedeutungsschwangere Schweigsamkeit regt mich allmählich auf. Wenn er will, dass ich gehe, soll er es sagen. Wenn nicht ...

»Ich sollte Ihnen wohl eine Tasse Tee anbieten«, sagt er.

»Das wäre nett.« Ich schlage alle Bedenken in den Wind. »Schließlich haben Sie mich ausgezogen und in meinen Mund geatmet. Ich hatte schon weniger intime Erfahrungen mit Leuten, mit denen ich geschlafen habe.«

Er lacht, und ich spüre eine leise Unterströmung zwischen uns. Er weiß, dass ich es weiß. Es hat überhaupt keinen Sinn, so zu tun, als wäre erst die Decke dran gewesen und dann die Kleider.

»Tatsächlich?«, sagt er.

Ich zucke mit den Achseln. »Bestimmt war Ihrerseits alles völlig professionell. Ich habe gehört, wie die Sanitäterin Sie DCI Hamilton genannt hat.«

Das Lachen weicht ihm aus dem Gesicht. Er wendet sich ab und schaltet den Wasserkocher ein.

»Sind Sie ein Kriminalbeamter?«, dränge ich. »Weil jeder hier zu glauben scheint, Sie wären Künstler.«

Lange Zeit antwortet er nicht. Nur weil er mich gerettet hat, gibt mir das noch lange nicht das Recht, ihm persönliche Fragen zu stellen.

»Ich *war* DCI«, sagt er schließlich mit dem Rücken zu mir. »Früher. Jetzt nicht mehr. Aber in dieser besonderen Situation, als ich den Rettungsdienst rief, dachte ich, es könnte dazu beitragen, dass sie möglichst schnell kommen. Was anscheinend auch der Fall war.«

»Ach so.« Das klingt einleuchtend. Auch ich habe in meinen besten Zeiten den einen oder anderen illustren Namen fallen lassen, um Tickets für eine Show zu bekommen oder einen Tisch in einem schicken Restaurant. Und wenn einem das dabei hilft, die medizinische Versorgung für eine Frau sicherzustellen, die an einem eiskalten Strand beinahe ertrunken wäre, dann kann ich wohl nur sagen, gut gemacht.

Er schweigt, während der Wasserkocher anfängt zu brodeln. Er nimmt zwei Tassen aus dem Schrank, öffnet einen Behälter, der hilfreich mit »Tee« beschriftet ist, und wirft in jede Tasse einen Teebeutel.

»Milch und Zucker?«, fragt er.

»Schwarz mit einem Löffel Zucker.«

Er bereitet erst meinen und dann seinen Tee zu. Einen Schluck Milch, kein Zucker, registriere ich, als wäre ich hier die Ermittlerin. Mir zucken verschiedene Eröffnungssätze durch den Kopf, mit denen ich das Schweigen brechen könnte. Doch ich befinde, dass ich genug Fragen gestellt habe. Wenn er reden will, fein. Wenn nicht, dann wird das eine sehr ungemütliche Tasse Tee.

Es fühlt sich wie ein Sieg an, als er endlich etwas sagt. »Mince Pie?«

Ein sehr kleiner Sieg.

»Nein, danke«, sage ich. »Die sind für Sie.«

Er entfernt die Frischhaltefolie und nimmt ein Pastetchen vom Teller. Dann geht er ins Wohnzimmer voran. Mit einer Kopfbewegung bedeutet er mir, mich aufs Sofa zu setzen. Er nimmt in einem Ohrensessel auf der anderen Seite des Kamins Platz. Kafka liegt auf dem Teppich, schnarcht leise und schlägt im Traum mit dem Schwanz.

»Und, bleiben Sie länger?«, fragt er.

Anscheinend ist das die neutrale Frage, die Leute stellen, wenn sie nicht gerade über das Wetter reden.

»Ich weiß nicht«, sage ich. »Im Moment improvisiere ich eher.«

Er lacht leise, als hätte ich einen Witz gemacht. »Gut gesagt. Als Musikerin improvisieren Sie sicher recht oft.«

Ich erwidere das Lächeln nicht. Offenbar ist hier eine Art Wettbewerb im Gang. Ich habe aus ihm herausgekitzelt, dass er früher mal ein DCI war. Er hat mir nun klargemacht, dass er weiß, wer ich bin.

»Vermutlich«, antworte ich.

»Gut, gut«, sagt er. Er beißt in eine Pastete. »Schmeckt übrigens köstlich.«

»Ich richte es Mum aus.«

»Geht es ihr denn wieder besser?«

»Besser?« Ich trinke meinen Tee, lasse ihn heiß die Kehle hinunterlaufen. Mum hat den Eindruck erweckt, als wüsste sie nur sehr wenig über ihren Feriengast, aber er weiß offenbar etwas über sie. Schon wieder ein Punkt an ihn. »Inwiefern?«

Er lehnt sich im Sessel zurück, umfasst die Teetasse mit beiden Händen. »Ich kenne Ihre Mutter natürlich nicht gut«, sagt er. »Daher steht mir diese Bemerkung vielleicht nicht zu. Sie kam eines Tages zum Saubermachen, vor ungefähr einem Monat oder so, noch vor ihrem Sturz. Ich mochte sie. Sie war direkt, nüchtern und sachlich. Nicht so ... geschwätzig.«

»So ist Mum«, sage ich und bin unerwartet stolz. »Sie hat früher Mathe unterrichtet. Das ist auch nüchtern und sachlich.«

»Stimmt.« Er fährt die Holzmaserung auf der Armlehne des Sessels nach. Seine Finger sind lang, wie die eines Pianisten ... oder eines Künstlers.

»Und dann habe ich sie vor ungefähr einer Woche besucht. Nach ihrem Sturz. Hab ihr ein paar Kekse und die Zeitung gebracht, was man halt so macht.«

Ich hebe eine Augenbraue. Als jemand, der auf gutnachbarliche Beziehungen Wert legt, hätte ich ihn nicht unbedingt eingeschätzt.

»Sie war wie verwandelt. Konnte von nichts anderem reden als von Ihnen. Von Ihnen und Ihrer Schwester. Dass Sie beide Stars in Amerika wären. Wie lästig es sei, dass sie sich das Bein verletzt hat, wo Sie nach Hause kämen und sie alles vorbereiten müsste.«

Ich sitze ganz still, spüre, wie das Loch in der Magengrube größer wird.

»Meine Schwester ist vor fünfzehn Jahren gestorben«, sage ich.

Er pfeift leise. »Oha. Das erklärt den Klatsch, den ich im Dorf aufgeschnappt habe. Ich habe mich schon gefragt.«

»Also, nun ja ...« Ich stehe auf. Mir reicht es. »Danke für den Tee. Tut mir leid, dass ich Sie gestört habe.« Ich schenke ihm ein angespanntes Lächeln und trage meine Tasse zurück in die Küche.

»Das klingt, als wäre es eine schwierige Heimkehr«, sagt er. »Also, dann will ich mal nicht um den heißen Brei herumreden.

Als Sie vorgestern ins Wasser gegangen sind, hatten Sie da gehofft zu ertrinken?«

Das lässt mich innehalten. Klar und direkt. Ob ich nur schwimmen gegangen bin oder mich mit dem Vorsatz ins Wasser gestürzt habe, nicht mehr rauszukommen – allmählich sehe ich ein, dass es *tatsächlich* den entscheidenden Unterschied macht.

»Nein.« Ich bringe meine Tasse zur Spüle. »Nein, habe ich nicht.«

Er stellt sich neben mich und sieht mit mir aus dem Fenster. Das Meer ist dunstig und grau, an den Fensterscheiben laufen Regentropfen herab. Es ist ein passender Ort, um einsam zu sein, doch wenn er es ist, merkt man es ihm nicht an.

»Ich liebe diesen Ort«, sagt er. »An einem klaren Tag kann man die Small Isles sehen. Gerade mal so. Es ist ein idyllisches Fleckchen Land.«

»Ja, das ist eine Möglichkeit, es zu beschreiben.« Ich wasche die Tasse ab und stelle sie ab.

»Hören Sie, Skye, es tut mir leid, wenn ich Sie beleidigt habe«, sagt er. »In gewisser Weise bin ich wohl immer noch Polizist. Wie sagt man in den Staaten? ›Schützen und Dienen‹. Ich habe eine Menge ...«, er zögert, »... Dinge gesehen. Und welche Auswirkungen sie auf die Hinterbliebenen haben. Ich will nur sichergehen, dass Kafka nicht noch mal zum Hundepaddeln antreten muss.«

Ich seufze. »Muss er nicht. Nicht meinetwegen.«

»Gut.«

Er steht zwischen mir und der Tür. Ich muss um ihn herumgehen, was mir etwas unangenehm ist. »Warum haben Sie bei der Polizei denn aufgehört?«

Er antwortet nicht sofort, und ich frage mich, ob überhaupt noch etwas kommt. Er spült seine Tasse aus und stellt sie auf die Seite. Ich gehe um ihn herum zur Tür.

»Also, wenn Sie eine Minute haben, zeige ich es Ihnen.«

»Okay ...«, sage ich ein wenig misstrauisch.

Er geht an mir vorbei und die enge Treppe hinauf. Ich folge ihm zu der Tür, hinter der ich das größere der beiden Schlafzimmer vermute. Ich trete neben ihn und schaue hinein.

Im Raum steht ein ganzer Wald von Staffeleien und Leinwänden. Das Bett wurde ganz in eine Ecke geschoben, der Boden ist mit Abdecktüchern ausgelegt. In der Luft liegt der durchdringende Geruch nach Terpentin und Ölfarbe.

Ich betrete den Raum, verspüre angesichts all der Kunstwerke einen Funken Aufregung. Jedes Gemälde ist eine Studie in Grau, Blau und Silber, hauptsächlich Seestücke und Himmelstudien, doch auf manchen sind auch Boote und das Dorf zu sehen. Bei näherer Betrachtung entdecke ich, dass jedes in Wahrheit ein Kaleidoskop an Farben enthält: hier ein Hauch Orange, dort ein goldener Schimmer oder ein Anflug von Purpur. Die Bilder sind stürmisch, komplex und voller Bewegung: Wind auf dem Wasser, Strömungsrippel im Sand, Wolken am Himmel. Sie haben etwas Erschreckendes an sich: Sie zeigen die Kraft der Natur und wie sehr der Mensch ihr ausgeliefert ist.

Mein Blick fällt auf eine große Leinwand am Fenster. Sie ist gut einen Meter lang und beinahe so hoch. Offenbar ein noch unfertiges Werk und, nach der Farbpalette zu urteilen, die danebenliegt, vielleicht das Gemälde, an dem er zuletzt gearbeitet hat. Der Himmel ist in düsteren Grau- und Lilatönen gehalten, mit einem Streifen Pink am Horizont. Ich erkenne die Ansicht: der Strand unter der Klippe, gerahmt von den riesigen Felsbrocken. Was meine Aufmerksamkeit jedoch fesselt, ist der Umstand, dass dies das einzige Gemälde ist, auf dem eine Gestalt zu sehen ist, mit Bleistift hineinskizziert und noch unvollendet. Eine Frau auf einem Felsen, mit dem Rücken zum Betrachter. Sie scheint von der Taille aufwärts nackt zu sein, und von der Taille abwärts vermittelt die Skizze den Eindruck eines glatten, dunklen Körpers, etwa eines Seehunds. Eine Selkie. Mich fröstelt.

Nick kommt dazu, stellt sich direkt hinter mich und betrachtet das Bild. »Es ist nur eine grobe Idee«, sagt er. »Ich experimentiere gerade.«

Ich starre das Mädchen an, ihr Körper ist kraftvoll gezeichnet, und doch haftet ihr etwas Zerbrechliches an, etwas Verletzliches. Dann gehe ich weiter zu einem Bild in der Nähe des Fensters: Es zeigt ein kleines Boot, das vor einem Himmel von schier unendlicher Tiefe herumgeworfen wird. »Diese Bilder«, sage ich, »... sie sind wunderbar.«

Er zuckt mit den Achseln. »Bei manchen habe ich schon ganz gute Fortschritte gemacht. Es wäre schön, wenn ich ein bisschen mehr Platz hätte. Ich würde gern in größerem Maßstab malen. Ich hoffe, genug Arbeiten für eine Ausstellung im Frühling zusammenzubekommen. Aber eins nach dem anderen.«

Dieses ausweichende Verhalten kommt mir bekannt vor. Ein Künstler, der unbedingt will, dass sein Werk gesehen und gewürdigt wird, sich aber nicht zu viele Hoffnungen machen will. Das kenne ich aus eigener Erfahrung, wenn ich beim Songschreiben im Flow bin, Texte und Melodien schaffe, die frisch und anders sind und auf die ich stolz bin. Bei mir liegt das schon eine ganze Weile zurück. Doch Nick Hamilton ist momentan offenbar im Schaffensrausch. »Sie haben ein Recht, stolz auf Ihre Werke zu sein«, sage ich, als wäre er meinem Gedankengang gefolgt.

»Mir geht es um den Prozess«, sagt er. »Wenn es rundläuft, versuche ich mir nicht allzu viele Sorgen wegen des Ergebnisses zu machen.«

Auch das verstehe ich. »Es heißt, Kunst sei der Akt, das Grenzenlose einzugrenzen«, sage ich. »Man bindet seine Imagination an ein Medium und einen Augenblick in der Zeit.«

»Ja.« Er wirkt ein wenig überrascht, dass ich mit so etwas aufwarten kann.

»Für mich bedeutet das beim Songschreiben, dass ich all die möglichen Worte und Stimmungen eingrenze und eine Melodie komponiere, die ›passt‹.«

»Klingt vertraut. Ist es das, was Sie während Ihres Aufenthalts hier tun?«

Ich drehe mich wieder zu dem Gemälde mit der Selkie um. Die Art, wie ihr Haar im Wind flattert, verleiht ihr eine Aura der Freiheit. Doch die Gestalt scheint völlig vereinnahmt vom Anblick des Horizonts. Wartet sie darauf, dass jemand zurückkehrt? Oder sehnt sie sich danach zu entkommen? »Man könnte wohl sagen, dass ich offen bin für Inspirationen«, erwidere ich. »Ich konzentriere mich auf den Prozess, nicht das Ergebnis.«

»Mehr können wir nicht tun.«

Er kommt mir so nah, dass sein Arm beinahe meinen berührt. Ich spüre seine Anziehungskraft, es ist, als ginge von ihm eine eigene Schwerkraft aus. Ich rücke von ihm ab.

»Um Ihre Frage zu beantworten«, sagt er, »ich bin nicht länger bei der Polizei, weil ich es mit dem hier versuche.«

Er nimmt einen Bleistift von der Palette, betrachtet die Leinwand stirnrunzelnd, beugt sich vor und korrigiert eine einzelne Linie. Dann tritt er zurück und betrachtet sein Werk. Sein Gesicht ist eine Maske der Konzentration. Zweifellos steckt mehr hinter seiner Geschichte, als er offenbart.

»Dann will ich nicht weiter stören«, sage ich ruhig. Ich gehe zur Tür, aber es ist fast, als hätte er vergessen, dass ich hier bin. »Danke, dass Sie mir das gezeigt haben.«

Erst als ich beinahe zur Tür hinaus bin, hält er mich noch einmal auf.

»Skye«, sagt er.

Ich drehe mich um. Er sieht mir in die Augen.

»Viel Glück. Bei Ihren Songs. Und bei ... Ihrer Mum.«

23. KAPITEL

Der Regen hat nachgelassen, als ich mich auf den Heimweg mache. Ich kann mir den rätselhaften Nick Hamilton nicht ganz aus dem Kopf schlagen. Einerseits wirkt er ein wenig kalt, ist herablassend, unfreundlich, versucht zu punkten und will nichts über sich preisgeben. Andererseits weiß ich es zu schätzen, dass er mir seine Bilder gezeigt hat. Ich kenne mich mit Kunst nicht so aus und weiß nicht, was »gut« ist und was nicht. Aber ich weiß, was mir gefällt. Nicks Kunst ist kraftvoll und schön.

Wie auch immer, es hat nichts zu bedeuten. Ich werde mir nicht erlauben, mich zu ihm hingezogen zu fühlen. Wir sind beide nur vorübergehend hier. Er schuldet mir nichts, und ich habe meine Schuld mit ... Mince Pies zurückgezahlt.

Die Lichter sind aus, als ich am Stables-Cottage vorbeikomme, und Bills Wagen steht nicht da. Vielleicht hat Emily einen Wutanfall bekommen und sich geweigert, zu Nan zu gehen, und sie sind stattdessen ins Dorf gefahren. Um ehrlich zu sein, kann ich ihr daraus kaum einen Vorwurf machen. Ich denke an das, was Nick über Mum erzählt hat, wie schnell der Wandel von völlig normal zu ziemlich durchgeknallt gegangen war. Bill hat eine Familie, um die er sich kümmern muss – ich habe nichts. Daher ist es jetzt meine Sache, für sie zu sorgen. Solange Emily hier ist, werde ich mich an meine Vereinbarung mit Bill halten und das Thema Ginny nicht erwähnen. Aber wenn ich hierbleiben will, muss ich etwas wegen meines Zimmers unternehmen. Nachdem ich Nicks Bilder gesehen habe, fühle ich mich fast dazu inspiriert, wieder Songs zu schreiben, und dafür brauche ich einen Ort zum

Arbeiten. Vor allem aber ist es weder Mums geistiger Verfassung noch meiner zuträglich, den Raum als Erinnerungsgruft zu belassen. Ich muss die Sache in Angriff nehmen.

Heute. Jetzt.

Als ich ins Cottage zurückkomme, sind Mum und Lorna in der Küche, und auf der Arbeitsplatte steht ein neues Kuchengitter mit Mince Pies zum Abkühlen. Ich begrüße Lorna, und wir plaudern ein wenig. Ich bin dankbar, dass sie Mum in all den Jahren eine solche Stütze war, und umgekehrt – Lorna ist ebenfalls Witwe. Mum beteiligt sich nicht am Gespräch, und es gibt keinerlei Anzeichen, dass sie Lorna von gestern Abend erzählt hat.

Ich gehe zum Küchenschrank unter der Spüle, hole eine Rolle Mülltüten heraus, begebe mich nach oben in mein Zimmer und schließe die Tür. Als ich den Blick über all die vertrauten Dinge schweifen lasse – die Poster, die beiden Betten, die Aussicht aus dem Fenster –, überkommt mich überwältigende Wehmut. So viele Erinnerungen – die meisten davon schön. Aber ich muss bei meinem Vorhaben bleiben. Ich weiß, dass es besser so ist.

Zuerst einmal nehme ich die ganzen Poster ab. Ich entferne Noel Gallagher und die Konzertkalender, die alle längst nicht mehr aktuell sind. Ich spiele mit dem Gedanken, auch Bob Dylan und Joan Baez herunterzunehmen, doch als alle anderen Wände kahl sind, entscheide ich, dass sie vorerst bleiben können. Das Kiefernholz mit seinen Astlöchern wirkt ziemlich altmodisch; weiß gestrichen, würde es das Zimmer so viel heller wirken lassen. Ein weiterer Punkt für meine To-do-Liste. Ich rolle die Poster zusammen, damit ich sie auf den Dachboden schaffen kann, wenn Mum nicht will, dass sie weggeworfen werden.

Danach wage ich mich an die Kommode. Ich bin erleichtert, als ich sehe, dass Mum die Kleidung rausgeräumt hat und die Schubladen für zusätzliches Bettzeug, Geschenkpapier und Akten nutzt. Ich schaue in meinen alten Schrank und stelle fest, dass sie auch dort ihre Sachen aufbewahrt. Das ist alles sehr positiv. Doch als ich zu Ginnys Schrank gehe und die Türen öffne, erkenne ich ihre Sachen sofort: das Kleid, das sie als Königin der Flotte trug, ein Pulli, den ihr unsere Großmutter aus moosgrüner Wolle gestrickt hatte (meiner war marineblau), ein blaues Cowboyhemd mit perlmuttbesetzten Druckknöpfen und roten Steppnähten auf den Brusttaschen. Ich streiche über die Nähte und empfinde tiefe Trauer über den Verlust. Ich weiß noch, dass Ginny das Hemd trug, als wir einmal bei den hiesigen Highland Games aufgetreten waren. Ich hatte dasselbe Hemd in Weiß mit blauen Nähten an. Das waren unsere Glückshemden. Wir wollten sie bei dem Casting tragen. Keine Ahnung, was aus meinem geworden ist.

Ich gehe ihre Kleidung durch, erlaube den Erinnerungen, aufzusteigen und dann wie ein Herbstblatt davonzuwehen. Allmählich begreife ich, wie schwierig es für Mum gewesen sein muss, sich von irgendetwas zu trennen. Aber es muss sein. Ich stecke das Kleid, den Pulli und das Cowboyhemd in eine Tüte, um sie auf den Dachboden zu bringen. Die übrigen Kleider gebe ich in eine andere Tüte, die für den Secondhandladen bestimmt ist.

Erst als ich mit den Sachen auf der Kleiderstange durch bin, sehe ich, dass hinten auf dem Schrankboden ein paar zusammengeknüllte Sachen liegen. Als Erstes sticht mir mein Cowboyhemd ins Auge. Dazu ein paar T-Shirts und eine Jeans mit Strassornamenten auf den Taschen, die mir gehören. Ich hatte mich schon gefragt, was aus der Jeans geworden ist ...

Ich lege das Cowboyhemd in die »Behalten«-Tüte und werfe die Jeans aufs Bett, um später auszuprobieren, ob ich noch hineinpasse. Ganz hinten, wo Rückwand und Boden zusammentreffen, entdecke ich noch etwas. Ein Heft mit blauem Einband, das aussieht wie ein Aufsatzheft. Ginnys Tagebücher hatten immer hübsche Einbände, auf denen Berge oder Einhörner oder

Göttinnen zu sehen waren – was bei ihr eben gerade angesagt war –, und waren nie schlicht wie dieses Heft. Als ich es aufschlage, fällt etwas auf den Boden. Eine Fahrkarte. Ich hebe sie auf.

Es ist ein Busticket. Von Eilean Shiel nach Glasgow über Fort William. Dieselbe Fahrt, die wir zusammen zu dem Casting hätten machen sollen. Dieselbe Fahrt wie auf dem Ticket, das Ginny zerrissen hatte. Mein Magen krampft sich zusammen, als ich das Ticket umdrehe. Ginny hatte die Fahrkarte zerrissen, die ich ihr gekauft hatte. Die hier habe ich noch nie gesehen. Sie hat ein Datum.

Das Ticket ist ausgestellt auf den Tag, an dem sie starb.

24. KAPITEL

Ich versuche zu begreifen, was ich da in Händen halte. Ein Ticket nach Glasgow. Ich schüttele das Heft, um zu sehen, ob noch etwas rausfällt, zum Beispiel eine Rückfahrkarte. Aber nein ... Die Kälte, die sich in mir ausgebreitet hat, sagt es mir: Es war eine einfache Fahrt. Ginny wollte weg – ohne mich.

Nein. Das glaube ich nicht. Das hätte sie mir nie angetan.

Oder doch?

Ich starre auf die freien Stellen an der Wand, wo die Poster gehangen haben und das Holz etwas dunkler ist. Mir schmerzt der Kopf, während ich versuche, mir jene letzten Monate in Erinnerung zu rufen, in denen ich so hart an der Gestaltung unserer Zukunft gearbeitet hatte. Wir hatten unsere üblichen Streitereien darüber, wer den Wagen bekam, wer zuerst in die Dusche durfte und wer mit Abspülen dran war. Sie hatte viel Zeit außer Haus verbracht, mit James und anderen Freunden, aber das war nichts Ungewöhnliches. Ich kann mich an den Morgen vor der Party nicht genau erinnern – nur an den Streit, den wir am Abend hatten. Hatte sie ruhiger als sonst gewirkt? In sich gekehrter? Nicht dass ich mich erinnern könnte. In der Woche davor war sie ein wenig kränklich gewesen. Eine Magenverstimmung. Abgesehen davon aber ... nichts.

Rastlos tigere ich im Zimmer auf und ab. Wenn sie so weit gegangen war, sich ein eigenes Ticket zu kaufen, warum ist sie dann nicht gefahren? Und was hatte sie dort überhaupt vorgehabt? Bis zum Casting waren es noch sechs Wochen gewesen. Wollte sie sich einen Job suchen? Wo wollte sie wohnen?

Ich reibe mir die Stirn und setze mich wieder aufs Bett. All das ergibt überhaupt keinen Sinn. Gibt es irgendeine unschuldige Erklärung, die ich übersehe? Vielleicht hat Ginny das Ticket gefunden? Vielleicht war es ja nicht mal ihres ...?

Vielleicht wollte sie auch mit jemand anders fahren. Diese Vorstellung ist wie ein Schlag ins Gesicht. Mit ihrem Freund James. Natürlich. Seine Familie hat Geld, sie hätten in einem schönen Hotel absteigen können, sich die Touristenattraktionen anschauen können ... Nicht wie das scheußliche Hostel, in dem ich wohnte, oder das schäbige Café, in dem ich Doppelschichten schob, bevor ich nach Amerika aufbrach.

Ich werfe das Ticket beiseite und schlage das Notizheft auf. Es ist größtenteils leer, doch auf der vierten Seite steht etwas in einer kleinen, sauberen Handschrift: Ellen McCree, 12 Cranach Terrace. Die Schrift ist nicht von Ginny, ihre war verschnörkelt, fließend und nahm viel Platz ein. Von Ellen McCree habe ich noch nie gehört.

Ich blättere durch das restliche Heft. Auf wahllosen Seiten in der Mitte entdecke ich Ginnys Schrift. Ein paar Daten und Notizen, ein paar Worte hier und da. Gedankenfetzen und Songschnipsel. Kein Erguss von Gefühlen, keine Aufzeichnung von Erlebnissen, wie es sonst ihre Art war.

Ich schließe das Heft und werfe es auf Ginnys Bett. Meine Haut fühlt sich krabbelig und schmutzig an. Ich gehe zur Harfe in der Ecke und packe die Saiten mit der Faust. Am liebsten würde ich sie herausreißen. Sie schneiden mir in die Haut. Verdammt.

Verdammt, es hat keinerlei Bedeutung.

Aber stimmt das wirklich? Wenn Ginny an dem Tag, an dem sie starb, eigentlich in einem Bus nach Glasgow hätte sitzen sollen, dann wäre sie nicht auf die Party gegangen. Sie wäre nicht ... gestorben. Ich lehne mich an die Wand und schlage die Hände vors Gesicht. Was hat das alles zu bedeuten …?

»Tante Skye?«

Himmel.

»Einen Moment.« Ich lege das Ticket ins Heft zurück und schiebe es unter meinen Koffer. Als ich die Tür öffne und in Emilys unschuldige blaugrüne Augen sehe, die Ginnys so ähnlich sind, packt mich der Zorn – auf mich selbst. Meine Schwester hatte Geheimnisse vor mir, und ich hatte davon nicht die leiseste Ahnung.

»Hi«, sage ich und fahre mir durchs Haar. Meine Stirn ist schweißnass. Ich trete zur Seite, um sie hereinzulassen. Eigentlich will ich jetzt mit niemandem reden, aber ich will Emily auch nicht das Gefühl geben, dass irgendwas nicht in Ordnung ist.

»Da unten ist ein Mann. Brian oder so …«

»Byron.«

»Genau, so heißt er«, sagt Emily. Sie schaut sich im Zimmer um, sieht die leeren Wände und die Mülltüten. »Was machst du denn da?«

»Ich räume aus«, sage ich.

»Oh.« Emily setzt sich auf Ginnys Bett. Sie dort zu sehen ist verstörend. »Sehe ich wirklich aus wie sie?«, fragt sie, als hätte sie meine Gedanken gelesen. »Dad sagt, dass Nan gestern Abend deswegen so ausgeflippt ist.«

»Ihr seht euch schon ein wenig ähnlich.« Ich spiele meine eigene Reaktion herunter. »Dein Haar, die Augenfarbe, eure Größe. Tut mir leid, was passiert ist. Mum – deine Nan – hätte das nicht tun sollen.«

Emily zuckt mit den Achseln. »Nan ist einfach alt«, sagt sie. »Vielleicht hat sie Demenz oder so.«

Ich runzele die Stirn, lasse es ihr aber durchgehen. Mum ist erst Ende sechzig. Auch wenn ich zugeben muss, dass sie durch den Gehstock und die Anflüge von Realitätsverlust älter wirkt.

»Ich glaube, sie ist einfach nur ein wenig überfordert davon, dass auf einmal alle hier sind.«

»Was auch immer.« Emily blickt auf ihre Hände und fängt an, an ihrem Nagellack zu knibbeln. Ich habe den Eindruck, dass sie »der Zwischenfall« – auch wenn er anfangs beunruhigend und ein wenig beängstigend war – inzwischen langweilt. »Also, soll ich dem Mann sagen, dass du runterkommst?«

»Ja«, sage ich. »Ich komme gleich.«

Emily geht aus dem Zimmer. Ich schließe die Tür und lehne mich dagegen. Schwer atmend blicke ich zum Bett meiner Schwester. »Ich werde herausfinden, was zum Teufel du getrieben hast«, flüstere ich niemandem im Besonderen zu.

25. KAPITEL

Ich lege die Mülltüten in den Schrank und stopfe das blaue Heft unter Ginnys Matratze. Ich will nicht, dass Emily herumschnüffelt und es findet – oder Mum, wenn sie mal ins Zimmer kommt. Ich prüfe mein Spiegelbild, kämme mir die Haare und trage Lipgloss auf. Zwar lege ich keinen Wert darauf, mich für Byron hübsch zu machen, aber ich will nicht so erschüttert aussehen, wie ich mich fühle.

Ich gehe nach unten ins Wohnzimmer. Jetzt, wo sich sowohl Byron als auch der Weihnachtsbaum darin befinden, scheint der Raum geschrumpft zu sein. Mum sitzt an einem Klapptisch, auf dem ein Puzzle ausgelegt ist. Es hat tausend Teile und trägt noch den 50-Pence-Sticker vom Secondhandladen. Es zeigt Strümpfe, die am Kamin aufgehängt wurden, und Geschenke unter einem Weihnachtsbaum – irgendjemandes Idealvorstellung von Weihnachten. Lorna steht am Kamin und bestreitet wie meist den Großteil der Unterhaltung. Emily ist an der Küchentür, gerade außerhalb von Mums Blickfeld. Von den anderen ist keiner zu sehen.

»Hi du«, sage ich.

»Skye.« Byron kommt auf mich zu und gibt mir einen Kuss, der mehr Lippen als Wangen einbezieht. »Gut siehst du aus. Und der Baum ist wunderschön.«

»Danke.« Stirnrunzelnd blicke ich zu Emily hinüber, die nicht einmal versucht, ihr offenkundiges Interesse an meiner Beziehung zu diesem Mann zu verbergen. »Möchtest du einen Tee?«

»Ich kann leider nicht bleiben.« Byron wirft den beiden älteren Frauen einen entschuldigenden Blick zu. »Ich bin unterwegs nach Fort William, um Kyle abzuholen. Ich dachte, ich erspare dem kleinen Racker die Busfahrt. Er wird so schnell reisekrank.«

»Wie lästig«, wirft Lorna ein.

»Die Fahrt macht mir nichts aus«, sagt Byron. »Gibt mir die Möglichkeit, den Kopf frei zu bekommen.« Er sieht zu mir. »Ich bin bloß schnell vorbeigekommen, weil ich dich kurz sprechen wollte. Es hat aufgehört zu regnen.«

»Okay«, sage ich. »Gehen wir raus.«

Byron tritt unter das Vordach. Ich ziehe meinen Mantel an und folge ihm nach draußen. Für mich ist es eine Erleichterung, Mum zu entkommen. Ob sie von dem Busticket wusste? Doch sicher nicht. Andererseits ... Ginny und Mum standen sich immer nahe. Ich denke an das Gespräch, das Mum mit Alice Thomson darüber hatte, dass es vielleicht falsch war, »*dass ich es ihr nie erzählt habe*«. Gut möglich, dass es in keinem Zusammenhang mit mir stand, aber im Moment ist mein Weltbild völlig aus den Fugen. Wenn Ginny sich mir in den Monaten vor ihrem Tod nicht anvertraut hat, weiß Mum dann etwas? Etwas Konkretes, was ihren Zweifel daran weckte, dass Ginnys Tod ein Unfall war?

»Geht es dir gut? Du wirkst ein wenig abwesend.«

Byrons Bemerkung unterbricht meine Überlegungen.

»Tut mir leid«, sage ich. »Es ist nur so, dass im Haus gerade eine Menge los ist. Es ist alles ziemlich chaotisch.«

»Liegt an der Jahreszeit«, sagt er jovial. Wir gehen um das Haus herum. Auf einer Seite steht eine alte Schaukel. Byron und ich haben dort früher manchmal gesessen. Die Ketten sind rostig, aber ich lasse mich trotzdem auf einer nieder. Byron nimmt die andere.

Er räuspert sich, als wollte er ein gewichtiges Thema anschneiden. »Tut mir leid, dass ich schon wieder nerve«, sagt er, »aber ich wollte noch mal wegen des Festivals nachhaken. Dich fragen, ob du es dir vielleicht anders überlegt hast. Die Mum eines Bandmitglieds lässt sich an der Hüfte operieren. Stand monatelang auf der Warteliste. Da könnten sie dich wirklich gebrauchen ...«

Ich ignoriere die Frage und treffe spontan eine Entscheidung. Byron ist ein bisschen wie Annie MacClellan – tatsächlich sind sie entfernt verwandt. Er hat eine Menge Freunde, und er weiß so ziemlich über alles Bescheid, was im Dorf vor sich geht. Vielleicht hat er im Lauf der Jahre etwas gehört, das Aufschluss darüber geben könnte, was in Ginny vorging. Einen Versuch ist es wert.

»Ich habe etwas in Ginnys Schrank gefunden«, sage ich. »Ein Busticket nach Glasgow. Und einen Namen: Ellen McCree.«

Er sieht mich vorsichtig an. »Wovon sprichst du?«

»Ich habe mich nur gefragt, ob bei dir etwas klingelt, wenn du den Namen hörst. Oder ob damals irgendein Klatsch die Runde machte, von dem ich nichts wusste. Zum Beispiel, dass sie mit ... irgendwem von hier weg wollte.«

»Also, na ja, sie wollte mit dir weg. Zu dem Casting.«

»Nein.« Ich schüttele den Kopf. »Das Ticket, das ich gefunden habe, war auf den Tag ausgestellt, an dem sie gestorben ist.«

»An dem Tag ...« Er stößt ein leises Pfeifen aus.

»Seltsam, nicht?«

»Ja. Aber ich habe keine Ahnung. Du müsstest wohl jemanden fragen, der sie besser gekannt hat als ich.«

»Ich dachte, *ich* hätte sie gekannt.«

Eigentlich erwarte ich, dass er mir zustimmt, doch stattdessen wendet er sich mir zu und starrt mich an. Sein Blick ist seltsam kalt. »Ich dachte, du wolltest das nicht alles wieder hervorkramen.«

»Will ich auch nicht ... aber ...«

Ich denke an Mum und den glasigen, gequälten Ausdruck, der in ihre Augen tritt, wenn sie den Bezug zur Realität verliert. Hat es ihr geholfen, all die Jahre nicht von Ginny zu reden? Oder hat die Ungewissheit dazu geführt, dass die Wunde unter der Oberfläche weitereiterte? Ich denke daran, wie unruhig ich mich in meinem alten Zimmer fühle, wo ich zwar von Erinnerungen umgeben bin, die wichtigste Erinnerung aber – nämlich die an jene Nacht – nichts als ein klaffendes Loch ist.

»Wenn sie eigentlich nach Glasgow hätte fahren sollen«, sage ich nun laut, »heißt das, dass sie nicht zur Party gehen wollte. Warum hat sie es sich anders überlegt?«

»Nun ja, so war sie eben, oder?« Er klingt jetzt verärgert. »Im Bus, auf der Party, das war ihr doch völlig schnuppe.«

Ich schüttele den Kopf. Wieder einmal bin ich überrascht, wie negativ er klingt. »Ich kann mich überhaupt nicht an diese Nacht erinnern«, sage ich. »Nur hin und wieder einen Flashback. Ich will die Details zusammenfügen, bis sich ein Bild ergibt. Vielleicht kann ich es dann hinter mir lassen.«

»Um ehrlich zu sein, Skye, ich finde, du solltest aufhören, in den alten Wunden zu stochern. Was passiert ist, war schrecklich – eine Tragödie. Aber offen gesagt, hier im Dorf haben wir alle versucht, damit fertigzuwerden. Es hinter uns zu lassen.«

»Indem ihr Lügen erzählt, meinst du?« Ich starre ihn an. »Indem ihr eine ›nette‹ Geschichte erzählt? So wie Jimmy und Mackie? Denn sie haben überhaupt nichts gesehen, oder? Es gab keine ›Monsterwelle‹. Die ganze Sache ist absoluter, kompletter Blödsinn.«

Er wirkt fassungslos. »Wie ... kommst du denn darauf?«

»Weil Mum ein Gerücht gehört hat«, sage ich. »Die Leute trinken, die Leute reden«, wiederhole ich ihre Worte. »Und die Leute haben über jene Nacht gelogen.«

»Das hat deine Mum gehört?« Fest packt er die Ketten der Schaukel mit den Fäusten.

»Im Pub wurde anscheinend geredet. Deine Cousins ... haben sich im Pub aufgespielt. Was genau haben sie gesagt? Haben sie geprahlt, wie sauber damit alles abgeschlossen wurde? Oder wie sie damit davongekommen sind, die Polizei zum Narren zu halten?«

»So war es nicht.« Byron klingt angespannt.

»Wie war es dann, Byron?« Ich werde ihm nicht erlauben, meiner Frage auszuweichen. »Schließlich warst du mittendrin, oder? Du warst in jener Nacht dort.«

»Ich war nicht dort«, empört er sich. »Zumindest die meiste Zeit nicht. Ich bin los, um das Fässchen zu holen. Erinnerst du dich?«

»Ich erinnere mich nicht. Ich weiß nur, was man mir erzählt hat.«

»Eben, da hast du es. Du hast am Lagerfeuer ein paar Gläser getrunken, und dann bist du ohne sie aufgebrochen.« Er lehnt sich auf der Schaukel zurück und blickt starr geradeaus. »Zum Glück hatte Donald McVee den Fall übernommen. Er hatte damals Dienst. Sonst wärst du vielleicht noch wegen Alkohol am Steuer dran gewesen.«

»Donald McVee?« Ich runzele die Stirn. Die Wochen, die auf meinen Unfall und Ginnys Tod folgten, sind ein Nebel aus verzweifelter Trauer und Gefühlschaos. Ich erinnere mich an einen großen Polizisten, der ins Haus kam und mir Fragen stellte, die ich nicht beantworten konnte. Mum mischte sich damals ein, sagte ihm, ich wäre nicht in der Verfassung, Fragen zu beantworten. Der Name kommt mir bekannt vor, aber nicht, weil er ein Polizist ist. »Ist er nicht dein ... ich weiß nicht ... irgendwas?«

»Patenonkel«, erklärt Byron. »Du bist ihm einmal begegnet, bei der Hochzeit meiner Cousine Meg. Leider ist er inzwischen verstorben. Er hatte in jener Nacht Dienst. Und glaub mir, das war auch gut so. Deine Familie hatte mit Ginnys Tod schon genug durchgemacht.«

O Gott. Mein Kopf fängt an zu dröhnen.

»Du warst vollkommen fertig, als ich dich in der Nacht gefunden habe. Du hast was von Lichtern und Armbändern gefaselt und dass du Hilfe holen wolltest. Ich bin nicht schlau daraus geworden. Dann bist du ohnmächtig geworden. Es war klar, dass du schwer verletzt warst, und ich wollte dich nicht bewegen. Ich bin zurück zum Leuchtturm, um dort das Notfalltelefon zu verwenden. Da habe ich bemerkt, dass Ginny nicht am Lagerfeuer saß. Keiner konnte sich erinnern, wann sie zuletzt gesehen wurde.« Er beißt die Zähne zusammen. »Die ganze Lage war verdammt chaotisch. Die Jungs haben mir beim Suchen geholfen. Als wir ihren Schal und ihren Pulli fanden, habe ich nur noch ein tiefes Loch in mir gespürt.« Er schüttelt den Kopf. »Eigentlich durften wir doch gar nicht dort draußen sein. Das Gelände war gesperrt, und wir hatten ... Zeug dabei. Wenn Donald nicht im Dienst gewesen wäre und ein paar Strippen für uns gezogen hätte, wären sicher Köpfe gerollt. Da war es doch nur logisch, dass wir uns abgesprochen haben. Jimmy und Mackie hatten sie zuvor gesehen, draußen auf den Felsen. Sie haben vielleicht nicht gesehen, wie sie von einer Welle fortgerissen wurde, aber es war ziemlich klar, was passiert war.«

»Dann hat keiner sie ins Wasser fallen sehen? Sie wissen nicht, ob sie fortgeschwemmt wurde oder ob sie ...« Ich kann das Wort nicht aussprechen.

»Das ist der springende Punkt.« Abrupt wendet er mir den Kopf zu. Ich kann mich nur an ein, zwei Male erinnern, wo ich Byron wütend gesehen habe – und immer auf seine Kumpel, nie auf mich. Aber jetzt erkenne ich den Blick. Genauso hat er dreingesehen, als er Jimmy die Nase brach, weil der ihn am Pooltisch bei einer Wette um zwanzig Pfund betrogen hatte.

»Du weißt, wie Ginny war. Sie hat eine Dummheit begangen – genau wie der Scheiß, den sie sonst immer angestellt hat. Sie ist raus auf die Felsen und wurde von einer Monsterwelle weggerissen. Aber die Leute hätten vielleicht geglaubt, dass sie gesprungen ist.«

Wie betäubt lehne ich mich zurück.

»Jimmy und Mackie haben es für dich getan.« Er klingt jetzt beinahe verzweifelt. »Verstehst du das nicht? Für dich und deine Mum.«

»Die beiden kennen uns doch kaum.« Herausfordernd sehe ich ihn an. »Aber es sind *deine* Cousins.«

Er stößt einen langen Seufzer aus. »Also gut. *Wir* haben es getan. Und ich würde es wieder tun. Deine Mum wäre nicht das, was sie ist, wenn sie auch nur eine Sekunde geglaubt hätte, ihre Tochter wäre gesprungen. Ein Unfall ist auch nicht toll – natürlich nicht –, aber man kann nachts wenigstens schlafen. Daher schlage ich vor ...«, er funkelt mich an, »... dass du die Sache auf sich beruhen lässt. Sag deiner Mum, dass Jimmy und Mackie sich an dem Abend im Pub einfach aufgespielt haben, dann bleibt alles wie gehabt. Hör auf, Staub aufzuwirbeln.«

Bloß keinen Staub aufwirbeln.

Die Schaukel quietscht, als er aufsteht. Sein Gesicht ist rot und erhitzt. Ich erhebe mich ebenfalls. Und breche in Tränen aus.

»Hey«, sagt er. »Schau, es tut mir leid.« Er streckt die Arme nach mir aus, zieht mich sanft an sich. Ich versteife mich, und er lässt mich los. »Ich weiß, wie schmerzhaft das ist. Aber du musst es auf sich beruhen lassen, Skye. Wirklich. Es ist besser so.«

»Wie kann ich es auf sich beruhen lassen?«, frage ich. »Wegen all dem ist Mum in einem schrecklichen Zustand. Und ich fange mittlerweile auch an, alles infrage zu stellen. Ich fühle mich so ... hilflos.«

Er lacht grimmig. »Ich weiß, wie sich das anfühlt. Ich meine, ich habe meinen alten Herrn gehasst. Er war ein richtiger Dreckskerl. Aber wenn ich daran denke, wie er da am Mast baumelt, dann wünsche ich mir, dass sich die Dinge anders entwickelt hätten, weißt du? Vor allem jetzt, wo ich Kyle habe. Ich verstehe einfach nicht, wie er das ... tun konnte.«

»Glaubst du, dass es Ginny getan hat?« Ich starre hinaus in den grauen Nebel. »Hatte sie beschlossen, ihrem Leben ein Ende zu setzen?«

»Nein, das glaube ich nicht«, sagt er nachdrücklich. »Es war ein Unfall. Ein schrecklicher Unfall. Und das glauben auch alle anderen. Warum auch nicht? Ginny war ein fröhlicher Mensch.« Er lächelt grimmig. »Ich sehe sie förmlich vor mir, draußen auf den Felsen. Wie sie lauthals gesungen hat. Sie ist einfach zu nah an die Felskante geraten.«

Ich nicke langsam. Allmählich begreife ich. Vor einer Viertelstunde war der Tod meiner Schwester noch ein klarer Fall. Eine »Monsterwelle«. Jeder glaubte die Geschichte, jeder war darüber hinweg. Und jetzt ... ist alles eine Lüge. Der schwarze Abgrund unbeantworteter Fragen gähnt nun noch breiter. Ich wünschte, es wäre möglich, die Uhr zurückzudrehen. Ich wünschte, es wäre möglich, Wissen wieder abzugeben. Jimmy und Mackie haben eine Menge zu verantworten, nicht nur die Geschichte, die sie in jener Nacht erfunden haben ...

»Und jetzt ... Scheiße.« Er sieht auf die Uhr. »Ich komme zu spät.«

Unsere Blicke begegnen sich, und einen Moment hellt sich seiner auf. Als er sich diesmal nähert und mir die Hände auf die Arme legt, entziehe ich mich nicht.

»Wenn Kyle hier ist«, sagt er, »würde ich ihn dir gern vorstellen. Ich nehme mir im Pub frei, um Zeit mit ihm zu verbringen. Vielleicht könnten wir mal zusammen Pizza essen gehen. Ich meine ... nur wenn du willst.«

»Ich ... okay, ich denke schon.«

Er lächelt. »Gut.« Er hebt einen Finger und streicht mir langsam über die Wange. »Ich erinnere mich noch an damals, als wir zusammen waren. Das war schön. Und ich würde dich gern wieder kennenlernen. So wie du jetzt bist.«

Ich bewahre eine neutrale Miene. »Mal sehen«, sage ich. Ich will einfach, dass er geht.

»Gut«, sagt er, als wäre es bereits ausgemacht. Ich begleite ihn zu seinem Landy, und er steigt ein. »Ich dachte, ich komm Lachlan zuvor und frag dich als Erster. Er hat immer auf dich gestanden, weißt du.« Er kurbelt die Scheibe herunter und lässt den Motor an.

»Nein«, sage ich. »Wusste ich nicht.«

»Ach, nun komm schon.« Er zwinkert mir zu. »Das ist jetzt aber gelogen.«

Mein Lächeln ist eher ein Zucken. »Dann passen wir ja alle zusammen.«

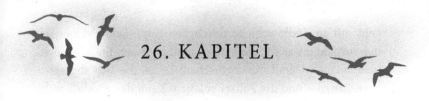

26. KAPITEL

Ich bin zutiefst erschüttert. Wütend, verzweifelt. Ich möchte wieder die Person sein, die ich bei meiner Ankunft vor ein paar Tagen war. Ich habe Reue empfunden und Schuldbewusstsein, aber mit diesen Gefühlen lebe ich seit Jahren: negativ, aber vertraut.

Jetzt jedoch kommt es mir vor, als wären fünfzehn Jahre und alle Perspektiven, die ich in der Zeit gewonnen habe, auf einen Schlag vernichtet worden. Ich bin wütend auf Byron und all die andern – weil sie über die wichtigste Nacht in meinem Leben mehr wussten als ich und eine »nette« Geschichte daraus gemacht hatten, angeblich aus Sorge um Mum und mich. Ich bin zornig auf Ginny und die Dinge, die ich in ihrem Zimmer gefunden habe und die meine Version ihres Andenkens umgestoßen haben.

Vor allem aber bin ich wütend auf mich selbst. Weil ich mich nicht erinnern kann. Weil ich mich damals entschloss, vor dem, was passiert war, davonzulaufen und Mum mit allem allein zu lassen. Weil ich nicht wahrhaben wollte, dass es in der Beziehung zu meiner Schwester offensichtliche Risse gab, die ich lieber übertüncht habe, sowohl damals als auch in meinen Erinnerungen. Wenn ich das nicht getan hätte, würden die Dinge dann vielleicht anders liegen?

Ich kann jetzt nicht reingehen und Lornas Geplauder über mich ergehen lassen, Mums angespanntes Schweigen und Emilys neugierige Blicke, und gehe stattdessen an den Strand. Alles, was Byron gesagt hat, alles, was er nicht gesagt hat, geht mir in Endlosschleife durch den Kopf. Sein Patenonkel, der zuständig war für die Untersuchung, dessen Entscheidung, über meinen Unfall hinwegzusehen. Leute, die sich abgesprochen hatten – und die Polizei anlogen. Kann das wirklich wahr sein?

Ich weiß, dass es möglich ist. Byron hatte recht. Die Geschichte von der »Monsterwelle« brachte alles sauber unter Dach und Fach. Und ein Teil der Geschichte betrifft ja auch mich. Jetzt, wo ich weiß, dass die Geschichte teilweise gelogen ist, wie soll ich da den Rest glauben?

Ich reibe mir die Schläfen und versuche, den Nebel in meinem Kopf mit schierer Willenskraft zu vertreiben, doch er bleibt so dicht wie zuvor. Mehr als eine Person gab bei der Polizei an, dass ich auf der Party ankam, mich ans Lagerfeuer setzte und ein paar Drinks hatte. Whisky Cola. Selbst jetzt wird mir bei der vagen Erinnerung an den Geschmack speiübel. Ginny war nicht da, man sagte mir, dass sie mit James irgendwo hingegangen sei. Es war kalt, ich war sauer auf Ginny, und ich wollte nach Hause.

Aber hätte ich denn wirklich einfach so am Feuer gesessen, mich ein bisschen unterhalten und wäre dann gegangen? Das Problem mit dieser »Geschichte«, das ich nie habe anerkennen wollen, ist, dass sie einfach nicht zu mir *passt*. Ich hätte mich auf die Suche nach ihr gemacht. Hätte mich vielleicht sogar noch einmal mit ihr gestritten. Hätte ihr gesagt, dass Mum mich geschickt hat, sie abzuholen, ob sie sich wohl bereit zum Gehen machen könnte? Vielleicht hätte sie mich ausgelacht, und vielleicht hätte ich ihr dann gesagt, sie solle sich jemand anderen zum Heimfahren suchen. Immerhin hätte ich Mum dann sagen können, dass ich es versucht hätte, es mir aber nicht gelungen sei – Ginny wollte nicht mit mir nach Hause fahren.

Bleibt meine »Vision« von Ginny auf den Felsen. Ich beschwöre sie herauf, während ich den steilen Weg hinaufsteige. Mir dröhnt der Kopf. Ginny auf den Felsen, die Arme ausgebreitet. Wie sie mich herausfordert, sie zu retten. Wenn Ginny eine ihrer geltungsbedürftigen Aktionen startete, war immer Publikum anwesend. Meist war das ich. Ginny war glücklich, solange sie im Mittelpunkt stand und von allen geliebt wurde. Erst wenn sie zornig wurde oder sich vernachlässigt fühlte, musste sie irgendwelche Dummheiten machen. Wenn ich nicht dabei war, gab es diese Vorfälle selten oder nie.

Kann es sein, dass meine »Vision« eine echte Erinnerung ist? Dass die Leute mich angelogen haben und ich gar nicht direkt zum Wagen ging und ohne sie abfuhr? Welche Lügen waren noch über diese Nacht in Umlauf gebracht worden, die ich bisher für bare Münze genommen habe?

Ich habe nicht die geringste Ahnung. Ich atme schwer, als ich den Pass zwischen den Hügeln erreicht habe und mich an den Abstieg hinunter zum Strand mache. Bevor ich angekommen bin, halte ich inne. Nick ist dort unten, er spaziert langsam am Wasser entlang. Kafka jagt hin und her, um einen Ball zu apportieren.

Ein paar Minuten stehe ich da und sehe ihnen zu, stelle mir vor, wie es wäre, einen so friedlichen, glücklichen Moment zu erleben, wie sie ihn anscheinend haben. Natürlich weiß ich nichts über Nick und seine Situation, doch ich habe den Eindruck, dass er, was immer er durchgemacht haben mag, damit ganz gut zurechtgekommen ist. Er befindet sich an einem wunderschönen Ort, der ihm Inspiration für seine Kunst bietet, mit einem Hund als Gesellschaft. Die beiden zu beobachten lenkt mich von meinen eigenen Problemen ab, bis er aufsieht und mich entdeckt.

Er winkt, und ich winke zurück. Und dann drehe ich mich um und steige den Hügel wieder hinauf. Ich will nicht mit ihm reden und mir den Augenblick durch Worte verderben lassen, durch Schweigen oder Small Talk oder sogar durch die Anziehungskraft, die er auf mich ausübt. Im Moment habe ich weder ihm noch sonst irgendwem etwas zu bieten. Nicht ehe ich die Wahrheit herausgefunden habe.

27. KAPITEL

Am nächsten Morgen geht es mir auch nicht besser. Ich bleibe in meinem Zimmer, bis die anderen gefrühstückt haben. Ich esse eine Scheibe Toast und gehe dann hinaus in den Garten, um meinen Kaffee auf der Terrasse zu trinken. Ein Boot verlässt langsam den Hafen, pflügt seinen Pfad durch das tintengraue Wasser. Alles hier ist grau. Das Meer, der Himmel, meine Erinnerungen. Doch bei Tage besehen weiß ich, was ich zu tun habe. Ich muss mit Lachlan reden – er schien bei meiner Ankunft durchaus bereit, über das zu sprechen, »was wirklich passiert ist« in dieser Nacht, doch zu dem Zeitpunkt wollte ich nicht hören, was er zu sagen hatte. Und James ... wenn Ginny nach Glasgow gehen wollte, dann doch wahrscheinlich mit James. Mit ihm muss ich also auch reden.

Unruhe kommt auf, als die beiden Jungs um die Ecke des Hauses wetzen, gefolgt von Bill, der einen Fußball auf den nassen Rasen wirft, damit sie eine Runde bolzen können. Fiona tritt aus dem Haus, um ihnen zuzusehen. Sie lächelt mich an, ihr Lächeln ist freundlich und authentisch, und mir ist auf einmal tieftraurig zumute. Ich hatte so gehofft, dass wir alle ein fröhliches Weihnachtsfest feiern könnten: nach so langer Zeit endlich alle zusammen. Aber im Moment scheint alles verdorben.

»Skye«, sagt Fiona. »Alles in Ordnung mit dir?«

»Ja, danke.« Ich ringe mir ein Lächeln ab.

»Wir dachten daran, zum Strand zu gehen«, sagt sie. »Die Jungs haben es satt, im Haus eingesperrt zu sein, und es sieht aus, als könnte es heute Nachmittag aufklaren.«

Plötzlich habe ich eine Eingebung, wie ich zwei Fliegen mit einer Klappe schlagen könnte. »Ich könnte doch mit ihnen zu MacDougalls Hof fahren«, sage ich. »Dann hättet du und Bill mal ein wenig Ruhe. Vielleicht nach dem Mittagessen.«

»Das wäre toll.« Fiona wirkt erleichtert. »Aber willst du das wirklich? Die Jungs können ganz schön anstrengend sein.«

»Ach, das geht schon in Ordnung«, sage ich, obwohl ich mir da keineswegs sicher bin. »Das wird bestimmt nett.«

»Wunderbar, dann ist das abgemacht. Bill ...«, ruft sie. »Skye fährt mit der Truppe nachher raus zur Farm.«

Einer der beiden Jungs tritt den Ball hart in Bills Richtung. Er trifft ihn in den Magen, worauf Bill nach Luft ringt. Der Ball prallt ab und segelt über den Zaun am Gartenende.

»Das Spiel ist aus«, sage ich, als die Jungs und Bill losziehen, um dem Schicksal des Balls auf die Spur zu gehen. Fiona schüttelt den Kopf. »Ich brauche einen Kaffee«, sagt sie.

Während ich zurück ins Haus gehe, überlege ich hin und her, ob ich vorher bei James anrufen und ein Treffen vereinbaren oder einfach dort auftauchen soll. Ich beschließe, mich nicht anzumelden. Allmählich komme ich zu der Erkenntnis, dass es besser ist, den anderen keine Zeit zu geben, sich abzusprechen.

In der Küche steht Fiona und kocht Kaffee, und Emily bestreicht eine Scheibe Toast mit Butter. Mum sitzt am Tisch und knetet Brotteig. Ihre Augen wirken dunkel und verquollen, als hätte sie schlecht geschlafen. »Alles okay?«, frage ich, während ich meine Kaffeetasse ausschwenke.

»Ja«, sagt sie. »Mir geht's gut.« Sie wirkt ziemlich matt.

»Skye fährt mit den Jungs zum Bauernzoo«, sagt Fiona. »Zu Mac-Dougall. Ist das nicht schön? Emily, willst du auch mitfahren?«

Bevor Emily antworten kann, fährt Mum herum und bedenkt erst Fiona, dann mich mit einem wütenden Blick. »Ihr solltet da nicht hin.«

»Oh, die Jungs werden bestimmt begeistert sein«, sagt Fiona. »Sie lieben Tiere. Für sie ist das genau das Richtige ...«

Mums Gesicht verwandelt sich urplötzlich. Ihre Augen leuchten wild. »James geht dir fremd«, sagt sie und sieht Emily direkt an. »Und das ist nicht richtig. Diese Katie. Die ist so ein kleines ... Flittchen.« Ihre Stimme klingt giftig, während sie dem Teig in der Schüssel zu Leibe rückt. Ich spüre die unterdrückten Gefühle, die herausplatzen wie ein Korken aus einer Flasche. »Du musst mit ihm reden. Er wird schon zur Vernunft kommen, das verspreche ich dir.«

Emily kneift die Augen zusammen, und dann begreift sie. Fiona tritt vor sie hin, ein menschlicher Schutzschild.

»Mum?« Ich versuche ihr die Hand auf die Schulter zu legen, doch sie drückt eine bemehlte Hand gegen meine Hüfte und versetzt mir einen so kräftigen Stoß, dass ich beinahe das Gleichgewicht verliere.

»Ich hole Bill«, sage ich zu Fiona.

»Bill ...?«, sagt Mum. Der Name meines Bruders bringt sie zur Besinnung, doch ihr Blick ist immer noch verwirrt. Ich will sie trösten, aber ich bin zu erschüttert. Am besten schaffe ich Emily so schnell wie möglich von hier weg.

»Ich fahre mit den Kindern zum Bauernzoo, Mum«, sage ich. »Komm, Emily.« Ich warte die Antwort nicht ab. Doch als ich hinausgehe, höre ich, wie Mums Stock auf den Boden fällt, gefolgt von Flüchen. Diese mir völlig unbekannte Version von Mum macht mir Angst.

Ich laufe nach außen, um Bill zu suchen. »Sie haben den Ball verloren«, sagt er und zuckt mit den Achseln. »Ich habe gesagt, das kommt eben davon, wenn ...«

»Mum ist völlig außer sich«, sage ich. »Ich fahre mit den Kindern jetzt gleich los.«

Meinem Bruder weicht alle Farbe aus dem Gesicht. »Gut. Ich kümmere mich um sie.« Ich kann nicht erkennen, ob er wütend auf sie oder auf mich ist. Er entdeckt Emily, die mir nach draußen gefolgt ist.

»Dad?«, sagt sie. Ihre Stimme ist hoch wie die eines kleinen Mädchens.

»Alles wird gut, mein Liebling«, sagt er. »Fahr du nur und mach dir einen schönen Tag.« Er kramt in seiner Tasche und wirft mir seine Schlüssel zu. »Am besten nimmst du den Audi.«

»Danke«, sage ich. »Kommt, Jungs.« Ich wende mich meinen Neffen zu. »Auf geht's zum Eisenbähnchen. Das wird ein Spaß!«

»Juhuu!«, kreischen die beiden.

Ich gebe Emily die Schlüssel und sage ihr, sie soll die Jungs schon mal ins Auto schaffen. Während sie sich auf den Weg machen, folge ich Bill ins Haus, um Mantel und Handtasche zu holen.

Mum sitzt in der Küche und weint. Ich fühle mich schrecklich, weil ich den Bauernzoo Fiona gegenüber erwähnt habe, ohne ihr zu sagen, dass Mum sich darüber aufregen könnte und es vielleicht zu einem neuen Zwischenfall mit Emily kommen würde. Und weil mein Aufenthalt hier in jedem Fall Staub aufzuwirbeln scheint, ganz egal, wie ich mich verhalte. Ich höre, wie Fiona und Bill leise auf Mum einreden, um sie zu beruhigen. Ich mache einen raschen Abgang. Diesmal scheint Weglaufen wirklich das Mittel der Wahl zu sein.

28. KAPITEL

Es ist eine Erleichterung, aus dem Haus zu sein. Bills Audi Q5 ist groß, aber leicht zu fahren. Bevor wir aufbrechen, läuft Emily zum Cottage, um die iPads der Jungs und ein paar Snacks zu holen. Ich lasse sie vorn neben mir sitzen, etwas, was sie sonst vermutlich nicht darf. Als wir losfahren, werfe ich ihr einen Blick zu. Die Situation verunsichert mich ein wenig, weil es mir vorkommt, als würde ich wieder mit meiner Schwester im Auto sitzen. Damals bin meist ich gefahren, sodass Ginny die Musik auswählen und mitsingen konnte. Vielleicht habe ich damals meine Beifahrerphobie entwickelt: Ich kann es nicht leiden, wenn ich nicht die Kontrolle innehabe. Im Moment habe ich das Gefühl, als hätte ich gar nichts unter Kontrolle.

Als wir das Haus hinter uns lassen, scheint Emily sich etwas zu entspannen. Sie fragt, ob sie eine CD einlegen darf, und ich stimme sofort zu in der Hoffnung, dass sie etwas aussucht, was mir gefällt, damit ich auf andere Gedanken komme. Ich bin ein wenig enttäuscht, als sie stattdessen eine CD mit Europop wählt, dessen dröhnende Bässe mir durch und durch gehen. Seit der Fahrt mit Lachlan habe ich Lust, mal wieder traditionelle Musik zu hören, wie die Songs, die ich früher geschrieben habe. Diesen Teil meiner Träume habe ich noch nicht ganz aufgegeben. Ich muss an das Gespräch denken, das ich mit Nick Hamilton über den Schaffensprozess geführt habe, und in mir regt sich leise Hoffnung. Wenn er seine Träume vom Künstlerleben verwirklichen konnte, vielleicht ist dann auch für mich nicht alles verloren ...

»Wer will Chips?«, fragt Emily. Sie hat ihren Rucksack auf dem Schoß und fischt ein paar Tütchen Mini Cheddars heraus.

»Ich!«, schreien beide Jungs zugleich vom Rücksitz.

Emily wirft jedem eine Tüte zu. »Du auch, Tante Skye?«

Ich konzentriere mich auf die Straße, wo ein entgegenkommender Laster gerade ein wenig über die mittlere Linie fährt. »Klar«, sage ich.

»Hier, fang …«

Es geht alles ganz schnell. Ein lautes Rauschen, als der Laster an uns vorbeifährt. Die orangefarbene Tüte, die auf mich zuschießt, etwas zu hoch gezielt, ich sehe sie aus dem Augenwinkel. Die Tüte trifft mich an der Schulter. Ich trete auf die Bremse, schlittere von der Straße auf den Randstreifen und lande auf losem Schotter. Der Wagen gerät ins Schleudern. Ich bremse noch härter. Kurz vor dem Graben kommen wir schließlich zum Stehen. Meine Hände am Steuer sind schweißnass.

»Himmel!«, schreie ich und presse die Finger an die Schläfen. »Warum hast du das gemacht?«

»Entschuldigung!«, sagt Emily.

Doch als ich sie ansehe, brauche ich ein paar Sekunden, um zu erkennen, wer sie ist, wo ich bin. Mir dröhnt der Kopf. Ginny. Wie sie etwas nach mir wirft. Mich trifft. Und es tut weh.

Ich habe für diesen Erinnerungsfetzen keinen passenden Kontext. Und doch bin ich sicher, dass es passiert ist. Es fühlt sich genauso an wie die anderen Flashbacks, die ich im Lauf der Jahre hatte. Allerdings kann diese Erinnerung nicht real sein. Oder wenn doch, kann sie nicht aus der Nacht stammen, in der Ginny gestorben ist, denn wir waren nicht zusammen im Wagen. Am liebsten würde ich mir die Gedanken aus dem Kopf reißen, zusammen mit den Gefühlen, die mit der Erinnerung einhergehen. Schmerz, Verlust. Fassungslosigkeit. Auch sie können unmöglich echt sein.

»Tante Skye?«

Ich sehe zu Emily hinüber. Ihre Unterlippe bebt, als würde sie gleich anfangen zu weinen. Ich habe ein schlechtes Gewissen, dass ich so auf sie losgegangen bin.

»Schon gut«, sage ich und versuche mich zu beruhigen. »Tut mir leid. Ich bin einfach erschrocken, das ist alles.«

»Entschuldigung«, sagt sie noch einmal.

»Das war cool«, schreit Jamie von hinten. »Können wir das noch mal machen?«

Ich lache – es scheint mir die richtige Reaktion. Ich fahre zurück auf die Straße, und dann setzen wir unseren Weg fort. Doch obwohl die Jungs sich wieder ihrem Video widmen und Emily die Lautstärke der Musik aufdreht, hat mich der Vorfall verstört. Am liebsten würde ich umdrehen und nach Hause fahren. Aber ich will die Kinder nicht enttäuschen, und außerdem ist es wenig verlockend, zu Mum zurückzukehren, solange sie in einem solchen Zustand ist. Vor allem aber muss ich mit James reden.

Der Parkplatz von MacDougalls Hof ist jetzt, da die Weihnachtsferien begonnen haben, voller als beim letzten Mal. Kaum dass wir ausgestiegen sind, rennt Jamie hinter einen zurückstoßenden Jeep. Mir klopft das Herz bis zum Hals, als ich ihn bei der Hand nehme und ermahne, vorsichtiger zu sein.

»Ich muss pinkeln!«, schreit Robbie und stürmt voran.

Ich sehe Emily an und rolle mit den Augen. Darauf schenkt sie mir ein kleines süffisantes Grinsen. Anscheinend ist der Vorfall von vorhin vergeben und vergessen.

Im Hofladen drängen sich die Leute, die sich mit Weihnachtsgeschenken und Lebensmitteln eindecken, und an dem kleinen Bähnchen stehen die Kinder Schlange, um »Santas Rentiere« zu sehen. Ich schicke die Jungs zu den Toiletten. Emily und ich stellen uns beim Kakaostand an, und ich sehe mich um, ob ich irgendwo eine Art Büro entdecke, in dem sich James aufhalten könnte. Die Jungs kommen zurück und laufen prompt wieder los, um die Spielsachen und Puzzles im Laden zu inspizieren. Ich bin nervös, und in der Schlange geht es nicht voran, und ...

»Skye? Bist das du?«

Ich drehe mich um. Der Mann, der hinter mir steht, ist kleiner und dünner als in meiner Erinnerung, und seine einst so eindrucksvolle blonde Mähne wird allmählich schütter. Eine Brille trägt er auch. Aber sobald er lächelt, kommt die Sonne hinter den Wolken hervor.

»James!«, sage ich. »Hallo!« Wir umarmen uns herzlich.

»Ich hab schon gehört, dass du zurück bist«, sagt er, als wir uns voneinander lösen. »Großartig siehst du aus! Deine Mum ist bestimmt überglücklich, dass du wieder zu Hause bist.«

Mir ist bewusst, dass Emily uns beobachtet. Ihre Miene ist eine Mischung aus Bewunderung und Ekel, als fragte sie sich, ob ich wohl mit jedem nicht mehr ganz jungen Mann im Umkreis von fünfzig Meilen in der Kiste war. Ihre Brüder kommen zurück und rennen auf uns zu.

»Sind das deine?«, fragt James und zaust den beiden kleinen Jungs das Haar.

»Himmel, nein«, sage ich. »Die sind von Bill.«

»Aye, der kleine Bill«, sagt er, übertreibt dabei den schottischen Akzent und zwinkert Emily zu. »Dein Dad ist ein anständiger Kerl, weißt du das?«

Emily schenkt ihm einen gleichgültigen Blick.

»Hast du Zeit für einen Kaffee?«, sage ich zu James. »Ich würde gern ...«, ich zögere, »... hören, wie es dir so ergangen ist.«

»Das wäre super«, sagt er. »Ich will nur schnell schauen, ob mein Stellvertreter schon aus der Pause zurück ist.« Er tritt vor, spricht kurz mit dem Mädchen am Servierwagen und winkt uns dann an der Warteschlange vorbei nach vorn. »Was sie auch wollen«, weist er an, »geht alles aufs Haus.«

Ich lege den obligatorischen Protest ein, und er beharrt darauf, was einfach typisch James ist. Mum mag einen Groll gegen ihn hegen, aber ich konnte ihm nie lange böse sein. Er ist so unkompliziert ... so arglos. Er eilt davon, um mit einem Mann an der Kasse zu sprechen, und kommt zurück, als wir unser Essen und unsere Getränke entgegennehmen.

»Alles geregelt«, sagt er. »Sollen wir uns einen großen Tisch suchen?«

»Eigentlich«, sage ich und atme tief durch, »habe ich mich gefragt, ob wir kurz miteinander reden könnten. Allein. Emily kann auf ihre Brüder aufpassen.«

James' sonnige Miene flackert kurz, als hätte er bemerkt, dass ich etwas Spezielles auf dem Herzen habe. »Wie wär's, wenn sie zu den Tieren gehen?«, schlägt er vor. »Meine Jungs sind bei Clemmie, ihrem Kindermädchen. Wenn deine drei das Bähnchen nehmen, treffen sie am anderen Ende direkt auf sie.«

»Perfekt«, sage ich.

James nimmt das Walkie-Talkie vom Gürtel und regelt alles. Emily hat keine Lust mitzufahren, aber ich verspreche ihr, dass ich ihr später im Laden ein Notizbuch kaufe, wenn sie auf ihre Brüder aufpasst. Sie wirft mir einen vernichtenden Blick zu, erklärt sich aber einverstanden.

Als die Kinder in der Eisenbahn sitzen, gehe ich mit James zu einem überdachten Areal hinter der Scheune, das mit Picknicktischen ausgestattet ist. Wir setzen uns und sehen zu, wie die Bahn durch das Tal zuckelt. James erzählt mir von einigen seiner großartigen Pläne: Hier soll Schottlands längste Seilrutsche entstehen, und in der großen Scheune baut man gerade an einem Hogwarts-Themenspielplatz für die Kleinsten.

Während er redet, überlege ich, wie ich das Gespräch auf *jene Nacht* bringen soll. Bisher ist James der Einzige, den ich seit meiner Rückkehr gesehen habe, der mich nicht angesehen und dabei sofort an meine tote Schwester gedacht hat. Was großartig ist – beziehungsweise wäre. Denn jetzt muss ich über sie reden. Endlich scheint ihm aufzufallen, dass er das Gespräch ganz allein bestreitet. Er fragt mich, wie ich mich zu Hause eingewöhnt habe, und ich wage den Sprung.

»Es ist schwierig«, sage ich. »Mum ist nach ihrem Sturz in keiner guten Verfassung. Was mich angeht, so erinnert mich alles an Ginny. Wie du dir sicher vorstellen kannst.«

Seine Miene scheint sich zu verschließen. »Es ist schade, dass wir nie Gelegenheit hatten, über das zu sprechen, was passiert ist«, sagt er. »Ich dachte, wir würden uns sehen, aber dann warst du weg. Es war bestimmt schrecklich für dich. Ihr beide habt euch so nahegestanden.«

»Nun ja, das dachte ich auch«, sage ich. »Aber mittlerweile bin ich mir da nicht mehr so sicher.« Ich schöpfe Atem und springe ins kalte Wasser. »James, hattest du vor, mit ihr wegzugehen? Nach Glasgow? Wollte sie zu dem Casting ... ohne mich?«

Er starrt mich an und kneift die Augen zusammen. »Was?«

»Sie hat das Busticket zerrissen, das ich für sie besorgt hatte«, sage ich. »Aber sie hatte ein anderes, für den Tag, an dem sie starb. Offensichtlich hat sie es nie benutzt. Kannst du mir vielleicht die Wahrheit sagen, damit ich ... damit abschließen kann?«

»Jetzt warte mal einen Augenblick ...« Er legt mir eine Hand auf den Arm. »Langsam, Skye. Ich habe wirklich keine Ahnung, wovon du sprichst. Ich hatte ganz bestimmt nicht vor, mit ihr wegzugehen. Sie hat mir den Laufpass gegeben. Schon im August. Drei Monate bevor sie starb. Aber das wusstest du doch?«

»Nein.« Fassungslos starre ich ihn an. »Das hat sie nicht getan. Ich meine ... ihr beide ... ihr habt so gut zusammengepasst. Du hast ihr so gutgetan.«

»Ich weiß nicht, ob ich ihr gutgetan habe, aber sie hat mir ganz entschieden nicht gutgetan. Sie hat mich in den Wahnsinn getrieben«, sagt er.

»Allmählich fange ich an zu glauben, dass sie das mit mir auch gemacht hat«, sage ich.

»Als sie sich von mir getrennt hat, ist für mich eine Welt zusammengebrochen«, sagt er. »Ich fing an zu trinken, ziemlich viel. Habe Drogen genommen. Ich habe damals an dem Abend auch das Zeug mitgebracht.«

»Du warst das?« Überrascht sehe ich ihn an. Niemand hatte zugegeben, dass er an dem Abend die Drogen mitgebracht hatte, obwohl später ein Ire, der auf der Party aufgetaucht war, wegen Weitergabe von Drogen verhaftet worden war.

»Ja, ich. Nicht dieser O'Rourke.«

Mir ist speiübel. Anscheinend hat die Polizei auch da einen Fehler gemacht. Oder war das nur ein weiteres Beispiel für eine Absprache? Ich kann mir gut vorstellen, dass Byron und seine Kumpels gelogen haben. Aber James?

Er starrt auf seine Hände. »Diese drei Monate waren die schlimmste Zeit meines Lebens. Aber Katie hat mich gerettet. Sie war da, hat mir geholfen, es durchzustehen. Was auch der Grund war …«, er fährt sich durchs Haar, »… warum ich mich in einem solchen Gewissenskonflikt befand.«

»Weswegen denn?«

»Als Ginny auf die Party kam, hat sie mich beiseitegenommen. Ich war schon betrunken, und Katie war da. Aber ich bin mit ihr mitgegangen.« Er schüttelt den Kopf. »Sie hat gesagt, sie würde mich lieben. Dass sie einen Fehler gemacht hätte. Sie wollte nicht weg von zu Hause, und sie wollte, dass wir wieder zusammenkämen.«

»Okay …?«

»Aber sie hatte mich so verletzt. Mir war klar geworden, wie sie mit anderen Menschen gespielt hat. Sie hat das verletzliche kleine Mädchen gegeben, und die Leute sind ihr reihenweise zu Füßen gelegen. Leute wie ich. Ich hatte mir inzwischen eingeredet, dass ich sie hasse.«

Das zu hören – und alles, was er sonst gesagt hat – schockiert mich.

»Ich war außer mir und habe ihr vorgeworfen, sie hätte mich betrogen.«

»Nein – das hätte sie niemals getan.«

Er wirft mir einen langen Blick zu. »Das hat sie auch gesagt. Und dann hat sie mich ausgelacht. Sich benommen, als würde ich sie antörnen. Sie wollte Sex. Und ich fand es schrecklich, dass ich auch wollte, auch wenn ich eigentlich nicht wollte ... falls das irgendeinen Sinn ergibt. Aber ich hab ihr gesagt, es wäre aus. Dass ich über sie hinweg wäre.« Er sieht betroffen aus. »Sie hat angefangen zu weinen. Ich hätte sie gern getröstet. Aber ich habe den harten Mann gegeben und bin gegangen.«

»Du hast sie dort zurückgelassen – auf den Felsen?«

»Nein, wir waren nicht auf den Felsen. Wir waren in meinem Wagen, oben am Leuchtturm. Ich habe nicht gesehen, wie sie zu den Felsen gegangen ist.« Er runzelt die Stirn. »Wenn ich sie gesehen hätte, hätte ich sie nicht dort allein gelassen. Natürlich nicht.«

»Natürlich nicht«, sage ich.

»Ich bin zurück zum Lagerfeuer. Habe noch etwas getrunken. Und von da an wird alles ein bisschen vage. Vielleicht erinnert sich Katie an mehr. Ich weiß nicht ...«

»Vielleicht erinnert Katie sich woran?«, ertönt eine melodische Stimme hinter uns. Wir zucken beide ein wenig zusammen und drehen uns um.

»Herrje ...«, sagt sie, »störe ich da vielleicht eine Totenwache ...« Sie unterbricht sich. »Skye!« Sie errötet, als sie sieht, wen sie vor sich hat. »Tut mir leid. Ich ...«

»Katie. Hi.« Ich stehe auf und umrunde die Bank, um sie zu umarmen. »Du siehst gut aus.«

Sie sieht tatsächlich gut aus, aber sie hatte immer eines dieser offenen, freundlichen Gesichter mit einem Mund, der schon von

Natur aus zu einem Lächeln geformt ist. In der Schule war sie ein Jahr unter uns, wir waren daher nicht direkt Freundinnen, aber auf mich hatte sie immer einen netten Eindruck gemacht. Ihr blondes Haar ist zu einem Pferdeschwanz zusammengefasst, ihre Wangen sind rosig vor Kälte. Sie trägt eine teuer wirkende Steppjacke mit Pelzkragen, dazu den passenden Schal und Handschuhe. Mir kommt der Gedanke, dass Ginny einen Ort wie diesen zutiefst verabscheut hätte. Doch Katie sieht aus, als wäre sie ganz in ihrem Element.

»Du auch, Skye.« Sie strahlt mich an. »Du hast uns auf die Idee gebracht, eine Reise nach Amerika zu planen. Vielleicht nächsten Sommer. Du musst uns ein paar Tipps geben.«

»Klar, sehr gern.«

»Ist alles okay?«, fragt James sie.

»Ja, alles prima.« Sie wendet sich an mich. »Die Kinder füttern die Alpakas.«

»Gut«, sage ich. Ich freue mich, Katie wiederzusehen, aber ich bin nicht hier, um mich über Alpakas zu unterhalten. Während ich überlege, wie ich das Gespräch wieder auf Kurs bringe, mischt James sich ein. »Wir haben gerade davon gesprochen, was ... damals passiert ist.« Er sieht seine Frau entschuldigend an. »Skye versucht, die Lücken in ihrer Erinnerung zu füllen. Ich habe ihr von dem Streit erzählt, den ich mit Ginny hatte.«

Katie schnalzt mit der Zunge. »Das war wirklich eine schreckliche Sache, und es tut uns allen so leid, Skye«, sagt sie. Schützend ergreift sie James' Hand und gibt mir damit zu verstehen, dass sie eine geeinte Front bilden. »Ich weiß, dass das alles schon Jahre zurückliegt, aber es ist sicher immer noch schwer für dich. Immer wenn wir ans Meer fahren, muss ich an sie denken ...« Sie unterbricht sich, als hätte sie etwas Falsches gesagt.

»Ja«, sage ich. »Es ist wirklich schwer. Alles ruft irgendeine Erinnerung hervor, aber nie an die Ereignisse in jener Nacht. An die Zeit nach dem Unfall habe ich überhaupt keine Erinnerung. Aber ich hoffe, die verschiedenen Puzzleteile zusammenzusetzen, dass alles ans Licht kommt und ich endlich damit abschließen kann. Ich will niemanden in Verlegenheit bringen.«

Katies Miene ist wachsam. »Deine Mum scheint zu glauben, dass James an allem schuld ist. Weil er sich nicht ›um sie gekümmert hat‹. Aber er war doch nicht für sie verantwortlich. Sie waren ja nicht mal mehr zusammen.«

»Ich weiß«, sage ich. »Mum hat wohl bloß jemanden gebraucht, dem sie die Schuld geben konnte. Mir jedenfalls gibt sie sie auch. Ich hätte Ginny in der Nacht abholen und nach Hause bringen sollen.«

»Sie war kein Kind mehr«, kontert Katie.

»Ich weiß, aber ich fühle mich trotzdem verantwortlich.«

»Ja, klar«, sagt sie, »das verstehe ich schon. Aber ich bin mir nicht sicher, ob ich helfen kann. Um ehrlich zu sein, habe ich versucht, die Sache zu vergessen, nicht, mich daran zu erinnern.«

»Das habe ich auch versucht«, sage ich.

Katie nickt. »Okay, also gut, James und ich sind uns nähergekommen, nachdem sie mit ihm Schluss gemacht hat. Sie hat ihm das Herz gebrochen, aber zum ersten Mal hatte ich eine Chance bei ihm. Sie wollte weg ... weg zu diesem Casting. Jeder wusste das.«

Ich blicke zu James. Er starrt hinunter auf ihre ineinander verflochtenen Finger.

»Ich war also nicht sehr glücklich, als sie auf der Party auftauchte und James davonschleppte. Ich war eifersüchtig.«

Ich nicke.

»Also habe ich nach den beiden gesucht. Ich war ziemlich betrunken. Und als ich sie gefunden hatte ...«, sie verzieht das Gesicht, »... das war nicht schön. James wollte wieder mit ihr zusammenkommen.«

»Nein ...«, versucht James zu protestieren. Katie wirft ihm einen Blick zu. Es ist zwecklos.

»Ich habe Ginny beschimpft«, sagt Katie. »Und ich habe ein paar Sachen gesagt, die ich nicht hätte sagen sollen.«

»Katie ...«, warnt James.

»Schon gut«, sagt sie. »Ich will, dass sie es erfährt. Sie hat recht, wir müssen über alles offen reden.«

»Ich weiß«, sagt James, »aber ...«

»Ich habe ihr gesagt, sie soll sich verpissen und ja nicht wiederkommen.« Katie stößt einen langen Seufzer aus. »Sie hat mir einfach ins Gesicht gelacht. Gelacht und gesagt: ›Das könnte dir so passen.‹ Ich war so wütend.« Sie atmet tief durch. »Ich hätte sie geschlagen, doch James hat mich zurückgehalten.«

»Katie!« James steht auf, als wollte er sie vor mir abschirmen.

Ich blicke vom einen zur anderen. »Das hast du nicht erwähnt«, sage ich zu James.

»Er schützt mich nur«, sagt Katie. Sie nimmt noch einmal James' Hand, und sie haben nur noch Augen füreinander. »Ich habe ihn nicht darum gebeten, aber so ist er nun einmal.«

Ich ignoriere diese Liebesbekundung. »Und was ist dann passiert?«

»James hat zu Ginny gesagt, es täte ihm wirklich leid, aber es wäre vorbei. Er hätte mit ihrer Beziehung abgeschlossen.« In Katies Stimme liegt eine Spur Selbstzufriedenheit. »Ich bin ans Lagerfeuer zurückgegangen. Er ist bei ihr geblieben, um sicherzugehen, dass es ihr gut geht.«

»Wir haben eine Weile im Wagen gesessen«, sagt James, »und dann bin ich ausgestiegen und habe ein, zwei Zigaretten geraucht. Ich hab sie aufgefordert, mit mir zurück zu den anderen zu gehen. Sie hat Nein gesagt, sie wollte ein bisschen Zeit für sich. Also bin ich irgendwann los, um nach Katie zu sehen. Ginny war da immer noch im Wagen. Ich habe nicht gesehen, wie sie runter zum Bootsanleger gegangen ist. Außerdem waren auch noch andere Leute in der Nähe, es war ein ständiges Kommen und Gehen. Lachlan zum Beispiel – er hat versucht, bei Maggie zu landen, glaube ich. Byron und noch ein paar andere. Es war nicht so, als wäre sie allein gewesen.«

»Byron? Ich dachte, er wäre los, um noch mehr Alkohol zu besorgen.«

Sie tauschen einen Blick. »Ja«, sagt Katie. »Irgendwann. Ich kann mich an den zeitlichen Ablauf nicht mehr erinnern. Als ich ans Lagerfeuer zurückkam, warst jedenfalls du da.«

»Ich …?« Mit aller Macht versuche ich, mich zu erinnern. Gesichter im flackernden Schein des Lagerfeuers … der Geschmack von Whisky Cola. Sonst nichts.

»Ich kann mich nicht erinnern, wie du angekommen bist«, sagt sie. »Das muss gewesen sein, als James mit Ginny im Wagen saß. Du warst sauer, dass du den ganzen Weg dort rausgefahren bist und sie dann nicht da war. Du hattest ein paar Drinks. Hast ständig von irgendeinem zerrissenen Ticket geredet.«

»Und was habe ich dann getan?« Verzweifelt suche ich nach Bruchstücken, die ich zusammensetzen könnte.

»Du hast gesagt, du gehst sie suchen und bringst sie nach Hause. Du bist zurück nach oben Richtung Parkplatz gegangen. Das ist alles, was ich weiß.«

»Das habe ich gesagt? Ich habe nach ihr gesucht?« In allen anderen Berichten hieß es immer nur, dass ich irgendwann die Nase voll hatte und gefahren bin.

»Ja, ich glaube schon«, sagt sie stirnrunzelnd.

»Habe ich sie denn gefunden? Habe ich mit ihr geredet?« Das muss ich unbedingt, um jeden Preis erfahren.

»Ich weiß nicht, Skye.« James schüttelt den Kopf. »Ich bin mir auch nicht so sicher, was die zeitlichen Abläufe angeht. Ich weiß nur, dass Byron nach einiger Zeit zurückgekommen ist und sagte, du hättest einen Unfall gehabt. Er war auf der Suche nach Ginny, um es ihr zu sagen, aber keiner von uns hatte sie gesehen. Ein paar von uns haben sich auf die Suche gemacht und sind dabei Jimmy und Mackie über den Weg gelaufen. Da haben wir es erfahren.« James legt seine Hand auf meine. »Diese Welle ... ich hab das alles nicht gesehen, aber ich kann mir Ginny draußen auf den Felsen vorstellen. Im einen Moment steht sie da, und im nächsten ist sie ... einfach weg.«

»Es ist alles so tragisch«, sagt Katie.

Ich starre hinauf in die kahlen Hügel, auf das Spiel der Schatten auf den Hängen, wenn Wolken vor die Wintersonne treten. Alles, was ich gehört habe, scheint einfach *falsch*. Leute, die Dinge sehen oder nicht sehen, Leute, die kommen und gehen. Leute, die lügen. Wie soll ich je die Wahrheit herausfinden?

Das Pfeifen der Dampflok ruft mich ins Hier und Jetzt zurück. Der Zug rollt in den kleinen Bahnhof ein. Emily steigt aus und zerrt Robbie an der Hand mit sich. Jamie sieht mich und kommt herübergelaufen. Irgendwie bin ich dankbar, dass sie wieder da sind. Ich könnte dieses schreckliche Gespräch keine Minute länger aushalten.

Ich gebe Emily eine Zehnpfundnote und schicke sie und die Jungs in den Laden, damit sie das Notizbuch und ein paar Süßigkeiten kaufen. Als ich von der Bank aufstehe, fühle ich mich benommen und unsicher.

»Tut mir leid, Skye«, sagt James. »Tut mir leid, dass ich ... dass wir ...«, er deutet auf seine Frau, »... dir das nicht schon früher gesagt haben. Jedenfalls waren wir nicht die Letzten, die sie lebend gesehen haben. Aber das ist keine Entschuldigung. Wir haben bei der Suche geholfen. Ich habe bei der Polizei angegeben, dass ich mit Ginny auf dem Parkplatz geredet habe. Aber ich habe sie nicht sterben sehen.« Er unterdrückt ein Schluchzen.

Ich nicke langsam. James mag damals nicht die ganze Wahrheit gesagt haben, aber ich glaube, dass er sich jetzt alles von der Seele geredet hat. Ich beschließe, ihm nicht zu verraten, dass die »Monsterwelle« höchstwahrscheinlich eine Erfindung Byrons und seiner Kumpel war. James und Katie haben wegen der Ereignisse in jener Nacht offensichtlich ein schlechtes Gewissen. Und das sollten sie auch. Wenn James Ginny nicht zurückgewiesen hätte, wenn Katie nicht in ihre »Wiedervereinigung« geplatzt wäre, hätte die Geschichte sicher anders geendet. Genau wie wenn ich Ginny gefunden und nach Hause gebracht hätte. Aber letztendlich war es Ginnys Entscheidung, raus auf die Felsen zu gehen und vielleicht ... jetzt muss ich diese Möglichkeit in Betracht ziehen ... auch, dort zu sterben.

Ich ringe mir ein Lächeln ab. »Wir alle wünschen uns, dass diese Nacht anders geendet hätte. Ich weiß eure Hilfe zu schätzen. Tut mir leid, dass ich all die schmerzlichen Erinnerungen wieder aufgewühlt habe.«

»Schon gut.« James tritt vor und umarmt mich. »Und lass von dir hören, okay? Komm wieder, dann können wir von glücklicheren Zeiten reden.«

»Mach ich«, sage ich. »Versprochen.«

Ich sammle die Kinder ein und winke James und Katie noch einmal zu, als wir den Hofladen verlassen und uns zum Parkplatz wenden. Ich fühle mich Mum ein bisschen näher, weil ich weiß, dass ich *nie* wieder einen Fuß hierher setzen werde.

Beim Abendessen erzählen die Jungs begeistert von dem Hof, den Tieren, James' Kindern und den Süßigkeiten, die ich ihnen gekauft habe. Zuerst mache ich mir Sorgen, dass Mum bei MacDougalls Erwähnung erneut durchdrehen könnte, doch sie wirkt wieder vollkommen normal. Beim Abspülen habe ich Gelegenheit, ein paar Worte mit Fiona zu wechseln. Anscheinend hat

Mum, nachdem wir weg waren, eine Weile geweint. Dann hat sie eine Tasse Tee getrunken und sich wieder ans Brotbacken gemacht und ihre Aggressionen beim Kneten des Teigs abgearbeitet.

»Bill ist nicht unbedingt meiner Meinung, aber ich finde es gut, dass sie diese kleinen Anfälle von Kummer hat«, sagt Fiona. »Wie ein Vulkan, der hin und wieder Dampf ablässt. Besser ständig ein bisschen als ein richtiger Ausbruch.«

»Kummer ist die eine Sache«, sage ich. »Aber dieser immer wieder auftretende Realitätsverlust ist äußerst beunruhigend. Vor allem für Emily.«

»Sie kommt schon klar«, sagt Fiona, klingt aber nicht ganz überzeugt.

»Hoffentlich.«

Als ich hinauf in mein Zimmer gehe, frage ich mich, wie Mum gemäß Fionas »Vulkantheorie« wohl auf das reagieren würde, was ich von James und Katie erfahren hatte. Ginny muss nach der Begegnung mit ihrem Ex und dessen Freundin in spe völlig fertig gewesen sein. Das habe ich sicher nicht gewusst, als ich nach ihr gesucht habe. Habe ich nach Ginny gerufen, ihr gesagt, dass ich gekommen sei, um sie nach Hause zu holen? Hat sie darauf geantwortet, sie wolle nicht mitkommen, oder hat sie sich einfach still verhalten und ich habe sie im Dunkeln nicht gesehen? Meine Vision von ihr draußen auf den Klippen – allmählich sieht es so aus, als könnte es eine echte Erinnerung sein. Aber wie kann ich das herausfinden?

Bevor ich zu Bett gehe, stimme ich für Emily die Harfe. Am liebsten würde ich sie hinaus auf den Gang stellen, aber dann merkt Mum, dass ich das Zimmer ausräume. Ich will nicht noch einen ihrer »Mini-Ausbrüche« verursachen.

Ich stelle die Harfe in die Ecke zurück und hole Dads Gitarre heraus. Etwa eine Stunde bringe ich damit zu, mit Akkorden und

Tönen zu experimentieren, versuche meine eigenen Einfälle an die Oberfläche zu holen. Nur Melodien, ohne Text. Zu Texten bin ich noch nicht bereit. Schließlich räume ich die Gitarre weg, lege mich hin und starre an die Decke und das kreisförmige Licht der Lampe. Die Astlöcher im Kiefernholz nehmen die Formen unheimlicher Gesichter und anklagender Mienen an. Falls ich Ginny in jener Nacht tatsächlich gefunden und mit ihr gesprochen habe, was ist zwischen uns dann vorgefallen? Habe ich sie getröstet, wenn sie verstört war, habe ich ihr gesagt, dass alles gut werden würde? Dass es nicht zu spät wäre – dass wir beide wie geplant zu dem Casting fahren könnten? Oder war ich wütend? Habe ich etwas Falsches gesagt, absichtlich oder unbeabsichtigt, und ihren ohnehin vorhandenen Kummer noch vergrößert? Fünfzehn Jahre lang habe ich den Tod meiner Schwester für einen tragischen Unfall gehalten. Aber wenn das nicht stimmt, was ist dann passiert? Als ich in Mums Zimmer das Buch über Selbstmord fand, hatte ich diese Möglichkeit verworfen – ich war mir absolut sicher, dass ich meine Schwester gut genug gekannt habe. Jetzt wird mir klar, dass ich sie überhaupt nicht kannte.

29. KAPITEL

Der Morgen dämmert fast schon, als ich endlich in unruhigen Schlaf falle. Als ich aufwache, scheint helles Sonnenlicht durch die Fenster. Die Temperaturen sind gefallen, an den Scheiben haben sich Eisblumen gebildet. Im Morgenlicht scheinen meine Ängste von letzter Nacht grotesk. Ginny hätte sich niemals das Leben genommen – wo sie doch so viel hatte, wofür es sich zu leben lohnte.

Ich starre auf die Astlöcher an der Decke, aber jetzt sehen sie einfach wie Astlöcher aus. Wenn Ginny am Leben geblieben wäre, hätten wir die Nächte in Motelzimmern weltweit verbracht und an die unterschiedlichsten Decken gestarrt. Was für ein Abenteuer es geworden wäre! Ich wünschte, sie hätte sich mir anvertraut: mir gesagt, dass sie schon jetzt ein wenig Heimweh habe, dass sie wegen der Trennung von James ein schlechtes Gewissen habe und vielleicht, dass sie immer noch sehr in ihn verliebt sei. Ich hätte ihr dabei helfen können, mit seiner Zurückweisung fertigzuwerden, und wir wären zusammen zum Casting gefahren. Wenn sie den Nebelschleiern von Eilean Shiel erst einmal entkommen wäre, hätte sie die Sehnsucht nach einem Jungen aus dem Ort bestimmt nicht mehr zurückgehalten.

Als ich nach unten komme, ist Lorna bei Mum – sie machen sich bereit, um zu einer Veranstaltung des Frauenverbands zu gehen. Die anderen wollen ins Dorf. Emily fragt, ob ich mitkomme, doch ich habe etwas anderes vor. Emily wirkt etwas beleidigt von meiner Absage. »Besuchst du deinen Freund?«, fragt sie. »Den Mann, der neulich hier war?«

Stirnrunzelnd betrachte ich sie, während mir eine längst vergangene Episode in den Kopf kommt. Ginny, die mürrisch in unserem Zimmer sitzt. *Triffst du dich etwa* schon wieder *mit Byron?*

»Er ist nicht mein Freund«, sage ich.

»Nein?«, neckt sie mich. »Ich glaube aber, er möchte es sein.«

»Glaube ich nicht.« Dabei belasse ich es.

Als die anderen endlich weg sind, nehme ich die Autoschlüssel vom Haken. Vielleicht hätte ich Mum fragen sollen, ob ich den Wagen nehmen darf, aber im Geiste des »Bloß keinen Staub aufwirbeln« habe ich mich dagegen entschieden.

Die Kälte draußen versetzt mir einen Schock. Mein Atem kräuselt sich und steigt in die Luft auf, als ich den Wagen anlasse und das Eis mit einer Kreditkarte von den Scheiben kratze. Die Straße wird glatt und tückisch sein. Für mein Vorhaben muss ich meine fünf Sinne beisammenhaben.

Auf dem Weg nach Süden passiere ich das Dorf Eilean Shiel. Die Straße führt auf und ab, windet sich um bereifte Hügel und windgepeitschte Dünen. Das Meer ist dunstig blau, die nebelverhangenen Inseln schimmern wie versunkene Zauberwelten. Schließlich erreiche ich die Abzweigung zu der einspurigen Straße, die zur Shield-Halbinsel und dem Leuchtturm führt, wo meine Schwester gestorben ist.

Die ersten Meilen zieht sich die Straße am Ufer eines schmalen Meeresarms entlang. Ich fahre durch uralte Waldgebiete mit Eichen und Rhododendren, moosbewachsene Äste bilden ein Dach über der Straße. Weiter im Westen schließt sich eine karge Mondlandschaft, bestehend aus Moor und Felsen an, in deren aufgeschwemmtem Boden sich winzige arktische Pflanzen ans Leben klammern. Hin und wieder streckt ein Schaf den Kopf aus dem Adlerfarn. Im Frühling prangt dieses Land mit einem Kaleidoskop von Farben: das Gelb des Besenginsters, das frische Grün der Farne und Gräser, und wenn im Sommer die Heide blüht, breitet sich über die Hügel ein Teppich aus Purpur. Jetzt jedoch besteht die Landschaft aus sanften Braun- und Grautönen, leicht überzuckert von Raureif.

Nach beinahe einstündiger Fahrt erreiche ich eine Kreuzung. Die Straße nach Norden führt zu einer Wohnwagensiedlung. Ich fahre weiter Richtung Westen. Die letzten Meilen zum Leuchtturm sind kurvenreich und tückisch, das Bankett fällt stellenweise steil ab zu einer steinigen, morastigen Wildnis, durchzogen von tiefen Einschnitten. Ich halte an einer Ausweichstelle, die von einer riesigen Felswand überschattet wird. An einer Bruchstelle im Gestein schlängelt sich ein gefrorener Wasserfall herab. Von hier aus kann ich die Spitze des Leuchtturms auf den Klippen sehen, zu dem die Straße im Zickzack hinführt.

Ich steige aus und gehe ein Stück die Straße entlang. Ich weiß nicht genau, wo ich den Unfall hatte, nur dass der Wagen in einer Kurve von der Straße abkam, gegen einen Felsen prallte und schließlich am Abgrund einer engen Schlucht schwankend zum Stehen kam.

Ein Wagen kommt um die Kurve, und ich springe zur Seite. Obwohl es heller Tag ist, hat der Fahrer das Licht an und betätigt die Lichthupe. Scheinwerfer? Ein aufleuchtendes Licht? Habe ich in jener Nacht Scheinwerfer gesehen? Kam mir ein Auto entgegen? Habe ich deswegen das Steuer verrissen und bin von der Straße abgekommen?

»Verdammt«, sage ich laut, als der Wagen vorbeifährt. Ich kann mich einfach nicht erinnern. Ich bleibe stehen und wende mich um. Schon nach einer kurzen Strecke kann ich die Spitze des Leuchtturms nicht mehr sehen. Ein weiterer von Dads Sprüchen kommt mir in den Sinn: »Unser Lebensweg ist voll überraschender Wendungen. Am besten, mein Liebes, man verfolgt ihn auf gerader Linie.«

Auf gerader Linie. Ich steige wieder in den Wagen und habe das Gefühl, dass die Wahrheit jener Nacht verdrehter denn je ist. Die aufleuchtenden Scheinwerfer ... sind sie eine echte Erinnerung? Wie kann ich jemals sicher sein?

Ich fahre weiter zum Leuchtturm, der an der Spitze der Halbinsel steht. Ich erinnere mich, dass ich auf einem Schulausflug vor langer Zeit gelernt habe, dass der Leuchtturm im »ägyptischen« Stil errichtet ist – wie der Leuchtturm von Alexandria. Es rankt sich die Legende darum, dass jeder Matrose, der die tückische See um die Landspitze erfolgreich bezwungen hat, ein Zweiglein weißen Heidekrauts als Glücksbringer erhielt, den er an den Mast seines Schiffs nageln konnte. Ich fahre an dem kleinen Museum vorbei, das um diese Jahreszeit geschlossen hat, zu dem Parkplatz unterhalb des Leuchtturms.

Ich parke den Wagen nahe den Überresten eines umgestürzten Windrads, das wirkt wie ein in der Schlacht hingestreckter Krieger. Neben einer Reihe rostiger Brennstofftanks stehen ein paar andere Autos. Der Wind reißt mir beinahe die Tür aus der Hand, als ich sie öffne, und ich muss alle Kraft aufbringen, um sie zuzudrücken. Ich stelle mir vor, wie Mum hier ankommt, müde nach der langen Fahrt, aber fest entschlossen, meine Schwester zu »finden«.

Ich ziehe mir den Schal über den Mund und senke den Kopf, um mich vor dem eisigen Wind zu schützen. Auf der linken Seite des Parkplatzes führt ein Weg nach unten zu einer kleinen Bucht: nur ein Sandstreifen mit flechtenbedeckten Felsen. In dieser Bucht fand damals die Party statt. Vermutlich hatte irgendein Genie sie wegen ihrer Abgeschiedenheit ausgewählt und wegen des Umstands, dass um diese Jahreszeit keine Camper unterwegs waren, die uns den Spaß verdorben hätten.

Ich nehme den Pfad nach unten zur Bucht. In jener Nacht muss ich das Lagerfeuer von oben gesehen und damit gerechnet haben, meine Schwester unten bei den anderen vorzufinden. Ich setze mich auf einen Felsen, der windgeschützt ist. Die Wucht der Wellen vibriert durch das Gestein, und die Gischt glitzert in der Luft.

Ich schließe die Augen und konzentriere mich auf das flackernde Licht der Erinnerung. Gesichter um das Feuer. Sind die Erinnerungen real? Oder nur Abbilder dessen, was ich aus den Polizeiberichten und den Erzählungen anderer Leute erfahren habe?

Auf der Party wurde der achtzehnte Geburtstag eines Mädchens namens Maggie gefeiert, einer Klassenkameradin von Katie. Ginny und ich waren beinahe zwanzig, und Byron und Lachlan waren es bereits. Eigentlich hatten wir dort nichts zu suchen. Neben Maggie und Katie waren noch ein paar andere Mädchen aus ihrem Jahrgang da und ein paar von James' Kumpels aus dem Rugbyteam. Byrons Cousins Jimmy und Mackie kamen erst spät. Alles in allem waren es außer mir ungefähr fünfzehn Leute, die Ginny gesehen oder angeblich nicht gesehen hatten.

Mum hatte sich darauf verlassen, dass ich Ginny sicher nach Hause brächte, doch das tat ich nicht. Was habe ich stattdessen gemacht? Frustriert trete ich in den Sand. Gesichter im Schein des Lagerfeuers. Katies Gesicht? Sie hat behauptet, sie habe mich sagen hören, dass ich Ginny suchen gehen wollte. Wieder einmal ist es eine Erinnerung, die jemand anders beisteuert.

Ich kehre zum Leuchtturm zurück und nehme von dort einen Pfad rechts des Parkplatzes, der in Serpentinen zu einem kleinen Picknickgelände und den Überresten eines Bootsanlegers führt, der früher zur Versorgung benutzt worden war. Unten ist der Pfad aus den Felsen gehauen. Ich höre das Kreischen der Seevögel und das Donnern der Brandung gegen die Felsen.

Der alte Bootsanleger besteht aus einer kleinen rechteckigen Plattform aus Beton, in deren Mitte ein rostiger Metallring eingelassen ist. Mir klopft das Herz bis zum Hals, als ich über den Rand blicke. Mit jeder Welle, die gegen die Felsen schlägt, wiegen sich im Wasser lange Tangranken, die aussehen wie das Haar von Seejungfrauen. Hypnotisierend und schaurig. Die Selkie ... Nein. Selkies gibt es nicht. Wenn Ginny hinaus auf die Felsen gegangen ist, dann nicht wegen irgendeines übernatürlichen Rufs – und auch nicht für einen Augenblick des Glücks und der Freiheit. James hatte sie zurückgewiesen, er hatte »mit ihrer Beziehung abgeschlossen«. Sie war aufgewühlt. Am Boden zerstört.

Am Rand der Plattform befindet sich eine rostige Absperrung, und dahinter liegen die schwarzen, seepockenbehafteten Felsen. Ich trete hinter die Absperrung und erkenne den Ort sofort. Es ist derselbe wie in meiner »Vision«. Ich schließe die Augen und lausche auf das Wasser, das an die Felsen schlägt. Ginny, die Arme ausgestreckt, ein seltsames Feuer in den Augen. Das pulsierende Licht vom Leuchtturm über uns. Ihr Armband, das in der Dunkelheit aufblitzt, als sie den Schal vom Hals zieht, der dann vom Wind erfasst und davongeweht wird.

Und dann ... nichts. Ich öffne die Augen. Mein Kopf pocht im Gleichklang mit meinem Herzen. Ich gehe denselben Weg zurück, den ich gekommen bin, stolpere den Pfad hinauf. Der Schatten des Leuchtturms über mir ist ein langer, dünner Pfeil, der aufs Meer zeigt. Ich gehe zum Parkplatz und verlangsame meine Schritte, um Atem zu holen. Was ist passiert, nachdem die »Erinnerung« endet? Vielleicht ist Ginny ausgerutscht und von den Felsen gestürzt. Vielleicht wurde sie von einer Welle mitgerissen. Womöglich aber ist sie tatsächlich gesprungen ... direkt vor meinen Augen. Ich hatte gehofft, dass der Ort, an dem es passiert ist, etwas bei mir auslösen könnte, aber bisher hat er nichts bewirkt. Wie kann ich die Erinnerung vervollständigen?

Ich gehe näher zum Leuchtturm und den Nebengebäuden, die von einer taillenhohen Mauer umschlossen sind. Ich blicke über die Mauer auf die jähen schwarzen Klippen und die Felsspalten, die von den unablässig heranstürmenden Wellen herausgehämmert worden waren. Wenn Jimmy und Mackie gesehen hatten, wie meine Schwester starb, dann wohl von hier oben.

Eine Treppe führt hinunter zu dem Gebäude, in dem das alte Nebelhorn steht, und zu ein paar Aussichtsplattformen für Vogelbeobachter. Als ich mich den Stufen nähere, fängt ein Hund an, aufgeregt zu winseln. Eine dunkle Gestalt läuft auf mich zu. Den Hund kenne ich doch ...

Nick Hamilton ist so ungefähr der letzte Mensch, dem ich jetzt begegnen möchte. Er hat seine Staffelei auf der obersten Aussichtsplattform aufgestellt und steht mit dem Rücken zu mir. Ich tätschele Kafka und gehe dann rasch die Treppe hinunter, an seinem Herrchen vorbei. Ich stelle mich auf die unterste Plattform und kehre ihm den Rücken zu. Dass er hierhergekommen ist, macht mich wütend, dass er seine Staffelei hier aufgestellt hat, um ein hübsches Bild der Aussicht zu malen, in deren Nähe meine Schwester den Tod fand. Es scheint *falsch* ... obwohl mir die Vernunft sagt, dass er sich dessen vermutlich gar nicht bewusst ist.

Der Wind ist so scharf und kalt, wie ich ihn nur selten erlebt habe, und peitscht mir das Haar schmerzhaft ins Gesicht. Das Meer unter mir ist eine schäumende Hölle aus weißen Brechern, die gegen die Felsen krachen. Weiter draußen ist das Wasser eisblau, wird am Horizont silbern, und die Inseln sind betupft mit rosa Wolkenfetzen. Eine einsame Möwe segelt träge im Wind und landet auf den nahen Felsen.

»Skye.« Obwohl ich damit gerechnet habe, lässt mich die Stimme zusammenfahren.

Ich sehe ihn nicht an, sondern starre weiter hinaus aufs Meer.

Er geht auf die andere Seite der Plattform und stützt die Ellbogen aufs Geländer.

»Ein wunderschöner Ort«, sagt er nach ein, zwei Minuten. »Ich komme ziemlich oft hierher.«

»Meine Schwester ist hier gestorben.«

»Ich weiß.«

Im hinteren Teil der Plattform steht eine Sitzbank. Er geht hin und lässt sich nieder. Ich höre ein Klacken und dann das Geräusch von Flüssigkeit, die in einen Becher gegossen wird.

»Kaffee?«, fragt er.

Ich ignoriere ihn. »Mum glaubt, dass sie sich absichtlich reingestürzt hat. Dass sie sich ... das Leben genommen hat.« Ich weiß nicht, warum ich das sage, warum ich es ihm anvertraue. Ich starre hinunter in die kochende See, ungefähr zwanzig Meter unter mir. Mehr Vögel stoßen herab, und jenseits der Brecher kann ich einen winzigen schwarzen Fleck ausmachen. Ein Seehund, der auf den Wellen auf und ab tanzt.

»Glauben Sie das auch?«

»Nein.« Ich unterdrücke ein Schluchzen. »So etwas ... hätte sie einfach nicht gemacht. So grausam wäre sie nicht gewesen.«

Geschlagen drehe ich mich um. Ich weiß überhaupt nichts mehr. Ich gehe zu der Bank und setze mich hin, mit größtmöglichem Abstand zu Nick Hamilton. Dennoch fühle ich mich zu ihm hingezogen. Ich denke daran, wie ich ihn am Strand beobachtet habe. Das Gefühl, das ich mir nicht eingestehen wollte. Dass ich am liebsten dort bei ihm gewesen wäre und lachend zugesehen hätte, wie der Hund am Strand herumtollte. Glücklich, im Reinen.

»Hier.« Er reicht mir einen Becher mit dampfendem schwarzem Kaffee.

»Danke.« Ich nehme einen Schluck. Er verbrennt mir die Kehle.

»Sie zittern ja«, sagt er.

Er steht auf und geht fort. Ich blicke nicht auf, um zu sehen, wohin er geht. Ein paar Minuten später kommt er mit einer Decke zurück. Ohne mich um Erlaubnis zu fragen, legt er sie mir über die Schultern. Es ist eine karierte Decke, die so ähnlich aussieht wie Byrons – vermutlich hat jeder heißblütige Schotte ein ähnliches Modell irgendwo in seinem Wagen verstaut. Ich wickele sie um mich. Sie riecht schwach nach Hund und Farbe.

»Dieser Mantel wird Sie kaum durch den Winter hier oben bringen«, sagt er. »Sie sollten sich einen wärmeren besorgen. Falls Sie eine Weile bleiben.«

»Ich weiß nicht, wie lang ich bleibe«, sage ich. »Es ist ... kompliziert. Mum geht es nicht gut, wie Sie wissen. Und ich suche nach ein paar Antworten.«

Ich werfe einen Seitenblick auf sein Profil, das sich vor dem Winterhimmel abzeichnet. Sein Kinn ist mit schwarzen Stoppeln bedeckt, und seine Wangenknochen sind ebenso scharf und schroff wie die Felsen. Er gehört hierher. Dieser Ort ... auch wenn er nicht von hier kommt, ist er irgendwie Teil davon geworden.

»Und, haben Sie schon etwas herausgefunden?«, fragt er.

»Nur dass die Leute gelogen haben.« Ich ziehe die Decke fester um mich, aber nichts kann mich vor der Kälte dieser Worte schützen. »Jeder hat über die Ereignisse in jener Nacht gelogen. Sie haben gelogen, um mich zu schützen ... und Mum ... und sich selbst. Und ich ...«, ich schüttele den Kopf, »... ich kann mich an nichts erinnern.«

Mein Zorn lodert auf, als ich ihn lachen höre.

»Regel Nummer eins der Polizeiarbeit«, sagt er. »Niemand will reden, und jeder lügt.«

»Ich will reden«, sage ich. »Ich will die Wahrheit erfahren. Meine Schwester hatte Geheimnisse vor mir. Zumindest das steht inzwischen fest. Ich war wütend auf sie. Aber ich habe sie so geliebt. Ihr Tod hat uns alle auseinandergerissen. Ich weiß nicht, ob es möglich ist, je damit abzuschließen. Aber wenn ich erfahre, was in jener Nacht wirklich geschehen ist, kann ich mich dem vielleicht stellen und damit abschließen. Und auch Mum dabei helfen, es hinter sich zu lassen. Ich weiß nicht. Es ist nur ...«

»Ja?«, sagt er nach einer Pause.

»Was, wenn mir nicht gefällt, was ich herausfinde?«

Er schenkt einen zweiten Becher Kaffee aus. Ich will schon ablehnen – wenn er vorhat, den ganzen Tag hier draußen zu verbringen, braucht er den Kaffee, um sich warm zu halten. Er nimmt einen Schluck und reicht mir dann den Becher. Dabei berühren sich unsere Finger, und es ist wie ein Stromschlag. Es fühlt sich merkwürdig intim an, als ich den Becher an die Lippen setze. Ich will ihm nicht vertrauen. Ich will keine Verbindung spüren. Vielleicht liegt es daran, dass ich beinahe ertrunken bin, oder an der Rettung oder an seinen Bildern. Ich kann nicht leugnen, dass es zwischen uns eine bedauerliche Anziehungskraft gibt. Ich trinke den Kaffee und stelle den Becher ab. Dann beginne ich zu reden.

Ich fasse die offizielle Darstellung der Geschehnisse für ihn zusammen. Dann erzähle ich ihm von den »neuen Hinweisen«, die ich entdeckt habe. Dass Ginny sich von James getrennt hatte und wieder mit ihm zusammenkommen wollte. Die Busfahrkarte im Schrank. Ich erzähle ihm, dass James und Katie gelogen hatten und Byron zugegeben hat, dass sich die Leute »abgesprochen hatten«, angeblich, um meiner Familie den furchtbaren Kummer über den Selbstmord zu ersparen. Schließlich erzähle ich ihm von meinem Flashback an Ginny auf den Felsen und dass ich immer mehr zu der Überzeugung gelange, sie in jener Nacht tatsächlich gesehen zu haben.

Schweigend hört er zu. Mir gefällt, dass er ein guter Zuhörer ist. Mehrmals gerate ich ins Stocken und bekomme Zweifel. Warum erzähle ich ihm das alles? Nur weil er früher mal Polizist war, heißt das nicht, dass er mir helfen kann – oder auf meiner Seite steht. Mit ruhiger Stimme fordert er mich auf fortzufahren. Und das tue ich. Als ich am Ende angelangt bin, sind meine Gedanken zwar nicht weniger wirr, aber ich fühle mich besser. Unverkennbar spüren wir beide eine neu gewonnene Vertrautheit zwischen uns.

»Und was passiert jetzt?«, fragt er. »Wie willst du mehr herausfinden?«

»Ich weiß nicht«, sage ich. »Ich wünschte, ich könnte eine Kopie der Polizeiakte bekommen. Zusammenfügen, was die Leute damals gesagt haben, sehen, ob das irgendeine Erinnerung wachruft. Aber vermutlich ist es zwecklos.« Ich seufze.

»Vielleicht, vielleicht auch nicht.« Er runzelt die Stirn und überlegt. »Die ganze Geschichte kannte ich gar nicht. Ich hatte im Dorf nur hier und da Bruchstücke gehört, nach dem Sturz deiner Mum.«

»Ja, das war bestimmt allgemein bekannt. In einem Ort wie diesem gibt es keine Geheimnisse.«

»Ja.« Stirnrunzelnd schaut er aufs Meer. Die rosa Wolken sind verschwunden, stattdessen ballen sich dunkelgraue am Horizont wie eine anrückende Armee.

»Und im Moment gehen wir, was Mum anbelangt, alle wie auf rohen Eiern. Es geht ihr nicht gut. Bill sagt, wir sollten das alles nicht antasten. Nicht über Ginny reden. Es wird ihm nicht gefallen, dass ich all diesen ›Staub aufwirbele‹.«

Nick stößt einen langen Seufzer aus. »Meiner Erfahrung nach tut es den meisten Leuten gut, wenn sie sich der Wahrheit stellen, selbst wenn sie unangenehm ist. Ich kann dir zwar nicht sagen, dass du das Richtige tust, aber wenn es dich tröstet – ich an deiner Stelle würde ebenfalls nach Antworten suchen.«

Ich nicke. Tatsächlich empfinde ich das als sehr trostreich.

»Ich weiß auch, wie schrecklich es ist, jemanden zu verlieren, der noch so jung war. Der sein Leben noch vor sich hatte. Ich verstehe schon, warum das dich und deine Familie all die Jahre so belastet hat.«

»Sie war meine Zwillingsschwester«, sage ich. »Eine Hälfte von mir. Dachte ich jedenfalls.« Ich schüttele den Kopf. »Ich wollte es denken. Irgendwie hat es alles einfacher gemacht. Meine Erfolge gingen auf ihr Konto. Und meine Misserfolge.«

»Stell dein Licht nicht unter den Scheffel«, sagt er. Sein Blick begegnet meinem, und ich spüre, wie etwas in mir erwacht. »Sowohl was deine Erfolge als auch was deine Misserfolge angeht.«

Bevor mir einfällt, was ich darauf antworten soll, erhebt er sich. Ich nehme den Becher und die Thermosflasche und folge ihm zur obersten Plattform. Kafka liegt in der Nähe der Staffelei auf dem Boden und kaut an einem alten Knochen. Ich gieße den letzten Kaffee in den Becher, lehne mich ans Geländer und blicke hinaus aufs Meer. Mir ist bewusst, dass Nick einen Pinsel in die Hand nimmt und etwas Farbe auf die Palette tupft. Er weicht einen Schritt zurück, betrachtet die Ansicht. Dann tritt er wieder vor, nimmt eine einzige Veränderung an der Leinwand vor und macht noch einmal einen Schritt zurück.

Während ich den Kaffee austrinke, entdecke ich wieder den dunklen Fleck im Wasser. Inzwischen sind es sogar zwei Seehunde, die dort draußen auf und ab wippen und tauchen. Ich höre auf, mir Gedanken über Nick zu machen, und konzentriere mich auf mich selbst. Eines der Tiere kehrt an die Oberfläche zurück, doch das andere ist nun schon mehrere Minuten unter Wasser. Vielleicht sollte ich noch einen Song über die Selkie schreiben, einen anderen Song über zwei verspielte Seehunde. Einen Song über das glückliche Leben bis ans Ende ihrer Tage.

Schließlich verschwinden die Seehunde, vermutlich sind sie irgendwo zwischen den Felsen unter uns an Land gekommen. Ich gehe hinüber zu Nick und schraube den Becher auf die Thermosflasche. Kafka schlägt einmal mit dem Schwanz und widmet sich dann wieder seinem Knochen.

»Danke für den Kaffee«, sage ich. »Tut mir leid, ich glaube, es ist keiner mehr übrig.«

Er lächelt mich gedankenverloren an, bei dem seine Augen beinahe, aber nicht ganz blau statt grau wirken. »Schon gut. Das war es die Sache wert.«

»Was …? Oh …«

Ich unterbreche mich, als ich sehe, was er auf die Leinwand gebracht hat. Im Hintergrund liegt die silbrig schimmernde See, die Inseln sind in rosa Wolkenfetzen gehüllt. Doch er hat das Geländer mit Bleistift eingezeichnet, und außerdem hat er … mich skizziert.

Es sind nur ein paar Striche, aber irgendwie ist es ihm gelungen, Tiefe und Bewegung einzufangen. Das Haar windgepeitscht, den Kaffeebecher fest in den Händen.

»Es ist …«, setze ich an.

»Noch nicht fertig«, unterbricht er mich. »Und das gefällt mir nicht.«

»In meinen Augen sieht es ziemlich gut aus.«

Er tritt von der Leinwand zurück, verschränkt die Arme und runzelt die Stirn.

Dann sieht er mich an.

»Ich möchte dich malen«, sagt er.

Ich lache verlegen. »Du meinst, mein Porträt?«

Wir sehen uns in die Augen. Grau jetzt, keine Spur von Blau. »Nein, Skye. Kein Porträt.«

»Oh«, sage ich. Während mir klar wird, was er meint, überläuft mich erneut ein Zittern, das diesmal nichts mit der Kälte zu tun hat. »Oh.«

»Denk darüber nach.« Er wendet sich wieder dem Gemälde zu, seine Miene ist hoch konzentriert. »Du weißt ja, wo du mich findest.«

Ich lege die Decke auf seinen Campinghocker und mache mich auf den Weg die Treppe hinauf. »Ja, das weiß ich.«

30. KAPITEL

Keine neuen Erinnerungen steigen auf, als ich entlang der Klippen zurück zum Wagen gehe. Die Aussicht hat sich schon wieder geändert, die Inseln sind inzwischen beinahe im Nebel verschwunden. In gewisser Weise ist das Meer die perfekte letzte Ruhestätte für meine Schwester, die so unbeständig war und nur große Gefühle kannte. Wenn sie nur wirklich in Frieden ruhen würde. Stattdessen bringen die Geheimnisse um ihren Tod alles in Aufruhr.

Ich habe nicht das Gefühl, dass mich der Besuch hier der Wahrheit näher gebracht hat, und doch war er in gewisser Weise kathartisch: als hätte ich mich einer Sache gestellt und sie heil überstanden. Vielleicht hat Mum etwas Ähnliches erlebt, bevor sie ausgerutscht ist und sich den Knöchel gebrochen hat. Oder aber sie war im Geist an irgendeinem ganz anderen Ort, in einer Welt, in der meine Schwester noch irgendwo da draußen ist, und hat versucht, sie heimzurufen. Bei der Vorstellung schaudert es mich.

Jedenfalls geht es mir nach dem Gespräch mit Nick tatsächlich besser, einem Außenstehenden, der mit den Geschehnissen nichts zu tun hat; jemand, der zuhört und der mich, wie ich meine, in gewisser Weise auch verstanden hat. Vielleicht hat er auch jemanden verloren.

Als ich wieder zu Hause bin, sind die anderen noch unterwegs. Ich rufe die Taxigesellschaft an und versuche Lachlan zu erreichen, aber ich bekomme nur seine Voicemail und hinterlasse keine Nachricht. Ich esse ein Sandwich und gehe dann nach oben, um mir ein Bad einzulassen. Als ich mich in das dampfend heiße Wasser gleiten lasse, denke ich an die beiden Seehunde und meine Idee für einen Song. Meine Haut fühlt sich im Wasser glatt und schlüpfrig an. Ausgiebig streiche ich mir über den Körper und tauche dann unter, um mir die Haare nass zu machen. Ich versuche, nicht an Nick zu denken, an seinen Blick, mit dem er sich jeden Schatten, jede Kurve und jede Fläche meines Körpers einprägte ... an seine Lippen, als er mir neues Leben einhauchte ... Nein, ich darf meine Gedanken nicht frei umherschweifen lassen. Zweifellos fühlen wir uns zueinander hingezogen, aber das war es dann auch. Nichts davon fühlt sich richtig an: weder der Zeitpunkt noch der Ort, noch die Person. Wenn er mich malen will, ziehe ich mich für ihn aus. Ist ja nicht so, als gäbe es da für ihn Neues zu entdecken ...

Von unten ist Trubel zu hören. Bills Familie ist aus dem Dorf zurück. Ich steige aus der Badewanne, ziehe mich an und föhne mir die Haare. Während ich letzte Hand anlege, kracht es vor der Tür vernehmlich. Ich wickle das Kabel um den Föhn, höre Schritte, und dann schreit jemand: »Verdammte Scheiße!« Einen Augenblick fühle ich mich in die Vergangenheit zurückversetzt.

»Dad!« Ein Mädchen kichert.

Ich öffne die Badezimmertür, befürchte schon, der geisterhaften Erscheinung meines Dads und mir selbst als kleines Mädchen zu begegnen, doch stattdessen sehe ich Bill auf der Bodentreppe stehen. Anscheinend hat er sich eben an dem verborgenen Balken gestoßen. Emily steht unten und linst nach oben.

»Hi, Emily«, sage ich misstrauisch. »Was macht ihr da?«

»Dad sagt, dass deine alten Vinylalben da oben sind.« Sie deutet zu der Luke, durch die gerade Bills Beine verschwinden, als er sich in den Dachboden hinaufhievt. »Ich habe im Dorfladen ein paar Platten gesehen, aber Dad hat mir nicht erlaubt, sie zu kaufen. Er sagte, hier im Haus gäbe es genug davon.«

»Ja, da oben irgendwo müssen sie wohl sein«, sage ich ein wenig irritiert.

Emily macht sich daran, die Treppe zu erklimmen. Staub regnet herab, der mich in der Nase kitzelt. »Da oben ist jede Menge Zeug, wir wollen das nicht alles hier unten haben«, sage ich. »Irgendwer wird die Sachen wieder nach oben räumen müssen, bevor ihr nach Hause fahrt.«

»Ich weiiiiß ...« Bills Stimme klingt, als wäre er in einer Echokammer. »Hab ich auch gesagt.«

»Und vergiss nicht«, sage ich zu Emilys Füßen, »du kannst die Harfe haben.«

Sie ist weg. Verschwunden in der wunderbaren Welt eines fremden Dachbodens. Ich kann es ihr nicht verdenken. Wenn wir meine Großmutter besuchten, liebte ich es, Schränke und Kästen zu durchstöbern und in alten Kleidern, Fotos und Büchern herumzukramen. Ein wahrer Schatz für ein Kind. Allerdings hatte meine Gran auch nichts so Elendes wie eine tote Schwester vorzuweisen ...

»Schau! Was ist da in der Schachtel? Autsch!«

Es macht mich nicht stolz zuzugeben, dass es mich mit ein klein wenig Schadenfreude erfüllt, dass es Emily nicht besser ergeht als allen anderen, wenn der verborgene Balken ins Spiel kommt.

»Das sind alte Notizbücher. Tagebücher, glaube ich.«

»Lasst die ...«, flehe ich.

»Ich habe den Plattenspieler gefunden.« Bills Stimme klingt gedämpft. »Hier, gib ihn mal an Skye weiter.«

»Okay«, erwidert Emily. Sie reicht mir etwas herunter. Aber es ist nicht der Plattenspieler. Ich schwanke unter dem Gewicht der Schachtel mit Notizbüchern.

»Nein, Emily ...«

»Hier ist der Plattenspieler.«

Mir bleibt nichts anderes übrig, als die Schachtel abzustellen und den Plattenspieler und zwei noch schwerere Kisten mit Vinylplatten entgegenzunehmen. Dann will Emily auch noch die Verstärker und Ginnys Gitarre nach unten räumen. Doch jetzt spreche ich ein Machtwort.

»Bill, das ist genug Krempel ... bitte.«

»Nein, Emily«, höre ich ihn sagen. »Lass die Gitarre hier oben.«

»Aber ich kann Gitarre spielen«, sagt Emily. »Ich kann sogar den F-Akkord, und das ist ein schwieriger Griff.«

»Das ist gut«, sage ich. »Aber das war die Gitarre meiner Schwester. Ich will sie nicht hier unten haben. Und auch nicht, dass jemand anderer darauf spielt.«

»Du könntest doch darauf spielen«, sagt Emily. »Und ich könnte deine nehmen. Wir könnten zusammen spielen. Wie heißt das noch mal? Ein Duett. Nicht hier – nicht, wenn Nan in der Nähe ist. Aber im Cottage.«

»Nein.« Ich bin kurz davor, zornig zu werden. »Bill?«

»Nein, Emily. Skye hat recht. Wir wollen Nan nicht aufregen.«

Emily stampft schwer die Treppe hinunter und wirbelt bei jedem Schritt eine Staubwolke auf. Als sie unten ist, funkelt sie mich wütend an und stolziert davon. Die Sachen lässt sie in einem Haufen auf dem Boden liegen. Ich habe mich wirklich bemüht, die nette Tante zu geben, aber im Moment fällt es mir echt schwer. »Emily!«, rufe ich. »Komm zurück und nimm etwas von den Sachen mit. Du kannst nicht alles hier liegen lassen.«

Sie ignoriert mich und läuft die Treppe hinunter.

Bill kommt vom Dachboden herunter und blinzelt in den Staub.

»Wie bist du nur auf die Idee gekommen, den ganzen Krempel herunterzuräumen. Von wegen ›keinen Staub aufwirbeln‹!«

»Tut mir leid«, sagt er und wischt sich mit der Hand über das Gesicht. »Ich hätte die Platten nicht erwähnen sollen.« Er schiebt die Bodentreppe zusammen und schließt die Luke.

Ich seufze. »Emily kann sie haben. Aber könntest du sie mit ins Cottage nehmen? Ich will die Platten nicht hören. Das ist mir zu ... gruselig. Und wer weiß, was es mit Mum anstellt, wenn sie sie hört.«

»Ich weiß.« Bill blickt auf die Schachtel zu meinen Füßen und sieht mich besorgt an. »Was ist das?«, fragt er.

»Ginnys Tagebücher.«

»O Gott. Tut mir leid. Soll ich sie wieder hinauftragen?«

»Nein«, sage ich und seufze. »Ich sollte mal reinschauen.«

»Hältst du das wirklich für eine gute Idee?« Bill zögert. »Ich dachte, wir wären übereingekommen ...«

»Mum braucht es ja nicht zu erfahren«, blaffe ich ihn an. »Wenn du es ihr nicht sagst – ich verrate es bestimmt nicht. Aber ich habe ein paar Sachen herausgefunden. Zum Beispiel war die Geschichte mit der Monsterwelle totaler Blödsinn. Und Mum weiß das. Sie glaubt, dass Ginny ... nun ja ... Jedenfalls versuche ich dahinterzukommen, was in jener Nacht wirklich passiert ist.«

Bills Stirnfalten vertiefen sich, wie ich es bei ihm nur selten gesehen habe. Ich rechne damit, dass er mir die Meinung sagt und mich am Weiterreden hindert, aber stattdessen geht er den Flur hinunter, öffnet die Tür zu seinem alten Zimmer und bedeutet mir, ihm zu folgen. Ich trete ein und schließe die Tür. In seinem Zimmer stehen das alte Bett und die Möbel von früher, und auf einem Regalbrett sind ein paar seiner Trophäen aufgereiht. Erfreulicherweise sind die alten Poster weg (vor allem das Pin-up von Seite 3 der *Sun* mit den kecken Brüsten). Es ist kein Schrein, sondern ein gemütliches »Jungs«-Zimmer, in dem seine Söhne vielleicht eines Tages schlafen wollen, wenn sie ihre Großmutter besuchen kommen.

Ich hocke mich auf den Schreibtisch. »Hör mal, ich weiß, dass du mir sagen wirst, ich soll aufhören ...«

»Nein, eigentlich gibt es etwas, was ich dich fragen möchte«, unterbricht er mich. »Ich meine, eigentlich wollte ich es nicht erwähnen, aber jetzt, wo du da bist und so, habe ich mich ... nun ja ... gefragt ...« Merkwürdig nervös tritt er von einem Fuß auf den anderen.

»Was denn?« Ich verschränke die Arme.

»Ich habe etwas gefunden ...« Er wendet den Blick ab, zögert. »Damals habe ich keinem davon erzählt, es war mir zu ... heikel.«

»Heikel?« Augenblicklich mache ich dicht. Im Moment kann ich mir Gefühle einfach nicht erlauben. Ich will mich nicht fragen, wie ich damit umgehen soll, wenn die einzige Person, die sich all die Zeit als mein Fels in der Brandung erwiesen hat, die einzige Person, die ganz sicher nicht in all das verwickelt ist, plötzlich auch Geheimnisse hat. »Wovon redest du?«

»Es war ungefähr zwei Wochen vor ihrem Tod«, sagt Bill. »Ich habe etwas in den Mülleimer im Bad geworfen, und da habe ich ihn ... gesehen.« Er blickt aus dem Fenster, als wäre der Anblick des grauen Himmels besonders faszinierend. »Einen Schwangerschaftstest.«

»Was?«, zische ich und umklammere die Tischplatte.

»War das deiner?« Er verzieht das Gesicht. »Oder ... *ihrer?*«

Puzzlestücke, von deren Existenz ich bisher nicht das Geringste wusste, fügen sich plötzlich zusammen. Ginny, die sich erst von James trennt, nur um einige Wochen später zu verkünden, dass sie ihn unsterblich liebt. Ginny, die das Casting absagt und die Fahrkarte zerreißt, die ich für sie besorgt habe. Die all unsere Hoffnungen und Träume einfach so wegwirft. Ginny, die in jener Nacht zur Party fährt und dann ... stirbt. Ginny, die ... *o Gott.*

Mir wird schlecht. Ich habe genug von der ganzen Geschichte und dass wirklich jeder darin verwickelt ist. »Meiner war es nicht«, sage ich mit scharfer Stimme. »Und du hättest mir davon erzählen sollen. Alle hätten die Wahrheit sagen sollen. Meinst du nicht auch, dass es die Polizei eventuell interessiert hätte, von Ginnys Schwangerschaft zu erfahren? Dass es Einfluss auf ihren Geisteszustand gehabt haben könnte?«

»Daran hab ich nicht gedacht«, sagt Bill. »Ich habe es keinem gesagt, weil es mir peinlich war. Und außerdem dachte ich wirklich, dass es deiner wäre. Ich meine, du und Byron ...«

»Du hättest zumindest fragen können ...« Doch noch während ich das sage, wird mir klar, dass das unfair ist. Bill war ein Teenager mit zwei durchgeknallten Schwestern, die er bestimmt nicht im Mindesten verstanden hat.

»Ich war nicht mal sicher, was es ist«, verteidigt sich Bill. »Ich meine, ich hatte schon so eine Ahnung, und ich war mir ziemlich sicher, dass es etwas war, worüber Mum sich wohl kaum gefreut hätte. Also habe ich es in die Mülltonne hinter dem Haus geworfen.«

»Bist du sicher, dass der Test positiv war?«

»Es war ein rosa Kreuz drauf, daran erinnere ich mich. Als Fiona mir ein paar Jahre später ihr rosa Kreuz gezeigt hat, wusste ich, dass ich das schon mal gesehen hatte.«

Ich vergrabe das Gesicht in den Händen. »Das ist alles einfach so ... schrecklich.«

Bevor Bill antworten kann, kommt draußen vor der Tür Unruhe auf. Halt suchend stütze ich mich an der Wand ab und folge ihm aus dem Zimmer. Emily steht da, mit Fiona, die fragend eine Augenbraue hebt, als sie uns sieht. Emily hat den Plattenspieler in den Armen, das Kabel schleift sie hinter sich her. Fiona trägt eine der schweren Plattenkisten.

»Lass dir das abnehmen«, sagt Bill. Er wirft mir rasch einen Blick zu, der verrät, wie sehr ihn das Ende dieses Gesprächs erleichtert.

»Klar, nur zu.« Sie überreicht ihm die Kiste.

»Die nehme ich.« Ich deute auf die Schachtel mit den Tagebüchern.

Emily wirft mir einen finsteren Blick zu, doch ich ignoriere sie.

»Von all dem Staub habe ich Kopfschmerzen bekommen«, sage ich. Ich nehme die Schachtel und trage sie in mein Zimmer. Gleich hinter der Tür stelle ich sie ab und versetze ihr einen Tritt, dass sie auf Ginnys Seite hinüberschlittert. Dann nehme ich die Harfe und stelle sie vor die Tür.

»Könnt ihr das bitte auch mitnehmen?«

»Klar«, sagt Bill. Er sieht besorgt aus.

»Ich hoffe, dass du dich bald besser fühlst, Skye«, sagt Fiona.

»Danke«, sage ich und ziehe die Tür zu. »Ich auch.«

Ich sage ihr nicht, dass ich mich kaum elender fühlen könnte.

Ich liege auf dem Bett, starre auf ein Reißnagelloch in der Wand und versuche, diese unerträgliche neue Dimension der Tragödie zu begreifen. Ginny hatte sich von James getrennt, weil sie gemeinsam mit mir weggehen und einen klaren Schlussstrich ziehen wollte. Und dann hatte sie festgestellt, dass sie schwanger war. Sie kaufte eine Busfahrkarte nach Glasgow – aber nicht etwa, weil sie mit James dort hinfahren wollte.

Vielleicht hatte sie sich für eine Abtreibung entschieden, irgendwo, wo man sie nicht kannte, damit es sich nicht bis zu Mum herumsprach. Ich bin mir nicht sicher, aber es wäre nicht unwahrscheinlich. Vielleicht hat sie es sich im letzten Augenblick anders überlegt. Sie beschloss, das Baby zu behalten, es James zu erzählen und wieder mit ihm zusammenzukommen. Aber James wies sie zurück. Sie war verzweifelt, alles schien hoffnungslos. Hat sie da spontan den Entschluss gefasst, dem Leid ein für alle Mal ein Ende zu setzen?

Auch das weiß ich nicht, aber was ich wirklich nicht verstehe: Warum hat sie sich mir nicht anvertraut? Ich habe sie geliebt, ich hätte ihr doch geholfen. Wenn sie eine Abtreibung hätte machen lassen wollen, hätte ich ihr beigestanden – und dafür gesorgt, dass James uns beiden die Busfahrkarte zahlt.

Oder sie hätte das Baby bekommen. Mum missbilligt Abtreibungen, sie hätte das Kind bestimmt gern aufgezogen. Und ich hätte sichergestellt, dass James Unterhalt für das Kind zahlt.

Es wäre schwierig gewesen, aber wir hätten es überstanden. Wir waren eine Familie. Zerstört wurde sie nur durch Ginnys Tat.

Draußen höre ich einen Wagen. Und Stimmen. Mum ist zurück von der Veranstaltung beim Frauenverband. Mein Argwohn türmt sich auf wie finstere Schatten. Wusste Mum Bescheid?

Ich denke an ihre Antipathie gegen James, den Bauernzoo und Katie. Dann das Gespräch zwischen ihr und Lorna, das ich mitbekommen habe, in dem Mum bedauerte, dass »ich es ihr nie erzählt habe«. Dabei hätte es sich um jedes ihrer Geheimnisse handeln können – den Schlaganfall, die Geschichte von der Monsterwelle, ihren Verdacht, Ginny könnte Selbstmord begangen haben, alles ist denkbar. Konnte es dabei auch um Ginnys Schwangerschaft gegangen sein?

Je mehr ich darüber nachdenke, desto sicherer bin ich, dass Mum es gewusst haben muss. Es erklärt, warum sie am Abend der Party so besorgt war, dass sie mich gebeten hat, Ginny abzuholen und heimzubringen. Um nicht nur meine Schwester zu beschützen, sondern auch ihr ungeborenes Kind ...

Ich fahre hoch und stehe auf. In diesem Zimmer will ich keinen Augenblick länger bleiben. Ich will aber auch nicht hinuntergehen und der Familie entgegentreten. Die Vorstellung, unten zu sitzen, mit Bill und Mum umzugehen – zwei Leute, von denen ich geglaubt hatte, dass die damaligen Ereignisse sie in ebensolche Verwirrung gestürzt hatten wie mich –, scheint mir unmöglich. Auch sie hatten vor mir Geheimnisse ... auch sie haben die ganze Zeit *gelogen*.

Ich blicke zu der Schachtel mit Ginnys Tagebüchern. Um ehrlich zu sein, *will* ich mir gar kein anderes Bild von meiner Schwester machen. Ich will die schönen Erinnerungen, die ich an sie habe, nicht beschmutzen, und ich will mir auch nicht vorstellen, wie verängstigt und deprimiert sie war, weil ihr ein Junge, der nicht zu ihr stehen wollte, das Herz gebrochen hatte. Ein Mädchen, das vielleicht entschieden hatte, dass ihr Leben hoffnungslos war und nicht wert, gelebt zu werden. Ich will die Wahrheit nicht wissen.

Aber dazu ist es jetzt zu spät.

Ich knie mich hin und nehme die Tagebücher eines nach dem anderen heraus, blättere die Seiten durch und versuche den Schmerz zu dämpfen, den ich angesichts Ginnys verschnörkelter, raumgreifender Schrift empfinde. Auf der ersten Seite jedes Tagebuchs stehen ein Monat und eine Jahreszahl, dazu: »Eigentum von Virginia Turner – Hände weg!!!«

Und ich habe die Hände davon gelassen. Ginny hat mir hin und wieder ein paar Ausschnitte vorgelesen, aber ich habe nie versucht, ihre Tagebücher zu lesen oder an mich zu nehmen. Warum auch? Ich wusste alles über sie. Ich brauchte ihre Geheimnisse nicht zu erfahren, weil sie keine vor mir hatte.

Ich stopfe ein paar Tagebücher in einen alten Rucksack. Sie gehen nur bis zu ihrem achtzehnten Lebensjahr, daher fehlt mindestens eines. Ich nehme den Rucksack mit nach unten. Hier werde ich sie nicht lesen.

Mum ist mit Fiona in der Küche, die anderen scheinen nicht in der Nähe zu sein. Beide wirken überrascht, mich zu sehen. Fiona bietet mir eine Tasse Tee an.

»Nein, danke«, sage ich. Ich sehe Mum nicht an und versuche mich auch nicht an Small Talk. All die Geheimnisse ... all die Jahre ... »Ich gehe aus«, sage ich. »Zum Abendessen werde ich nicht daheim sein.«

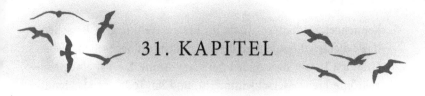

31. KAPITEL

Das Licht verblasst, als ich das Dorf erreiche. Ich fahre an der Bushaltestelle vorbei, und es scheinen nicht Tage, sondern Jahre vergangen zu sein, seit ich dort angekommen bin, voll Sorge wegen der Rückkehr und dem Wiedersehen mit Mum, und gleichzeitig voll Hoffnung. Es kommt mir auch so vor, als wären mehr als nur ein paar Stunden vergangen, seit ich vom Leuchtturm zurückgefahren bin und mich über die wohltuende Wirkung dieses Ausflugs gefreut habe. Alles, was ich jetzt spüre, ist eisige Kälte in meinem Inneren.

Ich fahre durchs Dorf und stelle den Wagen auf dem Parkplatz der kleinen Steinkirche ab, die sich gemütlich in ein Wäldchen fügt. Als ich aussteige, ist es gespenstisch still. Ich nehme den Rucksack und gehe hinten herum zum Friedhof. Eine ältere Frau steht mit gesenktem Kopf vor einem der Gräber in der Nähe der Kirche. Ich biege in den ersten Gang ein und gehe bis ganz zum Ende, wo eine knorrige Eiche und die Gräber meiner Familie zu finden sind.

Nach dem sonntäglichen Gottesdienst, den wir als Kinder immer besucht haben, war ich oft hier. Bevor wir zu Tee und Keksen in den Gemeindesaal gingen, haben wir bei Grandma und Granddad Stewart vorbeigeschaut, Mums Eltern, die gestorben waren, als wir noch klein waren, und bei Grandpa Turner, dem wir, wie Dad immer sagte, vergeben müssten, dass er zur Hälfte Engländer war und uns diesen Nachnamen vererbt hat. Unsere Urgroßmutter Millie hatte sich in einen Mann verliebt, der von der falschen Seite der Grenze stammte, aber da sie sich kennengelernt hatten, als sie im Ersten Weltkrieg in Passchendaele dienten, konnte man ihr diesen Fehltritt nachsehen. Neben Grandpa Turner liegt seine Frau Mary-Annie. Sie war eine preisgekrönte Freiwasserschwimmerin, und ihr Tod kam als ziemlicher Schock. Ich war damals zwölf.

Dads Grab liegt neben dem seiner Eltern. Der Grabstein besteht aus glänzendem Granit und ist geschmückt mit einem Harfe spielenden Engelchen. Im Standardrepertoire der Grabsteine kam der einem musikalischen Thema noch am nächsten. Dads Beerdigung war einer von Ginnys größten Auftritten. Sie sang *Green Grow the Rashes O*, während ich sie auf der Gitarre begleitete. Nie hatte ihre Stimme reiner, glockenheller geklungen, vor allem, als sie vor Kummer zu brechen begann. Ich sehe sie noch vor mir, wie sie vor jenem Baum dort stand, groß und schlank, das lange, glatte Haar fiel ihr offen auf den Rücken. In dem schwarzen Kleid mit den Spitzenärmeln sah sie aus wie ein dunkler Engel, nicht von dieser Welt und unberührbar. Eins mit dem Tod und doch immun dagegen. Ihre Stimme war dazu bestimmt, noch Jahre fortzuleben und das Herz von Millionen zu berühren. Ginny war der Liebling ihrer Familie und sollte bald der Liebling der Welt werden. Das hatte unausweichlich geschienen.

Nun steht ihr Grabstein neben Dads. Schwarzer Granit mit blau flimmernden Einsprengseln, strahlend wie ihre Augen. Doch Ginny liegt nicht hier. Sie hat ihr eigenes Grab gewählt. Ein Grab aus Wind und Felsen und donnernden Wellen. Ein Grab für sie und ... ihr Kind.

Tränen steigen mir in die Augen, aber ich bin nicht hergekommen, um traurig zu sein. Ich setze mich auf ein Stewart-Grab und nehme eines von Ginnys Tagebüchern heraus. Wahllos schlage ich es auf.

Grandma hat ihren Rosenkohl aufgegessen, und dann hat sie einen Riesenfurz losgelassen. Ich habe zu Mum rübergesehen. Sie hat angestrengt auf ihren Teller geschaut und sich dann verschluckt. Ich sah zu Skye, ob wir Mum helfen sollten, doch dann fängt die an zu prusten – aber richtig – und lacht. Grannie lässt noch einen fahren ... ich schwöre, ich habe gelacht, bis mir schlecht war.

Derartige Einträge finden sich viele. Manche Teile sind komisch, manche nüchterne Beschreibungen ihres Alltags. Ich genieße es, ein paar von Ginnys schönen Erinnerungen aufleben zu lassen, vor allem an Weihnachten im Kreis der Familie. Größtenteils spiegeln sie meine eigenen wider. Gelächter, Witze, Musik, Essen. So viel, wofür sich zu leben lohnt.

Doch gegen Ende dieses Tagebuchs finden sich ein paar Einträge, die mich nachdenklich stimmen:

S ist grade mal fünf Minuten älter als ich. Aber sie führt sich auf, als wäre ich ein albernes, dummes Mädchen. Das macht mich verrückt.

Oder ein Eintrag vom Anfang des nächsten Bands, als wir beide siebzehn waren:

Sie wusste nicht, dass ich sie gesehen habe. Er hatte echt die Hand in ihrem T-Shirt und die Zunge in ihrem Hals. Sie hat mich nicht gesehen. Er schon. Und der Blick, den er mir zugeworfen hat ... Ich hasse sie.

Ich starre auf die Worte und fühle mich verletzt und ein bisschen verraten. Okay, wahrscheinlich war ich ein wenig selbstgefällig, als ich mit Byron zusammenkam. Aber das ist doch verständlich, wenn man überlegt, was für ein Theater die Leute um Ginny machten, und nie um mich. Ich blättere weiter zu einem Eintrag, als sie mit James auszugehen begann:

Endlich bin ich an der Reihe und bekomme das, was sie hat. J ist so nett, und er bringt mich zum Lachen. Ich fühle mich wie eine Prinzessin. Wenn ich hierbliebe, könnte ich es schlimmer treffen. Aber auch besser …

Demnach hat James sie nicht direkt umgeworfen. Das überrascht mich nicht. Was mich überrascht, ist der kaum verbrämte Hinweis darauf, dass sie eifersüchtig auf mich war.

Ich lese einen der letzten Einträge aus dem Tagebuch dieses Jahres. Sie verbreitet sich endlos über ihre Rolle als Königin der Flotte, die Kleider und ihre »Hofdamen«. Gegen Ende jedoch springen mir ein paar Sätze ins Gesicht.

S glaubt, dass sie alles über mich weiß. Sie glaubt, dass wir dieselben Dinge wollen und dass sie genau Bescheid weiß, was das ist. Ich spiele einfach mit. Aber es gibt nur eines, das sie hat, was ich will.

Was hatte ich, das sie wollte?

Dazu fällt mir nur eine Sache ein, die wir uns nicht geteilt haben.

Eine Person.

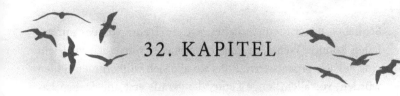

32. KAPITEL

Es ist dunkel, als ich die Tagebücher in den Rucksack zurückstopfe und den Friedhof verlasse. Ich fühle mich einsamer als je zuvor in meinem Leben, einsamer sogar als in dem Moment, als ich von Ginnys Tod erfuhr. Damals habe ich es einfach nicht wahrhaben wollen – meine Schwester war anscheinend nicht nur eine talentierte Sängerin, sondern auch eine sehr gute Schauspielerin. Aber vor ihren eigenen Worten kann ich die Augen nicht verschließen. Sie hatte einen Groll gegen mich. Sie war auf mich und Byron eifersüchtig. Kann das wirklich stimmen?

Ich fahre zurück in die Ortsmitte und stelle den Wagen ab. Vom langen Sitzen draußen bin ich etwas ausgekühlt, aber ich muss versuchen, mit Lachlan zu reden. Wenn sich irgendwer im Schatten herumdrückte, wenn irgendwer sah, was wirklich passiert ist – nicht nur in der Nacht, sondern auch in den Monaten davor –, dann doch sicher er.

Ich gehe zum Hafen hinunter. Die Boote tanzen auf und ab, das Licht der Straßenlaternen wird vom Wasser in schartigen goldenen Formen zurückgeworfen. Die Tür zum Fisherman's Arms steht offen, ein gelbes Parallelogramm aus Licht fällt auf das dunkle Pflaster draußen. Ich kann Musik hören: traditionelle Fiddle und Flöten. Einen Augenblick erhöht sich mein Puls. Livemusik? Nein – nach ein paar Augenblicken erkenne ich es als Stück von einer CD. Bei meiner Ankunft konnte ich mir nicht vorstellen, je wieder an einer Session teilzunehmen. Doch jetzt kommt mir die unkomplizierte Freude am Musikmachen, das gemeinsame Lachen, das Anknüpfen an alten und das

Schließen neuer Freundschaften wie ein Traum vor, der mir gefallen könnte. Wenn ich länger hierbliebe, würde ich vielleicht eine Session organisieren. Eine, wo alle sich willkommen fühlen würden, vor allem junge Leute, die gerade erst angefangen haben. Aber ich bleibe ja nicht. Nicht nach dem, was ich herausgefunden habe.

Der Pub wirkt weihnachtlicher als beim letzten Mal. Der Baum, den Byron gekauft hat, steht neben dem Kamin und ist mit roten Kugeln und weißen Lichtern geschmückt. Ich bin mir nicht sicher, was das zu bedeuten hat: Ist sein Sohn Kyle nun doch nicht gekommen? Er hatte mir doch erzählt, dass er sich ein wenig freinehmen wolle, um Zeit für ihn zu haben. Ich hatte gehofft, ihm heute Abend nicht zu begegnen.

Die Tische im Pub sind zur Hälfte besetzt, manche Leute essen etwas, andere trinken nur. Aus dem ersten Stock, wo laut einem über der Tür zu den Toiletten angebrachten Werbebanner ein Billardturnier stattfindet, brandet lauter Beifall auf.

Ich begebe mich zum Tresen und halte auf den Barhockern Ausschau nach Lachlan, doch stattdessen sehe ich, dass er hinter dem Tresen steht und Drinks ausschenkt.

»Hi, Skye.« Lachlan blickt von dem Pint auf, das er gerade zapft. »Alles okay?« Er stellt das Pint vor einem alten Mann, der auf einem der Barhocker sitzt, auf den Tresen und sieht auf die Uhr. »Wenn du am Turnier teilnehmen willst, kommst du zu spät. Die Damen sind gerade fertig geworden.«

»Deswegen bin ich nicht gekommen«, sage ich. »Ich hatte gehofft, dich kurz zu sprechen.«

»Okay ...« Misstrauisch beäugt er mich.

»Es dauert auch nicht lang.«

»Geh doch rauf und schau schon mal beim Turnier zu. Ich komme in ein paar Minuten nach.«

»Zuschauen?«

Lachlan mustert mich abwägend. »Na, wenn du Lust hast, gegen die Männer anzutreten, könnte ich mit Richie reden.«

»Ich denke darüber nach«, sage ich. Eines der Dinge, bei denen Lachlan besser als »beinahe« gut war, ist Billard. Genau wie ich.

»Prima. Ich komm gleich. Möchtest du was zu trinken?«

»Nur ein Ginger Ale bitte.«

Er schenkt mir ein Glas ein, und ich nehme es mit nach oben ins Billardzimmer. Zu meiner Überraschung sind die beiden alten Billardtische und die Ständer mit den verzogenen Queues verschwunden. In der Mitte des Raums steht ein echter, zwölf Fuß langer Snookertisch.

»Gefällt er dir? Ist mein ganzer Stolz!«

Verblüfft drehe ich mich um. Byron ist mit einem Fass Bier hinter mir aufgetaucht. An der Rückwand entdecke ich einen weiteren Tresen, den es früher nicht gab. Byrons Anblick lässt meinen Zorn von neulich wieder hochkochen, als sich herausstellte, dass die Lügengeschichten über den Tod meiner Schwester auf ihn zurückgehen. Welche Lügen er wohl noch verbreitet hat?

»Ähm, ja«, sage ich. »Hübsch.«

»Ich fand, ein Upgrade wäre mal fällig«, sagt er.

»Ach ja?«, sage ich, und meine Stimme trieft vor Sarkasmus. Jemand ruft ihn zum Tresen.

»Lass uns später reden«, sagt er. »Bist du getränkemäßig versorgt?«

»Ja, alles gut.« Als er zum Tresen geht, lasse ich die Zeit unserer Beziehung Revue passieren. Die Vernunft sagt mir, dass ich das alles künstlich aufblase. Was heißt es schon groß, dass meine Schwester in ihrem Tagebuch schrieb, sie sei eifersüchtig? Das hat doch noch lang nicht zu bedeuten, dass zwischen ihnen auch etwas passiert ist. Ich kann mich nicht entsinnen, dass Byron

Ginny je als etwas anderes als meine kleine Schwester behandelt hätte, jedenfalls verdrehte er bei ihren Eskapaden oft die Augen. Er war ein bodenständiger Mensch, genau wie ich. Wir haben zueinander gepasst. Und Ginny? Sie war glücklich mit James. Bis sie sich von ihm trennte …

Ich habe überhaupt keine Gewissheiten mehr.

An den Tischen sitzen ein paar Frauen und trinken Bier und etwa zwanzig Männer. Manche Leute erkenne ich, andere nicht. Ich beobachte, wie Byron mit einem kahlköpfigen Mann mit dunklem Tattoo am Hals spricht – Danny Morrison, einem von Byrons tougheren Kumpels von früher. Er unterbricht sich und deutet auf mich. Der Mann nickt. Vielleicht bin ich ja nur paranoid, aber ich spüre eine gewisse unterschwellige Feindseligkeit. Früher habe ich dazugehört, aber nun komme ich mir wie eine Fremde vor, wie eine Außenseiterin. Ich hätte nicht herkommen sollen.

Während ich noch herumstehe, kommt Lachlan die Treppe hoch. Ich will ihm sagen, dass ich beim Turnier nicht mitmache, doch bevor ich dazu noch Gelegenheit habe, ruft er einen dicken Mann mit schütter werdendem Haar und einem Clipboard zu sich und fragt, ob ich mich eintragen kann. Der Dickwanst, Richie, betrachtet mich, erst die Titten, dann das Gesicht. »Ist nur für Männer«, sagt er.

»Na komm, Richie«, sagt Lachlan. »Ihr Hintern am Tisch ist ein hübscherer Anblick als deiner.«

Jetzt schauen alle zu uns her. Ich kann keinen Rückzieher mehr machen, und nun, wo ich herausgefordert werde, will ich mich auch beweisen. Ich rufe die Performerin in mir zu Hilfe, die süße kleine Countrysängerin, die in Hotpants und rückenfreiem Paillettentop, Stiefeln und Stetson ganz in ihrem Element ist. Ich nehme einen Queue vom Ständer. Auf dem Tisch liegen ein paar Bälle, ein paar rote und die andersfarbigen. Ich beuge mich vor und nehme einen roten Ball ins Visier, der in der Nähe einer Tasche liegt. Er schwankt am Rand der Tasche, und alles hält den Atem an, ehe er hineinfällt. Dann loche ich den schwarzen Ball ein und richte mich auf.

»Was muss ich also vorweisen?«, frage ich. »Einen Schwanz oder ein Minimum an Kompetenz?«

Richie sieht mich verständnislos an. Lachlan prustet vor Lachen. Byron kommt vom Tresen herüber und schlägt Richie auf den Rücken. »Na los, Kumpel«, sagt er. »Wie in alten Zeiten.«

Richie boxt ihn in den Arm und geht dann weiter, um mit einem anderen Mann zu reden. Während sie debattieren, loche ich noch ein paar Bälle ein. An einem echten Snookertisch habe ich erst ein paarmal im Leben gespielt, er ist viel größer als ein Poolbillardtisch. Ich bin außer Übung, aber es ist eine willkommene Ablenkung, und die Grundtechniken habe ich bald wieder drauf, es ist wie mit dem Fahrradfahren.

Richie gibt nach und bewilligt mir ein Qualifikationsspiel. Ich lege den Queue weg und warte, bis ich an der Reihe bin. Lachlan kommt mit zwei Pints herüber. Er reicht mir eins.

»Danke für deine Unterstützung.« Ich nehme einen Schluck Bier, um mir etwas Mut anzutrinken.

»Kein Thema.« Er zuckt mit den Achseln. »Ist doch klar, dass ich lieber dir zusehe als diesen Rüpeln.«

»Klar.« Wie plump.

Er sieht mir einen Moment zu lang in die Augen. Mir fällt wieder ein, wie Byron damals gesagt hatte, dass Lachlan in mich verknallt sei …

»Byron hat mir erzählt, dass ihr beide zum Abendessen verabredet seid«, sagt Lachlan. »Heißt das, ihr seid wieder zusammen?«

»*Was?*« Erschrocken sehe ich ihn an.

»Du und Byron.« Er lässt es klingen, als läge das auf der Hand. »Es ist zwar lang her, aber jetzt seid ihr beide wieder hier. Und beide single, stimmt's?«

Ich trete einen Schritt zurück. »Er hat gefragt, ob ich seinen Sohn kennenlernen will. Das ist alles.« Ich weiß nicht, warum ich so in die Defensive gerate.

»Klingt ja richtig ernst.« Belustigt hebt er eine Augenbraue.

Ich gehe auf ihn los. »Glaubst du wirklich, ich lasse mich ausgerechnet mit dem Mann ein, der dafür gesorgt hat, dass die Leute bei ihrer Aussage zum Tod meiner Schwester die Polizei anlügen? Ich weiß, dass die Geschichte von der ›Monsterwelle‹ kompletter Blödsinn ist. Das hast du mir doch neulich, am Abend meiner Rückkehr, erzählen wollen, nicht?«

Lachlan antwortet nicht gleich. Er schwenkt sein Bier im Glas. »Er hat uns damals gesagt, dass wir es für dich täten.«

»Dann gibst du also zu, dass alles gelogen war? Dass Jimmy und Mackie überhaupt nichts gesehen haben, genau wie alle anderen?«

Lachlan zieht mich beiseite. »Nicht so laut«, sagt er. »Du hast recht, die meisten haben überhaupt nichts gesehen. Die waren alle stockbesoffen.«

»Ja, das ist nichts Neues.« Ich tue einen Schritt auf ihn zu, bedränge ihn fast. »Was ist mit dir, Lachlan? Warst du auch stockbesoffen? Oder hast du etwas *gesehen*? Etwas, was du der Polizei nicht erzählt hast?«

»Der Polizei ...« Er lacht grimmig auf. »Inspector McVee. Wie jeder andere wollte er alles möglichst unkompliziert halten. Besser für die Familie der Verstorbenen, besser für die Dorfgemeinschaft. Ein klarer Fall. Dass du das Gedächtnis verloren hast, kam da ziemlich gelegen.«

Ich balle verstohlen die Fäuste. Jetzt zornig zu werden würde auch nicht weiterhelfen. »Es kam total ungelegen«, sage ich. »Ich hatte ein Schädel-Hirn-Trauma. Glaub, was du willst, aber es ist die Wahrheit.«

Er beugt sich vor und flüstert mir ins Ohr: »Dann erinnerst du dich nicht daran, dass du mit ihr auf dem Bootsanleger warst?«

»Nein«, sage ich und weiche keinen Zoll zurück, als würde mich dieser Satz nicht schockieren. »Man hat mir erzählt, dass ich das Lagerfeuer nicht verlassen habe. Aber Katie sagte, dass ich nach Ginny gesucht habe.«

Er schnaubt. »Katie jedenfalls hat die Situation zu ihrem Vorteil genutzt.«

»Da muss ich dir zustimmen«, sage ich. »Andererseits war James zu diesem Zeitpunkt frei und ungebunden. Ginny hatte sich von ihm getrennt. Sie und James hatten an dem Abend einen Streit.« Ich schüttele den Kopf. »Und ich wusste nichts davon.«

»The twa sisters, twa bonny swans«, singt er. »Die zwei Schwestern, die zwei schönen Schwäne, die eine hell, die andere dunkel, die eine gut, die andere böse.«

Ich starre ihn an.

»Aber wer von euch war was? Das ist die Frage. Wusstest du, dass ihr alles geteilt habt, wie im Lied?«

»Sei doch nicht so ein Blödmann«, zische ich, während ich mir vorstelle, wie Ginny ... ihr herrliches blondes Haar um sie gebreitet, auf Byrons karierter Decke liegt. Ihn neckt und dann lachend zu sich herunterzieht ...

Nein. Das hätte sie mir nicht angetan. Genauso wenig wie ...

»Alles okay?«

Wenn man vom Teufel spricht ... Byron kommt herüber. Er legt mir die Hand auf den unteren Rücken, schiebt sie dann in einer besitzergreifenden Geste noch ein Stück weiter hinunter.

»Ich kann dir nicht verdenken, dass du dich von ihr abgewendet hast«, sagt Lachlan. »Überhaupt nicht.«

Er dreht sich um und geht nach unten.

»Was ist denn mit dem los?«, fragt Byron.

Ich entziehe mich Byrons Hand und drehe mich zu ihm um. Mir schlägt das Herz bis zum Hals, mein Kopf fühlt sich an, als würde er jeden Moment platzen. Doch ich zwinge mich, mich ganz normal zu verhalten. »Ich glaube, Lachlan ist eine Spur eifersüchtig«, sage ich forsch. »Sieht so aus, als würdest du die ganzen Mädels abkriegen, Byron.«

Er wirft mir einen gequälten Blick zu. »Was redest du denn da?«

»Ich glaube, er wollte andeuten, dass zwischen dir und meiner Schwester ein *bisschen* was gelaufen ist.« Mir wird die Kehle unangenehm eng. »Also, warum sollte er wohl so etwas behaupten?«

Byron zuckt mit den Achseln. »Weil er ein *bisschen* versucht, einen Keil zwischen uns zu treiben?«

Nachdem ich den Verdacht erst einmal zugelassen habe, kann ich nicht verhindern, dass er übermächtig wird. »Er hat gesagt, ich hätte ein Recht, wütend zu sein. Was glaubst du, was das bedeutet? Dass ich herausgefunden habe, dass meine Schwester mit dir geschlafen hat? Dass ich sie dort zurückgelassen habe und sie ins Meer gegangen ist? Und ich dann praktischerweise einen Unfall hatte und das Gedächtnis verlor?«

Byrons Miene verschließt sich. »Das ist doch Unsinn.«

»Welcher Teil?« Wütend starre ich ihn an.

»Alles«, knurrt er. Seine Stimme ist laut, die Leute fangen an, die Hälse zu recken. Die Menge ist größer geworden. Byrons tätowierter Freund kommt näher, als spürte er, dass sein Anführer bedroht wird. Ich werfe ihm einen zornigen Blick zu. Als Nächstes sehe ich Tante Annie, wie sie ihren breiten Hintern auf einem Barhocker platziert.

»Na, das ist ja gut zu wissen«, sage ich. »Denn es sieht so aus, als wäre Ginny schwanger gewesen, als sie starb.« Ich mustere ihn genau, während er diese Information verdaut.

»Wer zum Teufel bläst dir denn diesen Blödsinn ein?« Byron senkt die Stimme. »Sie wollte weg. Wollte zu dem Casting. So dumm wäre doch nicht mal sie gewesen.«

»Vielleicht nicht so ›dumm‹, das Baby zu behalten. Wusstest du, dass sie sich von James getrennt hatte? Und dann in jener Nacht versucht hat, wieder mit ihm zusammenzukommen?«

Byron lacht. Sein Gesicht erscheint mir zunehmend krank und hässlich. Ich kann überhaupt nicht mehr verstehen, wie ich je etwas für ihn habe empfinden können. Ihn sogar geliebt habe ...

»James«, wiederholt er. »Gott, was sie in diesem Arsch bloß gesehen hat. Seine Herrlichkeit hat die Polizei nur zu gern angelogen. Wenn ich nicht gewesen wäre, hätte er sich wegen Drogenhandels irgendwo in einer Gefängniszelle vornüberbeugen müssen. Ich glaub nicht, dass deiner Mum das gefallen hätte, was?«

»Du warst ja ein regelrechter Schutzheiliger für unsere Familie, Byron.«

»Darauf kannst du mal gepflegt einen lassen ...«

»Skye Turner. Du bist dran. Spielst gegen Finlay.« Dickwanst Richie setzt auf seinem Clipboard ein Häkchen.

Das vorige Match ist vorbei. Ich bin zornig und aufgeregt, und das Letzte, worauf ich Lust habe, ist eine Runde Snooker. Aber alle schauen her. Wenn ich jetzt kneife, bin ich unten durch.

Meine Hände sind kraftlos und verschwitzt, als ich den Queue nehme. Finlay, mein Gegner, ist ein älterer Mann mit blauen Augen und verwegenem Lächeln. Vermutlich spielt er Snooker, seit ich ein Wickelkind war. Während ich ihm beim Anstoßen zusehe und die roten Bälle nach allen Seiten spritzen, höre ich gerade noch, wie sich Tante Annie mit dem Mann auf dem Barhocker neben sich unterhält.

»Die hält sich für was Besseres, als wir es sind. Hat sie schon immer, die dumme Kuh. Ihre Schwester war zehnmal so viel wert wie sie. Das arme Mädel. Hat sich draußen auf den Klippen umgebracht.«

Wut rauscht durch meinen ganzen Körper. Ich habe keine Ahnung, was sie gegen mich hat, ich muss es herausfinden ... und das werde ich auch.

»Du bist dran, Mädel«, sagt Finlay. Mir bleibt nichts anders übrig, als zu spielen. Ich loche zwei rote und einen blauen ein, verfehle aber den nächsten Ball. Finlay übernimmt, scheitert jedoch an einem einfachen roten Ball, und mir kommt der Verdacht, dass der arme Kerl eine Brille braucht. Er legt den Kopf schief, als könnte er nicht fassen, dass er danebengezielt hat. »Dann mal los, Mädel«, sagt er gnädig. »Hab dir noch was übrig gelassen.«

Ich komme an den Tisch, versenke einen Ball nach dem anderen, bis mir irgendwer die Hand auf den Hintern legt und ich den nächsten Stoß verpatze. »Foul!«, schreie ich.

Hinter mir stehen vier Kerle, von denen jeder der Übeltäter sein könnte, doch keiner bekennt sich schuldig. Richie fordert uns auf weiterzuspielen. Schäumend vor Wut stehe ich an der Seite. Wir spielen, bis Finlays Sehschwäche ihn endgültig in die Knie zwingt. Ich versenke den letzten roten Ball und beginne mit dem Spiel auf die Farben, die ich in der festgesetzten Reihenfolge einloche: Gelb, Grün, Braun, Blau, Pink, Schwarz. Mittlerweile sind noch mehr Leute gekommen, um beim Turnier zuzusehen. Insbesondere eine Person.

Nick Hamilton.

Ich verfehle Blau, aber das macht nichts. Finlay schüttelt mir die Hand, und ich biete an, ihm ein Bier auszugeben. »Aye, Mädel«, sagt er. »Wenn du darauf bestehst.«

Ich gehe zum Tresen, sorgfältig darauf bedacht, nicht in Nicks Richtung zu blicken. Es irritiert mich ein wenig, ihn hier zu sehen. Vielleicht weil ich gehört habe, dass er sehr zurückgezogen lebt und nicht hierherkommt. Mir hat gefallen, dass er sich gar nicht erst eingelassen hat auf den schweren Kampf um Anerkennung. Anders als ich.

Byron steht mit einer blond gelockten Frau hinter dem Tresen, die ich nicht kenne. Ich bestelle Finlays Bier bei der Frau.

»Kann ich ihr auch einen Drink ausgeben?« Ich deute auf Tante Annie. »Was immer sie trinkt.«

Byron wirft mir einen harten Blick zu. Einen Augenblick rechne ich damit, dass er unseren Streit von vorhin wieder aufnimmt. »Whisky Cola«, sagt er. »Das trinkt auch *sie* immer.« Er wendet sich von mir ab.

Ich zahle die beiden Getränke und übergebe Finlay sein Bier. Den Whisky bringe ich zu Annie. Als Friedensangebot oder als Fehdehandschuh vor der Schlacht – ich bin mir nicht sicher, was von beiden. Ich spüre Blicke auf mir, als ich mich ihr nähere. Annie spricht mit dem Mann neben ihr, der sich eher auf ihr faltiges Dekolleté zu konzentrieren scheint als auf ihren sprühenden Geist.

»Hier, Annie.« Ich reiche ihr den Drink. »Ich mag ja eine dumme Kuh sein und bei Weitem nicht so viel wert wie meine Schwester, die sich umgebracht hat. Aber mein Geld ist genauso gut wie das von jedem anderen auch.«

Überrascht sieht sie mich an, und dann wird ihr klar, dass ich ihre ekelhafte Bemerkung mitbekommen habe.

»Tut mir leid«, sagt sie. »War nicht meine Absicht ...«

»Doch«, sage ich.

Ich spüre mehr, als ich sehe, dass sich Nick von rechts nähert.

»Die Sache ist die, Annie«, sage ich. »Ich bin wieder da. Wenn du ein Problem mit mir hast, dann sag es mir ins Gesicht. Hör auf, mich hinter meinem Rücken schlechtzumachen.«

»Ich hab kein Problem mit dir«, sagt sie.

»Gut«, sage ich. »Dann lass dir den Drink schmecken.«

Leises Raunen erhebt sich, als ich mich zum Gehen wende, und einer der »Hand auf dem Hintern«-Kandidaten kichert. »Kann ich auch über dich herziehen, Mädchen, und du gibst mir dann einen aus?«

Ich simuliere ein Lachen und setze mich auf einen freien Barhocker. Lachlan ist als Nächster dran und gewinnt sein Match mit Leichtigkeit. Nick redet kurz mit Richie und geht dann zum Tresen. Allmählich fange ich an mich zu ärgern – was wirklich dämlich ist, schließlich bin ich diejenige, die ihn ignoriert.

Nick lässt sich an der Bar zwei kleine Gläser Bier geben. Einen schrecklichen Augenblick glaube ich, dass er auf eine rothaarige Frau im engen T-Shirt zusteuert. In letzter Sekunde biegt er jedoch ab und kommt in meine Richtung.

»Das war ziemlich gut.« Mit einem Nicken deutet er in Annies Richtung. »Wenn du gehen willst, sag Bescheid. Andernfalls ...« Er reicht mir eines der Biergläser.

»Wer sagt denn, dass ich mit dir zusammen gehen will?« Ich weiß nicht, warum ich so unhöflich bin.

»Dein Bruder. Deine Mum macht sich deinetwegen Sorgen. Ich war vorhin dort, um den Teller zurückzubringen. Sie haben sich gedacht, dass du hier sein könntest.«

»Sorgt sie sich um mich oder um ihren Wagen?« Ich nehme einen großen Schluck Bier.

»Komm schon, Skye, du bist besser als das.«

»Wirklich?«, fahre ich ihn an. Es ist, als wäre ein Damm in mir gebrochen, ich kann die Worte nicht daran hindern, aus meinem Mund zu kommen.

»Nick Hamilton?«, ruft Richie.

Ich lege den Kopf schief. »Hast du dich angemeldet?«

»Ja.« Er lächelt mich an. »Falls wir bleiben, bin ich jetzt an der Reihe.«

Er stellt sein Glas ab und geht hinüber zum Tisch. Richie sieht ihn finster an und reicht ihm einen Queue.

Nicks Gegner ist der Mann, der neben Tante Annie gesessen hat; Mum hat einen Ehemann erwähnt, Greg, vielleicht ist er das ja. Sie grinst mich breit an und hebt das leere Whiskyglas, als wären wir zwei alte Freundinnen, die sich zuprosten.

Tante Annies Mann spielt gut, doch Nick ist besser. Er räumt die Bälle ab, bewegt sich rhythmisch und konzentriert um den Tisch. Tante Annies Mundwinkel senken sich immer weiter nach unten. Bei jedem Ball, den Nick versenkt, verspüre ich einen nervösen Adrenalinschub. Er verfehlt einen blauen und flucht leise in sich hinein. Als er zurücktritt, um seinen Gegner an den Tisch zu lassen, hat er nur Augen für mich. Ich erwidere den Blick mit einem trägen Lächeln. Nicks Gegner verfehlt seinen Ball, und daraufhin räumt Nick lässig ab. Als der letzte Ball fällt, tritt langes Schweigen ein.

Der andere Mann gesteht seine Niederlage mit einer übertriebenen Verbeugung ein, worauf Pfiffe und Hochrufe laut werden. Als Richie Nick zum Sieger erklärt, herrscht Stille. Das macht mich wütend, und so stehe ich auf und klatsche und pfeife. Ein paar Leute fallen in den Applaus mit ein, aber ich spüre dieselbe unterschwellige Feindseligkeit wie vorhin. Diesmal scheint sie von Tante Annie und ihren Freunden auszugehen.

»Das war beeindruckend«, sage ich zu Nick, als er zu mir zurückkommt und einen Schluck Bier trinkt.

Er zuckt mit den Achseln, als hätte es nichts zu bedeuten. »Danke.«

»Du bist offenbar ein Mann mit vielen Talenten.«

Er wirft mir einen glühenden Blick zu, als wären wir die einzigen zwei Menschen im Raum. Ich wünschte, es wäre so. Er gibt mir sein Glas, und ich nehme einen Schluck.

»Ich fühle mich hier nicht willkommen«, sagt er. »Willst du wirklich noch zum nächsten Match bleiben?«

»Von mir aus können wir gern gehen.« Ich stelle das Glas ab. »Vielleicht können wir ein andermal herkommen und eine Runde zu zweit spielen.«

Das klingt wie eine wirklich üble Anmache. Ich werde rot und schaue weg. Mein Blick fällt auf Tante Annie. Sie flüstert ihrem Begleiter etwas zu und deutet auf mich.

Ich verkrampfe mich.

»Komm, gehen wir«, sagt Nick.

»Bist du sicher, dass du dein Match nicht doch spielen willst? Der heldenhafte Sieger sein willst?«

»Nein. Ich bin hier, um dich abzuholen. Dir beim Spielen zuzusehen ...«, seine Miene wird ganz kurz ein wenig weicher, »... war schon ein Bonus.«

»Oh«, witzele ich, »hast du daran gedacht, mich zu malen? Am Snookertisch?«

»Nein, Skye.« Er senkt die Stimme. »Als ich dir beim Spielen zugesehen habe, habe ich nicht daran gedacht, dich zu malen.«

Er lässt diese Bemerkung zwischen uns stehen und macht sich auf den Weg zur Treppe. Ich folge ihm und bin mir bewusst, dass die Leute uns beobachten. Ein Freudenfest für alle Klatschmäuler. Skye Turner, das Mädchen, das sich für etwas Besseres hält. Dampft ab mit einem Typen aus der Großstadt, der sich zu fein ist für die Dorfbewohner. Kleingeistiger Tratsch. In der Hinsicht bin ich tatsächlich besser als das.

»Skye.« Byron hält mich oben an der Treppe auf. »Wegen vorhin ...«

»Ich will nicht darüber reden«, sage ich. »Meine Mitfahrgelegenheit will gehen.«

»Ich kann dich auch heimbringen.«

»Nein«, sage ich. »Du arbeitest doch. Und dann ist da ja auch noch Kyle – falls er überhaupt existiert.«

Vor Ärger verzieht er das Gesicht. »Verdammt, natürlich existiert er«, sagt er. »Er ist bei Annies Tochter und ihren Kids. Ich muss mich doch nicht vor dir rechtfertigen oder vor sonst irgendwem.«

»Nein, Byron, da hast du recht. Du brauchst deinen Sohn nicht vor mir zu rechtfertigen. Das mit uns war vorbei, lang bevor Ginny gestorben ist. Ich wollte es mir nur nicht eingestehen. Ob du was mit ihr hattest oder nicht, na ja, das ist jetzt fünfzehn Jahre her. Es spielt keine Rolle mehr.«

»Dann hör auf, so zu tun, als hätte es etwas zu bedeuten. Hör auf, das alles wieder aufzurühren. Das bringt doch nichts.«

Ich mustere ihn aufmerksam. »Ich glaube, du hast vergessen, es abzustreiten«, sage ich.

»Was?« Er wirkt sowohl verwirrt als auch verärgert.

Ich lache ihm ins Gesicht und gehe um ihn herum zur Treppe. Einen Moment lang habe ich den Eindruck, dass er versuchen wird, mich aufzuhalten. Dann senkt er den Kopf und sieht dabei so fertig aus, wie ich ihn noch nie erlebt habe. »Fahr zur Hölle, Skye«, sagt er.

Ich gehe die Treppe hinunter, und als ich unten bin, drehe ich mich noch mal um. »Was glaubst du wohl, wo ich all die Jahre gewesen bin?«

33. KAPITEL

Nick plaudert mit der Barkeeperin, als ich die untere Gaststube betrete. Das macht mich idiotischerweise ziemlich eifersüchtig, bis ich merke, dass er nur Essen bestellt: Fish & Chips zum Mitnehmen.

»Ich vermute, du hast noch nichts gegessen«, sagt er. Bevor ich Einwände erheben kann, hat er seine Karte herausgeholt und sie auf das Lesegerät gelegt. »Wenn doch, wird das eben mein zweites Abendessen.«

»Ich habe noch nichts gegessen«, gebe ich zu.

Er stützt sich mit einem Ellbogen auf den Tresen und taxiert mich unverhohlen, ohne etwas zu sagen. Das ist verdammt beunruhigend, was bestimmt auch seine Absicht ist.

»Wo hast du denn Snooker spielen gelernt?«, frage ich.

Er zuckt mit den Achseln. »Neben der Polizeistation war eine Billardhalle. Dort drin hab ich ungefähr so viel Zeit damit zugebracht, Bälle zu versenken, wie ich Leute verhaftet habe.«

Ich lache. »Du warst dort bestimmt wahnsinnig beliebt.«

»Wahnsinnig, ja.«

Ich möchte, dass er weiterredet, bin froh, über etwas anderes nachzudenken als über meine Schwester – ihr Leben, ihren Tod. Außerdem bin ich neugierig, was ihn angeht. »Und was ist mit deiner Familie?«, sage ich.

Er starrt in die blinkenden Lichter des Weihnachtsbaums. Seine Miene verschließt sich wieder. »Was soll mit ihr sein?«

»Hast du eine? Eltern? Du redest nie von ihnen.«

Er seufzt, als hätte ich ihn enttäuscht. »Ich habe Familie«, sagt er. »Wir haben keinen Kontakt zueinander.«

»Warum nicht?« Ich habe kein Recht, ihn auszufragen, andererseits kennt er all meine Geheimnisse.

Er schweigt so lange, dass ich gar nicht mehr mit einer Antwort rechne.

»Mein Dad war Polizist«, sagt er schließlich. »Genau wie sein Dad und mein älterer Bruder. Du kannst dir sicher vorstellen, wie begeistert sie alle waren, als ich ihnen sagte, dass ich auf die Kunsthochschule gehen würde.«

»Ja, lebhaft.«

»Ich war zwei Jahre an der Slade in London.«

Beeindruckt hebe ich eine Augenbraue. Selbst ich weiß, dass das eine bedeutende Kunstakademie ist.

»Im zweiten Jahr«, fährt er fort, »hatte ich eine katastrophale Beziehung mit einer Mitstudentin. Als wir uns trennten, beschloss ich, dass die Kunstschule nichts für mich ist.« Er zuckt mit den Achseln. »Dann habe ich es eben bei der Polizei probiert. Wenn ich schon nicht das machen konnte, was mir Freude machte, konnte ich wenigstens meinen Dad glücklich machen. Aber auch das hat nicht funktioniert.«

Die Barkeeperin kommt mit meinem Essen. Anders als in meinen Kindheitserinnerungen sind die Fish & Chips nicht in Zeitung eingewickelt, sondern kommen in einem Behälter aus Styropor. Ich füge Salz und Essig hinzu.

»Noch Fragen?« Nick klingt wie ein Polizeichef, der eine Pressekonferenz abhält.

»Ja«, sage ich. »Jede Menge. Aber ich habe so das Gefühl, dass du sie nicht beantworten willst.«

Er lacht. »Vielleicht hättest du zur Polizei gehen sollen. Obwohl es nicht schwierig ist, einen widerstrebenden Zeugen auszumachen. Oder einen Verdächtigen.«

Wir gehen hinaus und setzen uns auf eine Bank. Ich öffne den Styroporbehälter und beklage mich darüber, dass die gute alte Zeit der Zeitungen vorbei ist.

»Vermutlich ein Opfer der heutigen Hygienebestimmungen«, sagt Nick. Ich biete ihm eine Fritte an.

Während wir essen, betrachte ich die Boote, die auf den Wellen auf und ab tanzen. »Ich habe etwas herausgefunden«, sage ich. »Über Ginny. Ich glaube, dass sie schwanger war.«

Halb erwarte ich einen Trommelwirbel, zumindest aber einen überraschten Ausruf. Doch er nickt nur. »Ja«, sagt er. »Deswegen hat sie sich von ihrem Freund getrennt und dann später verzweifelt versucht, wieder mit ihm zusammenzukommen.« Er nimmt noch eine Fritte.

»Na, gut für dich, dass du dir das selbst zusammengereimt hast«, sage ich ein wenig beleidigt. »Aber wusstest du auch, dass sie mir vermutlich meinen Freund ausgespannt hat? Byron – den großen Typen von vorhin.« Ich deute mit dem Kopf zum Pub. »Ich habe keinen Beweis, aber ich werde dem weiter nachgehen. Er war derjenige, der die Geschichte mit der ›Monsterwelle‹ überhaupt aufgebracht hat.«

Nick runzelt die Stirn. »Du glaubst, dass er noch mehr damit zu tun hat?«

»Nein, eigentlich nicht«, sage ich. »Als ich auf der Party war, war er die meiste Zeit unterwegs. Er hat aus der Wohnwagensiedlung in der Nähe Alkoholnachschub besorgt. Er hat mich gefunden und ist zum Leuchtturm, um dort das Nottelefon zu benutzen. Man hat mir erzählt, dass er Ginny suchen wollte – um ihr zu sagen, was passiert war. Niemand hatte sie gesehen, und so hat er sich mit seinen Cousins und ein paar Freunden auf die Suche gemacht. Kurz darauf kamen Jimmy und Mackie zurück und erzählten allen, was sie gesehen hatten.«

»Du sagst also, dass sie die Geschichte erfunden hatten, um die Fragen auf ein Minimum zu beschränken?«

»Na ja, es hätte nicht gut ausgesehen, wenn sich herausgestellt hätte, dass Byron sie genau wie James zurückgewiesen hatte, falls es so war. Und dann ging sie hinaus auf die Felsen und stürzte sich ins Meer.«

Nick stößt ein leises Pfeifen aus. »Du hättest Polizistin werden sollen«, sagt er.

»Nein, im Gegenteil.« Ich seufze. »Anscheinend haben alle etwas gewusst, bis auf mich.«

»Genau«, sagt er ironisch.

Schweigend sitzen wir da. Die ganze Unterhaltung – eigentlich alles – lässt Übelkeit in mir aufsteigen. Vielleicht liegt es aber auch an den Fish & Chips. Köstlich, aber fettiger, als ich sie in Erinnerung habe.

»Hier«, sage ich. »Nimm den Rest.«

»Nein, danke.« Er steht auf und trägt den Behälter zu einem Mülleimer in der Nähe. Ich erhebe mich ebenfalls. Ich spüre, dass Nick Hamilton eine Menge Gedanken zu dieser Geschichte hat, die er für sich behält. Das ärgert mich.

»Wollen wir dann mal los?«, sage ich gereizt. »Ich kann selber fahren, schließlich habe ich kaum was getrunken.«

Er runzelt die Stirn. »Du hattest Bier.«

»Du auch.«

»Nicht mal ein halbes Pint.«

Ich zucke mit den Achseln. »Du bist der Polizist. Entscheide du.«

»Habe ich schon.« Seine Stimme ist fest. »Du fährst bei mir mit. Um deinen Wagen können wir uns morgen kümmern.«

»Das ist für alle verdammt umständlich.«

»Lieber ein Umstand mehr als hinterher die Reue.«

Darauf habe ich nichts zu sagen. Wir gehen zum Parkplatz. Nick öffnet die Beifahrertür seines Vauxhall für mich, und ich steige ein. Der Wagen riecht nach Farbe, und auf dem Rücksitz türmen sich Nicks Staffeleien und andere Utensilien.

Ich lege den Sicherheitsgurt an, zwinge mich zu atmen, aber ich spüre, wie sich mein Pulsschlag beschleunigt. Meine Handflächen werden feucht, das Essen liegt mir schwer im Magen ...

Er sieht mich an, als wir vom Parkplatz fahren. »Ich weiß, dass du durcheinander bist«, sagt er, »aber vielleicht musst du das Ganze mal eine Weile hinter dir lassen. Wie wäre es, wenn du morgen vorbeischaust? Ich könnte schon mal ein paar Skizzen von dir anfertigen. Du bekommst auch ein Frühstück.«

Ich verspüre einen schäumenden Adrenalinstoß, wie bei einer zu stark geschüttelten Dose Cola. »Ich muss erst schauen, was die Familie geplant hat«, sage ich, weil ich nicht zu eifrig klingen will. »Und wie es Mum geht.«

»Natürlich«, sagt er.

Als wir Richtung Hauptstraße fahren, kommen wir an einer Gruppe Teenager vorbei, die in der Nähe der Bushaltestelle stehen. Ein Wagen kommt uns entgegen, und einer der Jugendlichen versucht, eine Flasche darunter zu kicken. Ein anderer rennt vor dem Wagen über die Straße, um die Flasche zu erwischen, ehe sie am Rinnstein gegenüber aufschlägt. Nick muss eine Vollbremsung hinlegen. »Verdammte Bengel!«, schreit er.

Aber ich achte nicht mehr darauf. Ich umklammere den Türgriff, während irgendwo im beschädigten Teil meines Gehirns ein Funken zündet. Scheinwerfer ... eine Gestalt, die über die Straße rennt. Ein aufleuchtendes Licht. Ich stoße einen leisen Schrei aus, als sich die Bilder auflösen.

»Alles in Ordnung? Was ist los?« Nick fährt an den Straßenrand und hält an.

»Mir ... mir ist gerade was eingefallen.«

Ich rede ziemlich wirr, als ich versuche, die Fahrt über die einspurige Straße zu rekonstruieren, nachdem ich die Party verlassen hatte. Eine Person ... die im Scheinwerferlicht über die Straße lief. Bin ich ausgewichen? Habe ich sie erfasst? Nein. Das Lenkrad ... wo war das Lenkrad? Warum scheint alles an dieser Erinnerung falsch?

»Wer war es? Weißt du das?«

»Ich ... ich glaube, es war Ginny.«

Mir tut der Kopf weh, am liebsten würde ich mich in der Schädeldecke festkrallen und den Schleier wegreißen und die Erinnerungen freisetzen. Die richtigen Erinnerungen, nicht diese Flashbacks, die überhaupt keinen Sinn ergeben. Ginny war am Leuchtturm, nicht irgendwo an der Straße. Die Vorstellung, dass diese neue Erinnerung – ein neuer, kostbarer Einblick in die Geschehnisse jener Nacht – trügerisch sein könnte, ist einfach zu viel. Ein Schluchzen entringt sich meiner Kehle. Aber ich kann mir nicht erlauben zu weinen ... das geht einfach nicht.

Nick sagt erst nichts. Wir stehen am Straßenrand, und ich sehe, dass er sich meinetwegen Sorgen macht.

»So kann das nicht weitergehen«, sagt er mit ungewöhnlich sanfter Stimme. »Es zerreißt dich ja förmlich.« Er atmet tief durch. »Ich glaube, ich sollte die Polizeiakte besorgen. So wie du gesagt hast. All das muss untersucht werden. Und zwar richtig. Bist du einverstanden?«

»Ja, ich ... glaube schon.«

»Diese Flashbacks, hattest du die schon früher?«

»Ich hatte Albträume. Eine ›Vision‹ von Ginny auf den Felsen, von der ich inzwischen glaube, dass sie echt sein könnte. Außerdem habe ich Panikattacken. Die bekomme ich, wenn ich in einem Auto sitze und jemand anders fährt. Aber das hier ist neu. Die Scheinwerfer und das ... Mädchen.«

»Was den Gedächtnisverlust infolge eines Schädel-Hirn-Traumas angeht, so ist viel Irrglaube im Umlauf«, sagt er. »In Filmen kommt die Erinnerung oft auf einen Schlag wieder. Manchmal passiert auch genau das. Aber wenn neurologische Schäden im Spiel sind, ist es oft fraglich, ob die Bilder komplett zurückkehren.«

»Das hat man mir auch gesagt.« Ich seufze. »Aber wie soll ich wissen, ob die Flashbacks echt sind?«

»Kannst du nicht«, sagt Nick. »Nicht bei einer Schädelverletzung. Nichtsdestotrotz: Das Gehirn ist ein geheimnisvolles Ding. Beim richtigen Stimulus kann die Erinnerung auch schlagartig zurückkommen. Die Flashbacks könnten ein Teil des Puzzles sein, aber sie sind nicht beweiskräftig. Du brauchst andere Hinweise, um sie zu stützen. Dann könnten wir vielleicht das ganze Bild sehen.«

Ich bleibe an dem Wort hängen, das er verwendet hat: *wir*.

Er lenkt den Wagen wieder auf die Straße. Ich blicke starr geradeaus, als wir das Dorf hinter uns lassen. Es ist neblig, und die Scheinwerferkegel können die tintenschwarze Dunkelheit kaum durchdringen. Als wir in den Hof fahren, ist das Lichtviereck, das durch das Küchenfenster fällt, ein willkommener Anblick.

»Danke«, sage ich zu Nick. Meine Stimme ist schwer. »Dafür, dass du mich schon wieder gerettet hast.«

»Danke mir noch nicht«, sagt er. Im Halbdunkel sind seine Augen von einem leuchtenden Blau. »Ich bitte meinen Kumpel, dass er die Akte morgen vorbeibringt.«

»Danke. Ich will einfach die Wahrheit wissen … das ist alles.«

Sein Blick hält den meinen fest, und ich will weitaus mehr als das. Ich spüre den Funken zwischen uns, das Knistern in der Luft wie vor einem Gewitter. Er streckt die Hand aus und streicht mir eine Haarsträhne aus dem Gesicht. Meine Haut funkelt unter dieser Berührung.

»Gute Nacht, Skye«, sagt er. Seine Stimme ist leise und tief. »Bis morgen.«

Ich steige aus. »Gute Nacht.«

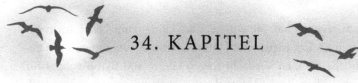

34. KAPITEL

Als ich ins Haus trete, treffe ich Bill in der Küche an. Er erzählt mir, dass Mum sich wegen meiner Abwesenheit den ganzen Abend über Sorgen gemacht hat. Ich habe ein schlechtes Gewissen, weil ich ihr einen solchen Stress bereitet habe, und bin froh, dass sie sich wieder beruhigt hat und zu Bett gegangen ist. Er lehnt sich an die Spüle. »Hör mal, Skye«, sagt er. »Es tut mir leid, dass Emily die Tagebücher runtergeholt hat und dass ich dir das mit dieser ... anderen Sache nicht erzählt habe.«

»Schon gut«, sage ich. »Ich glaube nicht, dass es mir besser gegangen wäre, wenn ich es gewusst hätte.«

»Glaubst du, dass es irgendetwas erklärt?«, fragt er. Er sieht besorgt aus. »Ginnys Geisteszustand oder ... ihre Hormone? Glaubst du, es hätte die Ermittlungen weitergebracht, wenn ich die Wahrheit gesagt hätte?«

»Ich habe ehrlich keine Ahnung«, sage ich. »Aber wenn es dir hilft, ich glaube, dass Mum von der Schwangerschaft wusste.« Ich erzähle ihm von meinem Verdacht wegen der zweiten Busfahrkarte und dass Mum Ginny womöglich die Abtreibung ausgeredet hat. »Sieht so aus, als hätte sie der Polizei ebenfalls nichts von der Schwangerschaft erzählt.«

»Mum hat gelogen?« Das zu hören scheint ihn ebenso zu schockieren wie mich, es auszusprechen.

»Ja, ich glaube schon«, sage ich. »Als ich erfahren habe, dass die Geschichte mit der ›Monsterwelle‹ erfunden ist, habe ich ihr gesagt, dass es keine Rolle spiele. Dass Ginny niemals Selbstmord begangen hätte. Aber jetzt glaube ich, dass Mum mehr wusste, als sie zugegeben hat. Sie wusste, dass Ginny zum Leuchtturm gefahren ist, um wieder mit James zusammenzukommen.« Ich beschließe, meinen Verdacht wegen Ginny und Byron vorerst für mich zu behalten. »Als er sie zurückgewiesen hatte«, fahre ich fort, »hatte sie ein Motiv, sich ins Meer zu stürzen. Als Mum hörte, dass keiner den Unfall mit angesehen hatte, wusste sie, dass es immerhin möglich war, dass Ginny sich umgebracht hatte – und mit sich das ungeborene Kind. Kein Wunder, dass sie jetzt so aufgelöst ist. Für Eltern muss das wirklich schlimm sein.«

»Ja«, sagt Bill, der nun unruhig auf und ab geht. »Allerdings.«

»Und dann solltest du noch etwas wissen«, sage ich und atme tief durch. »Ich habe Nick – meinen Freund im Cottage – gebeten, sich den Fall einmal anzusehen. Er war früher DCI.«

Bill runzelt die Stirn. »Ist das denn klug?«, fragt er. »Was, glaubst du, wird er herausfinden?«

»Vielleicht nichts. Aber ich finde, man muss es versuchen.«

»Und Mum?«, stellt er die ewige Frage.

»Ich tue es doch für Mum«, sage ich nachdrücklich. »Und für uns alle. Es sind die vielen Geheimnisse und die Ungewissheit, die uns all die Jahre voneinander getrennt haben. Möglich, dass Nick keine Antworten findet.« Ich mache mich daran, nach oben zu gehen. »Aber ich hoffe, dass er es tut.«

35. KAPITEL

Ich schlafe schlecht. Durch meine Gedanken geistern merkwürdige blinkende Lichter: Irrlichter, die mich in einen tiefen, undurchdringlichen Sumpf locken ... Bilder meiner Schwester, die wie ein schrecklicher schwarzer Engel auf den Felsen steht. Ein Brennen auf meiner Wange, ein Ruck, der mir durch alle Knochen geht. Schwärze. Eine Stimme. Eine rennende Gestalt. Hilfe, ich hole Hilfe ...

Ich schrecke aus dem Schlaf auf, der Traum löst sich in nichts auf. Wer hat da gesprochen, was ist geschehen? Ich zerre an meinem Haar, als könnte ich die Erinnerungen irgendwie herauszwingen, den Traum zurückholen. *Falls* ich überhaupt geträumt habe ...

Ich setze mich auf. Ich befinde mich in meinem Bett. Vor dem Fenster ist nichts als wirbelndes Weiß. Es schneit!

Rasch stehe ich auf und ziehe mich an. Schon kann ich die hohen, aufgeregten Stimmen der Kinder draußen im Garten hören. Obwohl es hier im Winter dunkel und kalt ist, bekommen wir wegen unserer Küstenlage nicht oft Schnee zu sehen. Ich kann die Aufregung der Kinder verstehen.

Als ich nach unten gehe, steht Mum in der Küche und schaut verträumt hinaus auf ihre Enkel. Die Jungs wirbeln im Kreis durch den Schnee wie tanzende Derwische und versuchen die Flocken mit der Zunge aufzufangen. Emily sitzt auf der Schaukel und blickt abwesend in das weiße Gestöber. »Ist das schön!«, sagt Mum.

»Ja.« Ich lächle. Im Moment bin ich nicht einmal zornig auf sie.

Ich ziehe Mantel und Stiefel an und gehe hinunter zum Skybird. Meine Nerven flattern. Diesmal hat es nichts mit meiner Schwester oder jener Nacht zu tun. Mein Haar ist schneebedeckt, als ich unter dem Vordach stehe und anklopfe. Einen Augenblick später bellt der Hund, und die Tür geht auf.

Nick trägt Jeans und einen blauen Pulli. Sein Haar sieht frisch gewaschen aus, und ich kann sein Aftershave riechen und einen Hauch von Männlichkeit. Ich denke an die kurze Berührung letzte Nacht, und mir wird ein wenig schwindelig.

»Skye.« Er wirft mir einen halb selbstgefälligen, halb gedankenverlorenen Blick zu. »Du bist spät dran.«

»Tut mir leid ... hatte keine gute Nacht.«

»Kein Problem.« Einen Moment runzelt er die Stirn. »Möchtest du ... nein. Nein, bleib genau hier stehen.«

Ich stehe auf der Schwelle, während er im Haus verschwindet. Kafka kommt herausgesprungen und beschnuppert alles, als wäre er in eine völlig neue Welt versetzt. Ich geselle mich zu ihm, strecke die Hände aus und wirble im Kreis, genau wie die Jungs. Kafka findet offensichtlich, dass ich den Verstand verloren habe, bellt mich an und jagt dann seinen Schwanz. Kluger Hund.

Ich höre auf herumzuwirbeln. Nick steht mit dem Skizzenbuch unter dem Vordach. Er sieht von seinem Blatt hoch. »Hör nicht auf«, sagt er.

Ich lache, als der Hund an mir hochspringt und mich zu Boden wirft. Ich falle in den Schnee, Kafka leckt mir das Gesicht, und ich umarme ihn. Ich habe vergessen, wie es ist, einen Hund zu haben, und mir scheint, als wäre sogar mein Lachen eingerostet. Es schneit immer weiter, und irgendwann reicht es für einen großen Schneeball. Nick ist so konzentriert auf das, was er zeichnet, dass er gar nichts davon mitbekommt, ehe ich den Schneeball nach ihm werfe und ihn mitten in die Brust treffe.

»Hey!«, sagt er. Er legt den Skizzenblock ab und bombardiert mich mit Schnee. Ich versuche (nicht allzu entschlossen) ihm zu entkommen, aber er packt mich, und im nächsten Augenblick drückt er mich eng an sich. Sein Blick ist weich, als er mich ansieht und mir den Schnee aus dem Haar streicht. Doch dann lässt er mich los. Er geht zurück zur Tür und hebt das Skizzenbuch auf.

»Komm rein«, sagt er zu mir. »Kafka«, befiehlt er, »ab in die Küche.«

»Soll er etwa den Tee kochen?«, witzele ich. Kaum dass ich das Cottage betrete, fangen meine Nerven wieder an zu flattern.

Nick lacht. »Das mache ich. Hast du schon gefrühstückt?«

»Nein«, sage ich, »aber wenn du mich zeichnen willst, würde ich gern anfangen. Bevor ich ...« *kneife*, will ich sagen, »... es mir anders überlege.«

»Na schön.« Sein Blick lässt meinen nicht los. »Ich mache schon mal das Feuer an.«

Das Holz ist wie beim letzten Mal sauber aufgeschichtet. Er nimmt eine Schachtel Streichhölzer vom Kaminsims, geht in die Hocke und setzt das Papier ganz unten in Brand. Brausend gehen die Holzspäne in Flammen auf.

Ich ziehe den Mantel aus und lege ihn über die Sofalehne. Ich bin mir nicht sicher, was als Nächstes geschehen soll.

Er verharrt eine Minute vor dem Feuer und beobachtet die Flammen. Dann richtet er sich auf und wendet sich mir zu. »Ich möchte dich gern hier zeichnen, am Kamin. Da hast du es warm. Du kannst dich im Bad umziehen.«

»Was soll ich denn anziehen?« Ich bin mir ziemlich sicher, dass die Antwort darauf »nichts« lautet, aber ich möchte es aus seinem Mund hören.

»Da hängt ein Morgenmantel«, sagt er. »Ich kann dir eine Tasse Tee machen.«

Ich hole tief Luft. »Dieses ›Zieh dich hinter dem Paravent aus und nimm den Morgenmantel‹ hab ich ja nie recht verstanden«, sage ich. Und bevor ich noch Zeit für Selbstzweifel habe, ziehe ich mir das Shirt über den Kopf. Ich trage einen schwarzen Spitzen-BH, den schönsten, den ich habe. Ich hake ihn auf, lasse Nick dabei nicht aus den Augen.

»So kannst du bleiben.« Das Stocken in seiner Stimme ist das Einzige, was ihn verrät. Er rückt einen Schritt von mir ab. »Dreh dich mit dem Gesicht zum Kamin. Ein wenig nach links.« Ich komme der Bitte nach. »Dein Haar ...« Er kommt zu mir, löst mein Haar aus dem Haargummi und drapiert es über meinen Rücken und meine Schulter, ohne mich dabei auch nur ein einziges Mal zu berühren. Ich zittere, jede Faser meines Körpers ist sich seiner bewusst.

Er tritt zurück. »Ist dir kalt?«

»Nein.«

»Gut. Und jetzt entspann dich.«

»Ja, klar«, sage ich mit sarkastischem Unterton.

Aber es gelingt mir tatsächlich, mich zu entspannen. Der Stress, dem ich mit meiner Familie ausgesetzt bin, fällt von mir ab. Ich blicke ins Feuer, das Flackern hat eine hypnotische Wirkung. Nick setzt sich mit seinem Skizzenblock auf die Sofakante, und dann höre ich den Stift über das Papier gleiten. Im Vorfeld hatte ich mir Sorgen gemacht, dass ich mich langweilen könnte oder anfangen zu zappeln und es nicht schaffen würde, die Pose beizubehalten. Tatsächlich aber merke ich nicht einmal, wie die Zeit vergeht. Ich habe das Gefühl, ich könnte ewig hier stehen, mich an der Hitze der knisternden Flammen wärmen in dem Bewusstsein, dass er mich beobachtet.

»Darf ich reden?«, frage ich.

»Wenn du möchtest«, sagt er.

Ich weise ihn nicht darauf hin, dass ich den versprochenen Tee nicht bekommen habe.

»Mache ich es richtig?«

»Perfekt.«

Ich wäge das Wort ab und die Art, wie er es gesagt hat, überlege mir, wo das wohl enden könnte. Nach weiteren zehn Minuten kommt er wieder zu mir.

»Und jetzt leg dich hin«, sagt er.

Die Art, wie er das sagt ... ich schiebe mein Haar zur Seite, sodass die Brüste voll entblößt sind. Sein Blick folgt meiner Bewegung, aber ich habe das Gefühl, dass er mich immer ganz wahrnimmt, ob er nun mein Gesicht ansieht oder meinen Körper.

Er bringt mir ein Kissen, um mich zu stützen. Ich sehe ihm direkt in die Augen, fordere ihn heraus, auch nur die kleinste Spur von Erregung zu offenbaren.

»Und, hat es dir beim letzten Mal gefallen, mich auszuziehen?«, frage ich im Plauderton. »Als du mich aus dem Meer gerettet hast?«

Er nimmt einen Bleistift und zeichnet konzentriert. »Ich musste dich aus den nassen Sachen bekommen und aufwärmen. Das war alles, woran ich in dem Augenblick gedacht habe.«

»Alles?«

Er hält inne. Der flackernde Feuerschein spiegelt sich in seinen Augen. Er reagiert nur mit einem leisen Lachen. Es gefällt mir, wenn er mich ansieht. Mir gefällt, dass das Knistern zwischen uns so viele Möglichkeiten birgt.

»Und jetzt?«, frage ich. »Du hast bestimmt schon viele Modelle gezeichnet.«

»Ja«, sagt er. »Das stimmt. Weiblich, männlich, alt, jung, dick, dünn. Ein Körper ist ein Körper. An einem weiteren Modell bin ich gar nicht interessiert.«

»Nein? Warum bin ich dann hier?«

»Weil du eine Muse bist.«

Sein Blick streift sanft den meinen, ehe er sich wieder an die Arbeit macht.

»Eine Muse«, wiederhole ich. »Das gefällt mir.«

Er lacht noch einmal. »Das dachte ich mir.«

Ich lege mich zurück, während er weiter zeichnet. Mein Körper ist warm und träge. Es erstaunt mich, wie selten er auf das Papier blickt. Es ist, als setzte er jede Linie instinktiv. Ich weiß nicht, wie die Skizzen am Ende aussehen werden, aber ihre Entstehung ist wunderschön anzusehen. Und dann stelle ich mir vor, wie er den Abstand zwischen uns überbrückt, wie die sorgsame Maske der Zurückhaltung von ihm abfällt. Ich stelle mir vor, wie meine Haut unter seinen Händen lebendig wird.

Sein Bleistift verharrt. Mir wird bewusst, dass sich meine Gedanken wahrscheinlich an meinem Gesicht ablesen lassen. Dass seine Muse keine Geheimnisse vor ihm haben kann. Langsam streiche ich mir über die Brüste, als wären es seine Hände. Ich lasse sie weiter nach unten wandern, über meinen Bauch. Und noch weiter. Er hört ganz auf zu zeichnen. Ich kann seine Erregung spüren. Er steht auf und kommt zu mir. Kniet neben mir nieder ... er wird es tun ...

In diesem Moment klingelt es laut. Ein Telefon. Sein Gesicht verschließt sich wie eine Muschel. Seit Beginn dieser kleinen Eskapade wünsche ich mir zum ersten Mal, ich hätte eine Decke oder etwas Ähnliches, das ich über mich breiten könnte.

»Verdammt noch mal«, flüstert er. Er steht auf und verlässt den Raum. Vielleicht bekomme ich jetzt doch noch eine Tasse Tee, denn es scheint, als wären wir zumindest für heute fertig.

»Ja«, sagt er knapp ins Handy.

Ich kann die Stimme am anderen Ende nicht hören.

»Was soll das heißen?«, fragt er. »Ich habe sie gestern losgeschickt. Bis spätestens drei Uhr hättest du sie haben müssen.«

Eine lange Pause.

»Nun, hättest du eben kein so frühes Treffen mit den Anwälten vereinbart.«

Die Anspannung in seiner Stimme steigt und ebenso im ganzen Raum. Allmählich fühle ich mich unbehaglich, fast wie ein Eindringling. Ich gehe zum Sofa und ziehe mich wieder an. Ich bin in – allergrößter – Versuchung, zu seinem Skizzenblock zu gehen und mir anzusehen, was er gezeichnet hat. Aber ich will nichts Falsches tun.

»Schau, Liz, es tut mir leid. Ich habe mein Bestes gegeben. Du musst jetzt einfach abwarten.«

Noch eine lange Pause.

»Ja, du auch.«

Er knallt das Telefon hin. Er hat mir den Rücken zugekehrt, seine Schultern hängen herab. Als er sich umdreht und sieht, dass ich angezogen bin, seufzt er. »Tut mir leid«, sagt er.

»Ist alles ... okay?«, frage ich. Die Frage klingt lächerlich.

»Ja, alles prima.« Er verzieht das Gesicht. »Meine Ex-Frau kümmert sich um den Verkauf unseres Hauses. Heute ist Übergabe, und das Dokument, das ich unterzeichnet habe, ist noch nicht eingetroffen. Vermutlich liegt es am Schnee. Ich hoffe, dass der Kurier durchkommt.« Stirnrunzelnd blickt er auf seine Hände, als würde er sie nicht erkennen.

Und ich erkenne ihn nicht wieder. Seine kühle, angespannte Zurückhaltung ist verschwunden, aber nicht, weil er dem Begehren zwischen uns nachgegeben hat. An seine Stelle ist eine leere Hülle getreten, das Überbleibsel einer zerbrochenen Beziehung, in der die Liebe vertrocknet und dann abgestorben ist.

Ich gehe zu ihm. Vermutlich wird er sich mir nicht anvertrauen, aber wenigstens kann ich ihm eine Tasse Tee kochen.

»Wie lang seid ihr denn schon getrennt?«, frage ich. Er setzt sich an den Tisch und stützt den Kopf in die Hände. Ich fülle den Wasserkocher und schalte ihn ein.

Er lacht freudlos auf. »Drei Jahre. Eine Ewigkeit, könnte man meinen. Meist fühlt es sich auch so an. Aber jedes Mal, wenn ich ihre Stimme höre ... erinnere ich mich einfach.«

Ich schlucke angestrengt. Das war's also. Er hat eine Ex-Frau, in die er immer noch verliebt ist. Dagegen kommt nicht einmal eine Muse an.

Ich gebe einen Teebeutel in eine Tasse. »Es kann schwer sein, die guten Zeiten loszulassen«, sage ich. Es ist tröstlich gemeint, aber so, wie ich es sage, klingt es banal.

»Nein.« Er blickt auf, als hätte er sich gerade erst daran erinnert, dass ich hier bin. »Nicht die guten Zeiten. Es ist nur ...« Er unterbricht sich. »Tut mir leid, du bist nicht hergekommen, damit ich dich mit meinem Mist belämmere.«

Der Wasserkocher schaltet sich ab, und ich gieße Wasser in seine Tasse.

»Erzähl doch.« Ich stelle die Tasse auf den Tisch. »Ich habe dir weiß Gott alles erzählt.«

Er schüttelt den Kopf. Ich habe das Gefühl, dass es wichtig ist, dass er sich mir anvertraut, und dass die Entscheidung dafür oder dagegen zeigen wird, wie es um uns bestellt ist. Gerade als ich sicher bin, dass von ihm nichts mehr kommt, fängt er an zu reden.

»Liz war eine Kollegin bei der Polizei. Wir haben in derselben Dienststelle gearbeitet, aber in unterschiedlichen Abteilungen. Wir waren zwei Jahre zusammen und haben dann geheiratet. Unsere Dienstpläne haben dafür gesorgt, dass wir uns nicht allzu oft zu sehen bekamen, aber das hat recht gut funktioniert. Sie war ehrgeizig, ich war ehrgeizig. Ich wurde befördert, sie nicht.«

Ich nicke.

»Das war die erste Belastungsprobe für unsere Beziehung, aber es gab weitere. Wir wollten beide Kinder, aber es hat ewig nicht geklappt. Dann, vor vier Jahren, war es endlich so weit. Sie wurde schwanger. Ich war außer mir vor Glück. Ich dachte, dass ein Kind all unsere Probleme lösen würde, dass es die Risse in unserer Beziehung kitten würde.«

Hat Ginny das auch geglaubt? Dass es die Risse kitten beziehungsweise in ihrem Fall ein ehernes Fundament für ihre Beziehung mit James legen würde, wenn sie das Baby behielt? Oder gar mit Byron? Ich sitze stocksteif da, wünsche mir, ich hätte auch für mich Tee gekocht. Als hätte er meine Gedanken gelesen, steht Nick auf und schaltet den Wasserkocher ein.

»Wer weiß, ob wir es am Ende geschafft hätten? Sie war zu der Zeit an den Ermittlungen gegen einen Schmugglerring beteiligt. Ich habe sie gedrängt, einen Schreibtischjob zu übernehmen, es langsam angehen zu lassen. Das hat sie mir verübelt, sie wollte einen Karriereknick vermeiden.«

Der Wasserkocher schaltet sich ab, und er lässt einen Teebeutel in den nächstbesten Becher fallen. »Wir hatten im Beisein von Kollegen eine Auseinandersetzung, das war alles total unprofessionell. Später habe ich erfahren, dass sie ihrem Vorgesetzten gar nichts von der Schwangerschaft erzählt hatte.«

Er knallt den Becher vor mich hin. »Um es kurz zu machen, Liz war weiter an den Ermittlungen beteiligt. Als sie einem Hinweis nachging, wurde sie angeschossen. Dabei ... verlor sie das Baby.«

Ich umklammere den Becher so fest, dass ich mir die Hand verbrenne.

»Das war's dann – sowohl für meine Ehe als auch für meine Karriere.« Er zuckt mit den Achseln. »Ich bin praktisch auf der Stelle gegangen. Vermutlich war es mies von mir, sie nicht zu unterstützen. Aber ich war einfach so wütend. Drei Wochen später war sie wieder im Dienst. Und hat endlich ihre Beförderung bekommen.«

Die Qual in seinem Gesicht zerreißt mich schier. Ich nehme seine Hand. Ich sage nicht, dass es mir leidtut, äußere keine bedeutungsleeren Worte des Trosts. Für einen so tiefen, herzzerreißenden Verlust gibt es einfach keine Worte.

Es dauert nur ein paar Augenblicke, bis Nick Hamiltons harte Schale zu brechen beginnt. Seine Augen füllen sich mit Tränen. Ich drücke seine Hand noch fester und wende den Blick ab, damit er seiner Trauer freien Lauf lassen kann, der Trauer um sein Baby, um ein weiteres unschuldiges Leben.

»Nick«, flüstere ich und fahre die Spur entlang, die eine Träne auf seiner Wange hinterlassen hat.

»Tut mir leid.« Er schüttelt den Kopf. »Ich weiß nicht, warum ich dir das alles erzähle ...« Er hält inne. Sein Blick sagt alles. »Doch, ich weiß es ...«

Sanft zieht er mich auf seinen Schoß. Er sieht mir forschend ins Gesicht, und ich weiß, dass er direkt in mich hineinblickt. Er küsst mich, mit so süßer Zärtlichkeit, und ich schmiege mich in seine Arme, als die Wärme zwischen uns aufflammt, fahre ihm mit den Fingern durch das Haar und presse ihn fester an meine Lippen. Ich keuche, als er die Hand unter mein Shirt schiebt und meine Brüste streichelt. Ich will ihn, ganz. Ich will mich ihm hingeben. Es gibt keine Vergangenheit und keinen Schmerz, nichts als die Verheißung dieses Augenblicks. Er macht sich daran, meine Jeans zu öffnen, und ich will mir das Shirt über den Kopf ziehen ... Da bellt der Hund in der Diele, und draußen knirscht Kies. Nick stöhnt und schließt die Augen, kappt unsere Verbindung.

»Das nenn ich schlechtes Timing«, sagt er.

Ich rutsche von seinem Schoß, richte meine Kleider. »Allerdings. Erwartest du jemanden?«

Nick steht auf und schaltet den Wasserkocher ein. Diesmal ist es nicht für mich.

»Meinen Kumpel aus Fort William«, sagt er. »Ich habe ihn gestern Abend noch angerufen. Er bringt mir die Akte deiner Schwester.«

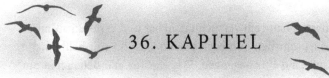

36. KAPITEL

Der Schnee ist zu Regen geworden, als ich zurück nach Hause gehe. Ich fühle mich wie ein Pferd, das ein Rennen gelaufen und noch nicht abgerieben worden ist. Eine alternative Realität nimmt in meiner Vorstellung Gestalt an. Wie ich mit Nick vor dem Kamin liege, mein Haar auf dem Teppich ausgebreitet. Wie wir uns über den Schmerz der Vergangenheit erheben und uns einen Augenblick stehlen, vielleicht sogar eine Zukunft. Und später, wenn er zu Ende geführt hätte, was er begonnen hat, hätte er mir die Skizzen gezeigt: Sie wären schön und kunstfertig, aber irgendwie unvollendet. Nur durch den Liebesakt würde er die Frau auf dem Papier wirklich erkennen können.

Bevor ich das Cottage verließ, war Nicks Freund hereingekommen, und die beiden hatten sich kumpelhaft und schulterklopfend umarmt, garniert mit ein paar ausgewählten Kraftausdrücken darüber, wie lange ihre letzte Begegnung doch schon zurückläge. Nick stellte uns kurz vor. DS Alain Paterson hob die Augenbrauen, als Nick ihm meinen Namen nannte.

»Ich wollte gerade gehen«, sagte ich und bemühte mich, nicht auf die dicke Akte in seiner Hand zu schielen. Ich war in dieser Akte enthalten. Und all meine Freunde und die Leute, mit denen ich aufgewachsen war. Und Mum. Und meine Schwester. Was Nick wohl finden würde, wenn er anfing zu lesen? Einerseits wäre ich gern geblieben, um ihn bei der Lektüre von Zeugenaussagen und Protokollen zu beobachten. Dabei auf jede Reaktion zu achten, jeden überraschten Ausruf, jedes Stirnrunzeln angesichts unbeantworteter Fragen.

Stattdessen hatte ich versucht, dankbar und verlegen auszusehen. »Es ist sehr nett von euch beiden, dass ihr mir helft«, hatte ich gesagt. Und war gegangen. Das war für alle Beteiligten am besten. Sollte Nick in Ruhe mit seinem Freund plaudern. Und dann die Akte lesen und seine eigenen Schlüsse daraus ziehen.

Als ich ging, hatte er mich kurz auf die Wange geküsst. Dieser Kuss hatte alles gesagt, aber es war etwas, was ich ohnehin schon wusste. Dass alles zwischen uns auf Eis gelegt werden musste, solange er die Akte hatte, solange er den Tod meiner Schwester untersuchte.

Ich empfinde schmerzliches Bedauern, als ich durch das Tor in Mums Garten trete. Am Rand der Wiese steht ein kleiner, unförmiger Schneemann. Unter dem Vordach ziehe ich die Stiefel aus und gehe ins Haus. Die Zwillinge raufen im Wohnzimmer auf dem Boden, Fiona ermahnt sie lautstark, sich zu beruhigen. Emily hebt ein paar Puzzleteile auf, die im allgemeinen Getöse auf den Boden gefallen sind. Mum und Bill sind in der Küche.

»Wo warst du denn?«, fragt Emily und richtet sich auf. An ihrem Handgelenk klimpert ein Armband.

Ich öffne den Mund, bringe jedoch kein Wort heraus. Der Atem weicht aus meinem Körper, mir dröhnt der Kopf, als wollte er jeden Augenblick explodieren. Ich laufe auf sie zu und packe ihr Handgelenk.

»Autsch«, sagt sie.

»Woher hast du das?«, zische ich. Ich streiche über das glatt polierte Glas und die winzigen schillernden Muscheln. Den goldenen Herzanhänger. Das Armband, das ich für meine Schwester gebastelt hatte – und das sie in der Nacht ihres Todes getragen hatte.

Emily reißt verängstigt die Augen auf, genau wie neulich, als Mum so ausgeflippt ist. Mit heftig zitternden Händen versuche ich das Band aufzuknoten.

»Hier.« Emily löst es an meiner Stelle. »Nimm es. Tut mir leid.«

»Skye? Was ist hier los?« Fiona kommt zu uns, offenbar besorgt, dass ich Emily zu hart zusetze.

»Woher hast du das?«, schreie ich Emily an. Fiona ignoriere ich. Ich nehme das Armband, spüre seinem Gewicht in meinen Händen nach. All meine Hoffnungen und Träume lagen darin, als ich es für meine Schwester arbeitete. All die Liebe, die ich für sie empfand und die unsere unlösbare Verbindung besiegelte.

Mir ist halb bewusst, dass Bill durch die Küchentür kommt, dahinter Mum, humpelnd an ihrem Stock.

»Ich ... habe es gefunden«, sagt Emily. »In der Schmuckschatulle im Zimmer deiner Mum.« Ihre Augen füllen sich mit Tränen. »Ich weiß, dass ich es nicht hätte nehmen sollen, aber es war so hübsch, und ...«

»Emily, das hast du doch nicht wirklich gemacht?« Fiona wirkt schockiert, aber sie weiß offenbar nicht, was es tatsächlich zu bedeuten hat.

»Tut mir leid«, weint Emily.

Am liebsten hätte ich sie geschüttelt.

»Woher hast du das?«, gehe ich nun mit erhobener Stimme auf meine Mutter los.

»Hey, beruhig dich.« Bill tritt zwischen uns. »Reg sie nicht so auf.«

»Mum ...«, sage ich, ohne auf ihn zu achten. »Woher hast du das?«

»Ich ...« Mums Stimme zittert. »Ich weiß nicht. Nicht genau.«

»Ich weiß, woher sie es hat.« Bills Stimme ist angespannt und eisig. »Als die Polizei den Wagen untersuchte, wurde es unter dem Beifahrersitz gefunden.«

»Den Wagen? Welchen Wagen?«

»Den Wagen, mit dem du den Unfall gebaut hast«, schreit Bill. »Es war bei den Dingen, die sie bei uns abgeliefert haben. Deinen

Mantel, den Rucksack, die Wasserflasche. Den ganzen alten Müll, der unter dem Sitz lag. Ein paar Sachen von Ginny. Keine Ahnung, was es im Einzelnen war. Nicht dass du uns bei den Formalitäten eine Hilfe gewesen wärst – hinterher konnten sie nicht mal die verdammten Autoschlüssel finden. Der Wagen wurde trotzdem verkauft. Ausgeschlachtet. Die Sachen habe ich größtenteils auf den Dachboden gebracht. Mum wollte das Armband behalten.«

»Aber wie ist es in den Wagen gekommen?«

»Keine Ahnung.« Bill pflanzt sich vor mir auf. »Wahrscheinlich hat sie es Tage vor ihrem Tod unter dem Sitz verloren. Wer weiß? Was für eine Rolle spielt das?«

»Nein ...« Ich schüttele den Kopf. »Sie hat es in jener Nacht getragen.«

»Ich dachte, du könntest dich an nichts erinnern«, wirft Bill mir vor.

»Nein ...« Mir dröhnt immer noch der Kopf. Am liebsten hätte ich laut geschrien. »Sind die Sachen noch auf dem Dachboden?«

»Keine Ahnung ...«

»Nan ...?«, sagt Emily plötzlich. »Geht es dir ...?«

Schemenhaft bewegt Emily sich auf Mum zu. Bill bewegt sich, ich bewege mich. Aber wir kommen alle zu spät. Der Stock ruckelt und gibt nach. Mum bricht auf dem Boden zusammen.

Das alles wird Konsequenzen nach sich ziehen, Schuldzuweisungen. Das zumindest weiß ich, auch wenn die Ereignisse ineinander verschwimmen. Bill übernimmt die Anrufe: den Rettungsdienst, Lorna ... Wir anderen kümmern uns um Mum. Fiona, Emily und ich legen sie auf den Rücken, decken sie zu. Ein paar Minuten ist sie bewusstlos, doch dann öffnet sie unerwartet die Augen.

»Was ist passiert?«, fragt sie.

Fiona erklärt, dass sie umgefallen ist. »Wir haben die Sanitäter gerufen«, sagt sie.

»Nein ... die brauche ich nicht.« Mum kämpft sich in eine sitzende Position hoch. »Das wird schon wieder. Ich bin wohl in Ohnmacht gefallen.«

»Das kann schon sein«, sagt Bill. »Aber du musst untersucht werden.«

»Es wäre mir wirklich lieber, ihr würdet nicht so ein Aufhebens machen«, sagt Mum. »Eine Tasse Tee, danach bin ich wieder wie neu.«

Bill funkelt mich wütend an. »Du musst dich aufs Sofa legen«, sagt er zu Mum und nimmt sie beim Arm.

Sie versucht ihn abzuschütteln, aber sie ist zu schwach. Fiona ergreift den anderen Arm. »Wirklich, Mary. Bill hat recht.«

Als Mum auf dem Sofa untergebracht ist, nimmt Bill mich mit zornig glühenden Augen beiseite. »Das ist deine Schuld«, behauptet er. »Ich habe dir doch gesagt, dass du sie nicht aufregen sollst.«

»Schieb die Schuld jetzt nicht auf mich«, zische ich. »Du hast eine Menge zu verantworten. Du hättest mir erzählen sollen, dass aus dem Wagen Sachen zurückgebracht wurden. Es überrascht mich, dass du Emily nicht erlaubt hast, sie vom Dachboden runterzuholen und darin herumzustöbern.«

»Fahr zur Hölle«, sagt er.

»In Ordnung.« Ich stürme aus der Küche und die Treppe hinauf.

Tränen brennen mir in den Augen, als ich den Staubwolken trotze und wieder hinauf auf den Dachboden steige. Es gelingt mir, mich nicht an dem Balken zu stoßen, aber ich hätte trotzdem am liebsten geschrien und alles in Reichweite durch die Gegend getreten. Ich will sämtliche Kisten hinunterwerfen, alles loswerden. Weglaufen, neu beginnen, ein Leben als unbeschriebenes Blatt.

Ich entdecke die Schachtel in der Nähe der alten Mikrofonständer. Eine Schachtel ohne Aufkleber, sie ist nicht zugeklebt. Innen befinden sich mehrere Plastiktüten mit Polizeietiketten. Ginnys Pulli, der in jener Nacht gefunden worden war, und ihr Schal. Ich nehme sie aus der Tüte und weine, halte sie mir vors Gesicht. Sie riechen nach nichts, und die Wolle fühlt sich an meiner Haut rau und kratzig an. Dann sehe ich mir die anderen Sachen in der Schachtel an. Ein paar Bücher, eine Packung Gitarrensaiten, eine Wasserflasche, ein Verbandskasten, eine kleine Tüte mit Münzen, ein längst ausgetrocknetes Lipgloss ... Nichts. Hier ist nichts. Ich werfe alles zurück in die Schachtel und schiebe sie weit hinten in eine Ecke. Nichts, was erklären würde, wie das Armband zu uns zurückgekehrt ist, nachdem Ginny es in der Nacht ihres Todes am Handgelenk trug und ihr Leichnam nie gefunden wurde.

Ich weine immer noch, als ich in den ersten Stock hintersteige und die Luke schließe. Die Tür zu meinem Zimmer steht offen. Ich höre, wie jemand sich darin bewegt.

»Emily?«, sage ich.

Sie sitzt auf dem Boden, den Rücken an Ginnys Bett gelehnt. So jung, so schön, so voller Leben – genau wie meine Schwester. Ihr Kummer zerreißt mir das Herz.

»Hasst du mich?«, fragt sie und sieht auf.

»Ach, Emily.« Ich schließe die Tür und gehe zu ihr. Dann setze ich mich neben sie und umarme sie, spüre ihre körperliche, lebendige Wärme. »Ich hasse dich doch nicht. Und das alles ... tut mir leid. Für dich muss das einfach schrecklich sein.«

»Nein. Ich meine, ja, irgendwie schon. Aber für dich ist es noch schlimmer.«

»Ich bin erwachsen«, sage ich. »Mehr oder weniger.« Ich ziehe das Armband heraus und drücke es Emily in die Hand. »Hier«, sage ich. »Nimm du es. Ich hab es für Ginny gemacht. Es war ein

Geschenk zu ihrem achtzehnten Geburtstag, das Armband und ein paar Kreolen, auf die ich kleine Muscheln gezogen hatte. Ich habe sie so geliebt ...«

»Nein«, sagt Emily. Sie gibt mir das Armband zurück. »Ich will es nicht.«

»Okay.« Ihre Zurückweisung versetzt mir einen schmerzlichen Stich.

»Deine Schwester ... sie ... also ... Ich hab in der Kiste mit den Schallplatten noch etwas anderes gefunden.«

»Was?«, frage ich vorsichtig.

»Noch ein Tagebuch. Ich glaube, es war ihr letztes.«

Langsam stehe ich auf. »Zeig es mir«, sage ich.

37. KAPITEL

Es steht alles da. Die Worte in dem kleinen Büchlein, das all die Jahre versteckt gelegen hatte. Ich danke Emily dafür, dass sie es gefunden hat, entschuldige mich bei ihr, weil ich sie angeschrien habe, und nehme es mit in mein Zimmer, um es in Ruhe zu lesen. Der wortreiche Verrat wurde mit grünem Kugelschreiber festgehalten, Ginnys Lieblingsfarbe. Ich setze mich aufs Bett und schlage sofort den letzten Eintrag auf. Drei volle Seiten, datiert auf den Nachmittag ihres Todestages:

Noch ein paar Wochen, dann ist sie weg. Bis dahin kann ich das Geheimnis wahren. Ich bin froh, dass ich nicht nach Glasgow gefahren bin und etwas getan habe, was ich ewig bereuen würde. Mum sagt, dass alles Leben kostbar ist und dass sie zu mir halten wird, was auch passiert. Sie hat geweint, als ich es ihr erzählt habe, und mich angefleht, es mir doch noch ein letztes Mal zu überlegen. Sie sagte, wenn ich mich dafür entschiede, würde sie mich begleiten, ich bräuchte nicht bei James' mieser alter Tante Ellen zu wohnen. Sie hat echt nicht die geringste Ahnung. Natürlich ist Ellen nicht James' Tante, genau wie James nicht der Vater ist. Irgendwann erzähle ich es ihr, wenn S weg ist. Ich kann es gar nicht erwarten … Ich frage mich, wie es wohl sein wird, sie endlich los zu sein. Frei, meine eigenen Träume zu leben. Frei, hier zu bleiben, frei, den Mann zu lieben, den ich will. Den Mann, den sie nicht genug geliebt hat. Nur noch ein paar Wochen. Und dann heißt es tschüss und alles Gute …

Ich lese das alles wie versteinert. Die Worte rauschen über mich hinweg, ich nehme sie gar nicht richtig auf. In meinen Ohren summt es, und in meinem Bauch spüre ich einen schneidenden Schmerz.

Es ist seltsam, aber das kleine Wesen, das in mir heranwächst, ist wie der Zwilling, den ich mir immer gewünscht und nie bekommen habe. Jemand, der mich um meiner selbst liebt, mein wahres Ich. S liebt die Person, die sie in mir sehen will, nicht diejenige, die ich wirklich bin.

»Blödsinn«, sage ich mit lauter, zorniger Stimme. »Das ist absoluter, vollkommener Blödsinn.« In meinem Mund sammelt sich Spucke.

Irgendwann wird sie es verstehen, und irgendwann wird sie mir hoffentlich auch verzeihen. Ich liebe sie so sehr.

Das ist der letzte Eintrag. Ich knalle das Tagebuch zu und laufe über den Flur ins Bad. Hastig knie ich mich nieder, beuge mich über die Toilette und übergebe mich heftig, verzweifelt.

Dort entdeckt Fiona mich später, ich liege zusammengerollt auf dem Boden. Sie schließt die Tür, zieht meinen Kopf auf ihren Schoß, und keuchend versuche ich, alles zu erklären. Es ist wirr und unverständlich, selbst für mich, doch sie scheint von allem nicht überrascht oder zumindest nicht besorgt.

»Schsch, Skye.« Sie streicht mir das Haar aus dem Gesicht. »Alles wird gut. Jetzt, wo alles ans Licht kommt, wirst du damit abschließen können.«

»Aber ich verstehe es einfach nicht! Wie konnte sie mir das antun? Wieso hat sie all diese Dinge geschrieben? Wie konnte sie ... all diese Dinge empfinden?«

»Gehen wir in dein Zimmer.« Sie hilft mir auf. Ich habe das Gefühl, als wäre mein Körper aufgeschnitten, mit Steinen gefüllt und wieder zugenäht worden.

»Sie ...«, ich keuche, »... hat mich gehasst. Warum hat sie mich so gehasst?«

»Jetzt komm ...« Fiona spricht mit mir, als wollte sie ein Kind trösten. »Sie war ein junges Mädchen. Und, wie es klingt, sehr durcheinander. Irgendwann hätte sich das alles von selbst gelöst, wenn auch nicht ohne eine Menge Zank und Streit. Du hast jedes Recht, dich verraten zu fühlen. Aber schlussendlich ist das, was in jener Nacht passiert ist, immer noch eine schreckliche Tragödie.«

Das ist die Quintessenz des Ganzen. Egal was Ginny von mir gehalten hatte, von uns, von ihrem Leben im Allgemeinen, sie hätte in jener Nacht nicht sterben sollen.

Aber woher kommt das Armband? Mein Gedächtnis mag beschädigt sein, aber eines weiß ich mit absoluter Gewissheit: Sie trug das Armband, als sie in Byrons Jeep davonbrauste.

»Tut mir leid«, sage ich schließlich. »Durch meine Rückkehr habe ich alles kaputt gemacht. Bill hatte recht, ich hätte nicht alles aufrühren sollen. Und jetzt ... Mum ... wie geht es Mum ...?«

»Fiona?«, ruft Bill von unten und unterbricht uns. »Die Sanitäter sind hier.«

Es gelingt mir, mich nach unten zu schleppen. Ich bin mir der Vorgänge nur halb bewusst: Bei Mum wird der Blutdruck gemessen, die Sanitäter verkünden, dass Mum zu ein paar Untersuchungen ins Krankenhaus muss. Bill erklärt sich bereit, sie zu begleiten. Und dann kommt einer der Sanitäter in die Küche.

»Skye? Ihre Mum fragt nach Ihnen.« Irgendwie geben mir diese Worte ein klein wenig Auftrieb.

Mum ist auf eine Trage gebettet. Ich gehe zu ihr, und sie nimmt meine Hand. »Skye«, sagt sie und zieht mich überraschend kraftvoll zu sich herab.

»O Mum«, sage ich. Eine Träne rollt mir über die Wange und tropft auf ihr Gesicht. Sie schließt die Augen. Die Sanitäter rollen die Trage fort.

38. KAPITEL

Selbst in den schlimmsten Augenblicken der letzten fünfzehn Jahre hätte ich es nicht für möglich gehalten, dass ich mich einmal so elend fühlen könnte. Ich kann nicht einmal mehr weinen, als ich das Armband und Ginnys letztes Tagebuch mit ins Skybird nehme. DCI Hamilton wird die Sachen brauchen, um die Akte zu vervollständigen. Ich werde sie bei ihm abgeben und dann nach Hause gehen und meinen Koffer packen. Als ich zusah, wie Mum in den Rettungswagen geschoben wurde, war meine einzige Gewissheit, dass es für alle Beteiligten das Beste wäre, wenn ich wieder abreise, je früher, desto besser. Und diesmal werde ich nicht zurückkommen. Mum ist ohne mich besser dran, das ist mir jetzt klar. Ich werde mein Leben wieder anderswo leben, ein winziges Boot auf weiter See, ohne Anker.

Der Wagen von DS Paterson steht nicht mehr da. Mein letzter Besuch ist gar nicht so lange her, aber es kommt mir vor wie in einem anderen Leben. Ich bin jetzt ein anderer Mensch. Dank Ginnys letzten Worten habe ich nach all den Jahren endlich erkannt, wer ich wirklich bin.

Ich klopfe an die Tür. Es braucht mehrere Minuten Hundegebell, ehe die Tür geöffnet wird.

Im ersten Augenblick erkenne ich Nick kaum. Er trägt eine kleine Nickelbrille und sieht damit eher wie ein Oxfordgelehrter als ein Freiluftkünstler aus. Beinahe gestehe ich mir ein, wie sehr ich ihn begehre … oder begehrt habe … davor. Aber deswegen bin ich nicht hier.

»Ich habe noch etwas gefunden«, sage ich und halte ihm das Tagebuch hin. »Das heißt, Emily hat es gefunden. Das letzte Tagebuch meiner Schwester. Und das Armband, das sie in jener Nacht getragen hat. Ich weiß nicht, wie es zu uns gekommen ist. Angeblich lag es nach dem Unfall im Wagen. Mein Bruder glaubt nicht, dass es etwas zu bedeuten hat, aber ich bin da anderer Meinung. Ich weiß, dass sie es in jener Nacht getragen hat.«

»Komm doch erst einmal herein«, sagt er. »Du siehst ... schrecklich aus.« Er nimmt die Brille ab und steckt sie in seine Hemdtasche.

»Ich habe Emily angeschrien. Und dann ist Mum zusammengebrochen.«

»Ach, Skye.«

Er nimmt mich in die Arme. Zärtlich, besorgt. Er hält mich. Als wäre ich ein Mensch, eine Frau, die mehr verdient hat als dieses zerbrochene, zersplitterte Leben. Aber er täuscht sich. Ich schiebe ihn weg.

»Nein«, sage ich. »Das kann ich nicht. Nicht, solange all das über mir hängt.«

Seine Augen verdunkeln sich. »Schon gut«, sagt er. »Aber mir gefällt es nicht, wenn ich dich so verstört sehe. Ich ...« Er hält inne. »Ich weiß, dass wir uns kaum kennen, aber mir liegt viel an dir.«

»Warum?« Ich schreie beinahe. »Warum? Warum sollte man sich etwas aus einem Kontrollfreak machen, der das Leben seiner Schwester zerstört hat? Denn genau das war ich – jetzt ist es mir klar. Ginny hat sich nur eines gewünscht: dass ich endlich verschwinde. Damit sie sich ein Leben mit meinem Freund aufbauen und sein Baby bekommen könnte. Das waren ihre Träume. Und ich war zu dumm – zu beschränkt –, um das wahrzuhaben.«

Am liebsten würde ich ihn boxen, ihn anschreien. Ihn zu sehen, ihn zu begehren ... zu wissen, dass diese schreckliche Sache zwischen uns steht ... Genauso hat Ginny sich gefühlt. »Sie saß in der Falle«, sage ich mit erstickter Stimme. »Ausgebremst von mir und von ihren Schuldgefühlen mir gegenüber. Und Mum ... hat all die Jahre die Geheimnisse gehütet und wurde davon zerfressen. Sie hatte recht, mir damals die Schuld zu geben, das sehe ich jetzt.«

»Ich will dir etwas zeigen.« Seine Stimme ist ruhig und bedächtig. Dadurch komme ich mir nur noch mehr wie eine rasende Irre vor.

»Nein. Ich gehe jetzt. Das ist das Beste. Ich kann nicht bleiben.«

»Es dauert nur eine Minute. Dann kannst du nach Hause zu deiner Familie. Du brauchst sie, und sie brauchen dich. Vor allem jetzt. Und ich brauche Zeit, um mir all das genau anzusehen.«

Ich habe nicht die Kraft, mich zu widersetzen. Ich trete ein, hasse mich ein wenig für meine Schwäche.

Das Feuer ist inzwischen heruntergebrannt und glimmt nur noch schwach. Als ich ins Zimmer komme, leckt Kafka mir die Hand, und ich hätte ihn am liebsten gepackt, umarmt und alles andere ausgeblendet. Nick winkt mich in die Küche. Ich bleibe auf der Schwelle stehen und mache große Augen. Die Akte ist nicht zu sehen. Stattdessen ist der Tisch mit Nicks Skizzen von mir bedeckt.

Ich trete an den Tisch, um sie mir näher anzusehen. Manche bestehen nur aus ein paar eilig hingeworfenen Linien, andere aus einem Augenausdruck oder einem schattierten Profil. Alle scheinen einem entgegenzuspringen, als verfügten sie über ein Eigenleben.

Er nimmt ein Blatt und reicht es mir: ein Porträt mit Schnee im Haar. Lange betrachte ich es, den Ausdruck der Augen, die geschwungenen Lippen. Es ist, als wären all die Details entfernt worden, die ich im Spiegel sehe. Statt fader Schönheit hat er etwas ganz anderes eingefangen. Eine Kraft, ein Leuchten in den Augen. Nicht die Frau, die ich jetzt bin, aber eine, die zu sein ich vielleicht anstreben könnte. Erkennbar, und doch unbekannt.

Er mustert mich, während ich mir die Skizzen ansehe. »Als ich dich kennengelernt habe – richtig kennengelernt, meine ich –, hast du mich fasziniert«, sagt er. »Du hast etwas an dir. Ich meine, neben der Tatsache, dass du unglaublich schön und sexy bist.«

Ich lache. Es fühlt sich fremd an.

»Du hast eine Verletzlichkeit an dir. Die Frau am Strand. Aber dann strahlt in deinen Augen auch dieses Licht ... diese innere Stärke.« Er schüttelt den Kopf. »Ich kann es nicht in Worte fassen. Aber als Künstler wollte ich dem auf den Grund gehen.«

Ich nehme eine der Skizzen, die er von mir am Feuer angefertigt hat, mein Kopf im Profil. Mein Körper ist weich, träge, und doch weist er ein paar kraftvolle Linien im Kreuz auf.

»Und zu welchem Schluss bist du ›als Künstler‹ gekommen?« Die Spannung zwischen uns ist wieder da. Ich könnte mich ihr ergeben. Ein Lichtschimmer, ein Augenblick des Glücks – und echten Entkommens –, bevor ich diesen Ort für immer verlasse.

Diesmal tritt er zurück und kappt die Verbindung. Er sammelt die Bilder ein und legt sie aufeinander. Eines nimmt er in die Hand, hält es mir aber nicht hin. Über seine Schulter hinweg kann ich es aber doch sehen. Ich liege vor dem Kamin, die Knie zur Seite gekippt. Hier zeigt mein Gesicht nicht diese Verbindung von Kraft und Verletzlichkeit. Meine Miene spiegelt schieres, ungeniertes Verlangen. Nach ihm ...

»Heben wir uns das für später auf, ja?« Seine Stimme stockt ein wenig, und er legt das Bild ganz unten in den Stapel. »Ich werde mir jetzt die Akte vornehmen.« Er presst die Lippen zusammen. »Richtig arbeiten, wie mein Dad sagen würde.«

»Danke, dass du mir das gezeigt hast.« Meine Gefühle überwältigen mich fast.

»Ich bin noch nicht fertig.« Er tritt dicht an mich heran. So dicht, dass ich seinen Atem auf meinem Haar spüre. »Ich hoffe, dass wir gerade erst anfangen.«

Hitze steigt zwischen uns auf, als er mich an sich zieht, doch er streift meine Lippen nur ganz sacht mit seinen. »Geh nach Hause, Skye«, sagt er. »Lass mich das machen. Es kann ein paar Tage dauern – ich weiß es einfach nicht. Aber wenn erst einmal alles vorbei ist ... Ich freu mich darauf.«

Ich nicke. In meinem Mund habe ich einen schweren, bittersüßen Geschmack. Ich sage ihm nicht, dass ich, wenn erst einmal alles vorbei ist – sobald er etwas oder auch nichts gefunden hat –, längst fort sein werde.

»Danke.« Meine Stimme schwankt, verrät die Verzweiflung, die ich empfinde. Seine Augen sind nun grau, verschlossen. Der Künstler auf der Suche nach der Muse ist verschwunden, an seine Stelle ist ein unbeugsamer, analytisch vorgehender Polizist getreten. Mein Zorn von vorhin ist vollkommen verraucht. Stattdessen empfinde ich nun ... Angst.

»Ich melde mich, wenn ich etwas zu berichten habe.«

Ich nicke und gehe zur Tür, lasse ihn, einen weiteren potenziellen Liebhaber, mit ... meiner Schwester zurück. Bisher ist dabei nichts allzu Gutes herausgekommen.

Auf dem Weg zu Mums Cottage treffe ich ein paar Entscheidungen. Ich kann nicht abreisen, ehe es Mum wenigstens ein bisschen besser geht und Nick sich die Akte gründlich angesehen hat. In ein paar Tagen ist Weihnachten. Ich kann es allen verderben, indem ich meinem Zorn, meiner Reue und meinen Schuldgefühlen nachgebe, oder ich kann auf die Suche nach der starken Frau in mir gehen, die Nick in einigen Skizzen eingefangen hat, wenn auch nur flüchtig. Eine Frau, die den Mut hat, die Vergangenheit hinter sich zu lassen und sich eine neue Zukunft zu schmieden. Eine, die ihre Schwester in Gedanken freigeben und vielleicht selbst neue Freiheit finden kann. Ich weiß nicht, was Nick herausfindet oder welche Schlussfolgerungen er ziehen wird. Mittlerweile scheint es unmöglich, diese Heimkehr noch zu retten. Aber wenigstens bleibt mir noch ein wenig Zeit, mir zu überlegen, wohin ich als Nächstes gehen soll und was ich mit dem Rest meines Lebens anfangen will.

Als ich ins Haus komme, steht Fiona in der Küche und kocht Kakao. »Skye«, sagt sie. »Ich hab mich schon gefragt, wo du bist. Allmählich habe ich mir Sorgen gemacht.«

»Ich musste den Kopf ein bisschen auslüften«, sage ich. »Und ich habe das Tagebuch und das Armband ins Skybird rübergebracht.«

Auf Fionas Gesicht breitet sich ein langsames Lächeln aus. »Wie oft lüftest du den Kopf denn im Nachbarcottage aus?«, sagt sie. »Ich habe Mr. Hamilton gesehen. Ein richtiger ... Künstler.«

»Du hast seine Arbeiten gesehen?«

»Er war so nett, Bill und mir eine kleine Führung zu geben. Ein Gemälde hat mir besonders gefallen – eine wunderschöne Seejungfrau am Strand.«

Meine Wangen werden heiß, als ich daran denke, dass die nächste Inkarnation dieser wunderschönen Seejungfrau vermutlich noch weniger anhat. »Ja ...«, sage ich. »Das habe ich auch gesehen.«

»Scheint ein anständiger Kerl zu sein«, sagt Fiona. »Und dann ist er auch noch so attraktiv.«

Ich lache. »Ja, das ist er wirklich.«

»Na, und?« Ihr Lächeln wird ein wenig schwächer.

»Leider geht es mir tatsächlich darum, herauszufinden, was damals passiert ist«, sage ich. »Bill hält das Armband nicht für wichtig, aber ich weiß, dass Ginny es in jener Nacht getragen hat. Keine Ahnung, was Nick noch ans Licht holt, aber ich will, dass er alle verfügbaren Informationen bekommt. So viele Leute haben etwas verheimlicht. Sogar ... Mum ... und Bill.« Ich halte inne, damit das erst einmal sacken kann. »Wie die Wahrheit auch aussehen mag, wir dürfen kein Geheimnis mehr darum machen.«

»Ja«, sagt sie, »das verstehe ich.«

»Und wenn er sich die Akte angesehen hat und Mum wieder zu Hause ist, dann ... reise ich ab.«

»Ach, Skye.« Fiona wirkt ehrlich verstört. »Das brauchst du doch nicht. Es ist so schön, dich hier zu haben. Zusammen zu sein – als Familie.«

»Fiona, mein Besuch hier ist eine einzige Katastrophe.«

»Nein – das stimmt einfach nicht!« Überrascht sehe ich, wie sie sich eine Träne aus den Augen wischt. »Dass du hier bist, tut deiner Mum gut, auch wenn sie es nicht zeigt. Und den Kindern ebenso – Emily verehrt dich. Und auch für Bill bist du eine Hilfe. Und für mich ...« Sie lächelt. »Ich hatte nie eine Schwester. Es mag dumm klingen, aber ich, also ... wenn all das vorbei ist ... ich glaube, ich könnte dich als eine ansehen.«

Nun bin ich an der Reihe, mir eine Träne abzuwischen. Eigentlich weine ich nie, doch seit meiner Heimkehr habe ich mich regelrecht in einen undichten Springbrunnen verwandelt.

»Ich sehe dich jetzt schon als Freundin«, sage ich. »Als Teil der Familie. Ich bin dir so dankbar für alles.«

Sie kommt auf mich zu und umarmt mich. Da erlaube ich mir, den Funken Hoffnung in mir anzuerkennen, der sich einfach nicht austreten lässt.

»Pack deinen Koffer noch nicht«, sagt sie, als wir uns voneinander lösen. »Sehen wir erst mal, wie sich alles entwickelt. Versprichst du mir das?«

»Ja, fürs Erste ... verspreche ich es.«

39. KAPITEL

Die nächsten beiden Tage sind schwierig und voller Anspannung, während wir auf Neuigkeiten von Mum warten. Bill redet nicht mit mir, die Jungs hören nicht auf, sich zu kabbeln, und Emily verlässt kaum ihr Zimmer im Cottage. Ich bin versucht, zu Nick hinüberzugehen – mal nachsehen, ob er etwas herausgefunden hat, vielleicht selbst einen Blick in die Akte werfen. Aber nachdem ich ihn gebeten habe, sich als Profi zu betätigen, entscheide ich, dass es besser ist, ihn in Ruhe weiterarbeiten zu lassen. Außerdem fühle ich mich im Moment weiteren Schocks einfach nicht gewachsen. Zu Mum ins Krankenhaus gehe ich allerdings schon, aber sie ist groggy von dem milden Beruhigungsmittel, das sie bekommt. Ich sitze an ihrem Bett, halte ihr die Hand und versuche nicht zu weinen. Ich weiß, dass ich Zeit brauchen werde, um mit dem fertigzuwerden, was ich über Mum und über Ginny, die Fremde, erfahren habe. Aber im Augenblick ist Mums Gesundheit das Wichtigste.

Auf dem Weg hinaus gelingt es mir, einen der Ärzte zu sprechen. Er erklärt mir, dass sie zwar keinen neuerlichen Schlaganfall erlitten hätte, ihr Blutdruck jedoch sehr hoch sei und sie unter einer Menge Stress zu leiden scheine. Ich fühle mich schrecklich, weil ich größtenteils für diesen Stress verantwortlich bin.

Am dritten Tag kommt Mum nach Hause. Sie ist reizbar und streitlustig, wirkt geistig jedoch völlig klar. Ich wage sogar zu hoffen, dass der Krankenhausaufenthalt ihr gutgetan hat. Mal rauszukommen, weg von den Erinnerungen. Das macht mich nur noch entschlossener, mein Zimmer weiter zu entrümpeln. Sobald es ihr ein bisschen besser geht, werde ich ihr sagen, was ich gemacht habe. Sicher wird sie einsehen, dass es die richtige Entscheidung war.

Zur Feier von Mums Rückkehr haben Fiona und Emily eine wunderbare Mahlzeit aus Hühnchen, Kartoffeln und Gemüse zubereitet. Lorna kommt zu Besuch, spielt mit Mum Karten, schüttelt Kissen auf und wuselt herum, um dafür zu sorgen, dass Mum sich ausruht und nicht aufregt. Es scheint zu funktionieren.

Später, als die Jungs eingeschlafen sind, trägt Bill sie, einen über jeder Schulter, zurück ins Cottage. Lorna bringt Mum hinauf ins Bett, und Fiona und Emily helfen mir, das Wohnzimmer aufzuräumen.

»Das ist ja gut gelaufen«, sagt Fiona mit gedämpfter Stimme.

»Ja«, sage ich.

»Du kommst hier zurecht ... mit ihr?«

»Ja«, sage ich selbstsicherer, als ich mich fühle. »Ihr zwei könnt ruhig gehen, ich sehe euch dann morgen.«

Lorna kommt herunter und meldet, dass Mum im Bad ist und wohl selbstständig zu Bett gehen kann. Die drei verabschieden sich gleichzeitig.

Ich räume die Küche fertig auf. Oben höre ich Wasser laufen und danach das dumpfe Klopfen von *Stock, Fuß, Fuß, Stock*. Dann geht eine Tür. Es ist albern, dass ich mich hier unten herumdrücke. Ich sollte hinaufgehen, Gute Nacht sagen, so anfangen, wie ich es mir vorgenommen habe.

Ich gehe nach oben. Mum steht vor der Tür zu meinem Zimmer. Sie blickt in meine Richtung, ihre Augen sind glasig. Da weiß ich, dass sie entdeckt hat, was ich getrieben habe.

»Mum?«, sage ich. »Ist alles in Ordnung?«

»Ich ... wollte dir ein frisches Handtuch bringen ...«, stammelt sie verwirrt. »Ich bin in dein Zimmer gegangen.«

»Okay, danke.«

Ihre Augen sind die einer Fremden, als sie einen Schritt auf mich zu tut.

»Du willst sie aus deinem Leben löschen«, sagt sie. »So tun, als gäbe es sie nicht.«

»Nein, Mum, so ist das nicht.«

»Das ist nicht richtig«, sagt sie. »Sie ist deine Schwester. Sie hat so viel für dich getan. Und so dankst du ihr also für ihre Mühen?«

Mein Atem geht schneller, Panik steigt in mir auf. Ist es schon zu spät, um rüberzugehen und Bill zu holen?

»Es ist nicht ihre Schuld, dass du alles weggeworfen hast. Dein wunderbares Talent, alles, worauf du hingearbeitet hast. Und jetzt bekommst du ein Baby. Du wirst hier festsitzen ... Oh, Ginny, wie konntest du das nur tun?«

Sie sinkt gegen die Wand, birgt das Gesicht in den Händen.

»Mum?« Ich gehe zu ihr, fasse sie aber nicht an. Es ist, als ob etwas in ihr endgültig gebrochen wäre. Sie ist fort, und ich weiß nicht, wie ich sie zurückholen soll. Ich habe es mit Bills Methode versucht und »bloß keinen Staub aufgewirbelt«. Das hat nicht funktioniert. Das Einzige, was mir jetzt noch bleibt, ist die Wahrheit.

»Mum«, sage ich mit sanfter, beruhigender Stimme. »Ich habe ein paar von Ginnys Sachen aus dem Zimmer geräumt. Nicht um sie zu vergessen, sondern weil es einfach nötig war. Ich dachte, ein Neuanfang könnte uns beiden helfen, so, wie du es im Rest des Hauses ja schon gemacht hast. Ich werde nichts wegwerfen, wenn du die Sachen haben willst. Aber sie müssen aus dem Zimmer.«

Sie zittert am ganzen Körper. Der Stock fällt klappernd zu Boden, sie krallt sich an die Wand. Ich riskiere es, ihr die Hand auf den Rücken zu legen, um ihr Halt zu geben.

»Skye?«, sagt sie, und ihr Blick schärft sich allmählich wieder. Ich mache weiter. Jetzt oder nie. Ich muss alles offen ansprechen. »Seit meiner Rückkehr habe ich ein paar Sachen erfahren«, sage ich. »Dinge, die ich nur schwer akzeptieren kann. Ich weiß, dass Ginny mir übel genommen hat, dass ich ihr nicht zugehört habe und gar nicht erst rauszufinden versucht habe, was sie eigentlich wollte. Und ich weiß auch von dem Baby. Ginny wollte es abtreiben lassen, aber du hast es ihr ausgeredet. Du hast sie dazu gebracht, es James zu erzählen.«

»Dieser schreckliche Junge ...«

»James trifft keine Schuld«, sage ich. »Ginny hatte sich von ihm getrennt, hatte ihm das Herz gebrochen. James war nicht der Vater des Babys. Das war Byron.«

»Nein«, klagt Mum. »Das kann nicht stimmen. Das hätte sie doch nicht getan.«

Ich winke ab. »Ginny hat mit James an jenem Abend gesprochen. Aber er wollte sie nicht mehr. Und sie wollte ihn ja eigentlich auch nicht. Sie war in Byron verliebt. Wirklich verliebt, glaube ich. Aber mir konnte sie das ja nicht sagen. Wenn sie es mir erzählt hätte, hätten sich die Dinge vielleicht anders entwickelt. Ich wäre wütend gewesen, aber ich hätte ihr verziehen. Irgendwann.« Ich reibe Mum kreisförmig über den Rücken. »Und nichts kann etwas an der Tatsache ändern, dass ich sie geliebt habe, auch wenn sie ... mich nicht lieben konnte.«

»Sie hat dich geliebt«, sagt Mum. Sie reibt sich die Augen, als vertreibe sie den Nebel. »Aber sie hat sich nicht dieselben Dinge gewünscht wie du.«

»Sie wollte ein normales Leben«, sage ich. »Jetzt verstehe ich das. Einen Ehemann, ein Kind. Ich war diejenige, die so getan hat, als wäre das nicht gut genug. Als wäre dieser Ort hier nicht gut genug.« Ich seufze. »Etwas anderes ist mir gar nicht in den Sinn gekommen.«

»Ach, Skye ...« Mum bricht in Tränen aus, und ich nehme sie in die Arme, tröste sie wie ein Kind.

»Es ist alles meine Schuld. Ich habe ihr gesagt, sie soll auf die Party gehen«, sagt Mum. »Um mit James zu reden. Wenn sie das nicht getan hätte ...«

»Und du hast mir gesagt, ich solle sie nach Hause bringen. Das habe ich nicht getan. Und Byron ...« Zorn lodert in mir auf. »Er hätte sich der Sache stellen und Verantwortung übernehmen müssen.«

»Und Ginny hätte nie dort draußen bei den Felsen sein dürfen.« Sie senkt den Kopf. »Darauf läuft es immer wieder hinaus.«

»Wir können so nicht weitermachen«, sage ich. »Wir müssen akzeptieren, dass sie von uns gegangen ist. Aber wir sind noch am Leben. Ginny hätte nicht gewollt, dass wir nach all der Zeit immer noch um sie trauern. Das hätte sie furchtbar gefunden, Mum. Sie hätte gewollt, dass wir sie in unserem Herzen tragen, aber das andere nicht. Sie hätte gewollt, dass wir stark sind. Dass die Wunde ... heilt.«

»Du hast recht«, sagt Mum. Sie wischt sich die Augen, sie hat sich sichtlich verausgabt. »Die ganze Zeit über konnte ich nicht loslassen. Aber du hast recht. Es wird Zeit. Es ist ... das Beste.«

Ich hebe den Stock auf und helfe ihr ins Schlafzimmer. »Mir tun so viele Dinge leid, Skye«, sagt sie. »Ich hätte dir nie das Gefühl geben dürfen, dass du irgendeine Schuld trägst – das bereue ich am meisten. Und ich hätte dir die Wahrheit sagen sollen. Aber es tat alles so weh.« Sie seufzt. »Auf gewisse Weise weiß ich zu schätzen, was Byron versucht hat«, sagt sie. »Dass er diese Geschichte erfunden hat. Als ich herausfand, dass das alles nichts als Lügen waren, hasste ich ihn eine Weile. Aber irgendwie hatte er auch recht. Es war viel besser, als ich noch glaubte, ihr Tod wäre ein Unfall gewesen. Zu denken, dass sie sich ... nun ja, seither war es einfach schrecklich.«

»Das verstehe ich«, sage ich. Der Umstand, dass Ginny sich umgebracht haben könnte, hat mich ebenfalls aus der Bahn geworfen. »Aber vergiss nicht, Mum, wir können nicht sicher sagen, dass es *kein* Unfall war.« Ich seufze. »Und vermutlich werden wir da auch nie Gewissheit haben.«

»Ja«, sagt sie. »Du hast recht. Wir können es einfach nur hinter uns lassen. Eine Familie sein und dankbar sein für das, was wir haben.« Sie drückt meine Hand. »Ich bin so froh, dass du zurückgekommen bist.«

»Ich auch, Mum.« Ich bin überrascht, wie wahr das ist. »Und es tut mir leid, dass ich so lang weggeblieben bin.« Ich setze mich auf die Bettkante, als sie unter die Decke schlüpft, unsere Finger sind ineinander verflochten. »Dass ich so ein Feigling war.«

»Du bist der tapferste Mensch, den ich kenne«, sagt Mum. »Vergiss das nicht. Ich glaube, mein Kopf ist jetzt klarer, wo wir alles beredet haben.«

»Das ist großartig, Mum.« Ob tapfer oder nicht, jetzt steigen mir Tränen in die Augen.

»Und nun ab ins Bett mit dir«, sagt sie. »Bis Weihnachten sind es nur noch ein paar Tage, und es gibt noch so viel zu tun.«

»Ja, Mum, wie immer.«

»Jetzt, wo die Familie zusammen ist, freue ich mich darauf.«

»Ich mich auch«, sage ich.

Ich gebe ihr einen Gutenachtkuss, und Mum lächelt zu mir auf. Ich sehe die Liebe in ihrem Blick und den Stolz. Einen kurzen, schimmernden Augenblick scheint es das alles wert zu sein. Scheint es zu genügen.

Doch als ich in mein Zimmer zurückgehe, fällt mir Ginnys Armband ein. Ich denke an Nick Hamilton. Morgen gehe ich hinüber und sage Nick, dass alles okay ist und er aufhören soll, Ginnys Tod zu untersuchen. Die Akte zurückschicken. Und die ganze Sache vergessen.

Ich hoffe nur, dass es noch nicht zu spät ist.

40. KAPITEL

Am nächsten Tag ist Mum so energisch und rüstig, wie ich sie schon lang nicht mehr gesehen habe. Sie redet mit mir beim Frühstück, lächelt sogar ein wenig. Ich weiß jetzt, dass es richtig war, alles offen anzusprechen, und bin froh, endlich den Mut dazu aufgebracht zu haben.

Mum löst ein Kreuzworträtsel, während ich den Abwasch beende, als es an die Tür klopft. Sie macht Anstalten aufzustehen, doch ich halte sie auf.

»Ich geh schon«, sage ich.

Es ist Nick. Sein Wagen steht vor der Tür, der Motor läuft noch. Sein Gesicht zeigt den stählernen Ermittler. All meine Hoffnungen zerstieben. Mum stemmt sich in die Höhe und kommt langsam zur Tür.

»Skye«, sagt er. Dann blickt er an mir vorbei. »Guten Morgen, Mrs. Turner.«

»Nicholas«, sagt Mum. »Ist irgendwas im Cottage nicht in Ordnung?« Sie runzelt die Stirn. »Funktioniert die Heizung, haben Sie genügend Holz?«

Nick wirft mir einen schnellen Blick zu.

»Mit dem Cottage ist alles bestens, Mrs. Turner. Keine Sorge. Ich wollte kurz mit Skye sprechen.«

»Ach so.« Mums Hand, mit der sie den Stock hält, beginnt ein wenig zu zittern. »Möchten Sie hereinkommen? Auf eine Tasse Tee? Oder vielleicht einen Kaffee?«

»Ein andermal vielleicht«, sagt er. »Skye, hast du momentan Zeit? Ein paar Stunden?«

Auf Mums Gesicht erblüht ein Lächeln. »Natürlich. Geht nur. Ich wünsche euch viel Spaß zusammen.«

Ich bin froh, dass Mum Nicks Besuch falsch deutet. Ich ziehe meinen Mantel an und wickele mir einen Schal um den Hals. »Fertig«, sage ich.

»Wollt ihr ein paar Sandwiches mitnehmen? Eine Thermosflasche Kaffee?« Mum scheint sich geradezu verzweifelt zu wünschen, dass dies ein privater Besuch ist, als spürte sie bereits, dass er das nicht ist.

»Ich habe Kaffee und etwas zu essen dabei«, sagt Nick. »Wir kommen schon zurecht, Mrs. Turner.«

Mum wirkt hoffnungsvoll und besorgt, und am liebsten würde ich sie in die Arme nehmen und ihr sagen, dass alles gut wird. Aber es ist nicht alles gut. Meine Bitte an Nick, sich Ginnys Akte anzusehen, war egoistisch. Das erkenne ich jetzt: Ich war verletzt und zornig und wollte unbedingt meine eigene Schuld hinter mir lassen. Und nun wird Mum die Konsequenzen meiner Entscheidung ebenfalls zu tragen haben. Wie sie auch aussehen mögen.

»Wiedersehen, Mum.« Ich hauche ihr einen Abschiedskuss auf die Wange. »Bis später dann.«

»Ja ... ähm ... viel Spaß.«

Ich antworte nicht, als ich zur Tür hinausgehe.

Nick öffnet die Beifahrertür, und ich steige in den Wagen. Kafka sitzt im Kofferraum und kläfft einmal zur Begrüßung. »Hallo, Kumpel«, sage ich und wünsche mir, ich könnte ebenso viel Begeisterung aufbringen wie er. Doch ich empfinde nichts als Beklemmung, als Nick auf dem Fahrersitz Platz nimmt. Erst vor wenigen Tagen lag ich auf dem Teppich vor dem Kamin und wagte davon zu träumen, was sein könnte. Nun jedoch schäme ich mich für diese Erinnerung. Er kommt mir vor wie ein Fremder.

»Was ist?«, sage ich, als wir vom Hof fahren. »Was hast du herausgefunden?«

»Noch nichts.« Seine Stimme ist nüchtern. »Nur dass das so ungefähr die schlimmste Ermittlung ist, die mir je untergekommen ist. Ich habe zwei Tage damit zugebracht, Erkundigungen einzuziehen. Habe versucht, ein oder zwei wichtigen Dingen auf den Grund zu gehen, die übersehen wurden. Dabei hat sich niemand besonders hilfsbereit gezeigt.«

»Das überrascht mich nicht.« Ich ziehe ein Taschentuch heraus und tupfe mir eine Träne weg.

»Hey«, sagt er. Er streckt die Hand aus und berührt meine Wange. »Es wird schon alles.«

Ich wende mich ab. Keiner von uns kann das mit Bestimmtheit sagen.

Als wir das Gatter passiert haben, biegt Nick auf die Hauptstraße. Richtung »Tatort«.

»Alle, was du zu den Aussagen der Leute angemerkt hast, hat sich bestätigt«, sagt er. »Die ganzen Zeitangaben sind vage, und keiner hat irgendetwas gesehen, mit Ausnahme dieser idiotischen Zwillinge. Mit denen habe ich telefoniert. Sie haben nur widerstrebend mit mir gesprochen und sind bei ihren Aussagen geblieben. Wie nicht anders zu erwarten war. Was die Ermittlung selbst angeht, so konnte ich nichts Unrechtmäßiges entdecken, außer vielleicht der Tatsache, dass sie von Byrons Patenonkel geleitet wurde.« Er schnaubt. »Inspector McVee – mittlerweile leider verstorben – hat einen Bruder namens Greg, der wiederum mit einer Frau namens Annie MacClellan verheiratet ist. Die du, glaube ich, kennst.«

»Tante Annie.« Ich bemühe mich, all die Zusammenhänge nachzuvollziehen. »Du hast ihre bessere Hälfte beim Billard geschlagen.«

»Ja, jetzt sind wir wohl alle gut Freund.« Seine Stimme ist voller Sarkasmus.

»Ist das nicht seltsam?«

»McVee war der älteste diensthabende Beamte. Er hat sich wirklich große Mühe gegeben, dafür zu sorgen, dass die Ermittlungen rasch und effizient abgeschlossen wurden. Ein klarer Fall. Eigentlich ist der Fall noch offen, weil die Leiche nicht gefunden wurde. Aber natürlich ist es keine laufende Ermittlung mehr.«

»Es gibt also nichts mehr herauszufinden?« Ich bin mir nicht sicher, warum ich so enttäuscht bin.

»Das habe ich nicht gesagt.«

Bis wir die tückische einspurige Straße hinaus zum Leuchtturm erreicht haben, hat Nick mir ungefähr ein Dutzend Dinge aufgezählt, denen man damals hätte nachgehen müssen, was aber versäumt wurde.

»Die Suche verlief genau nach Vorschrift«, sagt er und verlangsamt die Geschwindigkeit, um einer Herde Schafe Zeit zu geben, die Straße zu verlassen. »Sie haben die unmittelbare Umgebung des Leuchtturms und der Klippen abgesucht.«

»Wo hätten sie denn sonst suchen sollen?«, frage ich. Schon dass ich die Frage überhaupt stelle, verursacht bei mir Übelkeit.

»Das hoffe ich heute herauszufinden«, sagt Nick. »Und es gibt noch ein, zwei andere Punkte, die ich klären möchte.« Er runzelt die Stirn. »Sie betreffen den Wagen und deinen Unfall.«

»Oh ...« Ich umklammere den Türgriff und hoffe, dass er die Sache nicht weiter ausführt.

Schließlich haben wir den Unfallort erreicht. Auf den Ausweichstellen parken zwei Wagen. Einer ist ein SUV der Polizei, der andere ein Kombi mit einer Hundebox im Laderaum. Nick hält an und lässt den Motor laufen. Er steigt aus und redet kurz mit den beiden Männern, die auf der Heckklappe des SUV sitzen, vor sich eine topografische Karte. Ich erkenne Nicks Freund DS Paterson. Der andere Mann ist älter und hat einen Deutschen

Schäferhund an der Leine. Als Nick zum Wagen zurückkommt, öffnet er die Heckklappe und lässt Kafka heraus. Kafka bellt und läuft zu dem anderen Hund, worauf es große Wiedersehensfreude mit spielerischen Bissen und Beschnüffeln von Hinterteilen gibt.

Nick kehrt zum Wagen zurück und steigt ein.

»Wer ist das?«, frage ich mit wachsender Beklemmung.

»Freunde. Alain hast du schon kennengelernt, und Rich ist mein früherer Boss, der jetzt in Rente ist. Ich musste sie hinzuziehen, damit alles offiziell bleibt. Sie sehen sich an der Unfallstelle um; sie durchkämmen die Gegend schon seit dem frühen Morgen. Bull – das ist der andere Hund – ist speziell abgerichtet.«

»Worauf?«

Nick antwortet nicht.

»Das alles ist fünfzehn Jahre her«, dränge ich. »Was meinst du, was da noch an Beweisen zu finden ist?«

»Wir versuchen nur, uns ein Gesamtbild zu verschaffen. Du hast gesagt, du hättest nach dem Unfall eine Person über die Straße laufen sehen. Und die Akte bestätigt, dass das Armband im Wagen gefunden wurde.« Er runzelt erneut die Stirn. »Die Autoschlüssel hingegen nicht.«

»Was?« Ich starre ihn an. »Was hat das zu bedeuten?«

»Ich bin mir nicht sicher«, sagt Nick. »Natürlich können wir uns nicht allein auf deine Erinnerungen verlassen. Aber vielleicht gibt es ja noch Indizienbeweise. Ich will so genau wie möglich rekonstruieren, was in jener Nacht passiert ist. Schritt für Schritt. Herausfinden, wer wo war, und die möglichen Szenarien entwerfen.«

Ich lache bitter auf. »Option A und Option B, was?«

»Was heißt das?« Er runzelt die Stirn.

»Ach, egal.« Ich wende mich ab.

»Wir können auch sofort damit aufhören. Wenn es das ist, was du möchtest.«

Option C. Ich sollte mich wirklich für Option C entscheiden.

»Nein.« Ich schlucke schwer. »Ich will weitermachen. Es ist nur ... ich habe das alles nicht richtig durchdacht. Welche Auswirkungen es auf mich haben würde und auf Mum und überhaupt alle Beteiligten. Ich will die Wahrheit wirklich wissen – aber vielleicht ist das einfach nur egoistisch von mir.«

»Wenn wir nichts herausfinden, braucht deine Mutter auch nichts davon zu erfahren. Deswegen habe ich gerade diese Leute hinzugezogen. Ich verlasse mich darauf, dass sie die Sache vertraulich behandeln. Aber vielleicht ...«, er zögert, »... vielleicht bin ich ja derjenige, der sich egoistisch verhält. Ich wollte, dass du weißt, dass ich das alles ernst nehme.«

»Das weiß ich zu schätzen.«

Er beugt sich zu mir herüber, um mich zu küssen.

Ich wende mich ab. »Es tut mir leid«, sage ich.

»Schon gut.« Sein Blick jedoch verrät etwas anderes. Verwirrung, Bedauern, eine Spur Verärgerung. Ich kann es ihm nicht verdenken, aber es ist, als wäre eine unsichtbare Mauer zwischen uns emporgewachsen, die das zarte Grün zerdrückt, das eben erst gesprossen war.

Wir fahren weiter. Nach ein paar Minuten erreichen wir das Ende der einspurigen Straße. Zwischen zwei riesigen Felsen führt ein Weg hinauf zum Leuchtturm. Er parkt neben dem umgestürzten Windrad.

Es stehen bereits zwei weitere Wagen hier. Ein Nissan und ein Land Rover.

Selbst aus der Entfernung kann ich zwei Gestalten sehen, die in der Nähe der Picknicktische unterhalb des Leuchtturms stehen. Eine groß und blond, die andere kleiner und rothaarig. Ärger steigt in mir auf.

»Was machen *die* denn hier?«, frage ich.

»Sie helfen uns bei unseren Ermittlungen«, sagt Nick. »Zumindest Lachlan versucht zu helfen. Byron eher weniger.«

»Das hättest du mir sagen sollen.« Ich sehe ihn nicht an.

Ich steige aus und werde sofort von dem gnadenlosen Wind erfasst. Das Wetter ist heute schlimmer als beim letzten Mal. Doch wenn ich an Ginnys letzte Tagebucheinträge denke, heizt mich ein tiefer innerer Zorn an.

»Hey!«, schreie ich gegen den Wind. Lachlan dreht sich um. Hebt die Hand. Byron reagiert nicht, starrt weiter hinaus aufs Meer. Zum Grab meiner Schwester, seiner Geliebten, und seinem ungeborenen Kind. Das Haar peitscht mir ins Gesicht, als ich zu ihm gehe. Als ich bei ihm bin, dreht er sich um. Ich stoße ihn in die Brust. Er versucht nicht, mich aufzuhalten.

»Wie konntest du nur!«, schreie ich. »Wie konntest du mir das antun? Und ... ihr?«

Er packt mich an den Handgelenken. Seine Hände sind warm. »Es war ein Fehler«, sagt er. »Es hätte nie passieren dürfen.«

»Du Ärmster!« Ich versetze ihm einen letzten Stoß. Ich bin mir halb bewusst, dass Lachlan in Hörweite steht und Nick nur ein Stück entfernt. Mir sind beide egal – mir sind alle egal.

»Sie wollte das Baby ... loswerden«, sagt er. »Ich habe ihr Geld für den Bus gegeben und ausgemacht, dass meine Tante Ellen ihr weiterhilft. Weil *sie* es so wollte. Bis zu dem Abend damals hatte ich doch keine Ahnung, dass sie es sich anders überlegt hatte. Dass sie es behalten wollte. Ich war überrascht, als sie es mir erzählt hat – noch im Wagen, sobald wir hier ankamen.«

»Sie hat dich geliebt, und statt ihr beizustehen, hast du ihr gesagt, wo sie hingehen soll«, schreie ich. »Du hast meiner schwangeren Schwester erzählt, dass das alles nichts mit dir zu tun hätte. Dass sie dir nichts bedeutete.«

»Sie hat mir ja auch nichts bedeutet! Kapierst du das denn nicht?« Byrons Blick ist gleichermaßen verletzt wie zornig. »Ich habe dich geliebt. Aber du wolltest weg. Ich habe mich so ... schrecklich gefühlt. Weil ich dich betrogen habe, aber vor allem, weil ich dich verlieren sollte.«

»Also bitte!«

»Es ist die Wahrheit.« Er wendet sich ab.

»Und du ...« Mit eisiger Stimme wende ich mich an Lachlan. »Du wusstest Bescheid.«

Lachlan schaut erst zu Byron, dann zu mir. Sein Blick ist feindselig. »Deine Schwester hat mich krank gemacht, ehrlich«, sagt er. »So wie sie sich ihm an den Hals geworfen hat. Er hat sich nicht für sie interessiert, aber sie hat ihm einfach keine Ruhe gelassen. ›Byron, kannst du mir helfen, das Auto zu reparieren?‹ – ›Byron, möchtest du ein paar Sandwiches fürs Boot?‹ – ›Machen wir doch ein Picknick!‹ – ›Lass uns schwimmen gehen.‹« Seine Stimme ist hoch und spöttisch. Ich würde ihm am liebsten eine Ohrfeige verpassen.

»Du hattest etwas Besseres verdient«, sagt er. »Etwas Besseres als sie.«

Ich tue einen Schritt auf ihn zu. »Und wo war ich, während das alles passiert ist?«

»Du hast gearbeitet. Deine Songs geschrieben. Im Geist warst du längst weg.«

Nick kommt zu uns. »Skye«, sagt er und legt mir eine Hand auf den Arm. »Könntest du deine Schritte zurückverfolgen? Fang unten am Strand an, wo die anderen ...«

»Lass mich in Ruhe.« Ich schüttele seine Hand ab und wende mich zum Gehen. Dann fange ich an zu laufen, stolpere den steinigen Pfad zum Bootsanleger hinunter. Mein Blut kocht, mein Puls hämmert in meinem Schädel. Unbändige Wut treibt mich voran, erinnert mich daran, dass ich ein Mensch bin und dass die

Grenze zwischen Leben und Tod sehr schmal ist. Ich betrete die Plattform aus Beton, steige über die Absperrung und gehe hinaus auf die Felsen. Vor mir bricht eine Welle und durchnässt mich mit eisiger Gischt.

Hierher hat Ginny sich in jener Nacht zurückgezogen. Sie war verletzt, zornig, genau wie ich jetzt. Ich kann sie vor mir sehen, das Mädchen auf den Klippen. Der Lichtkegel des Leuchtturms zuckt vor dem wolkigen Himmel, ihr Haar umgibt sie wie ein Heiligenschein, sie sieht aus wie ein dunkler Engel. Das Armband, das ich für sie gemacht habe, glitzert in der Dunkelheit, als sie die Arme ausstreckt. Sie nimmt den Schal ab, der Wind erfasst ihn und weht ihn hinaus auf die See.

Sie kam hier herunter, weil sie durcheinander war. Sie wollte weg von den anderen, ein wenig für sich sein, um ihre Gefühle zu ordnen. Und dann ... tauchte ich hinter ihr auf, störte sie in ihren Gedanken. Ich hatte meine eigenen Gründe, wütend auf sie zu sein, wollte sie mit nach Hause nehmen. Sie verfiel in das altvertraute Verhaltensmuster. Verspottete mich. Forderte mich auf, doch zu kommen und sie zu retten. Sie an der Hand zu nehmen und vom Abgrund fortzuziehen. Erst dann wäre alles in Ordnung.

Nur dass ich mich dieses Mal abgewendet habe. Weggegangen bin. Ich habe das Muster durchbrochen. So hatte sie sich das nicht vorgestellt ...

Ich klettere auf den äußersten Felsen. Die See unter mir ist wild und schäumend. Wellen krachen gegen den Stein und durchnässen mich mit Gischt. Hier hat sie gestanden. Ich schließe die Augen, und zum ersten Mal seit fünfzehn Jahren explodiert in meinem Kopf ein Feuerwerk, die Erinnerungen regnen mit der Gischt auf mich herab.

»Halt, warte«, *ruft meine Schwester.*
Ich gehe weiter.
»Geh nicht weg.«

Ich kehre ihr weiter den Rücken zu. »Ich habe genug, Ginny. Genug von deinen Manipulationen. Es wird Zeit, dass du dich selbst um dich kümmerst. Ich werde aus Eilean Shiel weggehen. Und du kannst bleiben oder mitkommen ... es ist mir inzwischen egal.«

»Komm schon, Skye. Sei nicht so.«

»Geh zur Hölle.«

»Bitte. Lass uns einfach ... nach Hause gehen.«

Ich drehe mich um. Sehe meine Schwester an. So schön. So zerbrechlich. Sie braucht mich, aber bei Weitem nicht so sehr, wie ich sie brauche. Sie ist die Hälfte dessen, was mich ausmacht.

»Schön.« *Ich stoße einen langen Seufzer aus.* »Lass mich kurz zurückgehen und es den anderen sagen.«

»Nein.« *Sie lacht wieder, klar und glockenhell.* »Die sollen ruhig ein wenig schwitzen.«

Sie wirft ihren Pulli auf die Felsen.

Ich rolle die Augen. »Hör auf mit dem Quatsch. Gehen wir.«

Langsam gehe ich den Pfad nach oben, der aus den Felsen herausgehauen ist. Meine Schwester geht neben mir, dort, wo sie sein sollte. Wir werden von hier weggehen, und alles wird gut. Wir werden Eilean Shiel verlassen und ein neues Leben beginnen.

Eine dunkle Gestalt steht oben auf der Aussichtsplattform. Lachlan. Gott, er ist so gruselig. Manchmal habe ich das Gefühl, dass er mich verfolgt. Ein Mädchen geht zu ihm, nimmt ihn bei der Hand und führt ihn weg. Lieber sie als ich.

»Gib mir die Schlüssel.«

»Was?« *Überrascht sehe ich Ginny an.*

»Du hast getrunken. Ich fahre.«

»Du?«

»Warum nicht?« *Sie zuckt mit den Achseln.* »Verschwinden wir von hier.«

Ich werfe ihr die Schlüssel zu.

Auf dem Beifahrersitz zu sitzen fühlt sich seltsam an. Seltsam und unbehaglich. Aber ich bin erleichtert, dem Wind entronnen zu sein. Erleichtert, dass Ginny von diesen verdammten Felsen herunter ist. Sie fährt die dunkle, gewundene Straße entlang. Ich lehne mich zurück. Ich bin einfach nur ... erleichtert.

»Noch sechs Wochen«, sage ich. »Noch sechs Wochen, dann sind wir weg.«

»Manchmal hasse ich dich wirklich.«

»Was?« Ich sehe sie an. Sie meint es nicht ernst, aber verletzt hat es mich trotzdem.

»Ich hab es dir doch gesagt. Ich komme nicht mit.« Der eisige Zorn in ihrer Stimme erschreckt mich. »Warum kannst du das nicht akzeptieren?«

»Schau, Ginny ... ich weiß, dass du das gesagt hast, aber ...«

»Verdammt, ich gehe nirgendwohin! Ich bleibe hier. Ich bekomme ein Baby.«

»Ein ...« Nein. »Nein ... das glaube ich nicht.«

»Mir doch egal, was du glaubst, Skye! Es ist die Wahrheit. Und weißt du auch, wer der Vater ist? Hast du auch nur die geringste Ahnung?«

»Wovon redest du?«

»Du liebst ihn nicht. Und mich liebst du auch nicht. Oder überhaupt irgendwen außer dich selbst. Du willst mich benutzen, du hast mich nie gefragt, was ich will. Dir ist egal, was ich will. Ich liebe dich, aber es reicht mir!«

Sie steuert einhändig, löst das Armband von ihrem Handgelenk.

Und dann dreht sie sich zu mir und wirft es mir hin. Es trifft mich im Gesicht. Meine Wange brennt, so heftig trifft es mich, so heftig treffen mich ihre Worte, so sehr verletzen sie mich. Das Armband fällt zu Boden. Die Straße beschreibt eine Kurve. Vor uns blitzt ein Licht auf. Sie sieht zu mir ...

»Pass auf!«, schreie ich.

Ginny kreischt.

Die Straße biegt in die eine Richtung. Der Wagen in die andere. Die Welt zersplittert. Und dann ... nichts.

Ich verliere jedes Zeitgefühl. Es ist so dunkel, so dunkel. Der Nebel rückt näher. Diesmal für immer. Ich werde niemals entkommen.

Ich öffne die Augen, aber da ist nichts. Nichts außer dem Dröhnen in meinem Kopf. Mein Herz, das im Takt des blinkenden Lichts schlägt.

»Skye! O Gott.« Ihre Stimme. »Bist du ...«

Ich kann mich nicht bewegen. Ich kann sie nicht sehen. Ich kann nicht antworten.

»O Gott! Nein. Warte hier. Ich hole Hilfe. Bitte, Skye ... halt einfach durch ...«

Nein, will ich schreien. Bleib bei mir. Aber ich kann immer noch nicht antworten. Das Licht blinkt im selben Rhythmus wie der Puls in meinem Kopf. Einer der Scheinwerfer ist noch intakt. Sie läuft daran vorbei, ein dunkler Schatten, läuft in Richtung des blinkenden Lichts. Dads Stimme: »Geht immer in Richtung des Lichts.« Das Licht vom Leuchtturm.

»Der Leuchtturm ...«, keuche ich.

»Skye?« Von weit weg, aus einer anderen Zeit, höre ich eine Stimme. Spüre eine Hand auf dem Rücken. Aber es ist nicht ihre Stimme. Nicht ihre Hand. Langsam komme ich zu mir. Ich bin patschnass. Hocke zusammengesunken auf den Felsen. Nick ... es ist Nick.

Ich versuche etwas zu sagen, doch ich kann nicht. Ich keuche und zittere und schwitze, alles zugleich. Mein Kopf fühlt sich an wie die verbogenen Stangen eines Käfigs, aus dem ein wildes Tier entkommen ist.

»Ich war hier mit ihr auf den Felsen.« Plötzlich strömen die Worte aus mir heraus. »Sie ist mit mir zum Wagen zurück. Hat den Schlüssel genommen. Sie ist schnell gefahren. Zu schnell. Und sie hat ... Dinge gesagt. Sie hat mir das Armband hingeworfen. Hat einen Moment nicht auf die Straße geachtet. Und dann ist sie ... gegen den Felsen geprallt.« Meine Zähne klappern so heftig, dass ich mir auf die Zunge beiße und Blut schmecke.

»Sie hat gedacht, sie hätte mich umgebracht. Deshalb ist sie los, um Hilfe zu holen. Sie ist zurück zum Leuchtturm.

Unser Lebensweg ist voll überraschender Wendungen. Am besten, mein Liebes, man verfolgt ihn auf gerader Linie. »Auf gerader Linie«, sage ich keuchend. »In Richtung des Lichts.«

Mir wird bewusst, dass Nick sich aufrichtet, weggeht. Mich auf den Felsen zurücklässt. Er löst etwas von seinem Gürtel. Ein Walkie-Talkie. Er spricht hinein. »Sie ist vielleicht Richtung Leuchtturm gegangen. Seht euch den direkten Weg von der Unfallstelle an. Nein, nicht entlang der Straße. Luftlinie. Ich komme gleich. Wir müssen die Hunde in die enge Schlucht schicken, die ihr vorhin entdeckt habt.«

Er kehrt zu mir zurück. Streckt mir die Hand entgegen, um mir aufzuhelfen. Ich nehme sie und komme wackelig auf die Beine. Er versucht mich an sich zu ziehen. Ich entreiße ihm die Hand.

»Nein, Nick.« Ich wende den Blick ab, starre hinaus auf die unbarmherzige graue See. Ich will ihn nie wieder ansehen.

»Lass dir Zeit«, sagt er. »Ich weiß, dass das ...«

»Du weißt überhaupt nichts. Geh bitte einfach weg.«

Er stößt einen langen Seufzer aus. Ich höre, wie sich seine Schritte entfernen. Und irgendwo würde ich gern zurücknehmen, was ich gesagt habe, was ich gerade fühle. Aber ich kann nicht. Ich kann niemals die Frau sein, die er sieht, die Frau, die er auf den Skizzen eingefangen hat. Diese Frau war eine Lüge.

Ich weiß nicht, wie lang ich hier stehe und zusehe, wie die Wellen in ihrem unablässigen Rhythmus herandonnern. Ich bin mir bewusst, dass von weiter oben Blicke auf mich gerichtet sind, von derselben Stelle, von der aus Jimmy und Mackie mit angesehen haben wollten, wie Ginny von der Monsterwelle fortgerissen wurde, derselben Stelle, an der Lachlan gestanden haben musste, als er beobachtete, wie Ginny mir von den Felsen folgte. Byron und Nick stehen auf der Aussichtsplattform. Ich kann nicht hören, was sie sagen, bis Byron die Stimme erhebt.

»Wenn Sie wollen, dass ich bleibe, müssen Sie mich schon verhaften.« Er tut einen Schritt auf Nick zu, die Fäuste an den Seiten geballt. »Ach ja, Sie sind ja nicht mal ein verfluchter Bulle.«

»Sie haben eine polizeiliche Ermittlung behindert, mein Freund.« Nick weicht nicht zurück. »Sie haben es doch sogar zugegeben. Daher empfehle ich Ihnen, fürs Erste hierzubleiben.«

»Ich bin nicht Ihr Freund.«

»Sie haben ausgesagt, dass Sie Skye im Wagen vorgefunden haben. Aber das hat nicht gestimmt, oder?«, drängt Nick. »Sie ist aus dem Wagen gekrochen, als Sie sie gefunden haben. Sie haben angenommen, dass sie allein war. Dass sie gefahren ist und einen Unfall gebaut hat. Sie haben sie bewegt, auf den Fahrersitz gesetzt. Deswegen war sie nicht angeschnallt.«

»Ich konnte sie doch nicht auf dieser beschissenen Straße liegen lassen, oder? Ich musste etwas unternehmen. Der Jeep hatte keine Stoßdämpfer. Ich wollte sie nicht darin wegbringen. Aber ich hab sie wieder in den Wagen gesetzt und sie sogar zugedeckt.«

»Ja, Sie haben sich in alldem als wahrer Held erwiesen«, sagt Nick mit sarkastischem Schnauben.

»Mann, verpiss dich doch einfach, okay?«

Byron dreht sich um und marschiert davon. Nick beißt die Zähne zusammen und ballt die Faust. Er hat jedes Recht, zornig zu sein. Auf Byron und all die anderen Mistkerle, die gelogen haben. Und vor allem auf mich.

»Skye, möchtest du etwas Heißes trinken? Ich habe im Wagen eine Thermosflasche. Du zitterst ja.«

Überrascht drehe ich mich um. Lachlan steht hinter mir. Er hat eine Decke. Ich sage nichts, lasse mir jedoch die Decke um die Schultern legen. Langsam gehen wir zurück zum Parkplatz. Byron sitzt zornschnaubend in seinem Land Rover. Lachlan öffnet die hintere Tür seines Nissan und hilft mir hinein. Ich kauere mich eng zusammen. Mir ist eiskalt, aber ich lasse die Tür offen.

»Warum hast du gelogen?«, frage ich leise. »Du hast die Geschichte gestützt, obwohl du gesehen hast, wie sie von den Felsen weggegangen ist.«

Er seufzt tief auf. »Ich wusste nicht, was passiert ist«, sagt er. »Maggie hat mich geholt, und ich ... also ... ich war eine Zeit lang anderweitig beschäftigt, daher habe ich nicht gesehen, wie du oder Ginny in den Wagen eingestiegen seid.« Er errötet ein wenig. »Und dann sagte Byron, dass du allein gewesen wärst, als er dich gefunden hat. Ich hab angenommen, dass du ohne Ginny weggefahren bist.« Er schweigt einen langen Moment. »Vermutlich dachte ich, dass es besser für dich wäre, wenn keiner wüsste, dass du Ginny an diesem Abend gesehen hast. Ich dachte, dass du vielleiht herausgefunden hattest, was zwischen ihr und Byron vorgefallen war, und ... na ja ... es schien mir einfach besser, die Fragen auf ein Minimum zu beschränken.«

Ich schüttele den Kopf und ziehe die Decke enger um mich. Die anderen hatten gelogen, um sich selbst zu schützen, Lachlan jedoch hatte gelogen, um mich zu schützen. Ich weiß nicht, ob es mir damit besser gehen sollte ... oder sehr viel schlechter.

»Es war falsch«, sagt er. »Und es tut mir leid. Alles.«

Ich nicke, bringe aber keinen Ton heraus. Er bleibt ein Weilchen bei mir, und obwohl ich es nicht ausdrücken kann, bin ich dankbar, nicht allein zu sein. Schließlich geht er hinüber zu Nick. Ich will nicht zuhören, aber ich kann nicht verhindern, dass ich Lachlans Frage mitbekomme. »Was hoffen Sie eigentlich nach so langer Zeit noch zu finden?«

»Bull ist ein ausgebildeter Leichenspürhund«, erwidert Nick. »Er findet auch jahrzehntealte menschliche Überreste, die zwanzig Fuß tief vergraben sind. Erinnern Sie sich an den Fall des vermissten Mädchens unten in Oban vor ungefähr vier Jahren? Die in einer alten Bleimine gefunden wurde ...?«

Leichenspürhund.

Ich strecke die Hand aus, um die Tür zu schließen, um alles auszusperren. Doch meine Hand zittert zu sehr. Es ist außerdem schon viel zu spät.

»Im Endeffekt«, sagt Nick, »befinden wir uns hier in der Wildnis. Selbst mit Spürhunden kann man eine Leiche nicht finden, wenn man am falschen Ort danach sucht.«

Während die beiden weiter miteinander reden, starre ich hinaus auf das dunstige graue Wasser. Ich weiß nicht, wie lang. Vielleicht ein paar Minuten, vermutlich eher eine Stunde. Lachlan geht zu Byron, kommt zurück. Nick hat wieder das Funkgerät gezückt, um mit seinen Kumpels am Unfallort zu reden. Ein Loch tut sich in mir auf, als ich über Funk ein Knistern höre.

»Ja ... hat von hier aus vermutlich das Licht sehen können.«

»Schafspfad ... ziemlich tückisch ... man kommt nur langsam voran.«

Wieder ein Knistern.

»Der Hund scheint unten in der Schlucht etwas gewittert zu haben ...«

»Ich komme runter«, sagt Nick. »Hier oben kann ich nichts mehr tun.«

»Klar, Kumpel ... was ist? Tut mir leid ... Moment.«

Die Stimme am anderen Ende des Walkie-Talkies verstummt. Nick kommt in meine Richtung. Ich lege die Hände vors Gesicht.

Das Funkgerät knistert noch einmal.

»Du solltest herkommen. Wir haben etwas gefunden.«

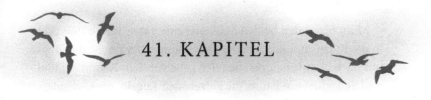

41. KAPITEL

Eines Tages, in den schwer fassbaren, wandelbaren Fäden der Zukunft, werde ich meine Erinnerungen auspacken wie damals im Bus. Manche werden glänzende Bilder längst vergangener Tage enthalten: Dad, wie er die Lichterkette am Baum befestigt, die Hunde, die auf einem Teppich vor dem Kamin schlafen, Ginny und ich, wie wir vor einem knisternden Feuer singen, Mums strahlendes Gesicht, als sie ein Tablett mit selbst gebackenen Plätzchen hereinträgt. Andere werden einsam und leer sein: lange Fahrten durch die Wüste, heruntergekommene Hotelzimmer, eine Flasche Wein und ein fünfminütiges Telefongespräch mit der Familie. Und dann wird es die Erinnerungen an *dieses* Weihnachten geben. Statt blinkender Lichter am Weihnachtsbaum das Blaulicht auf dem Polizeiwagen. Statt des Getrappels kleiner Füße lautes Klopfen an der Tür. Statt Weihnachtsliedern und Gelächter die Stimme des jungen Detective Sergeant, der seine Dienstmarke zeigt, als Bill die Tür öffnet, drei Stunden nachdem Lachlan mich nach Hause gebracht hat. »Ich würde gern Mrs. Turner sprechen. Darf ich reinkommen?«

Bill tritt beiseite. Der DS tritt ein. Nick ist auch da. Er folgt dem anderen Mann auf dem Fuß. Er sieht mich an, seine Miene ist grimmig. Ich wende den Blick ab.

Mum sitzt an dem Tisch mit dem Puzzle. Ihre Lippen sind zu einer dünnen Linie zusammengepresst, genau wie bei Dads Beerdigung. Ihr Gesicht ist jetzt faltig, ihr Haar weiß geworden. Doch auch wenn wir alle gealtert sind, trifft uns der Verlust nicht weniger tief. Schmerz altert nicht.

Mum bietet den beiden Männern eine Tasse Tee an. Bill geht in die Küche, um ihn zuzubereiten. Fiona bittet Emily, die Jungs mit nach draußen zu nehmen. Ich gehe vor dem Kamin auf und ab. Die Lichter am Baum, die glitzernden Kugeln, die Girlanden, der Schmuck – das alles scheint kitschig und grell. Unnützer Tand.

Der DS setzt sich auf das Sofa und sieht sich nervös um. Nick bleibt an der Tür, die Arme verschränkt. Ich wünschte, er wäre nicht hier, wünschte, ich hätte ihn nie wiedersehen müssen. Vor allem wünsche ich mir, dass ich immer noch irgendwie die Frau sein könnte, in die er sich verliebt hat, aber ich weiß, dass das unmöglich ist. Aus *uns* kann nichts mehr werden.

»Mrs. Turner, Madam, es tut mir wirklich sehr leid ...«, fängt der DS an.

Ich kann nicht länger zuhören oder im Zimmer bleiben. Ich gehe in die Küche und lasse mich auf einen Stuhl fallen. Bill steht am Fenster. Er macht weder den Tee, noch dreht er sich um.

Im Wohnzimmer sagt der DS zu Mum: »... müssen noch ein paar Tests machen, aber die Indizien deuten darauf hin. Sie haben ein paar Ohrringe gefunden und Autoschlüssel.«

»... lief zum Leuchtturm, um Hilfe zu holen. Hat den Abgrund im Dunkeln nicht gesehen ...«

»... Schädelbruch ... wahrscheinlich sehr schnell ... hat wohl nicht leiden müssen ...«

»... rufe Sie an, wenn wir die sterblichen Überreste freigeben können.«

Die sterblichen Überreste. Mich schaudert bei der Vorstellung, dass meine Schwester, das Mädchen, das fliegen wollte, allein in einem dunklen Loch gestorben ist. Verängstigt, voll Reue über das, was sie getan hatte, war sie losgelaufen, um Hilfe zu holen, und dabei gescheitert. Wie viel besser und passender wäre da der Tod auf den Klippen gewesen. Vielleicht war das der Grund, warum keiner die Wahrheit gesagt hat. Ich glaube das zwar nicht, aber es ist eine schöne Vorstellung.

Bill hört auf, so zu tun, als wollte er Tee kochen, und geht zurück ins andere Zimmer. Auch ich stehe auf. Zwinge mich, stark zu sein, und folge ihm bis zur Küchentür. Mein Bruder ignoriert den DS und richtet seinen Zorn stattdessen gegen Nick, geht förmlich auf ihn los. Löchert ihn mit Fragen, was genau gefunden wurde, warum sie glauben, dass es sich dabei um Ginny handele, und was als Nächstes geschehen würde.

Nick antwortet geduldig und professionell. Ich empfinde eine Mischung aus Ärger und Bewunderung darüber, dass er so kühl und unbeteiligt bleiben kann. Er wiederholt, was der DS über die Indizienbeweise gesagt hat, und fügt hinzu, Lachlan habe in einer neuen Aussage bestätigt, dass er gesehen habe, wie Ginny von den Klippen heruntergeklettert und mir auf dem Pfad nach oben gefolgt sei. Außerdem habe er bestätigt, dass Ginny an jenem Abend das Armband und die Ohrringe getragen habe. Ich denke daran, wie glücklich ich war, als ich sie ihr geschenkt habe, wie sehr ich sie geliebt habe – immer noch liebe –, und von Neuem trifft mich der Verlust wie ein Schlag. Halt suchend kralle ich mich am Türrahmen fest. Nick sieht mich, tut einen Schritt auf mich zu. Ich schüttele den Kopf. Sein Gesicht scheint sich zu verschließen, ich sehe ihm die Verletzung an, das Begreifen, das in seinen Augen heraufdämmert. Er beherrscht sich jedoch und wendet sich wieder Bill zu und beantwortet die Frage nach dem weiteren Vorgehen. Die Ermittlungen werden wieder aufgenommen. Die Polizei wird von allen Beteiligten neue Aussagen brauchen, und es wird eine Leichenschau geben. Möglicherweise wird es Anklagen wegen Meineids und Justizbehinderung geben. Es wird eine harte Zeit werden.

Bill will etwas einwerfen, doch Mum hebt die Hand. Sie hat die ganze Zeit geschwiegen am Tisch mit dem Puzzle.

»Danke«, sagt sie jetzt zu Nick und dem jungen DS. »Ich danke Ihnen beiden, dass Sie sich die Zeit genommen haben, hier herauszukommen und uns zu informieren.« Ihre Stimme ist ruhig und gleichmäßig. Sie klingt vollkommen normal.

»Das ist doch selbstverständlich, Madam«, sagt der DS.

Nick sagt nichts, hält den Kopf gesenkt. Jetzt scheint er meinem Blick auszuweichen. Ich will etwas sagen, will, dass die Dinge anders liegen. Doch meine Kehle ist wie ausgedörrt, und ich bin zu benommen, um mich zu bewegen.

»Ich hoffe, Sie beide haben ein wunderbares Weihnachtsfest.« Mum erhebt sich von ihrem Stuhl und bringt die beiden zur Tür. Sie läuft langsam, steht aber aufrechter, als ich es zuvor gesehen habe.

»Sie auch ... ähm ... danke, Madam«, sagt der DS.

»Danke.« Ich höre das Stocken in Nicks Stimme. Seine Miene jedoch verrät nichts.

Die Tür schließt sich. Es ist vorbei. Mum dreht sich um. Stirnrunzelnd geht sie zum Weihnachtsbaum, bückt sich und befestigt die Schleife, die von einem Geschenk abgefallen war. »Nun, damit hätten wir das«, sagt sie.

Keiner von uns sagt ein Wort. Mum geht aus dem Zimmer in die Küche, stützt sich dabei kaum auf ihren Stock. Bill nimmt Fionas Hand, und dann setzen sie sich aufs Sofa. Beide wirken wie betäubt. Ich lasse mich auf der Armlehne eines Sessels nieder und starre auf den kalten schwarzen Feuerrost im Kamin.

Ich weiß nicht, was ich tun soll. Nachdem ich das alles so erbarmungslos verpfuscht habe, weiß ich einfach nicht, was jetzt das Richtige ist. In der Küchenspüle läuft Wasser, und man hört das Klappern von Geschirr. Mum spült ab. Wir drei sitzen stocksteif da.

Dann platzen die Jungs ins Zimmer. »Schmutzige Stiefel!«, schreit Fiona und springt auf.

Emily kommt hinter ihnen herein, offensichtlich mal wieder schlecht gelaunt. »Jamie hat mich vors Schienbein getreten«, sagt sie empört. Sie wendet sich an ihren Bruder, die Hände in die Hüften gestemmt. »Dir bringt der Weihnachtsmann ganz sicher nichts!«, giftet sie.

Bill steht auf. Ich stehe auf.

Das wahre Leben hat seinen Auftritt und ist wie immer der Star der Show.

Trauer äußert sich auf merkwürdige Weise. Ich hatte erwartet, dass das Haus wie unter einem Leichentuch begraben wäre, mit einem so schrecklichen Unterton von Trauer, dass es sogar die Kinder beeinträchtigen würde. Doch stattdessen scheint das Gegenteil der Fall zu sein, zumindest wenn man Mum als Maßstab nimmt. Mum wirkt plötzlich um Jahre jünger.

Im Verlauf der nächsten Tage stürzt sie sich mit Leib und Seele in die Weihnachtsvorbereitungen, und ihre Freundinnen kommen eine nach der anderen mit Aufläufen und Kuchen vorbei. Sie kondolieren, plaudern ein wenig und bringen für die Klatschnetzwerke in Erfahrung, wie sie sich hält. Die Antwort lautet: ziemlich gut. Ich höre, wie sie sagt: »Ja, es tut gut, sie endlich zur Ruhe betten zu können«, oder: »Ja, es ist sehr traurig, aber es ist besser, Gewissheit zu haben.« Anfangs ist es ungewohnt, dass der Damm gebrochen ist und wir frei und offen über bislang Totgeschwiegenes reden. Aber was mich vor allem erleichtert, ist, dass Mum sich Emily gegenüber viel normaler verhält, mit ihr plaudert, mit ihr backt und sie neu kennenlernt. Momente, in denen sie den Bezug zur Realität verliert, gibt es keine mehr.

Ich hingegen weiß nicht, wie ich mich fühlen soll. Ich durchlebe ein Kaleidoskop unterschiedlichster Emotionen, von Trauer über Zorn bis hin zu Euphorie darüber, dass es Mum offensichtlich so viel besser geht. Ich brauche Zeit für mich, und doch will ich auch für meine Familie da sein. Bill hat ebenfalls zu kämpfen. An Heiligabend gibt es bei uns ein Familiendinner. Wieder stelle ich erstaunt fest, dass Mum ein völlig anderer Mensch ist: beinahe so, wie sie früher einmal war. Aber als sie dann wie beiläufig eine Diskussion anstößt, wie es weitergehen soll, und Bill und mich nach unserer Meinung fragt, ob Ginny sich wohl gern hätte verbrennen und ihre Asche in alle Windrichtungen verstreuen lassen wollen, wird es uns zu viel. Bill steht auf und gießt sich einen Brandy ein aus einer Flasche, die ich noch nie gesehen habe. Fiona unternimmt mehrere tapfere Versuche, das Thema zu wechseln, und selbst Emily wirkt ein wenig entsetzt.

Irgendwann fällt Mum das allgemeine Schweigen doch auf. »Was denn?«, sagt sie und sieht uns der Reihe nach an. »Findet ihr mich seltsam?« Sie legt die Stirn in Falten. »Vielleicht bin ich das. Aber ich bin einfach so froh, dass sie gefunden wurde. Dass wir sie endlich in Frieden bestatten können. Ist das denn so ... falsch?«

»Nein, Mum«, sage ich mit heiserer Stimme. »Wohl nicht.«

Sie seufzt. »Ich will, dass alles offen angesprochen wird«, sagt sie. »Das ist das erste Weihnachten, das wir nach langer Zeit wieder zusammen feiern. Ich will Ginnys Namen erwähnen können. Meine Erinnerungen an sie wiederaufleben lassen. Ich fühle mich einfach so ... ich weiß nicht ... so erleichtert.«

»Es braucht Zeit, bis wir das alles bewältigt haben«, sagt Bill. »Ich glaube nicht, dass wir das über Nacht einfach abhaken können.«

Sie schenkt ihm einen freundlichen Blick. »Du hast recht, mein Sohn. Ich weiß das auch. Und vielleicht ist es egoistisch von mir. Du und Skye, ihr seid davon ja ebenso betroffen wie ich.«

»Ich weiß nicht, was ich empfinde«, sagt Bill. Ich mache mir einfach nur Sorgen um euch.« Er sieht mich und Mum an.

Meine Augen füllen sich mit Tränen. »Es tut mir so leid«, sage ich. »Mein Timing war wie immer schrecklich.«

Mum legt ihre Hand auf meine. »Dich wiederzuhaben ist das schönste Geschenk, das du mir hast machen können. Und in gewisser Weise habe ich sie jetzt auch wieder.«

»Wenn du das so siehst, Mum«, sage ich, »dann ist das gut.« Ich lächle und empfinde für sie nichts als Liebe.

»Ja, das ist es«, sagt sie. »Und ich bin so dankbar. Du hast das Richtige getan, Skye. Für uns alle. Du hast deine Schwester nach Hause gebracht.«

42. KAPITEL

An Silvester wird am Strand das große Feuer entzündet. Das trockene Holz knackt und knistert, und die Funken und Holzasche fliegen hinauf in den schwarzen Himmel.

Ich nehme Dads Gitarre in die Hand und stimme sie. Das Holz fühlt sich fest an, es erinnert mich daran, dass ich, auch wenn ich viel verloren habe, trotzdem für eine Menge dankbar sein kann. Ein neues Jahr bricht an und bringt einen neuen Anfang. Nicht ganz den, den ich geplant hatte, aber wenn ich im Lauf der letzten Wochen etwas gelernt habe, dann dass es das Beste ist, sich nicht allzu sehr an Pläne zu klammern.

Nick war am ersten Weihnachtstag abgereist, hatte seinen Hund mitgenommen und ein Stück meines Herzens. Auch dies war etwas, was ich zerbrochen hatte und nicht mehr reparieren konnte. An Heiligabend war ich noch einmal zu ihm ins Cottage gegangen. Als ich ihn ansah, hatte ich nur den Mann vor Augen, der die sterblichen Überreste meiner Schwester gefunden hatte, den stählernen Polizisten, der all meine Geheimnisse kannte. Und nach allem, was geschehen war, wusste ich, dass seine Skizzen unvollendet bleiben würden, dass ich niemals die Frau sein könnte, die er auf diese Blätter gebannt hatte. Zweifellos wusste er das auch, denn er hatte sich bereits den größeren Teil einer Flasche Wein hinter die Binde gekippt. Er sagte, dass ich ihn verletzt hätte mit der Art, wie ich ihn angesehen hätte, wie ich vor seiner Berührung zurückgeschreckt sei. Er sagte, dass er seit drei Jahren daran arbeite, seine Wunden zu heilen, und auf einem guten Weg gewesen sei. Und dass er es jetzt wirklich nicht gebrauchen könnte, sich neu in jemanden zu verlieben: in mich. Und dann hat er mich geküsst. Hart, zornig, die Lippen, die mir einst neues Leben eingehaucht hatten, forderten es nun wieder zurück. Er bat mich zu gehen, und ich bin gegangen. Am nächsten Morgen war er fort.

Und ich vermisste ihn. Wieder einmal hatte ich mir von der Vergangenheit die Zukunft diktieren lassen. Ich hatte mir meine Chance auf Glück durch die Finger gleiten lassen ... Nun war ich von neuer Reue erfüllt, die tiefer ging als bei jedem anderen Mann.

In den darauffolgenden Tagen dachte ich viel nach und machte lange Strandspaziergänge. Mir fehlte Kafkas Anblick, wie er in den Wellen tobte, mir fehlte ... eine Menge. Lachlan kam vorbei, und ich freute mich, ihn zu sehen – indem er den ersten Schritt tat, zeigte er, dass mehr in ihm steckt als das »Beinahe«-Kind. Wir sprachen nicht viel über die Vergangenheit oder über Ginny und die neuen Ermittlungen. Stattdessen erzählte er von seiner Zukunft, einschließlich seiner Pläne, im Pub eine Session mit traditioneller Musik zu starten. Und ich spürte, wie sich etwas in mir regte, etwas wie ein Traum, an dem ich mich festhalten kann: Musik machen, *meine* Songs schreiben, mein Erbe neu entdecken, junge Musiker ermutigen. Ich erklärte mich bereit, ihm bei der Organisation zu helfen, und darauf freue ich mich sehr.

Mein zweiter Besucher war mir weitaus weniger willkommen, und doch musste ich mich auch ihm stellen. Byron. Er kam am Tag nach dem zweiten Weihnachtsfeiertag, sah kleiner aus, reumütig. Wir saßen in seinem Land Rover, und als ich die karierte Decke entdeckte, säuberlich zusammengefaltet auf dem Sitz, entzündete sich mein Zorn daran. Zorn um meinetwillen, aber auch um Ginnys willen. Er entschuldigte sich noch einmal, erklärte alles noch einmal. Ließ den Kopf hängen, weinte sogar ein wenig. Er hatte bei der Polizei alles gebeichtet und wartete nun ab, ob sie weitere Maßnahmen ergreifen wollten. Ich hörte zu, unbewegt, mitleidlos, bis er mir seine Neuigkeiten erzählte: Er wollte wegziehen. Er wollte zurück nach Glasgow, um seinem Sohn näher zu sein, vielleicht würde er sogar versuchen, die Beziehung zu seiner Ex zu kitten. Und in dem Moment wurde mir klar, dass ich ihn nicht länger gestraft sehen wollte – nicht dass ich das zu bestimmen hatte. Ich wünschte ihm viel Glück und meinte es auch so, und ich sagte ihm, dass ich ihm verziehe, und auch das war so gemeint. Dann tat ich etwas, was ich nicht geplant hatte. Ich sagte ihm, dass ich auf dem Festival spielen würde, sofern es noch nicht zu spät sei. Er sagte, das sei kein Problem und dass er es arrangieren könnte.

Und jetzt ist der große Tag da. Der Rest der Band kommt auf die Bühne, darauf folgt das unter Musikern übliche Geplänkel und Gefrotzel. Ich empfinde große Freude, dass ich hier auftrete, vor Heimpublikum. Mit alten Songs, die Teil meiner Seelenlandschaft sind, und neuen Songs, die ich in Gedenken an Ginny geschrieben habe.

Als wir bereit sind anzufangen, spricht der Bürgermeister ins Mikrofon, dankt allen für ihr Kommen und wünscht allen ein glückliches, gesundes neues Jahr. Er stellt die Band vor und wendet sich dann mir zu. »Und da wir hier in Eilean Shiel nicht so gut darin sind, Geheimnisse zu wahren«, scherzt er, »werden die meisten von euch wahrscheinlich schon von unserem Special Guest heute Abend erfahren haben.«

Ich lächle und winke kurz. Ein paar Leute klatschen, sehr viele tuscheln.

»Jenseits des großen Teichs ist sie ein Country-Star«, fährt er fort (ich verziehe angesichts dieser Übertreibung ein wenig das Gesicht). Der Lärm aus dem Publikum schwillt etwas an.

»Aber wir werden nie vergessen, dass sie eine von uns ist, unsere ureigene Lokalmatadorin. Hebt die Hände und bereitet Skye Turner einen besonders herzlichen Empfang!«

Die Menge jubelt, und die anderen Musiker klatschen. Ich stehe von meinem Schemel auf und verbeuge mich. In der Nähe des Pubs sehe ich Byron mit einem kleinen Jungen stehen, der dasselbe eckige Kinn und dasselbe blonde Haar hat wie er. Ich verspüre einen leisen Stich, als ich daran denke, was hätte sein können, entweder für mich … oder für meine Schwester. Mum, Bill und seine Familie sitzen ganz vorn auf ein paar Decken. Emilys Gesicht leuchtet zu mir empor … sie ist ihr so ähnlich.

Der Bürgermeister reicht mir das Mikrofon. Ich habe keine Rede vorbereitet, aber ich weiß, dass ich den Leuten hier ein paar Dinge zu sagen habe.

»Danke.« Meine Stimme hallt durch das Mikro. »Ich weiß eure Unterstützung zu schätzen. Vor fünfzehn Jahren habe ich Eilean Shiel verlassen, und die meisten von euch wissen, warum. Ich hatte gerade meine Schwester verloren, Ginny.«

Atemlose Stille tritt ein, als ich ihren Namen erwähne. »Ich bereue einiges in meinem Leben«, fahre ich fort, »und am meisten bereue ich, dass ich so lange weggeblieben bin. Denn Heimat ist nicht einfach nur ein Wort oder ein Haus oder eine Stecknadel auf einer Karte. Heimat bedeutet Menschen und Familie und der Ort, an dem man verwurzelt ist. Der Ort, an dem die Heilung beginnen kann.«

In der Menge wird wieder geraunt, und es gibt Applaus. Ich gebe den Musikern ein Zeichen, sich bereitzuhalten.

»Daher möchte ich den Auftritt heute Abend abwesenden Freunden widmen. Den Leuten, mit denen wir gute und schlechte Zeiten durchlebt haben. Den Leuten, die zu dem Ort gehören, den wir Heimat nennen.« Ich packe das Mikrofon fester, als meine Stimme schließlich bricht. »Den Leuten, die nicht mehr unter uns weilen, aber für immer einen Platz in unserem Herzen haben.«

Ich gebe der Band den Einsatz, hebe Dads Gitarre und fange an zu spielen.

Während eines Auftritts vergeht die Zeit anders als sonst. Mir scheint, als hätten wir eben erst begonnen, als wir zum letzten Stück kommen und die Menge ihr Glas erhebt zu *Auld Lang Syne*. Der Text berührt mich tief im Herzen, und mir laufen die Tränen herunter. Aber die schmerzliche Wehmut wird abgemildert durch die starke Flamme der Hoffnung. Ein neues Jahr ... ein neuer Anfang. Für mich schließt sich der Kreis. Ich bin wieder da, wo ich hingehöre.

Die Band bekommt einen Riesenapplaus von der Menge, die sich auf der Promenade drängt, und von den Leuten auf den Booten im Hafen. Als wir die Bühne verlassen, eilen Bill und die Jungs auf mich zu, umarmen mich und sagen mir: »Gut gemacht!«, ein Lob, das von Fiona und Emily wiederholt wird. James und Katie kommen zu mir, um mir zu gratulieren, und sogar Annie MacClellan und ihr Mann schütteln mir die Hand. Es scheint ein unausgesprochenes Friedensangebot zu sein, und ich nehme es gern an. Nachdem es aussieht, als bliebe ich ein Weilchen, hoffe ich, dass ein paar meiner alten Freunde zu neuen Freunden werden.

Mum geht auf mich zu und umarmt mich. An ihren geröteten Augen sehe ich, dass sie geweint hat. »Das war schön«, sagt sie. »Es war wunderbar, ihrer auf diese Weise zu gedenken. Danke.«

»Natürlich, Mum. Ich habe gemeint, was ich gesagt habe. Was die Heilung angeht.«

»Ja. Ich glaube, dass uns das jetzt vielleicht gelingt.«

»Oh, Mum.« Ich lege die Arme um sie. Sie fühlt sich wieder kräftiger an, mehr wie früher. Ein Fels in meinem Leben. Einen, den ich nie wieder loslassen will.

Als wir uns voneinander lösen, glänzen ihre Augen. Aber es handelt sich dabei nicht um diesen seltsamen, jenseitigen Blick, den ich bis vor Kurzem immer wieder an ihr beobachtet hatte. Tatsächlich steht sie wieder mit beiden Beinen im Leben, seit

Ginnys sterbliche Überreste aufgefunden wurden. Es ist noch zu früh, sich Hoffnungen zu machen, aber ich kann es mir nicht verkneifen.

Lorna kommt zu uns, gratuliert mir und bittet Mum dann zum Stand des Frauenverbands, damit sie ihr bei irgendeiner kleineren Krise um doppelt ausgestellte Lose helfen kann.

Mum nimmt meine Hand und drückt sie. »Und nun amüsier dich gut«, sagt Mum zu mir. »Wir sehen uns ... morgen.« Sie und Lorna tauschen einen Blick, den ich nicht recht zu deuten weiß. Vermutlich geht es darum, dass ich meine erste Nacht im Skybird verbringen werde. Heute Vormittag bin ich dort eingezogen, nachdem Mum erklärt hat, sie wolle mein altes Zimmer streichen lassen. Ein großer Fortschritt.

»Okay.«

»Frohes neues Jahr, Liebes«, sagt Lorna. Sie nimmt Mum beim Arm, und die beiden gehen davon. Als sich die Menge vor der Bühne allmählich auflöst, entdecke ich Lachlan mit der blond gelockten Frau aus dem Pub. Er hat den Arm um sie gelegt, und sie lacht über irgendetwas, was er gesagt hat. Ich freue mich für ihn, finde es schön, dass er um Mitternacht wohl nicht allein sein wird. Und ich bin froh, dass ich es sein werde. Mehr oder weniger.

Ich packe meine Gitarre ein und mache mich bereit zum Aufbruch. Unerwartet graut mir plötzlich ein bisschen bei der Vorstellung, Neujahr in einem fremden Haus, einem fremden Bett zu verbringen. Noch dazu einem, das erst vor Kurzem wieder frei geworden war ...

»Skye.«

Mein ganzer Körper zuckt unter dem Adrenalinstoß zusammen, als ich die Stimme höre, die meinen Namen so nahe an meinem Ohr geflüstert hat. Ich drehe mich um. Er ist hier, seine Augen sind von einem tiefen, intensiven Blau, seine Züge sind weich und zeigen keine Spur von Ärger.

»Nick!« Mir ist gleichgültig, wer es sieht, ich will ihn küssen. Doch bevor ich das tun kann, hebt er die Hand. Auf seiner Miene zeichnet sich Ratlosigkeit ab.

»Wir haben ein Problem«, sagt er.

»Ach ja?« Ich bin so glücklich, dass er hier ist, dass ich seine Worte nicht weiter beachte, es interessiert mich nicht. Ich will nicht, dass irgendetwas zwischen uns kommt. Nicht jetzt ... »Was für ein Problem?«

Er legt mir die Hände um die Taille. »Ich dachte, du hättest mal erzählt, deine Mutter sei Mathelehrerin gewesen«, sagt er.

»Ja«, sage ich atemlos. »Das ist richtig.«

»Nun, anscheinend ist sie irgendwie mit den Daten durcheinandergeraten. Ich habe das Cottage bis Ende Januar bezahlt. Und nun erzählt sie mir, sie hätte es an jemand anders vermietet. Tatsächlich ...«, er setzt einen gespielt entsetzten Blick auf, »... sind die Leute sogar schon eingezogen. Also, ich weiß, manchmal unterlaufen einem Fehler, aber das hier ist wirklich vollkommen unakzepta...« Ich verschließe ihm den Mund mit einem langen, tiefen Kuss. Ich habe das Gefühl, als würde ich in seinen Armen dahinschmelzen. Jemand pfeift, aber das kümmert mich nicht. Ich will hier bleiben, wo ich hingehöre.

Als wir uns endlich voneinander lösen, verblasst das Lachen in seinen Augen. »Skye«, sagt er, »mein Benehmen neulich ... ich war ein kompletter Arsch. Um ehrlich zu sein ... ich war ... panisch. Ich hatte Angst vor meinen Gefühlen und davor, das alles wieder zu verlieren. Deswegen bin ich abgereist. Es tut mir leid.«

Ich lege ihm die Hand auf die Brust, spüre seinen Herzschlag, überzeuge mich, dass er wirklich hier ist.

»Es war falsch von mir, dich wegzustoßen«, sage ich. »Kaum dass du weg warst, wurde mir klar, dass ich einen Riesenfehler begangen hatte. Wieder einmal.« Ich lehne meinen Kopf an ihn, und er streichelt mir über die Haare. »Ich konnte die ganze Zeit nur daran denken ...«, ich blicke zu ihm auf, »... wie sehr ich doch deinen Hund vermisse.«

»Meinen ...« Er lacht laut auf. »Dann dürfte es dich interessieren, dass ich ihn bereits am Cottage abgesetzt habe.« Er drückt sich an mich. »Auch wenn ich nicht genau weiß, wie die Betten verteilt werden sollen.«

»Hmm, das ist nicht ganz einfach«, flüstere ich ihm ins Ohr und spüre, wie sich sein Herzschlag beschleunigt.

Er streicht mir mit dem Finger über die Wange und flüstert: »Wann sollen wir das denn regeln?«

Ich lege meine Hand auf seine. »Wie wäre es mit jetzt sofort?«

 # EPILOG

An einem klaren Abend Ende März gehen Mum und ich langsam zum Ende des Gartens. Das Wasser unterhalb der Felsen ist schwarz und ruhig, und der Orion steht direkt über dem Dorf Eilean Shiel. Die Lichter auf dem Wasser schimmern in der Dunkelheit, ihr Spiegelbild wird vom Meer nur leicht verzerrt zurückgeworfen. In der Ferne läutet eine Kirchenglocke, der Klang ist rhythmisch wie von einem himmlischen Herzen.

Als ich in Eilean Shiel angekommen war, hatte ich nicht erwartet, dass ich die Person werden könnte, die ich heute bin. Ich hatte es so satt, dauernd wegzulaufen, mein Leben war vergeudet, noch bevor es überhaupt begonnen hatte, und die Zukunft war eine Mischung aus Dunkelheit und verschiedenen Grauschattierungen. Hierher zurückzukommen und zu entdecken, dass meine Wurzeln irgendwo unter der Frostdecke noch lebendig waren, hat mir neues Leben eingehaucht. Hat mich zu einem besseren Menschen gemacht.

Während der letzten Monate hatte Mum ihre Höhen und Tiefen, gute und schlechte Tage. Trauer braucht ihre Zeit. Als Bill und seine Familie nach Glasgow zurückkehrten, sah sie aus, als wäre sie an einem einzigen Tag um zehn Jahre gealtert. Sie saß in der Küche, der Wasserkocher blieb kalt, ihre Kraft löste sich in einen unaufhaltsamen Tränenstrom auf. Ich war für sie da, und später kam Lorna vorbei und führte sie schön zum Essen aus. Am nächsten Morgen war sie wieder ganz normal. Ob der Normalzustand bei ihr »ausgezeichnet« oder »ganz gut« ist, wird sich erst im Lauf der Zeit erweisen.

Auch ich war traurig über die Abreise meines Bruders und seiner Familie. Fiona und ich sind uns sehr nahegekommen, und ich betrachte sie nun als die beste Art Schwägerin, die Art, die auch eine Freundin ist. Emily ist mir ebenfalls sehr ans Herz gewachsen. Wenn ich sie nun anschaue, sehe ich meine Nichte, nicht nur ein Mädchen, das meiner Schwester ähnelt. Ein Mädchen mit eigenen Hoffnungen und Träumen, auf das ich stolz sein werde, egal, was es mit seinem Leben anfangen wird. Und es stimmt mich glücklich, dass ich Emily genau das noch sagen konnte, bevor sie abreiste. Das und die einzigen Worte, auf die es am Ende ankommt: »Ich hab dich lieb.«

Bill und ich sind noch nicht ganz da, wo ich uns gern sähe, und ich weiß, dass er mir meine lange Abwesenheit immer noch übel nimmt, auch wenn er jetzt den Grund dafür versteht. Ich hoffe, dass ich irgendwann eine große Schwester werde, auf die er stolz sein kann, eine, die endlich da ist, um neue Familienerinnerungen zu schaffen. Vor der Abreise erinnerte Bill mich an etwas, was Dad gern gesagt hat: »Wenn das Ende wehtut, dann muss es wohl schön gewesen sein.« Und trotz allem *war* es schön gewesen, Zeit mit ihnen zu verbringen. Und ich hoffe, dass dies erst der Anfang ist.

Als Mum und ich nun über den taufeuchten Rasen laufen, drehe ich mich um und blicke zurück. Nick steht in der Tür, eine solide, tröstliche Präsenz in meinem Leben. Eine, mit der ich nie gerechnet hätte, dass ich sie einmal finden würde oder verdient hätte. Wir stehen noch am Anfang, und das Zusammenleben mit mir ist nicht ganz einfach, wie sich im Verlauf der weiteren Ermittlung herausstellte. Und doch hält er zu mir. Wenn ich bei ihm bin, verspüre ich eine gewisse ruhige Beständigkeit, als wäre meine alte Seele schon gut mit seiner bekannt. Das inspiriert mich, die beste Version meiner selbst anzustreben, und ich lerne endlich, zu lieben und mich lieben zu lassen.

Manchmal fühlt es sich seltsam an, nicht länger eine Vagabundin zu sein. Aber jetzt, wo Mum wieder Teil meines Lebens ist, ebenso wie meine übrige Familie, weiß ich, dass ich genau da bin, wo ich sein sollte. Nach ein paar angespannten Monaten wurden die Ermittlungen im Todesfall meiner Schwester abgeschlossen. Der Rechtsmediziner befand auf Tod durch Unfall. Keiner der Beteiligten wurde angeklagt, wofür ich wirklich dankbar war. Die Gespräche im Dorf verlaufen jetzt viel unbefangener, nachdem wir das Tabuthema Ginny aufgegriffen haben, darüber gesprochen, darüber geweint haben. Endlich können wir mit dem Heilungsprozess beginnen oder zumindest anfangen, nach vorne zu sehen. Ich habe lang und angestrengt über Ginny nachgedacht, über die Person, für die ich sie gehalten habe, und die Person, die sie sein wollte. Über die Entscheidungen, die sie traf und die ihr die Zukunft raubten. Es war unbeabsichtigt und tragisch, aber es ist passiert.

»Bist du so weit?« Ich sehe Mum an, als ich den Deckel der Urne aufschraube, in dem sich die Asche meiner Schwester befindet. Einen Moment klammere ich mich noch daran, spüre das glatte Gewicht in meinen Händen. Schwer für ein Behältnis, und doch so leicht, wenn man bedenkt, dass darin das Gewicht und die Erinnerungen eines ganzen Lebens enthalten sind. Wissenschaftler sagen, dass Energie weder erzeugt noch vernichtet werden kann, sie wird nur von einer Form in eine andere umgewandelt. Die Lebenskraft, die Ginny war, lebt weiter, nicht im Inhalt dieses Behältnisses, sondern in den Herzen und Erinnerungen der Leute, die sie berührte.

»Ja«, sagt Mum, deren Augen tränennass glänzen. »So hätte sie es gewollt.«

Ich nehme den Deckel ab. Es ist fast so, als würde ich durch das Öffnen dieses Behältnisses die Liebe, die Erinnerungen und die andere Hälfte meiner Seele freisetzen.

Der Wind bläst aus Norden. Als ich den Inhalt der Urne herausschüttele, fliegt die graue Asche in langen Schwaden aufs Meer hinaus. Sie taumeln und tanzen auf den Luftströmen wie verspielte Meeresvögel, die nach langer Winterruhe die Flügel ausbreiten. Endlich ist meine Schwester da, wo sie hätte sein wollen. Teil der See, Teil des Windes und der Wolken. Und ich bin bei ihr ...

»Komm«, sage ich und nehme Mums Hand. »Gehen wir.«

Ein Brief von Lauren

Ich möchte mich herzlich dafür bedanken, dass Sie sich dafür entschieden haben, *Das Lied der Küste* zu lesen. Wenn Ihnen der Roman gefallen hat und Sie sich, was meine Neuerscheinungen betrifft, auf dem Laufenden halten wollen, dann registrieren Sie sich bei der folgenden Adresse. Ihre E-Mail-Adresse wird keinesfalls weitergegeben, und Sie können sich jederzeit wieder austragen.

www.bookouture.com/lauren-westwood

Das Lied der Küste ist für mich in vielerlei Hinsicht ein ganz besonderes Buch. Ich wollte schon immer ein Buch schreiben, das meine Liebe zu Schottland und zur keltischen Musik ausdrückt. Ich bin zu den Klängen der Radiosendung *The Thistle & Shamrock* auf dem amerikanischen Sender NPR aufgewachsen, die von Fiona Ritchie MBE moderiert wird und von der weltweiten Wirkung traditioneller keltischer Musik zeugt. Wenn wir uns auf Autofahrten meine schottischen CDs anhören, müssen sich meine Kinder manchmal die Ohren zuhalten, wenn der Dudelsack einsetzt, aber es erfüllt mich dennoch mit Stolz, dieses Erbe an sie weiterzugeben. Für alle, die mehr über diese Musik erfahren möchten, habe ich auf meiner Website eine Playlist zusammengestellt.

Eilean Shiel und die Figuren und Ereignisse in diesem Buch sind fiktiv. Der Schauplatz ist jedoch inspiriert von der wunderschönen Lochaber-Region in den schottischen Highlands. Als

Vorlage für den Leuchtturm dienten drei verschiedene Leuchttürme, die ich bei den Recherchen für dieses Buch auf meiner jüngsten Schottlandreise besichtigt habe, vor allem der Ardnamurchan-Leuchtturm auf der gleichnamigen Halbinsel, in dessen Nähe auch der westlichste Punkt der britischen Hauptinsel zu finden ist.

Ich hoffe, *Das Lied der Küste* hat Ihnen gefallen. Wenn ja, wäre ich Ihnen sehr dankbar, wenn Sie eine Rezension schreiben würden. Ich würde gern erfahren, was Sie von dem Roman halten, und es hilft neuen Lesern, meine Bücher für sich zu entdecken.

Ich freue mich über Nachrichten von meinen Leserinnen und Lesern – Sie können mit mir über meine Facebook-Seite, über Twitter, Goodreads oder meine Website in Kontakt treten.

Vielen Dank,
Lauren

Facebook: lwestwoodbooks
Twitter: @lwestwoodwriter

Danksagung

Es gibt eine ganze Reihe von Leuten, denen ich für ihre Hilfe bei diesem Buch danken möchte. Meiner Agentin Anna Power, meiner Lektorin Jennifer Hunt und ihrem Team bei Bookouture, die bereit waren, meinem Buch eine Chance zu geben. Außerdem möchte ich Ronan Winters, Chris King und Francisco Gochez danken, die mich nun seit über dreizehn Jahren bei diesem Schreibabenteuer begleiten. Darüber hinaus möchte ich mich bei meinen Eltern Suzanne und Bruce Remington und bei Monica Yeo für ihre Liebe und ihren Zuspruch bedanken. Schließlich möchte ich meiner Familie danken: Ian, Eve, Rose und Grace, die so viel auf sich nehmen und mir ein ständiger und bitter benötigter Quell der Unterstützung und der Inspiration sind.

*Ein geheimnisvoller Fremder, eine große Liebe,
eine sturmumtoste schottische Insel*

ISABEL MORLAND

Die Rückkehr der Wale

Roman

Magisches Licht, die unendliche Weite des Meeres und schroffe Küsten – hier auf der kleinen, abgeschiedenen Hebriden-Insel wollte Kayla einst an der Seite ihres Mannes Dalziel ihr Glück finden. Doch immer öfter geraten die beiden in Streit, und Dalziel wird so wütend, dass sie Angst vor ihm bekommt.

Da taucht eines Tages ein Fremder auf, über den bald einiges geredet wird, was Kayla bei ihrer ersten Begegnung mit ihm bestätigt findet: Er ist nicht nur sehr attraktiv und teilt mit ihr die Liebe zur Musik, er scheint auch eine besondere Gabe für alles zu haben, was mit dem Meer zu tun hat.

Ihre eigenen, immer stärker werdenden Gefühle für ihn, aber auch das Gerede der Inselbewohner treiben Kayla mehr und mehr in einen inneren Zwiespalt, aus dem es kaum einen Ausweg zu geben scheint …